LE PRINCE DÉCHU

Du même auteur
aux Éditions du Rocher

CYCLE DE PHÉNIX

Phénix, 1986, réédité en deux tomes en 1998.
Graal, 1988, réédité en deux tomes en 1999.
La Malédiction de la licorne, 1990.
La Porte de bronze, 1994.

CYCLE LES ENFANTS DE L'ATLANTIDE

Le Prince déchu, 1994.
L'Archipel du soleil, 1995.
Le Crépuscule des géants, 1996.
La Lande maudite, 1996.

CYCLE LA PREMIÈRE PYRAMIDE

La Jeunesse de Djoser, 1996.
La Cité sacrée d'Imhotep, 1997.
La Lumière d'Horus, 1998.

BERNARD SIMONAY

LE PRINCE DÉCHU

LES ENFANTS DE L'ATLANTIDE*

ÉDITIONS DU
ROCHER
Jean-Paul Bertrand

ISBN 2 268 03487 9

Avis au lecteur

Avec *Les Enfants de l'Atlantide* commence une nouvelle série de romans, qui se déroulera sur différentes époques de l'Antiquité. Elle les éclairera d'un regard nouveau en dessinant, au fil des ouvrages, une possible histoire de l'humanité, dont la mythique Atlantide, terre des Titans ou premier jardin d'Eden, pourrait être le berceau.

Le premier tome se situe dans cette période mal connue et pourtant fascinante : le *néolithique*, et plus particulièrement le *mégalithique*. Tout le monde a entendu parler ou a déjà visité les extraordinaires alignements de pierres levées de Carnac. Cependant, il y a peu de temps, on a compris que la civilisation ayant existé dans la région du golfe du Morbihan était plus évoluée qu'on ne l'avait cru. Bien avant les Egyptiens, elle avait érigé des pyramides, sur le sol breton.

Les chercheurs qui, aujourd'hui se penchent sur ces peuples, découvrent avec stupéfaction qu'ils se différenciaient beaucoup de l'homme préhistorique, par leur organisation sociale remarquable et un niveau technologique étonnant. S'ils ignoraient l'usage des métaux, ils connaissaient l'astronomie, la médecine, l'architecture, le travail de la pierre, l'art de la poterie, de la vannerie, construisaient des bateaux rudimentaires.

Bien avant les Gaulois et les Celtes, ils furent nos véritables ancêtres, malgré les invasions successives qui peu à peu effacèrent leur héritage.

S'il est indéniable que les dolmens et autres tumulus furent des tombeaux, toutes les hypothèses ont été émises à propos des alignements de pierres levées, des plus sensées aux plus fantaisistes. Certains farfelus ont même voulu y voir les fondations d'une piste d'atterrissage pour vaisseaux spatiaux.

La version la plus couramment admise, et aussi la plus plausible, considère ces monolithes comme une sorte d'énorme calendrier basé sur la course des astres, qui permettait de prévoir l'époque des semailles et des moissons. A cette époque, en effet, on n'avait pas encore découpé le temps en années et en mois. Mais on savait calculer avec précision l'endroit où le soleil se levait lors des solstices d'hiver ou d'été, ainsi que le prouve l'orientation des tombeaux.

C'est leur civilisation attachante que j'ai choisie pour cadre du premier roman des *Enfants de l'Atlantide* : *Le Prince déchu*.

A présent, calez-vous confortablement dans votre fauteuil, oubliez pour un temps les soucis de notre tumultueux vingtième siècle, et prêtez l'oreille. Ecoutez le murmure du vent dans une forêt qui recouvre encore presque toute l'Europe, une forêt immense qui abrite çà et là quelques peuplades humaines. Ecoutez le chant des oiseaux et les grondements des loups, ours, renards, lynx et autres prédateurs pourchassant les cerfs et les chevreuils. Respirez les odeurs d'algue apportées par l'Océan tout proche, qui se mêlent aux parfums des pins et des chênes, aux senteurs fortes des vêtements de cuir. Ressentez sous vos doigts le manche rugueux d'une hache de pierre polie, le tranchant inusable d'une lame de silex, et pénétrons ensemble au cœur de ce monde peuplé par ces gens oubliés qui sont nos lointains parents.

C'est à eux que j'ai voulu rendre hommage dans cet ouvrage.

Bon voyage!

Bernard Simonay

Liste des personnages

AALTHUS : Père de Jehn et chef du clan des Loups.
AKHOUN : Vieux tailleur de pierre.
ALËUNDA : Mère de Jehn.
ASDAHYAT : Fille de Gordlonn.
BRENDAAN : Fils de Gordlonn, et demi-frère d'Asdahyat.
CALLISTO : Devineresse, reine de Thulea.
DRAVYYD : Kheung, ou roi de la nation de la Petite Mer.
FRAÏN : Chef du clan des Renards.
GORDLONN : Roi d'Yshtia.
JEHN : Jeune chasseur du néolithique.
KHALLAS : Man'sha, ou homme-médecine de la tribu des Loups.
MYRIA : Fiancée de Jehn.
NAAM'HART : Chef de la nation des Aurochs.
NOÏRAH : Jeune femme de la tribu des Goélands.
PHAEÏDR : Jeune servante yshtienne.
PHRADYS : Men'ma'sha, ou chef des sorciers de la nation.
SAADRAH : Jeune esclave.
SCYAAN : Jeune servante yshtienne.
TRAVYYN : Chef de la tribu des Goélands.
VAATORG : Chef de tribu.

Première partie

TROIS-CHÊNES

Les habitants du ciel constatèrent que les femmes des hommes étaient belles, et ils en choisirent pour les épouser.

GENÈSE (6-2)

1

Golfe du Morbihan, il y a environ 6 500 ans...

Accroupis derrière un épais fourré d'ajoncs, Aalthus et son fils plissèrent les yeux pour ne rien perdre du spectacle surprenant qui s'offrait à eux. A quelque distance, sur un tertre couvert de bruyère, une bande de cinq louveteaux espiègles s'ébattait en silence sous la lumière blafarde de la pleine lune. Placés sous le vent, les deux hommes n'avaient pas été repérés.

Le loup, dont ils avaient fait leur totem, avait toujours fasciné les membres du clan. Les chasseurs, en particulier, le considéraient comme leur frère.

Au sommet de la butte rocheuse cernée de genêts courbés par les vents, la louve surveillait sa progéniture, flairant l'air de la nuit, attentive au moindre signe suspect. Sa silhouette hiératique se découpait en ombre noire sur la clarté féerique du ciel nocturne.

– Que mon fils ne bouge pas! murmura Aalthus à l'adresse de Jehn.

Le conseil était superflu. Dès qu'il s'aventurait en forêt, le jeune homme savait se faire aussi discret que le chat sauvage.

De temps à autre, les louveteaux se rapprochaient de leur mère, bondissaient sur elle, lui mordillaient la gueule, quêtant un coup de langue, peut-être un peu de nourriture. Distraite un moment, elle se laissait aller à jouer avec eux, se roulant joyeusement dans les bouquets mauves. Puis un bref grognement rappelait les jeunes insouciants à l'ordre. Alors ils s'éloignaient, reprenant leurs cabrioles feutrées, sans jamais dépasser les limites invisibles fixées par la louve. Parfois un jappement d'excitation parvenait aux oreilles des deux chasseurs.

Soudain, sur un signe imperceptible, ils se calmèrent et vinrent se blottir contre leur mère. L'instant d'après, l'ombre majestueuse du mâle se matérialisa près de la louve qui lâcha un couinement de joie. Il tenait dans sa gueule un lièvre superbe. Il le déposa, telle une offrande, au pied de sa compagne, et s'assit sur son arrière-train. Ravis de l'aubaine, les jeunes se jetèrent avec voracité sur la proie, qu'ils déchiquetèrent en se chamaillant.

Aalthus et Jehn s'apprêtaient à repartir, émerveillés, lorsque le mâle se dressa, flairant les effluves nocturnes d'un air inquiet. Il n'y eut qu'un bref échange de grognements, à la consonance presque humaine. Aussitôt, les louveteaux se fondirent dans les ténèbres d'un bouquet de genêts, tandis que leurs parents ramassaient leur forme puissante pour affronter un danger nouveau, qui semblait provenir de l'autre versant du tertre.

Jehn huma avec attention les odeurs de la nuit et reconnut le fumet dégagé par l'agresseur bien avant que celui-ci n'apparût.

– Un ours! chuchota-t-il à l'adresse d'Aalthus.

Le vieux chasseur acquiesça d'un signe de tête.

Les loups se mirent à gronder, découvrant leurs doubles rangées de crocs puissants, luisant sous la lueur blême de la lune. Des profondeurs ténébreuses du ravin opposé surgit la silhouette massive et impressionnante d'un grizzly brun. Il était rare d'en croiser un si près de l'Océan. D'ordinaire, ils hantaient les hautes combes des massifs granitiques de l'intérieur des terres, bien plus au nord. Sans doute avait-il flairé l'odeur des louveteaux.

Apercevant le couple, le mastodonte poussa comme un feulement rauque, se dressa sur ses pattes arrière et se dirigea de sa démarche dandinante vers les fauves, qui firent face avec courage. D'habitude, les ours et les loups vivaient en bonne intelligence. Mais le grizzly devait être un vieux solitaire que n'importe quelle proie attirait.

Par solidarité, Jehn se rangea du côté des loups. Les yeux rivés sur la scène, il serra les dents. Il aurait aimé intervenir. Mais c'était une règle d'or que de respecter les combats livrés par les animaux. Les dieux tutélaires de la forêt décidaient de ceux qui devaient survivre ou mourir, afin de préserver la puissance de chaque espèce. Ainsi parlaient les anciens du clan.

L'ours s'avança encore, sans que les deux loups ne reculassent d'un pouce. Les grondements s'amplifièrent.

Tout à coup, Jehn eut l'impression étrange de se dédoubler, de quitter son corps ; son esprit traversa l'éther pour se fondre à celui du mâle. Le fauve fut parcouru d'un long frissonnement. Sans comprendre ce qui lui arrivait, Jehn découvrit la silhouette gigantesque par les yeux de l'animal. Ce fut comme s'il était devenu loup lui-même. Il ressentait, jusqu'au plus profond de sa chair, le besoin vital de protéger ses petits et sa compagne. Une compagne pour laquelle jaillit en lui un amour débordant, exclusif. Il était prêt à offrir sa vie pour elle.

Mus par une puissance incontrôlable, les muscles de ses membres se contractèrent, se chargèrent d'énergie. Puis il se rua sur l'ennemi. Il percevait, sous les coussinets de ses pattes, le sol rocailleux, le frôlement de la bruyère sur ses flancs. Son souffle s'accéléra, gonflant ses poumons d'une vigueur nouvelle. Il n'éprouvait aucune frayeur, seulement une rage profonde qui prenait racine au plus profond de son être. En un éclair, il fut sur le plantigrade, imité par la louve. Celle-ci encaissa aussitôt un maître coup de griffe qui l'envoya au loin. Le mâle parvint à s'agripper sur l'échine de son adversaire et planta férocement ses crocs dans l'épaisseur graisseuse de sa nuque. Le grizzly poussa un épouvantable hurlement de douleur. Un goût de sang inonda la bouche de Jehn. Le silence nocturne avait éclaté sous les rugissements furieux des bêtes et le vacarme de la lutte.

Stupéfait, Aalthus observait son fils. Les yeux fixes, celui-ci se tenait aussi immobile que les pierres levées, qui connaissaient les secrets des étoiles et du soleil. Il n'osa dire un mot et attendit la suite avec anxiété. Il savait depuis longtemps que Jehn n'était pas un enfant comme les autres, même si jusqu'à présent son comportement s'était révélé tout à fait normal. Cependant, il se doutait que, tôt ou tard, il ferait preuve de dons particuliers. Et depuis toujours, il le redoutait. Car il ignorait de quelle manière ils se manifesteraient, et surtout quelles en seraient les conséquences.

Il reporta son attention sur les fauves. L'ours battit l'air de ses pattes gigantesques, tentant en vain de se débarrasser de son assaillant. Mais le loup ne lâchait pas prise. Ses mâchoires puissantes auraient brisé l'os le plus robuste. Jehn perçut l'écho de la chair broyée sous ses propres dents. Enfin, le plantigrade roula dans la bruyère. Le loup bondit pour ne pas être écrasé sous l'énorme masse, retomba sur ses pattes et fit de nouveau front.

L'ours se redressa, émit comme un long feulement. La nature sembla se figer. Le monstre balança sa lourde tête, eut un mouvement velléitaire pour charger. Puis il hésita, recula et disparut sans hâte au creux de la ravine opposée.

Ancré dans l'esprit du loup, Jehn sentait son cœur battre à tout rompre. Enfin tout se calma. Le mâle revint vers sa compagne, qui gémissait doucement, écroulée contre une pierre. Le fauve lui lécha les babines avec affection, puis huma les plaies provoquées par les griffes de l'ours. Par chance, elles n'étaient guère profondes. En lui se forma l'image d'un bain de boue qui cicatriserait les blessures. Il émit un grognement doux, rassurant.

Tout à coup, le lien insolite se rompit. Jehn s'ébroua, comme s'il s'éveillait d'un songe, étonné de se retrouver dans son propre corps. Sur sa langue demeurait le goût âcre et salé du sang vif. Au cœur de la lande argentée, parsemée des taches mauves de la bruyère, le loup léchait les plaies de sa compagne avec une délicatesse émouvante. La louve se releva et boitilla vers les louveteaux, qui surgirent de la nuit pour venir entourer leur mère avec des jappements de joie.

Un peu inquiet, Aalthus regarda son fils. C'était un immense gaillard, qui dépassait tous les hommes de la tribu de deux têtes. Le reflet de la lune auréolait son épaisse crinière, d'un blond foncé tirant sur le roux. Il ne ressemblait à nul autre membre du clan. Son regard, aux yeux d'un vert très pâle, paraissait percer l'esprit de ses interlocuteurs. Son visage aux traits réguliers, au menton carré, trahissait un esprit volontaire. Mais ce n'était pas là le plus étrange. Malgré sa jeunesse, Jehn possédait déjà la sagesse d'un homme mûr. Contrairement aux autres adolescents de son âge, qui se conduisaient comme de jeunes chiens fous, il montrait toujours le plus grand calme, même au moment de l'action. Peut-être était-ce dû à sa force colossale, quasi surnaturelle. Aalthus l'avait vu, quelques mois plus tôt, soulever un aurochs adulte sur ses épaules. Nul homme n'était capable d'un tel exploit.

Un sentiment paradoxal, mêlé de fierté et de crainte, l'envahit. Une foule de souvenirs, dominée par une idée terrible, lui remonta à la mémoire. Lorsque l'enfant était né, dix-sept années auparavant, il avait failli le tuer. Un dieu s'était joué de lui. Aujourd'hui encore, il ne comprenait pas. Il n'avait pas achevé son geste. La déesse-mère, Gwanea, qui protégeait toute vie, aussi humble fût-elle, ne le lui aurait jamais pardonné.

Au dernier moment, il avait épargné le bébé. Il revoyait encore le long poignard de silex levé sur le corps déjà robuste du petit garçon. Son premier-né. Il en frémit rétrospectivement.

Jamais il n'avait parlé à Jehn de ce qui était advenu avant sa naissance. Et à présent, il éprouvait pour le jeune homme une affection peut-être plus grande que pour les autres enfants que lui avait donnés sa compagne, la belle Alëunda.

Il aurait voulu lui parler, mais il s'abstint. Apparemment, Jehn lui-même n'avait pas compris ce qui s'était passé. Les deux hommes demeurèrent quelques instants à observer la scène, puis se fondirent en silence dans les profondeurs de la forêt.

Empruntant les pistes forestières tracées depuis l'aube des temps par les grands animaux, le père et le fils reprirent le chemin de Trois-Chênes, le village de la tribu. Un air frais leur gonflait la poitrine, chargé des odeurs des sous-bois, arôme de l'humus, relents des champignons, remugles d'une vasière proche, fragrances diverses de chaque essence d'arbre et de plante.

A l'orient, sous les feux naissants de l'aube, le ciel nocturne commençait à pâlir. Les étoiles s'éteignaient une à une, annonçant une journée radieuse. Jehn ne se lassait pas de les admirer. Elles étaient les filles d'Urgann, le dieu créateur de l'univers.

Le long des sentes des crêtes, les deux hommes arrivèrent dans la vallée occidentale qui menait au village. Ils s'assirent quelques instants sur un affleurement de granit pour reprendre leur souffle. Depuis le milieu de la nuit, Jehn transportait sur ses épaules le cadavre d'un sanglier qu'il avait abattu d'une flèche imparable. Il le déposa sur le sol et étira ses membres courbaturés.

Très loin, par-delà le moutonnement de verdure et de champs

épars qui abritait la petite tribu, s'étendait la ligne argentée de l'Océan. Les légendes affirmaient qu'il n'avait pas de fin. Un homme qui aurait osé s'aventurer sur ses eaux serait ainsi parvenu au bord d'un gouffre effrayant qui menait dans le royaume mythique des dieux anciens. Mais qui serait assez fou pour tenter une telle expédition ? Aucun coracle, aucun radeau n'était assez puissant pour affronter ses tempêtes soudaines. Ainsi les divinités se tenaient-elles hors de portée des humains.

Aalthus posa la main sur l'épaule de son fils.

– Jehn est un grand chasseur, dit-il d'une voix sobre.

Puis il sortit une tranche de viande fumée de son sac de cuir ; il la coupa en deux avec son poignard de silex à la lame effilée, solidement fixée à un manche en os par un mélange de résine et de cire d'abeille. Tous deux se mirent à mâcher la nourriture avec un plaisir évident, se désaltérant parfois de l'eau fraîche d'une gourde fabriquée dans la vessie d'un cerf.

Jehn aimait ces instants de silence et de plénitude qu'il partageait avec son père. Aalthus était le chef de la tribu des Loups, du village de Trois-Chênes, situé le long de la Khor'ach, la rivière occidentale qui se jetait dans le golfe de la Petite Mer [1].

Habitués à chasser ensemble depuis que le jeune homme était en âge de tenir une arme, ils se comprenaient sans avoir besoin d'échanger un mot. Un regard suffisait. Avec son père, Jehn avait appris, du moins le croyait-il, tous les secrets de la forêt et des animaux. Malgré son caractère rude et ombrageux, il admirait Aalthus ; sa sagesse lui avait valu la responsabilité des quelque quatre cents membres de la tribu. Le premier, il avait osé utiliser l'arc, cette arme nouvelle qu'il avait négociée quelques années plus tôt contre une fortune en peaux au Ster'Agor. Ce marché annuel, réunissant les quarante-neuf tribus de la Petite Mer, se tenait non loin du village d'Her-Lann, où siégeait le *kheung*, le roi de la nation. Aujourd'hui, beaucoup de chasseurs avaient adopté l'arc. Cependant, certains, parmi les anciens, lui préféraient le propulseur ou la fronde, dont l'origine se perdait dans la nuit des temps.

Jehn, alors âgé de douze ans, avait étudié l'arme de son père. Il

1. En breton, *Morbihan* signifie « petite mer ».

s'était fabriqué son propre arc, taillé dans une branche très souple de noisetier. Très vite, il avait fait preuve d'une adresse inégalable, grâce à quelques modifications personnelles qui augmentaient son efficacité. Il choisissait lui-même ses pointes de silex. Selon le besoin, il employait des pointes à crochets ou en forme d'amande. Il sélectionnait les plumes de l'empennage, le bois de ses flèches, et ne se séparait jamais du bracelet de cuir destiné à protéger son avant-bras de la vibration de la corde.

A présent, malgré son jeune âge, nul chasseur ne pouvait se comparer à lui. Il lui semblait parfois, lorsqu'il tenait son arc en main, qu'il n'avait fait que redécouvrir un art qu'il connaissait depuis toujours.

L'arc n'était pas le seul domaine où Jehn se distinguait. Ainsi, il maniait la hache de pierre polie avec une force et une dextérité telles qu'il abattait un arbre en deux fois moins de temps que les autres. Sa précision à la fronde était foudroyante. A la lutte, plus aucun homme ne pouvait rivaliser avec lui. Au début, il en avait tiré quelque gloire. Mais son père lui avait dit :

– Ne laisse pas l'orgueil te troubler l'esprit, mon fils. Toute créature engendrée par Gwanea, la déesse-mère, trouve toujours sur la voie de sa vie une créature plus forte qu'elle. Ne serait-ce que parce qu'elle est périssable. Un jour vient où elle est trop âgée pour combattre. C'est ainsi. Rien n'est définitif pour ceux qui vivent. Seules les pierres sont éternelles. Et puis, n'oublie jamais que l'esprit l'emporte sur la force. Sinon, les dieux se chargeront de te ramener à la raison.

Jehn n'avait pas négligé les paroles d'Aalthus. Il gardait en mémoire l'orgueil démesuré de Roxdhan le Lourd, autrefois l'homme le plus fort de la tribu. Le Ster'Agor était également l'occasion de joutes à mains nues. Depuis plusieurs années, Roxdhan le Lourd terrassait tous ses adversaires sans coup férir. Il en avait acquis un caractère hâbleur, provoquant volontiers et sans raison les membres des autres tribus.

Un jour cependant, il avait trouvé face à lui un homme plus vigoureux, une brute au visage épais, venu des lointaines contrées du soleil levant. Le combat avait été terrifiant. Les joutes se déroulaient toujours dans un esprit de courtoisie et de respect. Mais cette fois, Jehn, alors âgé de huit ans, avait ressenti la haine qui déchirait les deux hommes, bien décidés l'un et l'autre à assurer leur suprématie.

Au terme d'une bataille violente et acharnée, Roxdhan le Lourd avait succombé, la nuque et les reins brisés. Il était mort sur le chemin du retour, sans que les connaissances du *man'sha*, l'homme-médecine, ne pussent rien pour le sauver. Jehn entendait encore l'écho de ses gémissements de douleur.

On n'avait pas revu son vainqueur l'année suivante. D'après le récit d'un membre de son clan, aveuglé par sa force, il avait voulu affronter un ours géant à mains nues. Celui-ci l'avait éventré et déchiqueté, sous le regard impuissant de ses compagnons.

Jehn n'avait jamais oublié cette histoire. Il avait tué un ours l'année précédente. Mais il l'avait affronté à l'aide d'un lourd épieu, à la pointe durcie au feu, et secondé par trois compagnons. L'animal menaçait les troupeaux de la tribu, et il n'y avait eu d'autre solution que de le neutraliser.

Depuis quelque temps, il prenait conscience d'un phénomène insolite. Alors que d'ordinaire, les pères exerçaient une autorité incontestée sur leurs enfants, Aalthus témoignait à l'égard de son fils aîné d'un respect aussi inhabituel qu'inexplicable. Il sollicitait souvent son avis, et ne prenait ses décisions qu'après l'avoir consulté, quitte parfois à les modifier en fonction de ce que pensait le jeune homme.

Au début, Jehn n'y avait pas attaché d'importance. Il n'y avait vu que la manifestation de la sagesse de son père, qui tenait à s'assurer plusieurs points de vue avant d'agir. Cependant, il avait parfois l'impression qu'Aalthus le considérait comme son égal.

Jehn sentait qu'Aalthus brûlait du désir de parler de ce qui s'était passé lors de la rencontre avec les loups, mais il ne savait pas comment aborder le sujet. Enfin, il se décida.

– Les loups sont de grands chasseurs, dit-il. Ils sont nos frères.

Le jeune homme sourit.

– Jehn ignore ce qui s'est passé. L'ours était l'ennemi. Jehn voulait la victoire des loups.

Il serra les poings et ajouta :

– De toutes ses forces.

Aalthus acquiesça en silence. Le jeune chasseur poursuivit :

– Alors, Jehn s'est transporté dans le corps et l'esprit du loup. Et il a combattu avec lui.

Il porta la main à ses lèvres.

– Et il a ressenti le goût du sang dans sa bouche.

Il se tourna vers le visage buriné de son père.

– Une telle chose est-elle possible, père? As-tu déjà vécu pareilles expériences?

Aalthus secoua la tête. Il hésita, sembla sur le point d'ajouter quelque chose, puis déclara simplement :

– Jehn est un grand chasseur! Et le loup est son frère. Gwanea a permis aux deux frères de combattre ensemble. Gwanea est toute-puissante.

Il posa une main pleine de chaleur sur le bras de son fils.

– Bientôt viendra le temps de l'Arundha, le passage de l'homme-enfant à l'homme-adulte. Elle aura lieu à l'époque de la « Nuit Courte ». Mon fils doit la subir, et peut-être trouvera-t-il ce qu'il cherche.

Jehn demeura silencieux. Il sentait bouillonner en lui des puissances inconnues, terrifiantes, dont il ignorait l'origine. Aalthus avait raison. Les épreuves d'initiation lui apporteraient certaines réponses. Mais son instinct l'avertissait que ce qu'il y découvrirait ferait de lui un être différent. Car de ces réponses jailliraient de nouvelles questions encore plus mystérieuses.

2

Bien que l'on fût proche de la « Nuit Courte » de l'Arundha, et malgré le soleil prometteur, la température matinale demeurait fraîche. Dans les forêts de l'Intérieur, les dernières neiges ne fondaient jamais avant les lunes d'équinoxe de printemps. Certaines années même, elles perduraient bien après, rendant le travail des champs difficile.

Jehn et son père se remirent en route. Lorsqu'ils parvinrent aux abords du village, ils s'arrêtèrent quelques instants sur le promontoire qui le dominait, pour le simple plaisir de contempler leur domaine, celui où ils étaient nés, et leurs aïeux bien avant eux.

Les légendes racontaient qu'autrefois, les ancêtres de leurs ancêtres vivaient ailleurs, dans les lointaines contrées du soleil levant, au cœur des forêts profondes. Ils savaient déjà cultiver le blé et le seigle, mais ils ignoraient l'art de fertiliser la terre. Lorsque les champs s'appauvrissaient, les villages étaient abandonnés. Et les tribus repartaient vers le couchant, à la recherche de nouveaux territoires, défrichant peu à peu les forêts immenses qu'ils rencontraient.

Un jour, ils étaient arrivés dans cette contrée bordée par une étendue d'eau immense, l'Océan, la limite du monde, à n'en pas douter. Ils avaient compris qu'ils ne pourraient jamais aller plus loin et avaient chassé des lieux les quelques hordes de Mangeurs d'hommes qui y résidaient. Ceux-ci s'étaient alors réfugiés dans les hautes terres sauvages de l'Intérieur et survivaient de chasse et de cueillette.

Les tribus avaient pris le nom de nation de la Petite Mer. De génération en génération, ils avaient perfectionné l'art de l'agriculture. Ils s'étaient installés dans ce pays protégé des dieux et ne l'avaient plus quitté. Ce phénomène avait profondément modifié leur état d'esprit. Autrefois, les hommes avaient conscience d'appartenir à la terre, la déesse-mère, Gwanea, qui leur fournissait la nourriture et toutes choses utiles. A présent, ils estimaient qu'elle leur avait fait don d'une partie d'elle-même, et que nulle autre tribu n'avait le droit de s'installer sur leur domaine sans leur accord. Avec la sédentarisation était ainsi apparue la notion de propriété.

Le village ne comptait pas moins d'une cinquantaine de demeures de bois, édifiées sur des fondations de pierres consolidées par du mortier. Les murs étaient composés de rondins liés les uns aux autres et rendus étanches par une couche interne d'argile durcie. Les toits, couverts de chaume, protégeaient de la pluie. Un système ingénieux de canalisations de bois creusées au feu permettait de recueillir l'eau dans de grandes vasques de granit taillé, ce qui évitait d'aller la chercher à la rivière. Les femmes pouvaient ainsi en puiser à volonté, sauf durant les périodes de sécheresse qui suivaient parfois la « Nuit Courte ».

Une activité intense régnait déjà dans le village. Les femmes se préparaient à partir en groupes joyeux pour la cueillette des baies sauvages et des légumes que l'on ferait sécher, comme les lentilles ou les haricots. Avec un peu de chance, elles ramèneraient aussi quelques-unes de ces fleurs immenses dont le cœur était si savoureux. Elles s'épanouissaient au début de l'été. Deux vieilles femmes emmitouflées dans des toiles de lin épaisses, le visage et les mains protégés, allaient traquer les essaims d'abeilles sauvages, dont elles prélèveraient le miel.

Une nuée d'enfants turbulents entourait les femmes. Ils n'avaient pas leurs pareils pour dénicher les œufs des oiseaux en grimpant sur les branches les plus hautes des arbres. Ils préféraient d'ailleurs ce genre d'occupation à l'enseignement rudimentaire que leur dispensait Khallas, le man'sha, ou homme-médecine du village.

Au loin, sur le chemin qui conduisait à l'Océan, des hommes dirigeaient des traîneaux tirés par des chiens. Ils partaient collecter le goémon abandonné par les marées comme une offrande. On le ferait ensuite sécher dans des huttes de branchage, puis on le brûlerait afin d'en obtenir une cendre précieuse qui fertiliserait les champs. Car le village comptait une grande majorité d'agriculteurs.

Mais on y rencontrait aussi des artisans, comme le vieil Akhoun, le tailleur de pierre. Il avait pris place devant sa maison et l'on entendait les coups sourds et précis qu'il donnait sur les pierres dures acquises à l'automne passé, et dont il taillait les haches polies les plus efficaces. A ses côtés, Maraad, le vannier, tressait ses vans dans lesquels bientôt viendraient se déverser les grains des moissons. Non loin de sa demeure s'étiraient les métiers à tisser le lin et le chanvre de Baa'Drav. Jehn se promit de lui rendre une petite visite. Aussitôt après l'Arundha, il devait épouser sa fille, la belle Myria. Il espérait qu'elle n'était pas encore partie pour les bois.

Une chaleur bien agréable l'envahit à sa pensée. Même s'il avait déjà eu l'occasion de caresser son corps tendre et ferme lors des instants magiques qui les réunissaient dans le secret de la forêt profonde, il n'avait pas encore le droit de vivre avec elle. Il lui tardait de passer une nuit entière avec elle, de sentir son corps chaud s'éveiller dans ses bras au matin, et lui réclamer l'amour qu'il brûlait de lui offrir. Le parfum de ses cheveux l'enivrait, et il aimait évoquer son visage aux courbes pures, ses yeux d'un bleu rappelant celui de l'Océan les jours de grand soleil. Ah, que vienne vite le temps des épousailles ! Les pierres mystérieuses n'avaient-elles pas le pouvoir d'accélérer le temps ?

Au loin, vers le couchant, on devinait les longs alignements de hautes pierres levées. Seul le man'sha, Khallas, connaissait leur langage mystérieux. Elles avaient été dressées quelques générations plus tôt par les anciens. Dans le secret de leur orientation, de leur hauteur, elles recelaient des messages incompréhensibles au profane, des messages qui disaient aux hommes le temps des semailles et celui des récoltes. Elles fixaient aussi les périodes des fêtes, celle de la grande réunion annuelle de troc du Ster'Agor. Elles racontaient aux initiés la course mystérieuse des étoiles dans la nuit, les différentes phases de la lune, Leh'ness, la déesse inquiétante dont le visage triste apparaissait et disparaissait tous les vingt-huit jours. Les man'shas lui prêtaient des pouvoirs étranges. Ainsi, certaines plantes médicinales ne devaient se cueillir qu'au moment où elle était pleine.

Jehn et Aalthus se remirent en route. Lorsque le jeune homme déchargea ses épaules du sanglier énorme sur la place du village, un attroupement fébrile se forma en quelques instants autour d'eux. Khallas lui-même vint les féliciter.

– Mon frère Aalthus a fait bonne chasse !

– Le mérite en revient à mon fils. Il lui a suffi d'une flèche pour clouer l'animal au sol. En vérité, il est un chasseur prodigieux.

Khallas se tourna vers Jehn et lui posa la main sur le bras.

– Ton fils est protégé des dieux, Aalthus.

Le visage du chef se figea un court instant.

– Aalthus le sait, mon frère !

Jehn ne comprit pas l'amertume soudaine de son père. Le man'sha saisit Aalthus par les épaules et éclata d'un grand rire sonore.

– Allons ! Ne nous plaignons pas, puisqu'ils vont nous permettre de manger à satiété. Ce sanglier est superbe.

Aalthus éclata de rire à son tour et envoya une bourrade affectueuse à son compagnon de toujours. En réalité, Aalthus et Khallas n'étaient pas frères. Mais leurs fonctions au sein de la tribu les avaient liés par le sang lorsqu'ils avaient été élus dans leurs rôles respectifs.

Jehn, troublé par la réaction de son père, n'eut pas le temps de s'interroger plus avant. L'apparition près de lui du visage radieux de la petite Myria lui fit tout oublier. Il ne vit plus qu'elle.

– Jehn est donc le plus grand chasseur de la tribu ! dit-elle avec un sourire qui découvrit les perles nacrées de ses dents.

Elle vint se blottir contre lui comme une chatte. Les bras du jeune homme se refermèrent sur elle en un geste possessif.

– Et Myria est la plus belle fille que Gwanea ait jamais enfantée, répondit-il.

Abandonnant le produit de sa chasse aux mains des vieilles femmes qui allaient le dépecer et le découper en morceaux, il s'éloigna, tenant jalousement la jeune fille contre lui.

– J'avais peur que tu ne sois déjà partie pour la cueillette !

– Non, rétorqua-t-elle. Pas aujourd'hui. Mon père a besoin de moi pour l'aider à rouir le lin. Je dois rester toute la journée au village. Il faut teindre les vêtements qui pareront les jeunes hommes pour l'Arundha.

Elle se fit câline.

– Je lui ai fait promettre de me laisser le soin de m'occuper de ton propre vêtement. Je connais déjà les motifs que je veux employer.

– Ah ? Et lesquels ?

– Les serpents noirs de la ruse, les...

Elle s'écarta de lui.

– Oh, et puis non, tu le verras lorsque ce sera terminé.

– Dis-le moi! insista-t-il en voulant l'attraper.

Elle s'échappa. Il la poursuivit ainsi, par jeu, dans le village, jusqu'au moment où il la saisit et la maintint prisonnière de ses bras. Elle éclata de son rire frais et se serra contre lui.

– Bientôt, tu seras à moi, murmura-t-il.

Elle leva ses yeux d'océan vers lui.

– Oui, toute à toi. J'ai hâte que vienne le jour de l'Arundha. Les pierres ne pourraient-elles pas accélérer le temps?

Emu, il la serra avec force. Il avait eu la même idée quelques instants plus tôt. Elle se dégagea, un peu essoufflée.

– Jehn devrait prendre garde, déclara-t-elle. Une femme n'est pas du gibier. Tu m'as fait mal.

– Je suis désolé.

Mais elle revint dans ses bras.

– Ce n'est rien! Avec toi, je sais que je ne crains rien! Tu es l'homme le plus fort du village.

Une bouffée d'orgueil gonfla un instant les veines du jeune homme. Qu'il était bon de se sentir ainsi aimé et admiré! Il répondit :

– Je crois que je vais aussi rester au village aujourd'hui. Je dois me fabriquer de nouvelles flèches. J'irai m'installer près de toi.

– Je l'espère bien.

Ils se séparèrent après un dernier baiser. Puis Jehn gagna la maison familiale, où l'attendait sa mère, Alëunda. En dehors de Myria, elle était la femme qu'il aimait le plus au monde. Avec elle, il se sentirait toujours comme un petit enfant, même s'il la dépassait de trois têtes. Lorsqu'il franchit le seuil de la grande salle, elle préparait des filets de poisson pour le fumage. Il tomba à genoux pour être à sa hauteur et enfouit son visage contre sa poitrine, une poitrine gonflée par une huitième naissance à venir.

– J'ai entendu dire que mon fils a fait bonne chasse! dit-elle.

– Oui, mère! Un sanglier.

Elle lui prit les mains et le regarda.

– Mon cœur se réjouit. Mais il est triste également. Car il sait que mon fils va bientôt quitter la demeure de sa mère.

– Mais je ne serai pas loin! Tu sais bien que je resterai à Trois-Chênes.

– Puissent les dieux entendre ta voix, murmura Alëunda dans un souffle.

Jehn se redressa. Avec elle, comme avec son père, il n'y avait pas besoin de mots. Il ressentait leurs émotions à fleur d'esprit.

– Comment ma mère peut-elle penser que je quitterai un jour le village ? Ma vie est ici, avec Myria, et avec vous tous !

Elle eut un pauvre sourire.

– Nul ne connaît les desseins des dieux, mon fils !

Elle lui serra les mains avec vigueur, affichant un enthousiasme forcé.

– Mais pourquoi nous tracasser avec tout cela ? Aujourd'hui, tu es là, mon fils. Et bientôt, tu deviendras un homme-adulte. Je sais que tu triompheras de l'Arundha, comme tu as toujours triomphé de tout.

Jehn lui sourit et caressa son ventre tendu d'une vie nouvelle.

– Ma mère ne devrait pas être triste ! Le petit frère qu'elle porte ne sera-t-il pas le plus beau bébé du monde ?

Bien qu'elle ne prononçât pas un mot, il entendit la réponse, comme si elle avait été projetée dans son propre esprit. « Le plus beau bébé du monde, c'était toi, Jehn ! » Troublé, il préféra ne pas insister et offrit de l'aider. Elle accepta. Il l'observa silencieusement tandis qu'elle découpait habilement, à l'aide de son couteau de silex, les peaux écailleuses des poissons. Son intuition lui soufflait qu'Alëunda avait vécu quelque chose d'extraordinaire. Un instant magique qui avait peut-être rapport avec sa propre naissance. Mais jamais elle n'en parlerait.

Plus tard, il rendit visite à Baa'Drav, le tisserand, le père de Myria. Comme elle l'avait annoncé, la jeune fille était présente. L'artisan délaissa un instant les fusaïoles [1] qui tendaient les fils de lin et adressa un sourire espiègle au jeune homme.

– Est-ce bien à moi que tu viens rendre visite, petit ?

Puis il éclata de rire. Le terme « petit », s'appliquant à Jehn, l'avait toujours beaucoup amusé. Baa'Drav était un homme simple et bon, toujours porté sur la plaisanterie. Sa fille avait hérité de son caractère heureux.

1. Fusaïole : petite pierre ronde et percée, destinée à tendre les fils de trame.

– C'est bien à toi. Parce que ta fille est la plus belle de toute la nation, et que je vais bientôt m'unir à elle.

– Au moins, tu n'es pas hypocrite. Mais Myria a une tâche importante.

– Moi aussi, Baa'Drav. Je me contenterai donc de la regarder.

Myria trempait les longues tiges des plantes à fleur bleue dans de grandes vasques de vannerie rendues étanches par une couche d'argile. On les laisserait ainsi macérer jusqu'à ce que les fibres soient isolées. Puis on les tresserait pour fabriquer des liens et de gros cordages destinés à la construction des demeures, ou la traction des lourds mégalithes de granit.

Jehn échangea un sourire complice avec elle, laissa tomber la poche de cuir qui contenait les pointes de silex qu'il désirait monter, et s'assit en tailleur sur le sol.

Quelques instants plus tard, Akhoun, le vieux tailleur de pierre, le rejoignait. Avec un clin d'œil malicieux, il montra au jeune homme une masse de dolérite qu'il achevait de tailler.

– Cette hache sera la plus belle que j'aie jamais fabriquée, affirma-t-il d'un ton péremptoire. Regarde sa taille. Elle est adaptée à ta force, jeune chasseur. Elle sera mon cadeau pour ton mariage.

Jehn sourit. L'objet était en effet de belles dimensions. Une fois emmanchée, elle permettrait d'abattre un arbre en un temps record [1].

– Je te remercie, Akhoun.

Le vieil homme étudia un moment les pointes acérées posées sur le morceau de cuir.

– Le silex, c'est bien, déclara-t-il. Mais il y a mieux. Attends un instant.

Il se leva et s'en alla farfouiller dans sa masure. Quelques instants plus tard, il posa avec des gestes délicats trois pointes faites d'une matière étrange, d'une couleur indéfinissable, vaguement grise.

– Il n'en reste malheureusement plus beaucoup, dit-il d'un ton triste.

Jehn observa les trois objets, tandis que Akhoun commençait un étrange récit, ménageant ses effets en vieux conteur qu'il était. Intri-

1. Il a été prouvé qu'une telle hache permettait d'abattre un arbre en une demi-heure.

guée, Myria vint s'asseoir près de Jehn, bientôt imité par Baa'Drav. Akhoun n'avait pas son pareil pour narrer une histoire.

– Vos oreilles et vos yeux m'appartiennent. Ecoutez-moi. Il y a de cela bien des générations, il s'est passé non loin d'ici une chose extraordinaire. C'était la nuit. Une nuit sans lune, car la déesse Leh'ness se cachait du regard du dieu-soleil, Hyphrâ, dans le sein de notre mère Gwanea. Une nuit où aucun chasseur n'aurait osé sortir. Tout à coup, nos ancêtres entendirent un vent violent se lever. Inquiets, quelques hommes sortirent de leur demeure et restèrent pétrifiés de terreur.

Ce disant, il roula des yeux effrayants. Le visage de Myria pâlit. Elle saisit la main de Jehn et se blottit contre lui.

– C'était comme si le soleil s'était soudain mis à luire en pleine nuit. Et l'explication leur apparut : une étoile brillait plus fort que toutes les autres. Elle illuminait la forêt d'un éclat insoutenable. Ils comprirent qu'elle se dirigeait vers eux, car elle grossissait à vue d'œil. Dans le même temps résonnait un sifflement aigu. Ils songèrent aussitôt à fuir. Mais où auraient-ils pu aller?

« Au loin dans la forêt, la tempête redoubla de violence, courbant, puis déracinant les arbres, jusqu'aux plus puissants des chênes. La lumière devint aveuglante. Atterrés, les hommes s'attendaient d'un instant à l'autre à être engloutis par l'haleine brûlante de l'étoile. Ils entendirent un grondement formidable, comme le hurlement poussé par un ours aussi gros qu'une montagne. L'étoile traça une longue courbe de feu dans le ciel de la nuit, et s'abattit sur la forêt, dans un vacarme si puissant qu'ils durent se boucher les oreilles. L'air de l'hiver se réchauffa brusquement, faisant fondre la neige et embrasant les arbres comme des fétus de paille. Nos ancêtres crurent que les dieux avaient décidé de les anéantir. Puis le grondement infernal s'évanouit, remplacé par le souffle d'un ouragan comme personne n'en avait jamais vu. Les maisons tremblèrent sur leurs bases. Les toits de chaume s'arrachèrent, les murs s'effondrèrent. Les hommes s'enfuirent en tous sens. Bien loin vers le nord, un feu gigantesque s'était déclaré, qui dévorait la forêt. Heureusement, il n'atteignit pas le village. Tremblant de peur, nos ancêtres se regroupèrent autour du man'sha, qui invoquait les dieux pour tenter de comprendre.

« Au matin, une pluie terrible s'abattit. Au-dessus de la forêt s'élevaient des colonnes de vapeur gigantesques, qui racontaient la lutte impitoyable que se livraient l'eau et le feu. Ce fut l'eau qui triompha. L'incendie dura deux jours, puis s'éteignit. Par chance, les hommes et les troupeaux furent épargnés. Seules les demeures avaient été touchées. Dans les jours qui suivirent, on se hâta de les reconstruire, car l'hiver était rude. Quelques hommes courageux osèrent s'aventurer à nouveau dans la forêt. A une demi-journée de marche, elle avait disparu. Ce n'était plus qu'une étendue de troncs noircis au milieu desquels gisaient les restes calcinés d'animaux qui n'avaient pas eu le temps de fuir.

« Plus loin encore, les arbres avaient été déracinés par le souffle ardent de l'étoile. Leur orientation indiquait un point central, vers lequel les anciens se dirigèrent. Quelle ne fut pas leur surprise de découvrir un énorme rocher au fond d'un profond ravin! Un rocher d'une beauté inimaginable. Il était brisé en plusieurs endroits, et de ses plaies jaillissaient des éclats fumants, d'une dureté extraordinaire, plus grande que celle de la pierre. C'était l'étoile tombée du ciel. Elle brûlait encore. Ils comprirent qu'il s'agissait là d'un cadeau d'Urgann, le dieu du neuvième ciel.

– Que se passa-t-il alors? demanda Myria.

– Ils amenèrent des cordes et voulurent déplacer le rocher pour le ramener au village. Mais il était beaucoup plus lourd que les pierres levées de Kher'Nach. Alors, ils prélevèrent des écailles, dont ils firent des pointes de flèches. Celles-ci sont les dernières, petite Myria. Cette histoire s'est déroulée il y a bien longtemps. Peu à peu, le vent et le sable ont recouvert l'étoile tombée du ciel. Et les arbres ont repoussé. Personne ne connaît plus son emplacement exact. Mais elle nous a fait don de ces pointes, que nous avons eu beaucoup de mal à travailler. Car il n'existe pas de roche plus dure. Les man'shas affirment même qu'il ne s'agit pas de pierre, mais d'une matière inconnue. Ils l'ont appelée l'*yrhonn* [1].

Jehn posa une main pleine de respect sur l'une des pointes. Elle était exceptionnellement lourde. Le vieil homme les avait travaillées

1. Cette légende reflète la réalité. Bien que, à cette époque, les hommes ne connussent pas le métal, il arrivait qu'un météorite contenant du fer à l'état brut tombât sur la terre. Les hommes apprirent très tôt à utiliser ce fer, qu'ils travaillaient par martelage, comme ils le firent également pour le cuivre, bien avant l'avènement de l'âge du bronze. *Yrhonn* n'est que la déformation du nom anglais du fer : *iron.*

« en amande », affûtant leur tranchant et leur tige pour permettre une adaptation facile dans le bois de la flèche.

– Ton cadeau est magnifique, Akhoun.

Le vieil homme éclata de rire.

– Holà, petit ! Ce n'est pas encore un cadeau. Elles ne seront à toi que si tu triomphes des épreuves de l'Arundha.

Il reprit ses trois pointes, et ajouta :

– Mais je ne me fais aucun souci à ce sujet, jeune chasseur !

3

Le matin même, Khallas, le man'sha, s'était rendu seul jusqu'aux pierres dressées de Kher'Nach. En observant l'endroit où se levait le soleil, il avait su que le temps de la « Nuit Courte » était venu. C'était durant cette nuit magique que devait avoir lieu l'Arundha, l'initiation des hommes-enfants, qui ferait d'eux des hommes-adultes.

Cette fois pourtant, il était resté un peu plus longtemps à psalmodier des litanies incompréhensibles, afin d'implorer les dieux de lui accorder la clairvoyance. Parmi les cinq adolescents qui devaient subir les épreuves figurait un certain Jehn, fils de son frère de sang, Aalthus, le chef du clan. Or, ce garçon n'avait rien de commun avec les autres. Et lui, Khallas, savait qu'il ne s'agissait pas seulement de sa taille exceptionnelle. Il s'était produit, avant sa naissance, un événement incompréhensible, dont lui-même n'avait jamais réussi à percer le secret. Malgré les suppliques qu'il leur avait adressées au cours de ses transes, les dieux étaient demeurés muets.

Peut-être l'Arundha apporterait-elle une réponse. Il le souhaitait et le redoutait à la fois. Qui pouvait savoir ce qui se produirait alors ? Il espérait de toute son âme qu'Aalthus ne s'était pas trompé en arrêtant le couteau sacrificiel.

Depuis quelques jours, Khallas avait fait provision du champignon sacré qui poussait au pied de l'arbre divin, à l'écorce couleur de lune. C'était un champignon étrange, dont les pouvoirs permettaient d'accéder au monde des esprits. Son chapeau rappelait le sein d'une femme parsemé de gouttes de lait. La nuit, sous la lumière de la déesse Leh'ness, son pied luisait d'une mystérieuse lueur blanche. Selon la tradition, le premier des man'shas avait vu une femme très belle, aux longs cheveux de lune, jaillir jusqu'à la taille du tronc de l'arbre sacré à l'écorce blanche. Elle lui avait offert son sein. Alors, le man'sha avait bu le lait de la femme. Puis, plongé dans un sommeil étrange, il avait atteint un niveau supérieur de la connaissance. Depuis ce jour, le champignon rouge à taches blanches perpétuait le souvenir de la déesse de l'arbre. Nul ne savait son nom. Peut-être incarnait-elle la divinité de la nuit.

En prévision des rites initiatiques, Khallas avait préparé une mixture sombre, qu'il absorberait avant de la transmettre aux autres d'une manière très particulière.

A présent, le crépuscule inondait le village d'une lumière rouge sanglant. Un vent mystérieux, chargé des parfums de la terre, s'était levé. Toute la population était réunie autour des trois chênes plusieurs fois centenaires, et scandait des incantations à la gloire de la « Nuit Courte ». Chacun portait ses habits de cérémonie, richement décorés, de cuir et de lin tissé, teint avec le jus de baies sauvages. Des loups stylisés, symboles de la tribu, ornaient les longs vêtements clairs, presque blancs dans le crépuscule naissant. Un peu partout fleurissaient des torches allumées, qui éclairaient les visages de lueurs dansantes.

Au cœur de l'assemblée humaine, parmi les cinq adolescents vêtus chacun d'une longue robe de lin, se dressait une silhouette impressionnante. Jamais dans sa vie, Khallas n'avait rencontré d'homme aussi grand. Il ne laissa rien paraître de l'émotion qui l'étreignait et leva les bras pour obtenir le silence.

Puis il saisit le tambourin qui ne le quittait jamais et qui représentait l'emblème de sa fonction, et fit entendre un roulement feutré. Ensuite, il se dirigea vers l'extérieur du village, suivi de la foule qui reprit ses incantations, rythmées par le battement de l'instrument.

A quelque distance s'étendait la clairière où devait se dérouler l'Arundha. Un lieu magique dont le sol n'était foulé que pour les cérémonies importantes comme l'initiation, les funérailles ou les mariages. A intervalles réguliers s'alignaient les arbres sacrés, à la robe couleur de lune, symboles de fertilité et de connaissance. Au centre de la clairière, les femmes du clan avaient installé cinq bûchers pendant la journée. Plus loin flamboyaient des feux de camp où l'on avait déjà mis chèvres et moutons à rôtir. A l'écart, on apercevait la petite hutte de branchage sous laquelle le man'sha se retirerait pour méditer et absorber la potion sacrée.

Le roulement du tambourin s'arrêta. La foule s'immobilisa. Khallas se tourna vers elle, puis éleva les bras vers les étoiles et la lune dont la lueur blafarde baignait les lieux d'une lumière fantasmagorique. Alors, la voix gutturale de l'homme-médecine monta vers la voûte étoilée.

– O Leh'ness, déesse de la nuit, toi qui présides aux divinités obscures, accorde la sagesse et le courage à tous les membres de notre tribu, et particulièrement à nos cinq jeunes, qui vont ce soir t'offrir le sacrifice de leur enfance et de leur corps. Que Urgann, le dieu-père qui règne dans les cieux, et Gwanea, la terre-mère, les soutiennent.

Puis il se tourna vers la foule redevenue silencieuse. Au premier rang, les cinq adolescents frissonnaient dans la fraîcheur humide du crépuscule. La solennité de l'instant les pénétrait au moins autant que le froid ambiant.

Khallas saisit la torche d'un assistant et enflamma successivement les cinq bûchers, que l'on avait enduits de résine. Bientôt, des flammes hautes et parfumées déchirèrent la nuit naissante. La clairière sacrée s'éclaira d'une lumière vivante qui se refléta dans les yeux pleins de ferveur de l'assistance. Un grondement sourd jaillit de toutes les poitrines, scandant le nom de la lune, la déesse des esprits obscurs.

Le man'sha s'avança au centre du cercle formé par les cinq foyers, lança d'une voix forte une invocation incompréhensible, puis il se drapa de sa longue cape de cuir noir et gagna la petite hutte où l'attendait la décoction de champignon hallucinogène.

Lorsque l'homme-médecine eut disparu, la foule se libéra. Cette nuit était une nuit de fête. Des instruments étranges apparurent entre les mains des musiciens, trompes longues ou courtes, tambours tendus de peau de porc, harpes à huit cordes aux sonorités grinçantes, flûtes taillées dans des tibias d'animaux ou des roseaux. On s'approcha des feux où rissolaient les bêtes abattues.

A l'écart, l'un d'eux vivait encore. C'était un superbe bélier qui serait offert tout à l'heure en sacrifice aux divinités. L'animal blatérait et tirait sur la corde qui l'enchaînait à son piquet.

Peu à peu, les libations commencèrent. Partout, on déboucha des jarres emplies de la bière au miel et aux fruits sauvages, la *zahaat*. Comme ses amis promis à l'Arundha, Jehn perdit peu à peu la notion du temps et des choses. A mesure que son gobelet d'argile se remplissait, une chaleur bienfaisante vivifiait ses membres et son esprit. Il avait passé la journée à méditer dans le secret de la forêt, implorant les dieux de le soutenir dans l'épreuve qui l'attendait. Il la connaissait déjà, pour y avoir assisté depuis sa plus tendre enfance. La « Nuit Courte » était une période magique, différente, où l'esprit de chacun se mêlait à tous, et à la terre entière, en une communion proche du délire.

La tête lui tournait lorsque le man'sha se dressa à nouveau en lisière de la clairière. Sa longue robe, éclairée par les flammes des bûchers, contrastait avec les silhouettes argentées des cinq arbres couleur de lune dont les feuillages d'émeraude se paraient de brindilles enflammées emportées par les vents tourbillonnants.

Jehn, malgré les vapeurs alcoolisées qui lui embrumaient l'esprit, se surprit à trembler. Il redoutait ce qu'il allait découvrir au plus profond de lui-même.

Sous les yeux passionnés de la foule, Khallas fit signe aux cinq adolescents de le rejoindre au centre du cercle de feu. Chacun d'eux prit place, le dos tourné à un foyer. Alors, d'un geste brusque, le sorcier déchira l'une après l'autre les robes de lin qui les couvraient et les jeta aux flammes. Une haleine de feu baigna leurs corps entièrement nus. Le man'sha fit amener le bélier. L'animal, comme s'il se doutait de son sort, se débattit violemment. Mais il était trop tard. Un long poignard de silex aiguisé surgit dans la main du sorcier. Il s'approcha de la bête, qu'il saisit par les cornes, et l'égorgea d'un coup imparable. Après quelques soubresauts, le bélier s'écroula. Un instant plus tard, Khallas recueillait son sang dans une vasque en argile cuite.

Il se dirigea vers les cinq adolescents, qui attendaient, aussi immobiles que les pierres. Il trempa la main dans le sang tiède et badigeonna la poitrine de chacun, tout en psalmodiant des incantations dans un langage inconnu, venu du fond des âges. La foule située au-delà du cercle de feu reprit ses paroles, dans un murmure qui s'amplifia en un grondement formidable, le chœur de la terre elle-même.

Ensuite, le man'sha saisit à nouveau son poignard et imprima des entailles sanglantes dans les muscles de la poitrine, les bras et les jambes des cinq jeunes gens. Neuf scarifications, qui symbolisaient les niveaux séparant la terre des cieux, où régnait le tout-puissant Urgann, père de l'univers. Il était d'usage que les adolescents serrent les dents pour ne pas trahir leur souffrance. Mais leur vie rude et sauvage les avait préparés à ce genre d'expérience. Aucun ne laissa échapper un cri.

Vint alors l'épreuve finale. Un aide de Khallas apporta un lourd récipient contenant un liquide jaunâtre peu engageant. Jehn, l'esprit brûlé par les vapeurs de zahaat et la douleur, savait déjà qu'il s'agissait de la propre urine de l'homme-médecine, recueillie après l'absorption de la décoction de champignon sacré. Un liquide nauséabond qu'il allait devoir ingurgiter afin d'accéder à la connaissance intérieure [1].

Tandis que la foule scandait des litanies à la gloire de la divinité de la nuit, le man'sha remplit des gobelets qu'il tendit à chacun des cinq jeunes.

Après une courte hésitation, Jehn absorba le liquide d'un trait. Un goût amer et salé lui imprégna la gorge pendant quelques instants, lui donnant la nausée. Dans un premier temps, il n'éprouva rien. Puis l'espace sembla se dédoubler autour de lui. Les bruits des festivités lui parvinrent comme assourdis, les visages se déformèrent. Il s'écroula à terre, pris d'une irrésistible envie de dormir. Des figures connues se penchaient sur lui, qu'il ne voyait pas. Pas plus qu'il ne distinguait ses quatre compagnons, tombés dans le même état d'hébétude. Ce n'était que le premier pas vers l'inconnu.

Dans un état second, il entrevit le man'sha brandir de longues verges de bouleau dont il se mit à les fouetter avec vigueur. Il sentit à peine la morsure des coups. Peu après, quelques femmes se débarrassèrent de leurs vêtements, pour se joindre aux adolescents et recevoir

1. Ce détail, qui pourrait paraître quelque peu scatologique, n'est absolument pas une invention. Il est emprunté aux rites chamaniques. En effet, les chamans de la Sibérie avaient pour coutume d'absorber une décoction d'amanite tue-mouche, champignon hallucinogène qui pousse au pied des bouleaux (les arbres couleur de lune). Son principe actif, la muscarine, a la propriété de passer rapidement dans la vessie de celui qui la boit. Aussi les peuples chamaniques absorbaient-ils l'urine des chamans pour obtenir l'effet de transe désiré. L'effet de la muscarine se fait sentir jusqu'à la quatrième ou cinquième génération de buveurs. C'est ce rite étrange qui est reproduit ici.

aussi les coups de fouet de l'homme-médecine. Il lui revint vaguement que les branches de l'arbre sacré avaient la propriété de rendre la fertilité aux femmes stériles.

Tout à coup, une terreur absolue s'empara de lui, comme surgie du plus profond des ténèbres. Une musique étrange lui siffla aux oreilles, qui l'incitait à tout abandonner, à se laisser absorber par le gouffre du néant. Une vision effrayante l'envahit, occultant les lueurs des foyers. Son propre corps se déchiquetait sans qu'il ne pût agir. Des douleurs sourdes lui broyaient les membres. Dans un sursaut de lucidité, il se demanda s'il était possible de souffrir autant. Il ne devait pourtant pas reculer. Il lui fallait affronter ce déchirement. Ce n'était qu'à ce prix qu'il parviendrait, par le sacrifice de soi, au-delà du mal.

Soudain, une lueur jaillit au fond de lui, une lumière fantastique, qui grandit sans pour autant devenir aveuglante. Une lumière qu'il appelait de toute son âme. Si elle s'éteignait, s'il n'avait pas la force de la retenir, sa vie le fuirait et il sombrerait pour toujours dans le néant. Il savait que cela s'était déjà produit par le passé. Un adolescent ne s'était pas réveillé. Les dieux avaient refusé qu'il devienne un homme-adulte. Dans un sursaut de volonté, il tourna son esprit vers la clarté, se concentra sur elle, repoussant les souffrances qui broyaient son corps éparpillé aux quatre coins de l'univers. Sa respiration s'accéléra.

De toute sa puissance, il lutta, repoussant pied à pied l'hydre innommable qui l'aspirait vers le fond. Ce combat phénoménal lui sembla durer une éternité. Enfin, le monstre impalpable lâcha prise, et s'évanouit comme il était venu. Peu à peu, son corps dispersé se rassembla, se reconstitua. Une sensation de victoire, d'invincibilité, de plénitude gonfla ses poumons. Mais cette sensation enivrante se doublait d'une impression de sacrifice. Il ne savait plus où il était, qui il était, ayant perdu la notion du temps et de toutes choses. Qui étaient ces hommes et ces femmes qui l'entouraient, qui vacillaient autour de lui ? Les femmes, les femmes surtout l'attiraient. Il ne se rendait même pas compte que, tout comme ses compagnons soumis aux effets du champignon hallucinogène, il s'était mis à hurler, à crier, à rire à gorge déployée, bondissant comme un fauve au milieu de la foule qui lui adressait des encouragements d'autant plus enthousiastes que les effets de la zahaat avaient depuis déjà longtemps obscurci tous les esprits. Il ne s'aperçut pas de l'érection extraordinaire qui s'était emparée de son sexe sous l'effet de la drogue.

Un visage l'aspira, une bouche se posa sur la sienne, des dents nacrées lui mordirent les lèvres, tandis qu'une chaleur intense lui broyait le bas-ventre. Il connaissait ce visage, cette femme, cette femme si belle. Un prénom lui traversa l'esprit l'espace d'un éclair. Myria ! Puis il sombra dans un état comateux, le corps parcouru de longs frémissements.

Alors, le man'sha s'approcha de lui et disposa sur son corps écroulé le long vêtement de lin qui deviendrait son habit de cérémonie pour le reste de ses jours.

Jehn ne ressentait pas la froideur du sol sur sa peau nue, pas plus qu'il n'avait conscience d'avoir bondi plusieurs fois à travers le baiser brûlant des flammes des bûchers. Tout s'estompa en lui, et il sombra dans l'inconscience. L'inconscience, ou plutôt un état de supra-conscience. La clairière s'évanouit, pour laisser place à la vision d'une lande de bruyère éclairée par la pleine lune. Sous ses pattes (ses pattes ?), il éprouva la dureté des pierres rocailleuses. Une louve cheminait à ses côtés. Il était devenu loup lui-même. Le loup était son animal totem, son emblème. Une sensation nouvelle l'envahit. Il se tourna lentement vers la silhouette sombre à ses côtés. Une silhouette floue, qui pouvait être aussi bien une louve que n'importe quel autre animal, peut-être même une femme. Sans comprendre pourquoi, il sut qu'un amour extraordinaire l'enchaînait à cet être hybride, cet esprit immatériel. Un lien que rien jamais ne pourrait détruire. Il éprouva la sensation d'avoir parcouru en sa compagnie une route très longue, si longue qu'elle se perdait dans le gouffre du temps. Les yeux de la créature diaphane se tournèrent vers lui, emplis d'une détresse insondable.

Et soudain, l'ombre femelle s'écarta de lui et se dilua dans le néant. Dans son délire, un hurlement retentit, qui figea les membres du clan dans la stupeur.

Jehn n'eut pas conscience d'avoir crié. Il ne gardait, incrustée dans sa chair comme une blessure à vif, que la sensation intolérable d'un précipice infini qui le séparait à présent de sa compagne inconnue. Alors, tout s'estompa dans une lumière d'azur et d'or, et il eut une vision encore plus étonnante.

Il se trouvait maintenant au centre d'une salle immense, dallée d'une mosaïque aux couleurs chatoyantes. Devant lui se découpait une baie éclatante. Curieusement, il croyait reconnaître l'endroit. Tout ici lui paraissait familier. Peu à peu, sa propre identité s'effaça, et il s'intégra à un personnage nouveau, étrange reflet de lui-même.

Quittant la pénombre de la grande salle du palais, il s'avança sur la vaste esplanade inondée de lumière dominant l'agora. Jusqu'à l'horizon, les toits de la cité resplendissaient d'une luminosité étonnante, semblable à de l'or. L'air tiède embaumé de parfums printaniers baignait une foule bigarrée et innombrable. De chaque côté s'élevaient des statues de marbre à l'effigie des dieux ; sur la gauche se dressait un immense édifice surmonté d'un dôme en forme de pyramide à sept pans. Ses surfaces cristallines reflétaient les rayons du dieu-soleil. C'était là, sous la voûte translucide, que venaient prier les fidèles. Ils s'exposaient ainsi aux rayons bienveillants de la divinité généreuse d'où émanait toute vie.

A l'opposé du palais, de l'autre côté de la place, une large avenue descendait vers le port, bordée de demeures somptueuses. Au loin sommeillaient de grands navires. Sans doute n'existait-il pas de par le vaste monde de cité aussi belle et aussi riche.

Une main se glissa dans celle du prince. Une main chaude, douce, où coulait tout l'amour du monde. Il la serra avec tendresse et s'avança à la limite du balcon dominant la foule qui se mit à hurler son enthousiasme. Les festivités allaient pouvoir commencer. Les récoltes avaient été abondantes, les troupeaux n'avaient jamais été aussi beaux, et le peuple ne connaissait plus la famine depuis des temps immémoriaux. Mais surtout, le spectre de la guerre s'était éloigné. Les armées terrestres et la flotte avaient triomphé de l'ennemi.

Le prince tourna les yeux vers sa compagne. La douceur du regard vert posé sur lui le rassura. Une sensation de plénitude absolue le parcourut. Après l'atmosphère épuisante des champs de bataille, il pouvait enfin savourer le plaisir de la contempler sans éprouver l'angoisse de devoir la quitter. Jamais elle n'avait été aussi belle. Un magnifique collier d'émeraudes serties dans des fleurs d'or ciselé décorait son cou et ses épaules dénudées. Sa chevelure était retenue par un superbe diadème de saphirs bleus qui disaient sa condition royale. Il serra encore plus la fine main glissée dans la sienne. Il existait entre eux un lien que rien jamais ne pourrait défaire, pas même la mort. Elle était son amie, son reflet, son double, au-delà de tout ce qui pouvait s'imaginer.

Un sentiment de fierté et de reconnaissance envers les dieux l'emplit. Il se tourna à nouveau vers la foule et entreprit de descendre le large escalier de marbre blanc éclaboussé de lumière. Des visages montèrent vers lui, où il lisait l'adoration de tout un peuple.

Soudain, une pensée terrible le traversa. Une telle opulence, un tel bonheur pouvaient-ils durer? De sombres desseins ne se tramaient-ils pas dans l'ombre? Toute cette richesse, tous ces honneurs ne se paieraient-ils pas un jour? Si les dieux, dont l'humeur capricieuse pouvait se manifester à tout moment, se montraient jaloux de la puissance de la cité, de la beauté de sa compagne, serait-il assez fort pour les défendre?

Bien sûr! N'était-il pas une sorte de dieu lui-même, de même que sa compagne? Cependant, personne n'était à l'abri du destin impitoyable, qui frappait les hommes et les divinités. Il ne redoutait rien pour lui. Mais il craignait pour son peuple.

Comme il descendait les degrés, il sentit s'amasser au loin, sans raison aucune, une puissance destructrice inimaginable et aveugle.

Peu à peu, l'air lui manqua.

Lentement, Jehn recouvra ses esprits. Devant lui se tenaient des visages connus, qui le contemplaient avec inquiétude. Celui de son père, Aalthus, celui de Khallas, celui de la petite Myria. Une douleur sourde lui martelait le crâne tandis qu'il reprenait son souffle. Il avait l'impression que l'air refusait de pénétrer ses poumons. Puis les battements de son cœur emballé s'apaisèrent et il put respirer normalement. Il ne se souvenait plus de rien, sinon de cet endroit mystérieux et lumineux, sur lequel pesait une menace invisible et angoissante.

Myria s'agenouilla près de lui et lui caressa le visage.

Il ne s'aperçut même pas du sang qui coulait de son torse et de ses membres, sur lesquels le man'sha avait taillé les neuf scarifications symbolisant les degrés de l'échelle cosmique.

Une pensée insolite vint le frapper. La légende disait que c'était l'union d'Urgann et de Gwanea, la déesse de la terre, qui avait engendré les humains. Mais ceux-ci avaient oublié, au fil du temps, leur ascendance divine. Et la succession de leurs vies et de leurs morts devaient les amener à redécouvrir cette ascendance. Nauséeux, il se redressa, soutenu par la petite Myria, qui lui tendit son nouveau costume de lin. Elle avait dit qu'elle le décorerait elle-même. Avant de l'enfiler, il découvrit, sur la poitrine, un magnifique loup noir stylisé, cerné de dessins serpentins, figurant l'esprit et le courage.

La jeune fille épongea avec douceur le sang qui coulait des scarifications, puis elle l'aida à passer le vêtement. Un long frisson le parcourut. Les flammes des bûchers avaient baissé d'intensité. Sur l'un d'eux ne subsistaient plus que des braises. Déjà, à l'orient, le ciel pâlissait. Pourtant, Jehn ne voyait rien des corps écroulés sous l'effet de l'alcool de zahaat et de l'excès de nourriture. Il ne voyait rien des formes majestueuses des bouleaux couleur de lune qui se découpaient en ombres sombres sur le ciel éclairci de la nuit finissante. Devant ses yeux persistait l'image hallucinante de cette cité gigantesque inondée de lumière, un univers auquel lui, Jehn, chasseur du mégalithique, ne comprenait rien. Jamais les voyageurs qui visitaient le Ster'Agor, une fois l'an, n'avaient parlé d'un lieu semblable, d'aussi loin qu'ils pussent venir.

Alors, où se situait ce monde étrange? Cette vision devait bien avoir une explication. Mais laquelle?

Et surtout, qui était cette femme mystérieuse dont les yeux avaient la même couleur que les siens, et dont le souvenir éveillait en lui un lourd parfum de nostalgie?

4

Le lendemain, Jehn demeura longtemps écroulé sur sa couche. Peut-être en raison des dernières traces de drogue contenues dans son sang, il n'arrivait pas à trouver le sommeil, sans pour autant demeurer éveillé. Il lui semblait flotter entre deux univers où dominait une terrible sensation de froid. Même l'épaisse fourrure d'ours ne parvenait pas à l'empêcher de grelotter. Des visions fugaces se bousculaient dans son esprit, à la lisière du rêve et de la pensée consciente.

Une douleur diffuse irradiait son torse, consécutive aux scarifications pratiquées la veille par le man'sha. Mais il n'y accordait aucune attention. Lors des longues chasses en forêt, il s'était parfois blessé plus sérieusement.

Lorsqu'enfin il ouvrit les yeux, le visage souriant de sa mère était penché sur lui.

– Alëunda est fière de son fils, dit-elle.

Il ne la reconnut pas tout de suite. Puis il lui saisit le bras.

– Mère! Dis-moi ce qui m'est arrivé! J'ai vu... J'ai vu une chose impossible.

– Quelle chose?

– C'était comme un village! Mais un village immense, rempli de lumière. Au loin, il y avait des pirogues gigantesques, amarrées le long d'une digue de pierre. Il y avait des demeures extraordinaires, dont le sol était de toutes les couleurs. Les murs étaient de roche blanche et rouge, aussi élevés que des falaises. Des murs lisses. Jamais les hommes ne seront capables de bâtir de semblables demeures. C'est impensable.

– Les visions occasionnées par la potion des man'shas permettent de voir au-delà de notre réalité, mon fils. Sans doute as-tu entrevu la demeure des dieux.

– Ce n'étaient pas des dieux. Dans ma vision, j'étais moi-même le prince de ce lieu. Une foule immense m'acclamait, peut-être plus nombreuse que toutes les tribus de la Petite Mer.

Sa mère lui caressa le front. Il ajouta :

– A mes côtés se tenait une femme d'une beauté extraordinaire, vêtue d'une longue robe blanche. Je ne sais pas de quoi était faite cette robe, mais elle était bien plus fine que nos habits de lin. Elle portait des bijoux de pierres translucides, vertes et bleues.

– Tu as vu une déesse, Jehn.

– Elle me tenait la main. Elle a prononcé un nom en me regardant.

Il serra les poings dans un geste d'impuissance.

– Mais je ne parviens pas à m'en souvenir. Ce que je sais, c'est que ce n'était pas celui que je porte aujourd'hui.

Il prit les mains de sa mère dans les siennes.

– Tout cela semblait si réel. Cette femme m'aimait. Et je l'aimais. Il me semble la connaître depuis toujours.

Il se leva, secoua son épaisse chevelure d'un blond roux et fit quelques pas nerveux dans la chambre au sol de terre battue.

– Ce n'était pas le royaume des dieux. Malgré la lumière, malgré tous ces visages qui me regardaient, pleins de confiance, je sentais qu'une menace pesait sur ce lieu. Or, les dieux ne peuvent rien redouter, n'est-ce pas?

Il s'agenouilla près d'elle.

– Je suis sûr que tout cela a une grande importance, mère.

Elle le prit contre elle.

– Ne t'impatiente pas, mon fils. La vie se chargera de t'apporter les réponses que tu attends. Pour l'instant, chasse ces visions, et cette femme mystérieuse. N'oublie pas que tu dois t'unir à Myria dès demain.

Jehn leva les yeux vers elle, comme s'il découvrait quelque chose.

– Myria? C'est vrai.

D'habitude, l'évocation de la jeune fille lui procurait un réconfort. Cette fois pourtant, il ne ressentit aucune émotion, comme si quelque chose s'était brisé en lui. Ou plutôt comme s'il avait commencé à déchirer un voile ouvert sur l'infini.

Alëunda ajouta :

– Elle t'attend près de la rivière. Je lui ai dit que tu la rejoindrais dès que tu serais réveillé.

Il se redressa et serra sa mère contre lui.

– C'est toi qui as raison. Le temps de m'habiller et je vais la retrouver.

Il passa ses vêtements de cuir, laça le fourreau de son poignard contre sa cuisse. Alëunda lui posa la main sur le visage.

– Aie confiance, mon fils. La vie est longue et riche d'enseignements. Cette nuit, tu as commencé à ouvrir les yeux, à t'éveiller à la vie profonde, celle de l'esprit. Les dieux ne t'abandonneront pas. Ils marcheront toujours à tes côtés, si tu sais leur accorder ta confiance.

Elle sembla sur le point d'ajouter quelque chose, puis déclara :

– Allez ! Ne fais pas attendre Myria. Elle doit être impatiente de te revoir.

Il sortit de la demeure et se dirigea vers la rivière proche. Myria était bien là, en compagnie d'une bande d'adolescentes. La petite troupe était occupée à laver les vêtements de cérémonie, malmenés par les agapes de la veille. Lorsque Jehn apparut, la jeune fille lâcha son ouvrage et se précipita au-devant de lui, sous les rires moqueurs et envieux de ses compagnes. Le jeune homme l'étreignit dans un geste possessif. Myria, au moins, était bien réelle. La chaleur de son corps à la fois tendre et ferme le pénétra. Il se pencha, et lui mordit doucement les lèvres.

– As-tu envie de te baigner ?

Elle acquiesça d'un joyeux signe de tête. Il la souleva dans ses bras et l'emporta vers l'amont, vers un lieu tranquille dont ils connaissaient tous deux le secret. La marée haute avait envahi la rivière, dont le cours s'inversait ainsi deux fois par jour. Parvenus dans une petite anse qui depuis toujours leur avait servi de cachette, ils se défirent de leurs vêtements et se coulèrent dans l'eau salée. Ils jouèrent quelque temps à se poursuivre, plongeant au creux des vagues qui venaient battre les rochers. Le soleil de midi éclaboussait la petite crique de sable ombragée de pins tordus par les vents. Puis Jehn se rapprocha de sa compagne. Elle comprit qu'il avait envie d'un autre jeu. Elle se laissa faire. Ce jeu-là lui plaisait encore plus. Elle se blottit contre lui, dégoulinant de perles salées. Il la saisit, presque avec brutalité, et l'emporta sur la grève sablonneuse.

Il avait besoin de la toucher, de la caresser, de reprendre pied dans le monde réel. Et Myria était la plus belle expression de la réalité. Il aimait ses yeux d'un bleu intense qui se troublaient sous l'appel violent de leurs corps. Il aimait la douceur de sa peau, et son goût de sel sous sa langue, la fermeté nerveuse de ses petits seins haut placés. Il aimait... Il aurait voulu la posséder, la marquer de son empreinte, comme pour crier au monde qu'elle lui appartenait. Il voulait s'enfuir en elle, dégorger ce poison insidieux qui lui rongeait les entrailles et l'esprit depuis qu'il avait entrevu cette femme mystérieuse au cœur de son délire.

Alors, il la brusqua, la mordit, la pénétra avec violence, comme s'il avait voulu à la fois disparaître en elle et l'envelopper tout entière, afin qu'elle ne puisse plus jamais s'arracher à son étreinte. Une frénésie sauvage gagnait ses reins et sa poitrine, il avait envie de hurler, de pleurer, de chasser ce malaise qui torturait jusqu'à la moindre fibre de sa chair. Etonnée, Myria n'osa réagir. Jamais il ne s'était montré si brutal, si possessif. Quelque chose s'était modifié en lui, qu'elle prit d'abord pour de la fierté, l'orgueil d'être devenu un homme-adulte. Elle ne se rebella pas et subit ses assauts féroces.

Pourtant, malgré son ardeur violente, le plaisir ne venait pas, comme si une force mystérieuse le retenait insidieusement en deçà. Il semblait sur le point d'éclater en sanglots. La peur s'insinua en elle.

– Tu me fais mal! gémit-elle enfin.

Aussitôt, il s'arrêta et s'écroula sur elle, les yeux hagards.

– Pardonne-moi! Pardonne-moi, grogna-t-il, le souffle court.

Elle se dégagea lentement. Jehn n'avait jamais été brusque avec elle, comme le sont si souvent les hommes. Au contraire, il s'était toujours montré délicat et prévenant. Il lui avait dit un jour qu'il ne connaissait le plaisir que si elle l'éprouvait aussi. Pour en avoir bavardé avec ses amies, elle savait que rares étaient les hommes à agir ainsi. En général, ils se conduisaient en égoïstes, soulageaient leurs envies, et se retournaient sur leur couche pour ronfler à leur aise sans se préoccuper de leur compagne.

Elle posa une main timide sur la poitrine encore sanguinolente du jeune homme. Puis elle le caressa, lui massa les muscles ainsi que le lui avait enseigné sa propre mère, décédée deux années auparavant. Peu à peu, les membres tétanisés de Jehn se détendirent. Sa respiration se calma.

Il la regarda intensément. De lourdes larmes roulaient sur ses joues.

– Myria ! Je ne sais pas ce qui m'arrive. C'est comme si quelque chose s'était ouvert en moi. Quelque chose d'immense, d'inimaginable. Et cela me fait peur.

– Jehn est le plus grand chasseur de Trois-Chênes. Il ne connaît pas la peur.

– Je n'ai peur d'aucun homme ni d'aucun animal. Mais cette peur-là vient d'ailleurs. Quelque chose veut se réveiller en moi. Et j'ai peur... parce que je sens, je sais que cette chose risque de tout détruire sur son passage.

Elle se blottit contre lui et essuya tendrement ses larmes. Un sentiment étrange l'envahit. Elle avait toujours éprouvé pour lui une admiration sans borne. A cause de sa force hors du commun, de son calme imperturbable, il lui semblait invincible, indestructible. Et tout à coup, il faisait preuve de faiblesse. Elle comprit alors que l'émotion qui la tenait se parait de reflets maternels. Elle serra sa tête contre sa poitrine. La bouche de Jehn se posa sur l'un de ses seins, qu'il prit délicatement dans sa bouche, comme l'aurait fait un bébé. Myria ferma les yeux. Pour la première fois de sa vie, elle eut envie d'avoir des enfants. Des enfants dont Jehn serait le père. Elle sut qu'ils ne feraient pas l'amour aujourd'hui.

Mais au fond, cela n'avait guère d'importance. Dès demain, ils seraient unis. Ils auraient alors toute la vie devant eux.

Toute la vie...

Après le repas du soir, Jehn et Myria rendirent visite au vieux tailleur de pierre. Il les invita à pénétrer dans sa demeure, où crépitait un feu de bois fleurant bon la résine.

En regard des autres, Akhoun faisait figure d'ancêtre. Il comptait en effet soixante-quinze ans, alors que la moyenne ne dépassait guère quarante. Cela ne l'empêchait pas toutefois de continuer à tailler les haches de la tribu. Ses yeux avaient vu tant de choses qu'il avait toujours une histoire à raconter. Jehn lui demanda :

– Akhoun connaît-il un lieu où les demeures sont aussi hautes que les falaises, où les murs sont blancs et lisses, et où règne le soleil ?

Le vieil homme le contempla, interloqué.

– Pourquoi me demandes-tu ça, jeune chasseur ? Le plus grand de nos villages est Her-Lann, celui de notre kheung. Et il n'y a là aucune demeure comparable à celles que tu décris.

– Mais peut-être les voyageurs qui viennent du sud ou de l'orient, lors de la réunion du Ster'Agor, t'ont-ils parlé d'un endroit semblable?

– Personne ne m'a jamais rien décrit de tel. Qui serait capable de tailler la pierre afin qu'elle soit absolument lisse? C'est impossible.

Jehn soupira.

– Tu as sans doute raison.

Il n'insista pas. Le vieil homme ne pouvait pas comprendre. Lui-même en était incapable. Akhoun lui posa la main sur le bras.

– Il y a peut-être une réponse.

– Laquelle?

Akhoun hocha la tête d'un air songeur.

– On dit qu'il existe, bien loin vers le nord, au-delà du monde connu, des lieux maudits où vivent les démons, ces monstres que l'on appelle les Khress.

– Qui sont les Khress?

Le vieil homme demeura un long moment silencieux, les yeux fixés sur les flammes qui dansaient dans le foyer. Puis il commença une histoire inquiétante.

– J'étais à peine plus âgé que toi lorsque je les ai vus pour la première fois, jeune chasseur. Ton père lui-même n'était pas né. A cette époque, la tribu était deux fois moins nombreuse qu'aujourd'hui. C'était après les moissons. La récolte avait été belle, et les grains magnifiques. Nous nous préparions à quitter le village pour nous rendre à la réunion du Ster'Agor, lorsqu'ils ont surgi du plus profond de la forêt.

Ses yeux s'agrandirent d'effroi au souvenir de la vision infernale. Myria se serra contre Jehn.

– Comment vous décrire ce qu'ils sont? Ils sont immenses. Ils possèdent six ou huit membres, et se déplacent à la vitesse du vent. Ils n'ont pas de visage. J'entends encore leurs hurlements dans mes oreilles, malgré le temps écoulé. Ils brandissaient des armes gigantesques, taillées dans une matière inconnue. Peut-être de l'yrhonn. Je ne sais pas. Tout le haut de leur corps en était couvert. Ils ont frappé les vieillards. Nous étions bien trop effrayés pour riposter. Nous n'étions pas des lâches, et de taille à affronter n'importe quel ennemi. Mais pas celui-là. Le plus brave des chasseurs aurait reculé. Même toi, Jehn, malgré ta force colossale. Ils étaient encore plus grands que toi.

– Qu'est-ce que tu as fait?

– Tout le monde fuyait en tous sens. J'ai attrapé la main de ma compagne, Abrenn, que je venais d'épouser, et nous avons couru vers la forêt. Je connaissais une grotte où j'étais sûr de pouvoir nous cacher. Quelques amis nous ont suivis. Je crois que nous avons eu de la chance cette fois-là. Les Khress étaient trop grands pour nous pourchasser dans les fourrés. Nous nous sommes dispersés pour les semer. Abrenn et moi avons réussi à trouver l'entrée de la grotte, et nous nous sommes dissimulés à l'intérieur. Elle était plus morte que vive. J'ai vu, de mes yeux vu, l'un de ces monstres bondir par-dessus notre refuge. J'ai entendu sa respiration rauque, ses cris terrifiants. Il tenait contre lui une toute jeune fille. Elle se débattait. Alors, il l'a assommée d'un coup de son énorme main et l'a emportée.

Il serra les dents de chagrin rétrospectif.

– C'était la fille de notre vanneur, Breen'hart. Nous ne l'avons jamais revue. Comme nous n'avons jamais revu les trente autres jeunes hommes et jeunes femmes que les Khress ont enlevés ce jour-là. Jamais!

Il cracha dans les flammes et hocha la tête.

– Lorsque nous sommes revenus au village, tout avait été brûlé et pillé. Nous l'avons reconstruit. Les anciens disaient que ce n'était pas la première fois que les Khress attaquaient ainsi Trois-Chênes.

– D'où viennent-ils? demanda Jehn.

Le vieil homme le regarda dans les yeux.

– Personne ne le sait. Peut-être de l'endroit que tu as vu en songe. Mais tout ne correspond pas.

– Explique-toi!

– Un jour, bien plus tard, nous avons capturé l'un de ces hommes sauvages qui vivent à l'intérieur des terres, de chasse et de cueillette. Ceux-là aussi sont dangereux, car il leur arrive...

Il se tut, puis se versa une nouvelle rasade de zahaat.

– Que leur arrive-t-il? insista Myria.

– Ils dévorent la chair humaine, annonça le vieil homme d'une voix lugubre. Nous avons trouvé une fois les restes d'un de leurs festins. Ils avaient capturé, quelques jours plus tôt, une jeune femme de notre tribu. Ils n'en ont laissé que les os.

Myria sentit son repas lui remonter dans la gorge.

– Qu'avez-vous fait de ce sauvage? demanda Jehn.

– Nous l'avons relâché. Le tuer n'aurait servi à rien. Les dieux n'aiment pas que l'on prenne la vie inutilement. Mais avant de s'enfuir, il nous a parlé d'un lieu épouvantable, situé au-delà du monde, bien loin vers les brumes glacées du Nord, où vivraient les Khress. Il avait eu l'occasion d'approcher de loin leur repaire. Il ne ressemble pas du tout à ce que tu m'as décrit, Jehn. Mais il y a là-haut, paraît-il, des murailles cinq fois plus hautes qu'un homme, aux pierres lisses. La différence, c'est qu'elles ne sont pas blanches, mais du noir le plus sombre. Et le soleil ne brille jamais dans ces lieux maudits.

Il avala d'un trait son gobelet de zahaat et ajouta :

– Les dieux fassent que jamais les Khress ne reviennent jusqu'ici.

5

La nuit suivante, Jehn eut quelque peine à s'endormir. Il ne cessait de se retourner dans sa peau d'ours. Une foule de pensées se bousculaient dans son esprit enfiévré. Après tout, sa mère avait sans doute raison. Le liquide magique tiré du champignon sacré permettait d'accéder au royaume des esprits. Sa vision ne pouvait être que celle d'une cité habitée par les dieux. Et cette femme aux yeux verts était une divinité. Peut-être avait-elle eu un message à lui transmettre, qu'il avait été incapable d'interpréter. Cela avait-il un rapport avec les Khress, ces démons dont avait parlé Akhoun? Ne serait-il pas prudent de poster des guetteurs autour du village?

Mais cette histoire était si ancienne... Aalthus lui-même n'était pas né. Les Khress avaient sans doute disparu. S'ils avaient existé. Akhoun se plaisait à inventer des histoires effrayantes, afin de captiver son auditoire.

Lorsqu'enfin il sombra dans le sommeil, le souvenir de la déesse de la cité lumineuse persista. Une tristesse infinie baignait son visage. Puis celui de Myria se superposa à lui. Un visage encore enfantin, rayonnant de vie et d'insouciance. Un regard dans lequel il lisait tout l'amour du monde. Peu à peu, ses angoisses se diluèrent dans le néant.

Le jour se levait à peine lorsque sa mère le tira de sa peau d'ours.

– Mon fils aurait-il oublié que c'est aujourd'hui qu'il épouse Myria?

Jehn se leva d'un bond et emporta Alëunda dans ses bras puissants.

– Doucement! Fais donc attention au bébé! le morigéna-t-elle en riant.

Il se pencha et déposa un baiser léger sur le ventre de sa mère.

– Il ne peut avoir peur de son frère, qui est le plus grand chasseur du village, dit-il avec enthousiasme.

Le soleil éclatant qui baignait le village avait chassé les visions mystérieuses. Malgré la gêne diffuse qui subsistait en lui, la perspective de vivre enfin avec Myria emplissait Jehn de joie. Il lui tardait de la retrouver, de s'isoler avec elle. Il s'était montré sous un jour peu glorieux la veille, et cela le chagrinait. Elle qui le croyait invincible! Mais les leçons de son père lui revinrent en mémoire. « Le plus puissant des hommes est lui aussi sujet à la faiblesse, mon fils. Il nous faut l'accepter. Car c'est en connaissant ses défauts que l'on mesure sa force véritable. »

Très tôt, Aalthus avait appris à Jehn à demeurer humble face à la toute-puissance de la vie et des dieux. Il lui avait enseigné que chaque homme, même s'il avait la sensation d'être seul, procédait d'une force infinie, celle de Gwanea, mère de tout ce qui vit dans le monde, hommes, arbres, plantes ou animaux.

« Toi comme moi, nous lui appartenons. Nous ne faisons qu'un avec elle. C'est vers elle que nous retournerons lorsque le moment de notre mort viendra. Notre esprit survivra alors en elle, pour protéger ceux qui nous suivront. Ainsi est la loi de la vie. »

Il avait ajouté : « Bientôt viendra le temps où tu t'uniras à une femme. La petite Myria, si tu le souhaites. Je crois qu'elle fera une bonne épouse et te donnera de beaux enfants. Ce jour-là, Jehn comprendra ce que signifie ne plus être seul. La femme porte en elle tout le savoir de Gwanea, même si elle n'en a pas conscience. Nous autres hommes, nous nous croyons forts parce que nous possédons la force physique. Mais crois-moi, la force véritable, celle qui est capable de triompher de tout, ce sont les femmes qui la portent en elles. Ne te laisse pas tromper par leur apparence fragile et délicate. Ton épouse sera pour toi le refuge, la paix que tu rechercheras. Aime-la, protège-la, sois toujours à ses côtés. Comme le loup, qui se choisit une compagne et lui reste fidèle pour la vie. Nous lui ressemblons, mon fils. »

Tout en se préparant pour les festivités, Jehn repensa aux paroles de son père. Il savait qu'il avait raison. Mais un malaise obscur subsistait en lui. Bien sûr, il désirait s'unir à Myria. Elle était la plus belle fille du village, et peut-être de la nation toute entière. Elle était jeune, gaie, toujours prête à s'amuser, et courageuse à la besogne. Sa peau était douce, et jamais il n'avait eu envie de caresser une autre femme. Elle occupait toutes ses pensées. Ou du moins, elle les avait occupées jusqu'à ce songe étrange où lui était apparue cette femme magnifique. Son visage, ses yeux d'un vert incomparable demeuraient gravés en lui. Chaque fois qu'il l'évoquait, une douleur sourde le saisissait.

Il finit par se dire qu'une déesse avait voulu lui jouer un mauvais tour. Il ne devait pas lui céder si facilement. Il se concentra pour la chasser de ses pensées.

Il ne rencontrerait pas Myria avant le soir. Selon la tradition, ils ne devaient se rejoindre qu'au crépuscule, lorsque Khallas les unirait sous l'arbre couleur de lune, au milieu de toute la tribu réunie. En attendant, avec ses compagnons, il devait bâtir en une seule journée la demeure qui serait la sienne le lendemain.

Il rejoignit donc ses amis, chasseurs comme lui, ou encore bergers, artisans ou cultivateurs. Tous les hommes du village se devaient de l'assister dans sa tâche. Ainsi le voulait la coutume. Depuis ces derniers jours, on avait abattu et taillé quelques arbres à l'aide de haches polies au tranchant affûté. L'emplacement avait déjà été choisi, en bordure du village, non loin de la rivière. Myria adorait se baigner, et cet élément avait été déterminant dans le choix des lieux.

Jehn fut accueilli avec des cris d'enthousiasme. On n'attendait plus que lui. Bien que la déesse de la pluie, Râhyann, se mît de la partie vers le milieu de la matinée, elle ne ralentit en rien l'ardeur des bâtisseurs. Aalthus, qui vint leur prêter son concours un moment, affirma qu'elle constituait un excellent présage.

– L'eau est la source de toute vie, déclara-t-il.

On commença par tracer les limites de la nouvelle maison à l'aide d'un muret de pierres que l'on assembla avec un mortier d'argile et de coquillages broyés. Puis l'on dressa les poutres maîtresses, sur lesquelles viendraient s'appuyer les montants secondaires. Vers le milieu de l'après-midi, la demeure avait pris forme. Les murs de bois furent calfatés avec du mortier, afin que le vent ne puisse s'engouffrer. Puis, sur les rondins qui soutenaient le toit, on hissa des faisceaux de chaume séché, serrés les uns contre les autres pour arrêter la pluie. La demeure ne comportait qu'une seule pièce. Mais il serait toujours temps de l'agrandir lorsque des enfants naîtraient. Contre le mur orienté au nord se dressait un foyer de granit au-dessus duquel on avait ménagé une ouverture pour l'évacuation de la fumée.

Lorsque le toit fut placé, solidement lié par des cordes de chanvre, on installa la lourde porte de cuir tanné qui protégerait l'entrée. On avait aussi aménagé une fenêtre tendue de peaux de poissons translucides, qui laissait filtrer une lumière jaunâtre.

Vint enfin le moment sacré, celui où l'on dispose des brindilles de pin séchées sur le sol. Lorsqu'il en fut recouvert, on l'enflamma. Un feu court et vif courut sur la terre battue, illuminant l'intérieur de la maison d'une lueur un peu surnaturelle. Fasciné, Jehn contempla la danse des flammes minuscules, et respira l'odeur de résine qui s'en dégageait, mêlée à celle de la terre. Cette terre dont il était issu. Un sentiment de triomphe l'envahit. Ce soir il deviendrait réellement un homme-adulte.

Lorsque les flammes commencèrent à baisser, tout le monde se précipita à l'intérieur de la demeure. Et chacun battit des pieds à qui mieux mieux pour étouffer les braises. Bientôt ne subsista plus qu'une poussière noire, sur un sol parfaitement égalisé [1].

Le crépuscule était déjà bien avancé lorsque Jehn et ses compagnons gagnèrent la clairière aux arbres couleur de lune, où se tenait le man'sha, entouré de toutes les femmes de la tribu.

Des tables avaient été dressées pour le festin. Dans un coin rôtissaient deux moutons, une chèvre et un daim, abattu la veille par Nebred, l'un des plus vieux chasseurs du clan.

Myria attendait près de son père, revêtue d'une longue robe d'un blanc écru, la tête ceinte d'une couronne d'œillets bleus, entourée par ses compagnes.

Le man'sha tendit la main vers Jehn et lui fit signe d'approcher.

1. Cette coutume de brûler le sol en terre battue s'est transmise à travers les millénaires. Selon la croyance, elle protège des esprits malfaisants. Ainsi, jusqu'à une période récente, il était d'usage, lorsque l'on construisait une maison nouvelle, de déposer deux tisons ardents sur le sol avant de l'habiter.

Puis il lia les poignets des deux jeunes gens avec une cordelette de lin teinte en rouge et se tourna vers la foule, qui s'était tue. Lentement, il leva les bras vers la lune et déclama une longue litanie dans son langage sibyllin. Les man'shas pratiquaient une langue inconnue pour s'adresser aux dieux. Une langue que seuls les initiés pouvaient comprendre. Ainsi parlaient-ils aux pierres levées.

Ensuite, Khallas se retourna vers le couple et brandit un long poignard de silex. Il inséra la lame effilée entre les poignets des deux jeunes gens, la redressa, puis tira d'un coup sec. Deux sangs clairs jaillirent des chairs sectionnées, tandis qu'une douleur aiguë irradiait les membres de Jehn et de sa compagne. Ils la ressentirent à peine. Ils pressèrent leurs mains l'une contre l'autre ; des rigoles écarlates inondèrent leurs avant-bras, gouttant sur leurs habits de cérémonie.

– Embrassez-vous ! dit le sorcier.

Jehn se pencha, et déposa un baiser plein de tendresse sur les lèvres de Myria [1].

– A présent, déclara le sorcier, vous êtes unis, comme le loup à la louve, jusqu'à ce que la déesse-mère rappelle l'un de vous dans son sein.

L'instant d'après, une ovation formidable s'éleva de la foule. Puis un courant de folie s'empara de la tribu. Jehn et Myria furent emportés par le tumulte joyeux, tandis que l'on découpait les tranches de viande juteuse et que coulait à flots la bière mêlée de miel et de fruits. Les instruments apparurent de nouveau. L'époque de la « Nuit Courte » marquait une période de fêtes, qui se succéderaient jusqu'aux moissons prochaines.

L'on remit quantité de présents au jeune couple. Le vieil Akhoun donna à Jehn une superbe hache et les trois flèches qu'il avait lui-même travaillées à partir des pointes d'yrhonn. Baa'Drav, le père de Myria, fit amener un aurochs mâle, dont il dota sa fille. Aalthus et Aleunda offrirent à leur fils et à Myria des vêtements de cuir doublés de laine de chèvre que la mère de Jehn avait fabriqués dans le plus grand secret, ainsi qu'un attelage et des chiens.

1. Ce geste revêtait une signification précise. De même que les sangs avaient été échangés, symboles de l'union des corps, le baiser signifiait la réunion des deux âmes, que l'on partageait par l'intermédiaire des lèvres. Cette coutume a survécu jusqu'à nos jours, bien que son interprétation se soit perdue au fil du temps.

Puis on s'attabla devant une montagne de victuailles appétissantes. Les festivités durèrent longtemps, joyeuses et pleines d'enthousiasme. Par bonheur, la pluie du matin n'était plus qu'un souvenir. Le temps resta clément.

La nuit était bien avancée quand Jehn put enfin se retirer dans sa demeure tout juste construite, en compagnie de sa femme. De joyeux lurons les accompagnèrent jusqu'à l'entrée, puis retournèrent vers la clairière aux arbres de lune, afin de terminer la fête comme il convenait. C'est-à-dire en achevant les dernières jarres de zahaat qui traînaient encore. Nombreux seraient ceux qui éprouveraient quelques difficultés à se réveiller le lendemain.

Jehn coucha la jeune femme sur la peau d'ours, et lui ôta ses vêtements.

– A présent, Myria appartient à Jehn, souffla-t-elle.

– Et Jehn appartient à Myria ! murmura-t-il, tandis qu'une onde de chaleur impérieuse le parcourait.

Il respira longuement l'odeur de ce corps dont il connaissait pourtant déjà tous les secrets. Il se débarrassa de sa robe de lin et s'allongea près de son épouse. Il ne devait plus penser qu'à Myria, ne plus aimer qu'elle.

Elle était belle, fraîche, désirable. Il l'étreignit pour chasser de son esprit les visions trop envahissantes qui le perturbaient. Tout au fond de son âme, une voix étouffée semblait l'appeler. Mais il la rejeta avec violence. Son corps, tenaillé par le désir, ne pouvait souffrir aucun délai. Lorsqu'il se coucha sur Myria, il eut la vision furtive du visage de la belle inconnue, la déesse inaccessible. Un visage baigné de tristesse et de désespoir. Il serra les dents pour ne pas hurler qu'elle le laisse tranquille, et se concentra sur sa jeune épouse. Il reprit assez de contrôle sur lui-même pour ne pas céder de nouveau à la brutalité de la veille. Peu à peu, les gémissements de plaisir qu'il faisait naître chez elle le troublèrent, et l'emportèrent dans un tourbillon dont aucune vision n'aurait pu le ramener.

L'aube pointait déjà lorsqu'enfin les deux jeunes gens s'endormirent, épuisés, dans les bras l'un de l'autre. Lorsque la fièvre des sens se fut calmée, une désagréable sensation d'inachevé baigna le jeune homme, laissant un goût de cendre dans sa gorge. Il se découvrit l'envie de pleurer. Quelque chose s'était brisé en lui au cours de l'Arundha, quelque chose qui l'avait arraché au bonheur d'être uni à cette femme qu'il aimait pourtant depuis l'enfance. Un voile s'était déchiré, lui révélant des horizons insoupçonnés auxquels il ne comprenait rien.

Rien, sinon la sensation cruelle d'une perte irréparable que même l'amour de Myria ne pourrait jamais combler.

Le lendemain soir, tous deux s'éloignèrent du village pour gagner la côte. Ils saluèrent au passage Ychtios, le pêcheur, qui réparait ses filets, et gravirent un promontoire rocheux au pied duquel les vagues venaient s'écraser dans un fracas incessant. Une odeur d'algues et d'iode emplissait l'air, tandis que des nuées de goélands tournoyaient au loin, plongeant parfois pour capturer une proie. Le soleil couchant inondait la vaste étendue d'une lueur sanglante. Myria se blottit contre son compagnon, qui l'enveloppa d'un bras protecteur.

– Jehn semble songeur! dit-elle avec un petit reproche dans la voix.

Il lui prit la main et la serra.

– Je ne parviens pas à oublier ces visions. Les légendes disent que le royaume des dieux s'étend au-delà de l'Océan. Peut-être est-ce là que se situe ce lieu étrange que j'ai vu.

– Il n'y a rien au-delà de l'Océan, répondit Myria d'une voix timide.

– Qui peut le savoir? Personne ne s'y est jamais aventuré. Nos coracles sont trop faibles pour résister aux tempêtes. Mais peut-être existe-t-il un moyen.

– J'ai peur, Jehn. Je n'aime pas quand tu parles ainsi.

Il la prit dans ses bras et l'embrassa tendrement.

– Myria ne doit avoir aucune crainte. Jamais je ne la quitterai.

Il se tourna de nouveau vers l'horizon inondé de lumière, et ajouta :

– Mais si un jour je décidais de partir, accepterais-tu de me suivre?

Elle le regarda avec frayeur, puis se reprit et déclara :

– Je te suivrai! Où que tu ailles.

6

Les angoisses de Jehn s'évanouirent avec les moissons qui suivirent son union à Myria. Etait-ce à cause de la présence constante de la jeune femme, l'image de l'inconnue aux yeux verts s'estompa peu à peu. La gaieté naturelle de Myria avait chassé les tourments de son compagnon.

Après le solstice d'été, la vie de la tribu reprit son cours. Un soleil triomphant régnait en maître dans les cieux, mûrissant le blé, l'orge et le seigle. Jehn abandonna son arc et son épieu pour offrir ses bras aux cultivateurs. La journée commençait dès l'aube, et ne s'achevait que lorsque le soleil avait disparu à l'horizon. On allumait alors des torches de bouleau, qui brûlaient longtemps, et l'on écoutait les anciens narrer les vieilles légendes, en buvant des gobelets de zahaat.

Ensuite, Jehn regagnait sa demeure en compagnie de Myria qui, malgré la fatigue accumulée, refusait de s'endormir tout de suite. Comme elle, il aimait ces moments de chaude intimité où ils pouvaient s'offrir mutuellement les caresses les plus tendres, et un amour dont ils étaient affamés tous deux, de toute la force de leur jeunesse.

Puis un jour nouveau venait, où il fallait couper le blé à l'aide des serpes à lame de silex, lier les gerbes, les ramener jusqu'au village. Les femmes les battaient à grands coups de fléau pour en extraire les grains que l'on récoltait dans de vastes corbeilles tressées par le vannier.

Les grains étaient broyés sur des meules de granit fixes. On stockait ensuite la farine dans de grandes jarres d'argile cuite scellées, afin de dissuader les rats et autres souris d'aller y fourrer leur nez. En prévision des grands froids, on engrangeait un maximum de réserves.

Durant cette période d'intense activité, les rêves étranges de Jehn s'estompèrent, puis disparurent. Il finit par les oublier.

Les récoltes terminées, un messager officiel se présenta, réclamant la présence des hommes les plus forts du village pour la construction du futur tombeau du kheung. Aalthus donna son accord. Le kheung était le représentant des dieux parmi les hommes. Depuis la nuit des temps, il convenait de lui bâtir un tombeau digne de ce nom.

Suivi de Jehn et d'une trentaine d'hommes de la tribu, il se mit en route vers le village d'Her-Lann, où résidait le souverain. Ce n'était pas la première fois que Jehn accompagnait ainsi son père. Cependant, les années précédentes, il n'avait pas encore d'épouse. Or, Myria devait rester à Trois-Chênes, avec les cultivateurs et les autres femmes, afin d'assurer la cueillette des fruits de la fin de l'été, que l'on ferait cuire dans du miel pour les conserver tout l'hiver. En chemin, malgré les bavardages joyeux de ses compagnons, il constata qu'elle lui manquait beaucoup. Mais la loi de la nation primait sur les désirs des hommes. Il fallait se soumettre.

Pour se rendre à Her-Lann, ils durent traverser la Khor'ach, la rivière qui séparait le territoire des Loups et celui du kheung. Un radeau de grande taille, composé d'énormes rondins, les attendait. Un long cordage ancré sur chaque rive permettait de le guider d'un bord à l'autre.

Cette fois cependant, son utilisation serait différente. Lorsque les Loups parvinrent sur les lieux, une petite tribu voisine, celle des Castors, s'y trouvait déjà. Elle avait apporté deux superbes monolithes de granit qu'elle souhaitait offrir au kheung pour son tombeau. Mais il fallait hisser les lourdes dalles sur le radeau qui devait les conduire à destination, le long de la côte d'Her-Lann. On accueillit les Loups avec des cris de joie. Leurs bras ne seraient pas de trop.

Tout le monde se mit à la tâche. La marée était encore haute, mais le reflux n'allait pas tarder ; ainsi pourrait-on profiter du courant descendant. On fit glisser les pierres géantes sur des rondins. La plus petite ne mesurait pas moins de six coudées [1].

1. Une coudée : environ cinquante centimètres.

Grâce au renfort de la tribu des Loups, les deux monolithes furent rapidement installés sur l'embarcation. Il était temps. La marée commençait déjà à entraîner le radeau vers l'aval. Il suffisait largement à porter tout le monde. Des hommes le guidèrent avec de longues perches de bois pour éviter les rochers affleurants. Bientôt, le courant se fit plus rapide. Des vagues courtes et furieuses éclaboussaient les hommes d'une eau salée et chargée de senteurs marines. Des mouettes criardes tournoyaient autour de l'embarcation, quêtant un peu de la nourriture que les hommes avaient emportée.

La tâche des pilotes s'avéra plus délicate lorsqu'il fallut s'éloigner du courant pour aborder sur la côte longeant le territoire d'Her-Lann. Les hauts-fonds étaient nombreux et les rochers acérés. Un sondeur surveillait la profondeur à l'aide d'une traîne équipée de poids fixés à intervalles réguliers, tandis que les hommes poussaient vigoureusement sur leurs longues perches. Malgré quelques frayeurs dues à des tourbillons perfides, le radeau finit par accoster sur la grève, où l'on déchargea aussitôt les deux monolithes.

De la grève, on apercevait le tumulus. C'était une espèce de haute pyramide de sable et de pierre au sommet de laquelle se dressait le monument proprement dit. Les Loups quittèrent leurs compagnons et se rendirent sur le chantier. Une foule importante s'y massait déjà. La plupart des hommes s'affairaient autour de grands blocs que l'on prélevait sur les plaques de granit affleurant. D'autres préparaient la nourriture et la boisson.

Les arrivants se dirigèrent tout d'abord vers une vaste tente de peaux d'aurochs cousues entre elles; le kheung, Dravyyd le Grand, y accueillait ses sujets, entouré de ses conseillers et des man'shas de sa tribu, la plus importante communauté de la nation. Il se leva pour recevoir la tribu des Loups.

– Aalthus, mon frère, soyez les bienvenus, toi et tes hommes. Vous ne serez pas de trop. Mon tombeau n'est pas terminé, loin s'en faut, et l'âge me gagne. Les dieux me rattrapent. Nous avons besoin de tous les bras disponibles.

– Mon frère Dravyyd peut compter sur nos efforts.

Le kheung le prit par les épaules, puis s'écarta en affichant une moue de frustration.

– Vous n'êtes guère nombreux, cependant.

– J'ai pris avec moi tous les hommes valides. Mais il fallait que certains restent. Nous n'avons pas encore engrangé assez de vivres pour la saison froide. Nous devons assurer la subsistance de nos enfants.

Le kheung balaya ces propos d'un geste agacé.

– La vie n'est rien, lorsqu'il s'agit du messager des dieux sur la terre. J'espère que tes hommes sont suffisamment solides pour fournir un gros travail.

– Ils le sont, mon frère, répliqua Aalthus. Comme tu peux le constater, j'ai amené avec moi mon fils Jehn, dont la force vaut celle de six hommes.

Dravyyd dévisagea Jehn, qui le dominait de trois bonnes têtes.

– Oui, je me souviens de lui. Sa présence nous sera utile.

Il toisa les hommes du clan du Loup, puis saisit le bras d'Aalthus, qu'il entraîna à l'écart. Jehn les suivit.

– Viens, mon frère. Je voudrais te montrer quelque chose.

Ils débouchèrent bientôt dans une vaste clairière où se dressait un monolithe impressionnant, de la hauteur de dix hommes.

– Voici Erh Garah, la pierre des dieux, déclara Dravyyd avec un orgueil non dissimulé. Les man'shas y gravent actuellement mes armes. Jamais on n'avait édifié de pierre levée de cette taille.

Aalthus s'approcha avec respect du géant de granit. Un échafaudage s'y adossait jusqu'à mi-hauteur; là, sur les indications des sorciers, des hommes gravaient des signes symboliques qui proclamaient la gloire du kheung.

– Te souviens-tu, l'année dernière, lorsque nous l'avons placée dans sa fosse, après l'avoir tirée sur d'innombrables coudées? Trois hommes ont été écrasés sous son poids en dégageant le sable. Combien de cordes avons-nous rompues sur cette pente enduite de suif? La graisse d'un troupeau entier y fut consacrée. Mais regarde aujourd'hui cette merveille. Elle sera l'orgueil de mon règne. Ainsi, tous nos descendants se souviendront de moi.

Il contempla l'énorme monolithe comme s'il l'avait érigé à lui seul. Jehn savait cependant que le kheung ne participait jamais au travail. Il se contentait de donner ses ordres.

Le petit personnage replet, au visage bouffi par l'alcool de zahaat lui déplaisait souverainement. Il s'en voulait un peu de ces sentiments irrespectueux. Le kheung était le descendant des dieux qui autrefois avaient conquis ce pays sur les glaces du Nord. Mais il ne pouvait s'empêcher d'éprouver une profonde aversion pour lui. Il lui répugnait d'être obligé de travailler pour édifier son tombeau, alors que les bras de la belle Myria l'attendaient à Trois-Chênes.

– Je pense que nos compagnons doivent attendre avec impatience que vous alliez les aider, dit tout à coup le kheung.

C'était un ordre à peine dissimulé. Aalthus inclina la tête, et se dirigea vers le chantier, suivi des siens. Le vieil Akhoun grommela :

– Ce Dravyyd est un prétentieux imbu de sa personne. J'ai bien connu son grand-père. Un homme simple, droit et juste, qui n'était pas le dernier à tirer sur la corde ou à pousser les leviers. Mais les temps ont changé. Rien n'est plus comme avant.

Il avait tenu à venir pour prodiguer ses conseils, son âge avancé ne lui permettant plus de participer aux manœuvres difficiles des lourdes dalles de granit. Mais il en profitait pour retrouver de nombreux amis, parfois presque aussi âgés que lui.

Aalthus dit à son fils :

– Le vieux tailleur de pierre a raison. Notre nation évolue d'une manière qui ne me plaît guère. Autrefois, l'ouvrage s'accomplissait en chantant. Bien souvent, les femmes nous accompagnaient. L'on taillait les pierres, puis on les transportait par terre ou sur des radeaux; on les dressait dans la joie. Les musiciens nous encourageaient de leurs instruments. A la fin de la journée, chacun faisait franche ripaille. C'était alors une grande fête que l'édification du tombeau du kheung. Il était notre père à tous, notre messager auprès des dieux.

« Aujourd'hui, certains chefs s'estiment d'une classe supérieure aux autres membres de leur tribu. Ils assoient leur autorité sur la violence et s'entourent d'hommes armés. Malheur à celui qui ose se rebeller contre eux et refuse de travailler pour les nourrir. Ils se font bâtir des demeures de plus en plus grandes, abusent honteusement des femmes, marchandent les enfants, se font tisser des vêtements, fabriquer des bijoux. Et surtout des armes, beaucoup d'armes.

Il y avait de l'amertume dans sa voix. Les paroles de son père dévoilaient à Jehn un aspect de la nation qu'il n'avait pas envisagé. Il n'avait guère accordé d'importance au fait que le kheung fût entouré de quelques personnages presque aussi richement vêtus que lui, et de gardes arborant de longs poignards de silex et de lourds épieux.

Aalthus ajouta d'une voix sombre :

– Je crains que ce ne soit que le commencement. Plus les hommes seront nombreux, et plus apparaîtra ce genre d'individus.

– Je n'aime pas beaucoup ce Dravyyd, père. Alors pourquoi venir ici? D'autres tâches nous attendent à Trois-Chênes.

– Nous devons respecter la tradition, pour ne pas mécontenter les dieux.

Soudain, son visage s'éclaira.

– Et puis, cela nous permet de retrouver de braves compagnons.

Il s'arrêta près d'un petit groupe qui, sur les indications d'un man'sha, s'affairait à détacher une lourde masse de granit de la plaque qui affleurait sur le sol.

– Le salut des dieux soit sur toi, Fraïn.

L'un des hommes observa l'arrivant et lui ouvrit les bras. Ils s'administrèrent des claques aussi viriles qu'affectueuses dans le dos.

– Aalthus, mon compagnon. Quelle joie de te revoir. Es-tu toujours un chasseur aussi redoutable?

– Mon œil est encore sûr et mon bras solide. Mais mon fils Jehn que voici est beaucoup plus fort que moi.

L'homme contempla Jehn avec un sourire ravi.

– J'ai entendu parler de lui. On m'a dit qu'il avait tué un ours l'hiver passé.

– On ne t'a pas menti!

– Je n'aimerais pas me mesurer à la lutte avec lui dans le cercle de sable, à l'époque du Ster'Agor.

Il saisit le bras de Jehn et le pressa contre le sien.

– Sois donc mon ami, Jehn le chasseur. Et dis-toi qu'il y aura toujours une place pour toi dans nos rangs si jamais tu trouves le temps de venir chasser avec ceux du clan des Renards. Tu auras ta part, bien sûr.

– Je te remercie, Fraïn. Lorsque reviendra le temps des grandes chasses, je passerai te voir avec mon épouse, Myria.

– Tu seras le bienvenu. Mais regarde un peu ceci. Cela devrait t'intéresser.

Il désigna ses trois compagnons, qui avaient terminé de délimiter le dessin de la dalle de granit en la marquant au charbon de bois. L'un d'eux déposa sur les marques de fines aiguilles de pin enduites de résine. Lorsque l'opération fut terminée, on embrasa la ligne à l'aide d'un silex à feu. Le mélange d'aiguilles et de résine se consuma lentement, dégageant une fumée odorante. Quand la pierre fut ainsi chauffée, les quatre hommes versèrent d'un coup de grandes gerbes d'eau glacée. Un craquement impressionnant se fit entendre. Jehn s'approcha, intrigué. La brusque différence de température avait fendu la lourde masse de granit, dessinant une crevasse peu profonde.

Ensuite, toujours sur les conseils du man'sha, on enfonça des coins de bois de hêtre très sec dans la longue fente. Puis on les arrosa abondamment eux aussi. Fraïn revint vers Aalthus et son fils.

– En s'imprégnant d'eau, le bois va gonfler, et sa force est telle qu'il finira de séparer la dalle de son socle. Il ne nous restera plus qu'à la « boucharder » à l'aide de pierres dures pour aplanir la surface inférieure, souvent inégale.

Il reprit le bras de Jehn.

– Mais cela va prendre un peu de temps. En attendant, accepterez-vous de partager notre repas?

Ils ne se firent pas prier. Jehn éprouvait une vive sympathie pour l'ami de son père. Tant qu'il resterait des hommes comme lui, le souverain et ses porteurs d'armes ne seraient pas totalement les maîtres de la nation.

Après le repas, les hommes du clan se dirigèrent vers le chantier, une sorte de tertre au sommet duquel s'élevait une double rangée de pierres levées. De longues dalles plates reposaient déjà sur certaines d'entre elles, ébauchant un couloir qui menait à une chambre à ciel ouvert, ceinturée de lourds monolithes de granit. Pour lors, le couloir était empli de sable, que l'on dégagerait une fois l'édifice achevé.

Au pied du tumulus, une troupe importante d'hommes seulement vêtus de pagnes, en raison de la chaleur et de l'effort qu'ils fournissaient, manœuvraient une lourde dalle reposant sur des rondins. Afin d'éviter qu'ils s'enfoncent dans le sol sous l'énorme poids, on les avait posés sur des poutres qui formaient des sortes de rails. Une équipe nombreuse tirait sur des cordes entourant le monolithe. Un groupe d'une demi-douzaine d'ouvriers poussait la pierre à l'aide de lourds leviers de bois. Sous la direction d'un maître de chantier qui hurlait les ordres de manœuvre, la pierre avançait lentement, gravissant la pente coudée après coudée. A mesure qu'elle se déplaçait vers le sommet du tumulus, on récupérait les poutres et les rondins de l'arrière pour les ramener à l'avant.

Jehn s'était placé au sommet de la pyramide, au milieu d'hommes suant et soufflant. Aalthus avait saisi un énorme levier et s'arc-boutait sur la dalle. C'était l'endroit le plus dangereux. Si les tireurs relâchaient leur effort, la pierre pouvait rouler en arrière sur les rondins et écraser les pousseurs. Elle devait mesurer près de douze coudées de long pour quatre de large. Déjà, l'un des rondins avait été broyé sous son poids. On s'empressa d'en rajouter un autre.

Enfin, la dalle fut hissée au sommet. C'était le moment crucial où elle allait enfin prendre place sur les lourds monolithes verticaux. Les hommes redoublèrent d'effort pour l'amener en haut du tumulus.

C'est alors que se produisit l'accident.

7

Deux cordes cédèrent en même temps, déchiquetées par la tension. La dalle vacilla sur les rondins, puis bascula vers l'arrière.

Jehn, au sommet du tumulus, vit l'énorme masse repartir lentement vers le bas, sur les pousseurs, qui, gênés par leurs leviers, se trouvaient pris au piège. Son père faisait partie du groupe. Des clameurs retentirent, vrillant les oreilles du jeune homme. Déjà, l'un des épieux de blocage craquait sous l'énorme contrainte.

Il ne comprit pas ce qui se passa alors. Tandis que les tireurs s'acharnaient avec l'énergie du désespoir à tenter de ralentir le monolithe, Jehn lâcha sa corde et se concentra sur la gigantesque masse de granit. Il refusait de toute son âme que son père et ses compagnons fussent écrasés. Ce fut comme si, au-delà de son corps, il s'était intégré en une fraction de seconde à la pierre géante. De toute sa volonté, il freina sa course.

Sous le regard incrédule des spectateurs, elle s'immobilisa. Jehn recula au-delà de la chambre encore remplie de sable, située sous ses pieds. Puis, dans un effort mental surhumain, fixant la dalle de ses yeux verts, il la contraignit à gravir la pente, à venir vers lui.

Les autres tireurs, stupéfaits, lâchèrent leur propre corde devenue inutile et s'écartèrent, pris d'un soudain sentiment de crainte. Tandis que les pousseurs se dégageaient pour se mettre à l'abri, la dalle remonta la déclivité, mue par une force invisible et irrésistible. Un silence glacial s'était abattu sur les spectateurs. Puis un nouvel événement leur arracha des cris de stupeur. Sans raison apparente, la dalle se dégagea des rondins qui la soutenaient et se souleva dans les airs, d'environ deux coudées, libérant les troncs d'arbre qui dévalèrent en bas de la pyramide.

– Que les dieux nous protègent, murmura un homme aux côtés d'Aalthus.

Celui-ci, à la fois empli de fierté et d'effroi, vit son fils écarter les bras, comme s'il avait voulu saisir le lourd monolithe. L'énorme masse rocheuse s'avança au-dessus de la chambre mortuaire, puis descendit doucement, pour se poser sur les pierres levées qui devaient la soutenir.

Enfin, Jehn relâcha son effort. Il tomba à genoux et tenta de calmer son cœur emballé. Personne, hormis Aalthus, n'osait plus l'approcher.

– Mon fils va-t-il bien?

Jehn leva des yeux hagards vers lui.

– Mon père! Je ne voulais pas que cette pierre t'écrase. Je ne voulais pas. Je... Je ne sais pas ce qui s'est passé. Je ne comprends pas.

– Ce sont les dieux qui ont agi à travers ton esprit, mon fils. Cela ne doit pas t'effrayer.

Il émit un petit rire.

– Et puis, tu nous as évité un énorme travail.

Il étudia la pierre, à présent inoffensive.

– Jamais nous n'aurions pu la placer aussi parfaitement.

Peu à peu, le silence qui était tombé sur la foule s'effrita. Chacun commentait l'événement à sa manière. Les hommes du clan du Loup vinrent entourer Jehn.

Peu après, un remue-ménage se produisit au pied de la pyramide. Les ouvriers furent écartés sans ménagement par les hommes du kheung, qui, aussitôt alerté, venait d'arriver sur les lieux.

Il fit signe à Jehn de descendre du tumulus. Celui-ci obéit, mal à l'aise. Dravyyd était entouré de ses conseillers et d'une troupe d'hommes armés de massues et d'épieux durcis au feu. Aux côtés du kheung se tenait le *men'ma'sha*, Phradys, le chef des hommes-médecine de la nation. C'était un individu long et sec, aux yeux profonds et sombres, dont l'éclat malsain trahissait l'abus des champignons hallucinogènes.

Dravyyd toisa le jeune homme, puis demanda d'une voix acerbe :

– Peux-tu me dire d'où te vient ce pouvoir étrange, chasseur?

– Non! J'ignore ce qui s'est passé.

Le men'ma'sha pointa un doigt accusateur sur lui.

– Tu mens! Nul homme n'est capable d'accomplir un tel prodige!

Jehn se redressa et fixa l'homme dans les yeux.

– Personne ne traite Jehn de menteur!

– Alors, comment expliques-tu cela?

– Seuls les dieux possèdent la puissance nécessaire!

– Tu te prends donc pour un dieu? riposta férocement le sorcier.

– Je ne suis pas un dieu! Mais ce ne peut être qu'un dieu qui a agi à travers moi.

Le men'ma'sha fit une méchante grimace. Pour lui, cela ne faisait aucun doute, ce jeune chasseur à la taille anormale était un démon vomi par les entrailles des divinités des profondeurs. Il fallait le détruire au plus tôt. Il glissa quelques mots à l'oreille de Dravyyd, qui s'adressa sèchement au chef des Loups.

– Es-tu sûr qu'il s'agit de ton fils, Aalthus?

Le chef de la tribu des Loups se plaça devant Jehn.

– Il est né du ventre de mon épouse, Alëunda, que tu connais, mon frère. Et il vient de sauver six hommes, dont moi-même, de la mort. La dalle nous aurait écrasés.

– Tu connais peut-être alors l'explication de ce phénomène.

– Non, mon frère, je...

Le men'ma'sha lui coupa la parole en vociférant d'une voix de dément.

– Ecoutez-moi! Ce chasseur n'est pas un humain. Nul homme ne possède de tels pouvoirs. Prenez garde! Il vous anéantira.

Des murmures houleux et contradictoires coururent dans la foule.

– Silence! gronda le kheung pour ramener le calme.

– Il faut le tuer! hurla le men'ma'sha. Souvenez-vous! Souvenez-vous des anciennes légendes!

Aussitôt, les hommes de la tribu firent front autour d'Aalthus et de Jehn. Puis Fraïn et les siens se joignirent à eux, imités bientôt par la quasi-totalité des hommes du chantier. Le roi se retrouva en minorité, entouré de ses fidèles. Il serra les dents, puis son visage s'éclaira d'un sourire hypocrite.

– Je crois que le zèle t'emporte, Phradys! Ce jeune chasseur n'a pas fait le mal, bien au contraire. Nous devons donc le remercier.

Il s'approcha de Jehn et lui prit les bras.

– Les dieux ont sans doute voulu nous éprouver. Ne crains rien, Jehn. Nous avons besoin de ta force pour achever ce tombeau.

Puis il fit demi-tour et s'éloigna en compagnie de ses conseillers.

Le soir, alors que le soleil se couchait, Aalthus et les siens se réunirent pour partager un repas de viande fumée et de fruits frais. On déboucha quelques jarres de zahaat. Grâce à Jehn, un drame avait été évité. Et c'était surtout cela qui comptait. Malgré l'anathème lancé par le men'ma'sha, les ouvriers respectaient le jeune chasseur.

Mais celui-ci, incapable de s'expliquer les faits, était en proie à un trouble profond. Il se demanda si cet événement pouvait avoir un rapport avec ses songes étranges. Et surtout, une phrase du men'ma'sha résonnait encore en lui.

Il demanda à son père :

– Qu'a donc voulu dire le sorcier avec ses « vieilles légendes »?

Aalthus fronça les sourcils, puis secoua la tête.

– Je l'ignore, mon fils.

– Moi, je le sais, intervint Akhoun.

– Toi? Alors, explique-nous!

– Attends, jeune chasseur. Ce que je vais te dire, personne ne le sait, à part les man'shas. Khallas en a parlé une fois devant moi. Mais il a ajouté que ces légendes étaient si anciennes que lui-même doutait qu'elles fussent vraies.

– Que t'a-t-il dit?

– On raconte qu'autrefois, il y a de cela des milliers de lunes, les côtes de l'Océan se situaient beaucoup plus loin qu'aujourd'hui. C'était peut-être au commencement du monde. A cette époque, les dieux vivant au-delà des mers avaient l'habitude de visiter ce pays, et bien d'autres.

– Qui sont ces dieux?

– Nul ne le sait avec certitude. On dit qu'ils étaient très grands. Ils vivaient dans des villages immenses, au-delà des eaux infinies. Ils possédaient des pouvoirs infernaux, grâce auxquels ils transformaient les habitants en animaux pour les dévorer. Alors, les peuples de ce pays se réfugièrent dans les montagnes de l'Intérieur. C'étaient des hommes sauvages, qui vivaient de chasse et de cueillette. Ils ne savaient pas cultiver le blé ni le seigle. En fait, ils étaient sans doute les ancêtres des Mangeurs d'hommes, qui vivent encore dans les monts du Nord.

– Que disent encore les légendes?

– Un jour, il y eut un cataclysme gigantesque, une tempête d'une puissance inimaginable, qui dura plusieurs centaines de lunes. La pluie tomba sans arrêt pendant quarante années. Lorsqu'elle cessa, l'Océan avait englouti les anciennes côtes et envahi les rivières.

Il se leva, et montra l'Océan infini, sur lequel jouaient les derniers rayons du soleil.

– Tout ce que vous voyez là était autrefois recouvert de forêts et de lande.

– Ce n'est pas possible! rétorqua Fraïn. Jamais mon père ni le père de mon père ne m'ont parlé d'une telle histoire.

Akhoun se rassit et saisit son gobelet.

– Il ne s'agit que d'une légende, compagnon. Seuls les man'shas en conservent le souvenir. Mais ce n'est pas là le plus étrange. Khallas a ajouté que les dieux malfaisants avaient violé les femmes des tribus. Des bâtards naquirent, dotés de pouvoirs maléfiques. Leur sang se perpétua au fil des générations. Alors, on sacrifia les enfants qui présentaient des signes anormaux. Peu à peu, tout rentra dans l'ordre. Il naquit de moins en moins d'enfants démoniaques. Il y a bien longtemps que le dernier d'entre eux s'est éteint.

– Le dernier... Ce n'est pas l'avis de ce Phradys. Mais toi, Akhoun, penses-tu que je pourrais être l'un de ces... bâtards?

– Toi, jeune chasseur? Non! Tu es le fils d'Aalthus, notre chef. Ces enfants aux pouvoirs étranges ont disparu depuis belle lurette. De plus, nos ancêtres n'étaient pas encore installés dans le pays de la Petite Mer. Ils vivaient très loin vers le levant, à l'intérieur des terres. Ils n'ont pu avoir de contact avec ces dieux maudits, s'ils ont réellement existé.

– Alors, comment les man'shas peuvent-ils connaître ces légendes, puisqu'elles n'appartiennent pas à notre peuple?

– Selon la tradition, lorsque les nôtres sont arrivés dans ce pays, ils en ont chassé les hordes d'hommes sauvages qui l'habitaient. Cependant, certaines tribus s'allièrent à eux. Avec le temps, elles finirent par faire partie de notre nation, et nous transmirent ces vieilles histoires. Rien ne prouve qu'elles soient vraies.

Jehn se tourna vers Aalthus.

– Et toi, mon père, qu'en penses-tu?

Aalthus paraissait mal à l'aise. Il hésita, puis déclara :

– Je partage l'avis d'Akhoun.

– Alors, comment expliquer ce qui s'est passé tout à l'heure?

– Je ne l'explique pas. Sans doute notre mère à tous, la très belle Gwanea, t'a-t-elle prêté sa force pour nous sauver.

Il lui posa la main sur l'épaule.

– Oublie tout cela, mon fils. Tu n'as rien d'un dieu maléfique!

Les autres éclatèrent de rire. Jehn finit par les imiter. Pourtant, une sourde inquiétude semblait couler de l'esprit de son père. Il pressentait qu'il ne lui avait pas dit toute la vérité.

8

Le clan des Loups ne séjourna que quelques jours à l'emplacement du tumulus. Aalthus prétexta que la saison des grandes chasses approchait et que les provisions accumulées pour l'hiver étaient encore insuffisantes.

Le kheung les laissa partir de mauvaise grâce. Mais il devait se montrer conciliant s'il voulait voir son tombeau achevé à temps. Un vent de rébellion soufflait sur la nation. Il lui fallait patienter et se rallier d'autres chefs dévoués à sa cause, former d'autres guerriers avant de soumettre ces imbéciles qui prétendaient bafouer son autorité suprême. Pour qu'une nation soit puissante, il faut un peuple obéissant. Or, les tribus de la Petite Mer n'en faisaient qu'à leur tête. Ces chiens n'avaient pas compris que les temps changeaient, et que les vieilles traditions, les antiques croyances devaient céder la place à de nouvelles. Des croyances selon lesquelles le kheung ne représentait pas uniquement le messager des dieux, mais aussi le maître absolu, auquel tous devaient un dévouement aveugle.

Ce jeune chasseur surtout pouvait se révéler dangereux. Un jour, lorsqu'il succéderait à son père à la tête de la tribu des Loups, il pourrait se poser en rival. Mais l'époque du Ster'Agor approchait. Et beaucoup de choses deviendraient possibles alors.

A Trois-Chênes, les hommes furent accueillis avec des cris d'enthousiasme. Myria se jeta dans les bras de son compagnon et ne le lâcha plus de la journée. Le vieil Akhoun conta avec force détails l'exploit de Jehn. Réunis dans la clairière où l'on avait allumé de grands feux de joie, les membres du clan buvaient ses paroles. Le jeune homme était devenu le héros du clan. Il glissa à Akhoun :

– Tu ne crois pas que tu en rajoutes?

– Une histoire n'a de sel que si elle est exagérée, jeune chasseur.

Jehn sourit. Pour les générations futures, son exploit serait encore embelli. On pourrait croire alors qu'il avait bâti le tumulus à lui tout seul, en soulevant chaque pierre par la seule force de son esprit. Il eut du mal à s'arracher des bras affectueux de la tribu pour rejoindre sa demeure avec Myria.

Seul avec elle, il la serra contre lui, la déshabilla, et la coucha sur la peau d'ours pour lui prouver combien elle lui avait manqué pendant ces quelques jours. La jeune femme constata ainsi à quel point c'était vrai.

Lorsqu'enfin, épuisés, ils reprirent leur souffle, Myria se blottit contre son compagnon, respirant longuement l'odeur d'herbes et de cuir qui parfumait sa peau. Jouant avec les poils roux couvrant sa poitrine, elle lui demanda :

– Ainsi, tout ce qu'a raconté Akhoun est vrai?

Il hocha la tête.

– C'est vrai. J'ignore ce qui m'est arrivé. C'est un peu comme si... j'étais devenu pierre moi-même. Je voulais qu'elle se soulève, de toute mon âme, et elle m'a obéi.

– Peut-être es-tu un dieu... murmura-t-elle.

Il se dressa sur son coude, agacé.

– Non! Je ne suis pas un dieu. Je suis le fils d'Aalthus et d'Alëunda. Rien de plus. Je ne veux pas être un dieu. Gwanea m'a seulement prêté sa puissance infinie. C'est tout.

Il s'allongea et lui tourna le dos.

Ennuyée, elle l'obligea à la regarder.

– Que Jehn ne se fâche pas! Je ne voulais pas lui faire de peine. Je suis seulement fière de l'avoir pour époux.

Elle se coucha sur lui et déposa un baiser tendre sur ses lèvres.

– Ne pense plus à tout cela. Personne ici n'a jamais entendu parler de ces dieux malfaisants. Ils ont sans doute disparu depuis bien longtemps.

– Tu oublies les démons du Nord, les Khress. Ceux qui ont attaqué le village lorsque Akhoun était jeune.

– Mais ton propre père n'était même pas né.

– Rien ne prouve qu'ils ne reviendront pas.

Elle frissonna.

– Tu le crois vraiment?

– Je n'en sais rien. Mais nous devrions peut-être nous montrer prudents.

Il s'aperçut alors qu'elle tremblait. Il l'étreignit.

– Excuse-moi. Je ne voulais pas t'effrayer. C'est toi qui as raison. Tout cela s'est passé il y a bien longtemps. Et puis, je suis avec toi. Je suis de taille à combattre les démons, s'ils reviennent.

Elle se calma. Peu après, sa respiration se fit plus régulière. Elle s'était endormie. Jehn caressa doucement la longue chevelure d'un brun roux qu'elle passait chaque jour beaucoup de temps à coiffer, à l'aide du petit peigne en écaille qu'il lui avait offert. Une bouffée d'amour le pénétra. Il murmura :

– Ne crains rien, ma douce Myria. Je tuerai tous ceux qui oseront s'attaquer à toi. J'en fais le serment par Urgann et Gwanea.

Cependant, il ne put trouver le sommeil. Les paroles du vieil Akhoun le hantaient. Qui pouvaient être ces dieux dont personne n'avait entendu parler? Comment lui, modeste chasseur du clan des Loups, aurait-il pu avoir un rapport avec ces divinités malfaisantes? Et surtout, quel était ce secret que lui dissimulait son père? Car il était sûr qu'Aalthus lui taisait quelque chose.

Lorsqu'enfin il s'endormit, d'étranges cauchemars l'assaillirent. Un paysage inconnu s'étendait devant lui, qui ressemblait à celui aperçu lors de sa vision. Mais toute lumière avait disparu. Une violente tempête s'amoncelait au-dessus d'un océan déchaîné. Des vagues hautes comme des falaises déferlaient sur les côtes déchiquetées. Au loin, des montagnes crachaient des flammes immenses, qui coulaient sur les demeures blanches et rouges. Impuissant, il vit la terre se craqueler, se fendre, s'ouvrir sous les pieds des habitants qui fuyaient en tous sens, terrorisés. Des foules entières basculaient au sein d'abîmes insondables, ou étaient balayées par des raz de marée gigantesques.

Puis la vision s'estompa, remplacée par le visage de la femme aux yeux verts. Elle tendait les bras vers lui, implorant son secours. Elle hurlait son nom. Un nom qu'il n'entendait pas, qu'il ne pouvait comprendre. Il voulut la saisir, la sauver. Mais ses jambes lui refusaient tout service. Un poids énorme lui oppressait la poitrine. Peu à peu, la femme se dilua dans un néant d'ombres mouvantes et zébré d'éclairs verdâtres. Il eut l'impression que du sable coulait dans ses poumons.

Un cri douloureux jaillit de sa gorge. Il se réveilla, haletant. Un visage se penchait sur lui, des yeux bleus emplis d'inquiétude. Il ne les reconnut pas tout de suite.

– Qu'est-ce que tu as?

Myria lui caressa le front. Après les échos assourdissants de la tempête, le contraste de la voix douce et le calme qui régnait dans le village l'apaisèrent.

– Ce n'est rien! J'ai peut-être un peu chaud.

Elle repoussa légèrement la couverture d'ours et prit sa tête contre ses seins tièdes. Elle savait qu'il ne lui disait pas la vérité. Mais s'il ne souhaitait pas parler de ce qu'il avait vu dans son rêve, elle devait respecter son silence.

Le lendemain, Jehn se rendit dans la clairière aux arbres couleur de lune, où il savait trouver le man'sha. Le sorcier ne parut pas étonné de le voir. Il était occupé à broyer des herbes parfumées dont il préparait des potions destinées à combattre les différentes maladies qui frappaient parfois l'un ou l'autre membre du clan.

– Assieds-toi, jeune chasseur! J'attendais ta visite.

– Khallas, ton savoir est immense. Tu connais le langage des pierres levées, celui des étoiles, celui des plantes. On t'a rapporté ce qui s'est produit au tumulus. Penses-tu que je puisse avoir un rapport avec ces dieux dont parlent les vieilles légendes?

Le man'sha sourit et médita longuement sa réponse.

– Tu as raison! Mon savoir est immense. Mais en ce qui te concerne, je ne peux rien te dire. Comme tu le sais à présent, ces histoires remontent à une époque très reculée, une époque si ancienne que tu aurais peut-être du mal à te la figurer. Nos ancêtres ne savaient pas encore cultiver les plantes. Ils n'avaient apprivoisé ni le chien ni la chèvre. Ils vivaient bien loin vers le levant, dans les forêts profondes, et suivaient les troupeaux dans leurs migrations. Les hautes pierres des étoiles n'étaient pas encore dressées. En vérité, je crois que nous avons acquis ces légendes des tribus qui occupaient ce sol lorsque nos ancêtres y sont arrivés, il y a bien des générations. Et elles étaient déjà très vieilles. Alors, comment puis-je te répondre? Les pierres elles-mêmes ignorent certainement ce qui s'est passé, puisqu'elles étaient encore dans le ventre de Gwanea.

Jehn demeura un long moment silencieux. Puis il demanda :

– Mais alors, d'où me viennent ces rêves? Cette nuit, j'ai encore revu la femme aux yeux verts. J'avais l'impression qu'elle m'implorait de la secourir. Elle tendait les mains vers moi en murmurant un nom que je ne comprenais pas.

Il se prit le visage entre les mains.

– J'ai l'impression parfois que ma tête va éclater. Aide-moi, Khallas!

Le man'sha lui posa la main sur le front. Il ferma les yeux, se concentra longuement, puis secoua la tête d'un air résigné.

– Je suis désolé, Jehn. Je ne peux pas. Je ne sais pas.

Jehn soupira.

– Ce n'est pas tout. J'ai vu aussi une tempête gigantesque engloutir tout un pays, ce pays que j'ai aperçu lors de l'Arundha. J'ai reconnu ses bâtiments immenses. Tout s'est écroulé et a été submergé par des vagues hautes comme des collines.

– Calme-toi, Jehn! Tu n'as fait que rêver ce que le vieil Akhoun t'a raconté. Ton esprit l'a interprété à sa manière.

– Et cette femme? Qui est-elle? Pourquoi me hante-t-elle?

– Les desseins des dieux sont parfois imprévisibles. Il faut que tu apprennes la patience. La réponse te parviendra lorsqu'il sera temps. Pour moi, il s'agit peut-être d'une manifestation de Gwanea, qui veut ainsi t'éprouver.

– Non! rétorqua-t-il violemment. Cette femme n'est pas une déesse. Elle semble si triste, si malheureuse. Elle souffre. Et...

– Et?

– Rien! Je crois, au plus profond de moi, que quelque chose m'enchaîne à elle.

Il se tut un instant, baissa les yeux, et ajouta :

– Un jour, peut-être, je partirai à sa recherche.

– N'oublie pas que tu es uni à Myria. Comme notre emblème, le loup, tu dois lui rester fidèle, jusqu'à ce que la mort vous sépare.

– Je ne l'oublie pas. Et je n'ai pas l'intention de quitter Myria! Mais... comme tu l'as dit, les desseins des dieux sont impénétrables.

Il se redressa. Il n'avait aucun secours à attendre de Khallas. Ses pouvoirs étaient tragiquement limités. Le man'sha se leva et s'approcha de lui.

– Ecoute-moi, Jehn! Je ne sais pas si cela te sera utile, mais pour toi, je vais dévoiler une partie des secrets que détiennent les man'shas.

Il s'assit et invita le jeune homme à l'imiter.

– L'histoire des hommes a commencé voici bien longtemps. D'après les légendes les plus anciennes, ils vivaient autrefois en compagnie des dieux, qui n'étaient pas invisibles comme aujourd'hui. Ils se mêlaient aux humains et leur apportaient savoir et sagesse. On a appelé cette période l'âge du Soleil. C'était une ère de paix, où l'on ignorait la maladie, la famine et la souffrance. Les peuples étaient nombreux et vivaient dans de grands villages de pierres blanches brillantes comme le quartz. On y détenait des secrets qui se sont perdus depuis des milliers de lunes.

« Malheureusement, avec le temps, d'autres divinités sont apparues, surgies des profondeurs du néant. Elles ont détourné les hommes des premiers dieux, auxquels elles livrèrent un combat féroce. Ce fut une période de chaos et de ténèbres, que l'on appela l'âge de la Nuit.

« Et puis, il y a bien longtemps de cela, les divinités obscures disparurent à leur tour, emportées dans un cataclysme effroyable, provoqué par la colère d'Urgann, le dieu tout-puissant qui règne dans le neuvième ciel. L'océan et la terre s'affrontèrent en une lutte sans merci. Les hommes, abandonnés par les dieux, furent balayés par la tourmente. Les survivants trouvèrent refuge sur les plus hauts sommets des montagnes et se terrèrent dans des grottes. Ils avaient tout oublié des connaissances de leurs anciens. Vint alors l'âge des Glaces. Ces hommes-là étaient les ancêtres de nos propres ancêtres. Mais cela se passait il y a des centaines de générations. Les pierres sacrées n'existaient pas encore.

« Un jour enfin, les hommes purent quitter leurs cavernes et reconquirent les terres qui n'avaient pas été englouties par les eaux. Ils apprirent à cultiver le blé et l'orge, et à élever des animaux. Ils bâtirent des villages. Et ce fut le quatrième âge, celui des Haer'Minh. C'est le nom secret que l'on donne aux pierres sacrées. Elles relient notre déesse-mère, la très belle Gwanea, à Urgann, le dieu du ciel. Elles détiennent des secrets extraordinaires, comme celui de la course des astres, ou encore celui de la guérison ; elles guident les âmes de nos morts vers le royaume des esprits.

Il marqua un court silence.

– J'ai interrogé les pierres sacrées à ton sujet. Mais elles ne m'ont rien appris. Elles ignorent tout de toi. Comme si...

– Comme si...

Le sorcier regarda Jehn étrangement, puis ajouta :

– Rien ! C'est absurde. Si j'ai su interpréter ce qu'elles m'ont laissé entrevoir, tu serais... plus âgé qu'elles.

Un frisson glacé parcourut l'échine du jeune homme.

– Mais cela n'a pas de sens !

– Bien sûr ! J'ai dû me tromper. Leur langage est souvent difficile à comprendre.

Il soupira.

– Tu vois, mon savoir n'est pas aussi grand que tu le penses. Je voudrais t'aider, mais je ne peux rien faire.

Le jeune homme le fixa soudain dans les yeux.

– Si, tu le peux ! Dis-moi ce qui s'est passé lors de ma naissance !

L'autre recula. Il avait peine à soutenir le regard vert pâle où brillaient des flammes. Il détourna les yeux.

– Ta naissance ? Mais... que veux-tu que je te dise ? Ta mère t'a mis au monde normalement. Il ne s'est rien passé de particulier. C'est moi-même qui l'ai délivrée. Par Gwanea, tu étais... le plus fort gaillard que j'aie jamais tenu entre les mains.

Jehn n'insista pas. Encore une fois, il devinait qu'on ne lui disait pas toute la vérité. L'espace d'un instant, la vision d'un couteau sacrificiel levé au-dessus du corps tendre d'un nouveau-né le traversa. Il eut l'impression étrange que cette idée émanait de l'esprit même du sorcier. Puis tout s'estompa. Peut-être son imagination lui jouait-elle des tours.

De toute manière, Khallas refuserait de lui en dire plus. Il le salua et se dirigea vers le village. Lorsqu'il atteignit l'orée de la clairière, Khallas le héla :

– Jeune chasseur ! Sache que ton père est très fier de toi. Tu es son orgueil, et sa plus belle raison de vivre. Ne l'oublie jamais. Car cela seul compte !

Jehn acquiesça. Cette fois, le sorcier avait dit la vérité. Aalthus était fier de son fils.

Sur le chemin du village, il s'arrêta près d'une grosse pierre recouverte de mousse, la contempla un long moment, puis se concentra sur elle.

– Bouge! murmura-t-il.

Rien ne se passa.

– Bouge! répéta-t-il plus fort.

Mais la pierre demeura immobile.

Une bouffée de colère l'envahit, qu'il calma par un violent effort de sa volonté. Puis il éclata de rire. Il se conduisait de manière ridicule. Aalthus avait raison. Il n'avait pu soulever la dalle par la pensée qu'avec l'intervention de Gwanea.

Il tomba à genoux, saisit de la terre à pleine main et la porta à son visage.

– Sois remerciée, déesse-mère, de m'apprendre ainsi l'humilité. Sois remerciée également de m'avoir donné le pouvoir d'éviter la mort à mon père et à nos compagnons.

Une bouffée de joie et de plénitude remonta en lui. Il lui fallait oublier ces songes étranges. Le temps se chargerait de lui apporter les réponses, si réponses il y avait. Mais il venait de comprendre une chose essentielle. La terre était son amie, son alliée. Il lui appartenait, comme la feuille faisait partie de l'arbre.

Il se redressa et marcha d'un pas décidé vers le village. Il lui tardait de retrouver Myria. Ils avaient tant de choses à préparer pour le prochain Ster'Agor, qui devait se tenir après les dernières récoltes. Et il se réjouissait de pouvoir l'emmener avec lui, et de montrer à la nation entière qu'il était uni à la plus belle fille de toutes les tribus.

Il ne pouvait se douter des terribles conséquences de sa fierté naïve.

9

Avant la réunion annuelle du Ster'Agor avait lieu la saison des grandes chasses. Les récoltes avaient été engrangées dans des silos enterrés où l'on avait entassé de lourdes jarres d'argile. Elles contenaient des grains d'orge, de la farine de blé, des fruits confits dans du miel sauvage, du poisson et de la viande séchés et fumés, des laitages fermentés, des fruits secs, comme les noisettes ou les châtaignes. Des œufs de poules et de canards sauvages avaient été enfouis dans du sable. On ne savait jamais combien de temps durerait l'hiver. Malgré toutes les précautions, la famine était courante. Il faudrait alors abattre certains animaux du troupeau, voire des chiens. Mais ils n'apporteraient pas les forces nécessaires à la vie contenues dans les plantes fraîches. Lorsque les grands froids se prolongeaient, il était fréquent que les gencives saignent, que les dents tombent. Les plus âgés et les plus faibles mouraient, quelquefois peu de jours avant l'arrivée du printemps salvateur.

C'est pourquoi il fallait accumuler un maximum de provisions, creuser de nouveaux silos, et chasser un gibier abondant.

Jehn avait appris de son père qu'il était préférable d'abattre les vieux mâles plutôt que les femelles, qui avaient en charge leur portée de l'année. Si l'on voulait que les petits survivent et se reproduisent à leur tour, il fallait épargner la vie de leur mère. D'ailleurs, la chasse aux mâles était plus attrayante que celle des femelles. On devait les filer parfois une journée entière avant d'isoler l'animal dans un ravin sans issue et de l'abattre. On piégeait également toutes sortes d'animaux à fourrure, loutres, martres, lièvres, lapins, qui pullulaient dans la région. Les femmes se hâtaient de dépecer et découper la viande en tranches larges. On la mettait ensuite à fumer ou à saler dans un sel d'une couleur grisâtre, que l'on tirait de l'eau de l'Océan grâce à des fours à augets, creusés à même la terre.

Mais la chair n'était pas la seule richesse que les animaux offraient à la tribu. De leurs os, on taillait des manches de poignards, des aiguilles à coudre, des harpons pour les pêcheurs. Avec leurs dents on fabriquait des bijoux. Les bois des cerfs, fixés à des perches, permettaient de ratisser la terre où l'on semait les graines délicates. Dans le cuir des aurochs, de la laine des moutons ou des chèvres, on taillait des habits chauds. Les artisans de Trois-Chênes comptaient parmi les plus habiles. Et ils n'étaient pas peu fiers de savoir que leurs vêtements habillaient des chefs de tribus lointaines, situées bien plus au sud et à l'est, grâce aux voyageurs qui assistaient chaque année au Ster'Agor.

Car la nation ne vivait pas en autarcie. Au-delà de son territoire, les pistes menaient vers d'autres contrées, avec lesquelles elle entretenait des rapports courtois, basés sur le commerce.

Vint enfin le jour du départ. Chaque membre de la tribu avait chargé son traîneau de tout ce qu'il pouvait emporter. On avait attelé les chiens. Les patins larges, taillés dans du bois de chêne, étaient à même d'affronter les pires cahots de la piste [1]. Myria avait pris place sur le traîneau, juchée sur les ballots de marchandises. Elle éclatait de rire à chaque bosse de la piste, imitée par les autres jeunes femmes de la tribu qui accompagnaient leurs époux.

Le voyage dura près de trois jours. Le Ster'Agor se situait en effet au-delà du village du kheung. Une nouvelle fois, on traversa la Khor'ach à l'aide du grand radeau, qui ne désemplissait pas. Plusieurs tribus de l'Ouest devaient l'emprunter pour gagner l'autre rive, occasionnant un superbe embouteillage de traîneaux, mais aussi de joyeuses retrouvailles.

La nuit, on dormit à la belle étoile, emmitouflé sous les fourrures épaisses, car le temps était froid, et annonçait un hiver précoce.

Mais la période du Ster'Agor était toujours judicieusement choisie

1. A cette époque, on ne connaissait pas encore la roue.

par les man'shas, grâce aux messages délivrés par les pierres levées. A cette époque, il se produisait toujours un réchauffement de la température, qui durait environ trois jours. Comme un sursaut de l'été enfui. Les frondaisons des arbres s'étaient parées de couleurs extraordinaires, variant du pourpre au jaune d'or, en passant par toutes les nuances du brun et de l'or. Mais déjà, sur les pistes, s'étalait un épais tapis craquant de feuilles mortes.

Khallas, une nouvelle fois, ne s'était pas trompé. Le soleil, un soleil jaune et trouble, était au rendez-vous lorsque la tribu des Loups parvint sur le Ster'Agor. Myria éprouva un moment d'angoisse. Jamais encore elle n'avait vu de foule aussi importante. Au cœur d'une clairière immense, non loin de l'Océan, le long de la grande rivière qui se jetait dans le golfe, une forêt de tentes de peaux avait été dressée. Il y en avait de toutes tailles et de toutes couleurs. Sans doute plusieurs centaines.

Peu à peu, les appréhensions de Myria s'apaisèrent. La présence de son géant de mari la rassurait. Il dépassait tous les autres de sa stature impressionnante. Et surtout, il régnait dans le quartier où ils s'étaient établis une ambiance joyeuse et bon enfant. Jehn la présenta ainsi à des hommes qu'elle ne connaissait pas, comme ce Fraïn, chef du clan des Renards. Chacun s'extasiait sur sa beauté et sa fraîcheur, ce dont elle ne fut pas peu fière.

Elle s'aperçut très vite que les hommes présents n'étaient pas tous originaires de la nation. Certains avaient le teint plus sombre ; d'autres avaient les cheveux blonds ou roux, et la peau d'un blanc laiteux. Ils savaient à peine parler. Ou plutôt, ils utilisaient entre eux un langage incompréhensible, tantôt chantant, tantôt rocailleux. Elle finit par comprendre qu'ils arrivaient de pays très différents. Aalthus lui expliqua que ces voyageurs, des nomades pour la plupart, vivaient de trocs entre les nations. Ils venaient parfois de si loin qu'on avait peine à croire ce qu'ils racontaient. Ainsi, certains prétendaient qu'il existait des montagnes bien plus élevées que celles de l'Intérieur, si hautes que les hommes ne pouvaient les franchir, et constamment recouvertes de neige, même à la saison chaude.

Les hommes de la Petite Mer accordaient peu de crédit à de telles fables, mais aimaient les écouter. Et surtout, les voyageurs apportaient toujours avec eux quantité d'objets insolites, bijoux, outils, instruments de musique étranges, peaux et fourrures d'animaux inconnus, de même que des graines de plantes nouvelles que les plus audacieux des cultivateurs se hasarderaient à semer. Il y avait parmi eux des artisans adroits avec lesquels on échangeait des techniques.

La multitude des langages ne constituait pas un obstacle. Au fil des générations, il s'était instauré un curieux dialecte à base de gestes et de mimiques que tout le monde comprenait.

Parfois, un clan de nomades, séduit par le pays, demandait le droit d'asile au kheung. Il était rare qu'il soit refusé. Quelquefois, l'inverse se produisait. Chaque année, de jeunes femmes ou de jeunes hommes quittaient ainsi la Petite Mer pour suivre les nomades sur la Grande Piste. Le Ster'Agor était toujours l'occasion de mariages mixtes.

C'est dans cette ambiance tumultueuse que Myria et Jehn dressèrent leur propre tente, et exposèrent les peaux et les fourrures qu'ils devaient échanger contre des outils et toutes sortes d'objets inconnus. Le sourire et la gaieté de la jeune femme attirèrent beaucoup de clients. Le commerce était essentiellement fondé sur le troc. On échangeait une peau contre un outil, une hache contre un lot de pierres brutes. Mais il existait aussi une monnaie de référence, symbolisée par des coquillages. Toutefois, nombre de participants se méfiaient de ce système auquel ils ne comprenaient pas grand-chose.

Dès le premier soir, Myria accompagna Jehn pour le festin que le kheung offrait à ses sujets. Comme le fit remarquer le vieil Akhoun, cela ne lui coûtait pas bien cher, puisqu'il prélevait son tribut sur tous les échanges pratiqués lors du Ster'Agor. Le repas serait donc payé par les participants. Mais c'était une occasion pour affirmer l'unité de la nation de la Petite Mer.

De longues tablées avaient été dressées en plein air. Sur des feux grillaient quantité d'animaux. Une odeur de chair rôtie et de bière au miel baignait les convives. Selon la tradition, les membres de la tribu devaient se séparer, afin de pouvoir bavarder avec tous, favoriser les contacts, les échanges. Entraînés par des hommes de la tribu d'Her-Lann, Jehn et Myria se retrouvèrent ainsi installés à une table où une troupe d'individus hirsutes faisaient déjà franche ripaille. L'un d'eux était presqu'aussi grand que Jehn. Il avait abusé de la zahaat et d'un alcool fort tiré de pomme fermentée, le *kahalv*. Il fixa longuement Myria, puis déclara :

– Par le ventre de Leh'ness, voilà la plus jolie fille que j'aie jamais rencontrée.

Myria, gênée, détourna les yeux. L'homme ne lui plaisait pas. Et cette manière qu'il avait de planter son poignard dans la table au moindre prétexte l'effrayait. Elle regarda Jehn, qui ne dit mot.

– Holà, toi! Oui, c'est à toi que je parle, la fille! Veux-tu boire avec nous?

– Jehn est mon compagnon, répondit la jeune femme. Je ne bois pas de zahaat.

– La mignonne ne boit pas de bière? Mais comment l'as-tu donc dressée, chasseur? Chez nous, les femmes obéissent aux hommes!

– Pas chez les Loups, rétorqua Jehn, mal à l'aise. Les femmes sont libres.

L'autre émit un rire qui ressemblait à un grognement.

– Ta femme est belle, chasseur. Et la mienne se fait vieille. Elle perd ses dents. C'est une beauté comme ça qu'il me faudrait. Combien en demanderais-tu?

– Je ne comprends pas!

– Il ne comprend pas! Espèce de sot! Je te propose de t'acheter ta femme. Ignores-tu qui je suis?

– Tu vas me le dire!

– Je suis Naam'hart le Fort, chef de la nation des Aurochs. Je suis très riche, chasseur. Et je veux t'échanger ta femme contre... disons, un troupeau d'une dizaine de chèvres, auquel j'ajouterai deux aurochs femelles pleines. Alors, qu'en dis-tu?

– Dans ma tribu, l'homme reste fidèle à sa compagne. Ton offre ne nous intéresse pas.

– Tu ne veux pas devenir riche?

Myria se serra contre Jehn. L'autre cherchait visiblement à le provoquer.

– Jehn! Cet homme est fou!

– Ne crains rien. Même s'il m'offrait dix troupeaux, je n'accepterais pas.

Tout à coup, l'autre se leva et apostropha le jeune homme.

– Je t'ai posé une question!

– Tu perds ton temps, chef des Aurochs. Myria est ma compagne et le restera. Tu peux garder tes chèvres.

– Tu m'insultes? Holà, compagnons, avez-vous entendu comment me traite ce pouilleux?

Les autres renchérirent avec de grands rires troublés par l'alcool.

– Cela mérite une correction!

– Le jeune coq a besoin d'une leçon!

Jehn se leva à son tour. Il dominait l'homme d'une bonne tête. Impressionné, l'autre marqua un temps d'arrêt. Le jeune homme déclara d'une voix sombre :

– Les hommes ne se battent pas entre eux, Naam'hart. Sauf pour se défendre.

– Ou encore dans l'arène du Ster'Agor, riposta Naam'hart. Alors, je suis ton homme! Si je te vaincs, ta femme sera à moi. Si tu es vainqueur, je t'offrirai le troupeau promis.

– Je ne veux pas me battre contre toi. Je ne suis pas venu pour ça.

– Tu refuses le défi. Serais-tu lâche?

Jehn voulut répliquer. Mais le silence se fit soudain. Derrière eux était apparue la silhouette du kheung, qui observait la scène.

– Dravyyd, mon frère, l'apostropha Naam'hart, as-tu entendu ce que m'a répondu ce chien de chasseur? Il refuse mon défi.

– Un homme d'honneur ne saurait en effet agir ainsi.

Le souverain se tourna vers Jehn.

– Naam'hart est le kheung de la nation des Aurochs, qui règne sur le territoire situé à l'orient de la Petite Mer. Il est notre invité et notre allié.

Jehn répliqua froidement :

– Cela n'implique pas qu'il ait le droit de prendre ma femme.

– Il n'a pas l'intention de te la prendre, mais de te l'acheter. Son offre me paraît plus que généreuse.

Le jeune homme s'insurgea.

– Mais on n'achète pas une femme! Elle n'est pas un animal.

Naam'hart intervint.

– Chez nous, les femmes n'ont pas leur mot à dire. Si tu ne veux pas la vendre, alors, accepte mon défi!

Jehn se tourna vers le kheung, qui lui adressa un sourire hypocrite.

– Je crains que tu n'aies pas le choix, jeune chasseur! Veux-tu que l'on proclame partout que les Loups sont des lâches?

– Je ne suis pas un lâche, Dravyyd. Mais je ne suis pas venu pour me battre. Et ma femme n'est pas une marchandise.

– Je ne pensais pas que tu serais homme à reculer. Aurais-tu peur?

Jehn fixa durement le kheung dans les yeux.

– Non, je n'ai pas peur! Et je ne suis pas stupide non plus. Tu es de mèche avec cet individu, Dravyyd. Ce sont tes hommes qui m'ont installé à cette tablée. Alors, sois satisfait, je le rencontrerai, dès demain, dans le champ clos. Mais prends garde! Je ne ferai aucun quartier à *ton* invité et allié. Tant pis s'il s'en tire avec quelques membres brisés!

Le kheung le foudroya du regard. Cet insolent osait le défier! Mais les yeux d'émeraude du chasseur soutinrent son attaque sans faiblir. Ce fut lui qui finit par baisser le nez, mal à l'aise.

– Quelles armes choisis-tu? gronda Naam'hart.

– Aucune! Mes mains suffiront à te faire mordre la poussière. Les hommes ne doivent pas prendre les armes les uns contre les autres.

L'autre éclata de rire.

– Tu as encore beaucoup de choses à apprendre, jeune chasseur. Mais j'accepte. Quant à toi, ma belle, prépare-toi! Demain, tu seras à moi.

Le regard lubrique qu'il lui adressa ne fut pas pour rassurer Myria.

– Viens, Jehn, rejoignons les nôtres. Cet homme me fait peur.

Ils quittèrent la table, sous les quolibets des Aurochs et le regard satisfait du monarque.

Cette nuit-là, ni l'un ni l'autre ne dormirent beaucoup. Le kheung avait préparé minutieusement son plan. La rencontre avec ce Naam'hart n'était pas fortuite. Jehn s'en était ouvert à son père, qui mit son fils en garde.

– Méfie-toi! Les Aurochs sont renommés pour leur brutalité. Ils vivent dans les montagnes intérieures, au contact des tribus de Mangeurs d'hommes. Et le kheung soutient ton rival. Il accorde beaucoup d'importance à cette alliance.

– Pourquoi tient-il tellement à me défier? Je ne suis pas venu au Ster'Agor pour me battre. Mais personne ne me prendra Myria. Dussé-je le tuer.

– Myria n'est pas seule en cause, mon fils. En vérité, le kheung tente d'asseoir son autorité par l'intermédiaire de ses hommes de confiance. Les temps ont changé depuis le règne de son père. Auparavant, le kheung était élu parmi les chefs des quarante-neuf tribus. Le père de Dravyyd, à la suite de manœuvres suspectes, a fait accepter la succession de son fils. Celui-ci veut créer une dynastie qui régnera sur toute la nation de la Petite Mer. C'est pourquoi il s'appuie sur des hommes comme ce Naam'hart, qui sont prêts à livrer combat aux clans rebelles. Dravyyd sait que nous ne sommes pas des guerriers, mais des chasseurs et des cultivateurs. J'ai appris que certaines tribus sont déjà soumises à son autorité. Il a infiltré chez elles des hommes armés, recrutés justement parmi les Aurochs et certaines tribus portées sur la violence. Ceux-ci n'ont d'autre tâche que d'exiger des parts de plus en plus importantes pour le kheung sur les récoltes et les fourrures. Ils ont créé un climat de peur dans ces villages.

« Mais ton exploit n'est pas passé inaperçu, au tumulus, l'été dernier. J'ai bavardé ce soir avec des amis. Beaucoup estiment que tu possèdes des pouvoirs qui feraient de toi un chef tout désigné pour mener la lutte contre le kheung si celui-ci voulait étendre ses prérogatives.

Il soupira.

– Les choses vont mal, mon fils. Dravyyd te considère désormais comme un ennemi à abattre, et il ne reculera devant rien. S'il pouvait te faire vaincre devant toutes les tribus rassemblées, il consoliderait son autorité. C'est pourquoi il est important que tu triomphes demain de Naam'hart. Non seulement pour Myria, mais aussi pour tous les hommes de notre nation. Cependant, méfie-toi. Ces hommes sont dangereux.

Jehn hocha la tête. Aalthus le prit par les épaules.

– Ne perds pas confiance en toi. Tu possèdes la force d'un ours. Tu peux vaincre le chef des Aurochs. Peut-être sont-ce les dieux qui t'ont envoyé pour nous protéger.

Il hésita, puis ajouta :

– Moi, je le crois. Tu es un envoyé des dieux, Jehn. N'oublie jamais que notre mère Gwanea te soutiendra.

Il serra son fils contre lui avec émotion.

Jehn ne parvenait pas à s'endormir. Tout à la joie qu'il éprouvait à se montrer en compagnie de Myria, il n'avait pas remarqué les modifications profondes qui s'opéraient dans le secret des villages. Et comment eût-il pu s'en apercevoir ? Il n'avait presque jamais quitté Trois-Chênes. L'année précédente, il était trop jeune pour se rendre compte de quoi que ce fût. Mais les paroles de son père lui ouvraient les yeux sur les visages tristes de certains des participants. Il revoyait les hommes armés de longs épieux, dévoués au kheung. Celui-ci voulait remettre en cause la tradition de liberté de la nation à des fins personnelles. Un violent sentiment de révolte le saisit. Chaque homme devait demeurer libre de ses actes et de ses pensées, et recevoir le juste prix de son travail. Dans le clan des Loups, chacun avait droit au respect, aussi bien les femmes que les hommes. Dravyyd était un orgueilleux, qui avait poussé la folie jusqu'à faire élever cette pierre gigantesque pour que les générations futures se souviennent de lui. A quoi cela lui servirait-il lorsqu'il serait retourné à la poussière?

– Tu ne dors pas? demanda la voix inquiète de Myria.

– Si, je vais dormir ! Et demain, je vaincrai cette brute. Aie confiance en moi.

Le ton qu'il avait employé la rassura un peu. Mais elle eut du mal à trouver le sommeil.

10

La nouvelle avait fait le tour du Ster'Agor. On savait qu'à l'heure où le soleil atteindrait son apogée, le jeune chasseur Jehn, du clan des Loups, affronterait le chef des Aurochs, Naam'hart. Officiellement, c'était pour une histoire de femme. Ils défilèrent nombreux devant le campement des Loups pour apercevoir la belle Myria, enjeu du combat qui se préparait. Et chacun reconnut sa beauté incomparable.

Toutefois, les plus avertis savaient qu'au-delà de cette bataille se jouait une partie beaucoup plus importante. Les membres des clans déjà soumis à la suprématie du kheung par l'intermédiaire de leurs chefs et de leurs hommes d'armes voyaient en Jehn leur champion. S'il triomphait, il deviendrait un candidat digne de remplacer le roi, dont les excès commençaient à agacer beaucoup de tribus. Mais les guerriers du souverain, chaque année plus nombreux, refroidissaient les ardeurs belliqueuses. Il y avait parmi eux beaucoup d'Aurochs, dont la réputation de violence et de cruauté n'était pas une légende. Sous le prétexte de l'alliance, ils avaient investi, avec la bénédiction du souverain, plusieurs territoires de l'Est de la nation, au-delà de la rivière Vaan'hir.

Durant la matinée, tandis que Jehn se préparait au combat, une foule d'anonymes vinrent le trouver, pour lui affirmer leur soutien. Des rumeurs commençaient à circuler, selon lesquelles les hommes qui se seraient rebellés contre les guerriers nommés par le monarque auraient été impitoyablement massacrés. Mais personne n'avait osé se plaindre au kheung. Seul un vieux chef s'était rendu à Her-Lann pour faire part de ses griefs. Dravyyd l'avait reçu avec courtoisie, et avait promis de tenir compte de ses revendications. Mais le vieux chef était mort peu après dans une partie de chasse bien singulière. Ce fut tout au moins le récit qu'en donna un membre de sa tribu, au cours d'une visite discrète qu'il rendit à Jehn.

– Comprends-tu à présent pourquoi tu vas te battre? dit Aalthus à son fils.

– Oui, mon père! Mais pourquoi moi?

– Parce que tu as osé tenir tête au kheung! Cet été, tu as accompli un exploit qui a fait de toi un héros. Et surtout un concurrent de Dravyyd.

– Mais je n'ai pas l'intention de lui disputer le trône. Je ne suis qu'un chasseur du clan des Loups.

– C'est vrai. Mais tu as l'étoffe d'un grand chef. Et tu ne le sais même pas.

Aalthus se tut un moment, puis ajouta :

– Le monde des hommes est beaucoup plus compliqué qu'il n'y paraît. Ils ne naissent pas égaux. Certains sont plus forts que d'autres, ou plus intelligents. Les hommes ont toujours choisi celui qu'ils considéraient comme le meilleur d'entre eux pour les guider, pour prendre les décisions au nom de la tribu. Pourquoi crois-tu que chaque clan éprouve le besoin d'élire un chef?

– Je ne sais pas! Peut-être pour respecter une tradition.

– Non, mon fils! Les hommes, en cas de difficulté, ont besoin de se tourner vers quelqu'un en qui ils aient confiance. Tel est le vrai rôle du chef. Un rôle qu'il ne choisit pas lui-même. Ce sont les autres qui le désignent, parce qu'ils croient en lui. Ce rôle exige beaucoup d'humilité et de respect des autres. Car chaque homme a droit à la considération et à la liberté. Il en a toujours été ainsi jusqu'à présent. Mais je sens que certains commencent à se détourner de ce but pour servir leurs seuls intérêts. Des êtres comme Dravyyd, et ce Naam'hart. Aussi, ne fais aucune grâce à cet individu. Nombreux sont ceux qui comptent sur ta victoire.

Depuis le matin, Myria ne vivait plus. Jamais encore elle n'avait vu de foule aussi dense. Et voilà que cette foule, où figuraient des hommes venus d'au-delà du territoire de la Petite Mer, concentrait son attention sur elle et son époux. Elle ne comprenait plus rien à ce qui arrivait.

Ce fut comme dans un rêve aux relents de cauchemar qu'elle vit arriver le milieu du jour. Il lui sembla que ce n'était pas elle qui marchait aux côtés de Jehn pour se rendre au champ clos où devait se dérouler le combat. Les hurlements de tous les hommes et femmes présents lui déchiraient les tympans. Elle aurait voulu s'enfuir, seule en compagnie de Jehn, retrouver leur cachette ombragée, la petite crique de la rivière où le sable était si doux.

Pourquoi ne pouvait-elle partir, quitter ce lieu effrayant? Pourquoi ses jambes la portaient-elles toujours en avant, toujours plus loin? Jusqu'à cette horrible arène, tout au bout de l'immense clairière, dans un lieu en forme d'amphithéâtre naturel, sur les pentes duquel un public impressionnant avait déjà pris place. Au centre s'étendait un cercle délimité par une ligne de pierres, et recouvert de sable fin. En bordure de l'arène se dressait un dais de peau sous lequel s'étaient installés Dravyyd et ses proches.

Lorsqu'elle dut abandonner Jehn à son sort, Aalthus la prit contre lui.

– Ne crains rien, lui murmura-t-il. Jehn ne fera qu'une bouchée de son adversaire.

Alors, elle craqua et enfouit son visage contre l'épaisse tunique de cuir d'Aalthus pour cacher ses larmes.

Au centre de la piste, le men'ma'sha, Phradys, attendait les deux combattants. A l'opposé de l'endroit où se tenait Jehn, Naam'hart s'était déjà débarrassé de ses vêtements, ne conservant qu'un pagne serré autour de la ceinture. Il apostropha le jeune homme.

– Holà, jeune chasseur! Prépare-toi à recevoir la correction de ta vie. Je vais te briser les membres un par un. Et ta femme m'appartiendra. Regarde-la! Elle s'en réjouit déjà!

C'en était trop pour Myria. Elle se dégagea des bras protecteurs d'Aalthus, traversa l'arène et se planta devant Naam'hart. Oubliant les larmes qui lui brûlaient les yeux, elle le gifla violemment et déclara d'une voix forte :

– Tu n'es qu'un énorme pourceau, Naam'hart! Même si tu triomphes, jamais je ne t'appartiendrai. Je préférerai mourir!

L'autre, stupéfait, se frotta la joue et brailla :

– Chienne!

Il eut un mouvement pour la frapper à son tour, mais un regard du men'ma'sha l'en dissuada. Tandis que la jeune femme regagnait sa place sans se retourner, il lui hurla :

– Tu verras ! Je saurai te montrer qui est le maître !

Jehn avait failli bondir pour protéger Myria. Il serra les dents, échangea un bref regard avec elle lorsqu'elle passa à côté de lui. Leurs mains s'étreignirent un court instant, puis la jeune femme rejoignit Aalthus. Jehn s'avança au milieu de l'arène, imité par son adversaire. Phradys se plaça entre les combattants et leva les bras vers le ciel.

– O puissant Urgann ! O divine Gwanea ! Accordez votre assistance à ces deux hommes qui vont s'affronter pour l'amour de la belle Myria. Il a été convenu qu'aucune arme ne serait utilisée. Voici, à ma droite, Naam'hart, chef de la nation des Aurochs, et ami particulier de notre kheung, le puissant Dravyyd. Voici, à ma gauche, Jehn le chasseur, du clan des Loups.

Le mépris qu'il glissa dans ses dernières paroles ne trompa personne. Naam'hart était le champion du roi.

– Que le combat commence !

Puis il se retira.

Jehn étudia son adversaire. Il mesurait une tête de moins que lui, mais il était plus râblé. Ses mains paraissaient assez larges pour assommer un ours. Le regard chargé de haine que Jehn lui décocha le désarçonna quelque peu. Soudain, l'autre chargea et le percuta d'un violent coup de tête dans la poitrine. Jehn, le souffle coupé, s'écroula sur le sol. L'autre ne perdit pas une seconde. Il se jeta sur son jeune adversaire et entreprit de lui marteler les côtes de coups violents. Un goût de sang envahit la bouche de Jehn. Puis il se ressaisit et lança des coups de poings puissants dans la tête de l'autre qui recula sous le choc. Le jeune homme se releva. L'autre fonça à nouveau. Mais Jehn avait prévu l'attaque, il s'esquiva au dernier moment et, joignant ses mains, assena un vigoureux coup sur la nuque de Naam'hart. L'autre roula au sol, puis se releva, chancelant. Il s'ébroua, reprit ses esprits, et fonça de nouveau.

Pendant quelques instants, le combat demeura indécis. Le chef des Aurochs était d'une force colossale, et d'une résistance peu commune. Et surtout, il avait une grande expérience de la lutte. Une expérience que Jehn était loin de posséder. Il lui fallait user de toute sa volonté pour résister aux assauts répétés de l'énorme brute. Plusieurs fois, il mordit la poussière. Ses lèvres saignaient, tandis que des douleurs vives lui vrillaient les membres. Déjà, sous le dais du kheung, retentissait l'écho d'une victoire proche. Des vociférations jaillissaient de toutes parts, encourageant l'un ou l'autre des combattants.

Myria, plus morte que vive, ne pouvait détacher ses yeux des deux lutteurs. Il lui semblait souffrir elle-même lorsque Jehn encaissait un coup violent. Mais le jeune chasseur avait compris que la masse de muscles de Naam'hart n'abritait qu'un esprit fruste et brutal.

Soudain, une force nouvelle inonda le cœur du jeune homme, comme si un être différent s'était emparé de lui et combattait à sa place. Les spectateurs stupéfaits le virent alors esquiver toutes les attaques de l'Aurochs sans aucune difficulté, et le culbuter dans le sable. Jehn semblait jouer avec son adversaire, utilisant un art du combat tout à fait nouveau. Alors, la victoire changea de camp.

Interloqué et furieux, le kheung se leva et glapit :

– Mais que fait-il? Jamais personne n'a combattu ainsi.

– Je t'avais dit que cet homme était un démon, Dravyyd, glissa insidieusement Phradys à ses côtés. Il faut le détruire.

– Oui, mais comment?

Comment, en effet? A présent, Jehn bondissait autour de Naam'hart, sans permettre à aucun de ses coups de l'atteindre. En revanche, chacun des siens faisait mouche. Il utilisait la propre force de son adversaire pour la retourner contre lui, s'effaçant au dernier moment, et portant des attaques imparables aussi bien avec les pieds qu'avec les poings ou les bras. A bout de souffle, l'Aurochs voulut se jeter une dernière fois sur son rival pour le ceinturer. Il ne rencontra que le vide, puis reçut un coup d'une violence inouïe qui l'expédia au sol sans connaissance. Jehn se pencha sur lui, le souleva au-dessus de sa tête sans effort apparent, et s'avança vers la tribune du kheung. Puis il projeta le corps inanimé de son adversaire aux pieds de Dravyyd.

– Les dieux m'ont accordé la victoire, Dravyyd. Je garde donc mon épouse, et je te rends ton allié. Lorsqu'il se réveillera, n'oublie pas de lui rappeler qu'il me doit un troupeau de dix chèvres, plus deux aurochs femelles pleines. Ajoute que s'il ose encore une fois lever les yeux sur Myria, je lui brise les reins!

Le souverain, pétrifié par une telle arrogance, ne sut que répondre.

Jehn lui avait déjà tourné le dos. Une ovation monstrueuse s'empara de la foule. Le kheung serra les dents à les briser. Ce Naam'hart n'était qu'un incapable. Il avait compté sur ce combat pour affirmer son autorité. Et voilà que son plan se retournait contre lui.

Phradys lui posa la main sur le bras.

– Prends garde, Dravyyd. Ce chasseur est envoyé par les divinités des Profondeurs. Vois comme ils l'acclament à présent. S'il devient le chef de son clan, et qu'il se présente contre toi à la prochaine assemblée des tribus, tu perdras ton trône. Il te balaiera comme il a balayé cet imbécile!

Dravyyd se pencha vers lui.

– Alors tue-le! Par n'importe quel moyen!

11

Dans l'après-midi, comme convenu, un homme conduisit au campement des Loups un troupeau d'une dizaine de chèvres et deux aurochs femelles pleines. Naam'hart ne se présenta pas. L'individu qui menait les bêtes expliqua que son chef se remettait des coups infligés par son jeune adversaire, ce qui fit rire les hommes d'Aalthus.

Le visiteur avait un regard fuyant, et déplaisait souverainement à Jehn. Tout en lui respirait le mensonge et la fourberie. Répondant à son intuition, le jeune chasseur déclara :

– J'aimerais remercier ton chef d'avoir respecté sa parole. Peux-tu me mener jusqu'à lui ?

L'autre se mit à bredouiller.

– C'est... c'est qu'il est très éprouvé. Tu ne l'as pas ménagé. Et puis, il te garde rancune de l'humiliation que tu lui as infligée. Je doute qu'il accepte de te voir.

– Dis-lui que jamais je n'ai voulu lui livrer combat. C'est lui qui m'a défié. Il n'a eu que ce qu'il méritait.

L'autre hocha la tête, puis s'en fut. Jehn se tourna vers son père.

– Cet homme n'a pas dit la vérité. J'ignore pourquoi, mais je suis sûr que Naam'hart a déjà quitté le Ster'Agor.

– C'est aussi mon impression.

– Père, je sens qu'il se trame quelque chose contre nous. Le kheung ne peut laisser mon affront impuni. Et ce Naam'hart y est mêlé. Pourrais-tu prendre soin de Myria ? Je dois m'absenter quelque temps. Je serai de retour dès demain, après-demain au plus tard.

– Que comptes-tu faire ?

– Savoir ce que prépare Dravyyd. Pour cela, il faut que je me rende jusqu'au territoire des Aurochs.

– Sois prudent, mon fils. Ces hommes ne te feront pas de quartier si tu tombes entre leurs mains.

– Si je ne suis pas de retour au lever du soleil du second jour, repartez vers le village, en empruntant la piste qui borde l'Océan.

– Tu redoutes une attaque?

– Oui!

– Bien! Agis comme tu l'as décidé. Que Gwanea te protège et guide tes pas!

Quelques instants plus tard, Jehn se glissait hors du campement. Une fois au bord de la Vaan'hir, en amont du radeau de transbordement qui reliait les deux rives, il se défit de ses vêtements qu'il glissa dans un sac étanche et se coula dans l'eau. Sur l'autre bord, il vérifia que personne ne l'avait repéré, et se rhabilla. Il prit soin de maquiller son visage aux couleurs des grandes chasses, le noir et le vert. Ainsi pourrait-il plus facilement se dissimuler dans les profondeurs de la forêt.

A longues foulées souples, il suivit la piste qui menait vers la nation des Aurochs, à une journée de marche. Il ne s'était pas trompé. Certains signes relevés sur les branches et sur le sol lui révélèrent que des hommes étaient passés là peu avant lui. Leur fumet flottait encore dans l'air embaumé de résine. Jehn avait pris soin d'enduire sa veste de cuir d'humus frais, qui masquerait sa propre odeur. Il s'enfonça en silence dans les sous-bois, longeant la piste. A l'instar de ses frères les loups, il savait se faire aussi invisible qu'eux.

La nuit était tombée depuis longtemps lorsqu'il arriva en vue du village des Aurochs. Il se faufila sur une large dalle de granit dominant les longues maisons de bois et scruta la place principale sur laquelle brûlait un bûcher gigantesque. Naam'hart était déjà là, qui haranguait ses hommes. Ceux-ci poussaient des hurlements rauques tout en brandissant leurs haches de pierre polies. Visiblement, il les préparait au combat. Toutefois, leur nombre était inférieur à celui des Loups. Intrigué, Jehn se rapprocha pour tenter d'entendre ce qui se disait. Mais le vent lui était défavorable.

Après son discours véhément, Naam'hart prit le temps d'avaler un morceau de viande fumée. Puis il quitta le village et se dirigea vers le nord, accompagné de deux de ses hommes. Jehn se retira de sa plate-forme d'observation, et contourna les habitations, en évitant soigneusement les flaques de lumière argentée de la lune pleine qui perçaient au travers des frondaisons encore épaisses des chênes. Se fiant à son flair et à son instinct, il finit par retrouver la trace des trois hommes. Ils avançaient d'un pas rapide, le dos courbé, vers une destination inconnue. Les sens aux aguets, ils restaient sur le qui-vive. A plusieurs reprises, ils s'arrêtèrent, humant l'air de la nuit. Alors, Jehn se terrait contre le sol, redoutant qu'ils n'aient perçu sa présence. Mais ce n'était pas lui qu'ils cherchaient.

Jehn redoubla de prudence. Depuis quelque temps déjà, ils avaient quitté le territoire des Aurochs, pour s'enfoncer dans celui des chasseurs de la montagne. Le terrain se faisait de plus en plus accidenté, parsemé de rocailles.

Tout à coup, il distingua au loin la lueur d'un feu de camp. Il rampa à travers les buissons et s'approcha au plus près. Il avait deviné juste. Naam'hart savait que ses hommes n'étaient ni assez nombreux ni assez puissants pour s'attaquer seuls au clan des Loups. Alors, il était venu solliciter le renfort des Mangeurs d'hommes de l'Intérieur. Il semblait d'ailleurs fort bien les connaître, car, lorsque Jehn parvint à portée de voix, il était installé, avec ses deux compagnons, près d'un brasier autour duquel étaient accroupis une trentaine d'êtres à l'aspect effrayant. Des peaux de bêtes mal taillées les revêtaient. Pour toute arme, ils portaient des poignards, des propulseurs, et surtout d'énormes massues incrustées d'éclats de silex. Au-delà du premier feu, Jehn en discerna d'autres. Malgré l'obscurité, il dénombra près de deux cents hommes, et autant de femmes. Si Naam'hart persuadait ces monstres de lui prêter main-forte, les Loups se retrouveraient en situation d'infériorité. Surtout si on leur tendait une embuscade. Lorsqu'il vit le chef des Mangeurs d'hommes serrer le bras de Naam'hart, il comprit que l'accord avait été conclu. Alors, il se fondit dans la nuit.

Il arriva au Ster'Agor vers le milieu de la matinée, après avoir couru toute la nuit, ne s'arrêtant que pour prendre un peu de repos sur la branche fourchue d'un chêne. Il pénétra sous la tente d'Aalthus.

– Je ne m'étais trompé, Père. Les Aurochs préparent une embuscade.

Il lui expliqua ce qu'il avait découvert.

– Ils connaissent la route que nous devons emprunter. Si nous changeons notre plan, ils ne nous trouveront pas, et ils risquent de s'en prendre directement à Trois-Chênes.

– Et presque tous les hommes sont ici, grogna Aalthus. Nous devons les affronter.

– Nous n'avons pas le choix. Mais à présent, nous sommes prévenus.

– Que suggères-tu ?

– De nous munir d'armes en grand nombre, surtout des armes de jet, et de faire passer les femmes par la piste de l'Océan, avec les marchandises. Ainsi, nous aurons les mains libres.

Aalthus soupira.

– Nombre des nôtres risquent de ne jamais revoir le village.

– Je le sais. Mais nous n'avons pas cherché cette bataille. Si nous savons la préparer, il y aura peu de blessés. J'y ai réfléchi.

Intrigué, Aalthus écouta son fils. Peu à peu, son visage s'éclaira.

12

Jehn avait une petite idée de l'endroit où risquait de se dérouler l'attaque. Il existait, sur la piste menant au village, un étranglement rocheux bordé par une forêt impénétrable. Nul autre lieu n'eût pu mieux convenir. Il se situait peu avant la rivière Khor'ach. S'ils s'étaient mis en route tout de suite, les Aurochs devaient déjà être sur place.

Il avait vu juste. Dissimulés sous le couvert de la forêt, les hommes de Naam'hart et les Mangeurs d'hommes attendaient depuis le matin le passage de la tribu. Un éclaireur posté à proximité du Ster'Agor était venu les avertir que tout le monde quittait l'immense clairière, et que le clan des Loups se dirigeait par ici. Naam'hart frappa le flanc de sa hache polie contre sa paume.

– Cette fois, je lui fendrai le crâne.

Il envoya un coup de poing amical au chef de la tribu alliée, Roorkh.

– Nous dévorerons son cœur ensemble, compagnon ! Et nous nous partagerons sa femme !

Vers midi, le guetteur en amont signala l'arrivée du convoi de traîneaux tirés par des chiens. Ils regorgeaient de marchandises et de fourrures toutes plus belles les unes que les autres. Naam'hart intima le silence à ses hommes. Abrités derrière les taillis qui dominaient la piste, ils attendirent que la totalité de la caravane fût passée. Puis il poussa un hurlement de triomphe pour lancer l'attaque. L'instant d'après, une horde féroce dévalait la pente en direction de leurs victimes.

Les cris de victoire anticipée se transformèrent très vite en hurlements de dépit. Sur un signe de Jehn, situé en tête du convoi, les traîneaux se renversèrent sur le flanc, bien avant que le premier guerrier n'ait pu les atteindre. Alors, de sous les fourrures jaillirent d'autres hommes, armés d'arcs et d'épieux à pointe de silex. Naam'hart eut tout juste le temps de reconnaître les hommes de la tribu des Renards, ceux de ce chien de Fraïn. Quelqu'un les avait trahis. Il se jura de massacrer tous ces porcs de sa main.

Mais il était trop tard. Déjà les premières volées de flèches fondaient sur eux. Des cris de douleur retentirent autour de lui. Des Mangeurs d'hommes basculèrent, le nez dans les feuilles rousses de l'automne, le corps transpercé de traits précis et mortels.

Ceux qui parvinrent jusqu'aux traîneaux renversés se heurtèrent à une ligne d'épieux acérés sur lesquels ils vinrent s'empaler. Jehn avait parfaitement expliqué la manœuvre à ses compagnons. Aalthus, admiratif, était convenu de l'efficacité du plan de son fils. Et surtout, le fidèle Fraïn, averti par son ami, avait proposé une alliance qu'Aalthus avait acceptée avec reconnaissance. L'enthousiasme des Renards s'était joint à celui des Loups. Chacun avait fourbi ses armes, et adopté l'arc si cher à Jehn.

Comprenant que l'effet de surprise ne jouait plus, Naam'hart fit reculer ses Aurochs. Cependant, si ceux-ci lui obéirent, les Mangeurs d'hommes, telles des bêtes sauvages, continuèrent leur assaut, sans se soucier des flèches qui continuaient de pleuvoir, les clouant impitoyablement au sol. L'humus se couvrit bientôt d'épaisses rigoles de sang qui ruisselaient vers le convoi de traîneaux. Une odeur de chair déchiquetée empuantissait la piste.

En désespoir de cause, Naam'hart fit placer ses hommes armés de propulseurs et décida de répliquer à la tactique de l'ennemi. Leur position en surplomb leur offrait un avantage non négligeable. Mais il manqua de s'étrangler de surprise lorsqu'il vit des objets étranges surgir dans les rangs adverses. C'étaient de larges boucliers tendus de cuir épais, que Jehn avait fait fabriquer en quantité la veille. Il avait, disait-il, découvert cette arme défensive auprès d'un étranger venu des lointaines contrées du Sud, et aussitôt compris le parti à en tirer. Abrités derrière ces remparts mobiles d'une parfaite efficacité, les Loups et les Renards ne risquaient pratiquement rien des flèches lancées avec maladresse par les propulseurs.

De rage, Naam'hart lâcha son arme de jet, saisit sa lance à pointe de silex et se rua, suivi de ses hommes survivants, à l'assaut de la tête du convoi, où il avait aperçu le jeune chasseur responsable de la débâcle. S'ensuivit un corps à corps féroce. Mais les attaquants avaient déjà perdu beaucoup des leurs. Les Loups et les Renards n'eurent aucune difficulté à les repousser. De son côté, Jehn les accueillit comme il convenait. Il s'était fabriqué une énorme massue proportionnée à sa taille. Elle fit des ravages dans les rangs ennemis. Bientôt, les défenseurs prirent définitivement l'avantage sur les assaillants. L'un après l'autre, les Aurochs s'enfuirent, abandonnant leurs morts et leurs blessés sur le terrain. Les Mangeurs d'hommes, décimés, leur emboîtèrent le pas. Seul resta Naam'hart, qui affronta Jehn en un combat singulier.

Armé de sa lance à pointe de silex, le chef des Aurochs était animé d'une folie meurtrière. Il savait qu'il laisserait la vie dans cette ultime bataille. Mais il lui fallait tuer ce chien. La men'ma'sha Phradys le lui avait demandé, affirmant qu'en cas de réussite, il serait inhumé aux côtés du kheung. Un tel honneur valait bien le sacrifice de sa vie. On ne construisait pas de tumulus chez les Aurochs.

Mais son jeune adversaire était de loin meilleur combattant que lui. Sa hargne ne pouvait rien contre sa fougue invincible. Enfin, sous un coup plus violent que les autres, l'Aurochs roula à terre. Jehn s'agenouilla près de lui, tandis que les vainqueurs les entouraient. Un filet de sang coulait de la bouche de Naam'hart, tordue par la souffrance. Il gémit, ouvrit les yeux, puis cracha dans la direction de Jehn.

– Chien ! Tu m'as peut-être vaincu. Mais prends garde. Le kheung te tuera de ses propres mains.

– C'est lui qui a commandé cette attaque ? demanda brutalement le jeune homme.

L'autre eut un rictus déformé par un hoquet de douleur. Un flot rougeâtre jaillit de sa bouche, puis il retomba en arrière, sans vie.

Jehn se redressa. Aalthus lui posa la main sur l'épaule.

– Je suis fier de mon fils. Sans lui, nous aurions été massacrés sans pouvoir nous défendre. Sais-tu que nous n'avons perdu aucun des nôtres ? Seul notre compagnon Fraedann a été légèrement blessé. Mais notre man'sha saura le soigner. Ce n'est qu'une égratignure.

Fraïn s'approcha à son tour.

– Grâce à toi, nous avons infligé une bonne leçon aux partisans du kheung, Jehn. Mon amitié t'est acquise. Mais dis-moi, d'où te sont venues toutes ces idées ingénieuses pour organiser notre défense?

Jehn secoua la tête.

– Sans doute Gwanea m'a-t-elle inspiré.

En fait, il ne pouvait leur révéler ce qu'il avait découvert durant la courte sieste qu'il avait faite la nuit de sa poursuite en forêt. Une nouvelle vision du monde de lumière l'avait assailli. Une vision de combats, de guerre entre deux armées innombrables. Il en avait saisi les différentes tactiques, et avait eu la révélation de ces fameux boucliers de cuir. En réalité, nul étranger ne lui avait troqué cet objet étrange, inconnu jusqu'alors. Il l'avait reproduit d'après ce qu'il avait entrevu dans son rêve. Il avait ensuite établi sa tactique et l'avait soumise à son père, aussitôt enthousiasmé.

– Je n'ai désormais plus de soucis à me faire pour ma succession, déclara Aalthus. Nul ne saura mieux guider notre clan que mon fils.

Un hurlement de joie gonfla les poumons de tous les combattants, heureux de s'en être si bien tirés, grâce aux pouvoirs singuliers de ce jeune géant, pour lequel tous éprouvaient désormais une admiration sans borne. Il était devenu leur héros, leur idole.

Ils remirent les traîneaux sur leurs patins, les débarrassèrent des flèches qui s'y étaient fichées, et rassemblèrent les chiens, que l'on avait détachés dès le début des combats. Les Renards devaient les accompagner à Trois-Chênes. Ce soir, on donnerait une grande fête pour célébrer la victoire. Jehn prit Aalthus à l'écart.

– Père! Le kheung doit attendre le résultat du combat. Je désire aller lui porter moi-même la réponse.

– Mais tu es fou, mon fils! Il te fera massacrer!

– Non! Il faut lui démontrer qu'il ne peut rien contre nous. Si nous ne le mettons pas face à ses responsabilités, il continuera à dresser les autres clans contre nous. Il faut que ceux-ci apprennent sa nouvelle défaite. Et l'année prochaine, lors de la réunion des chefs, il faudra le destituer, et le remplacer. Dravyyd n'est pas digne d'être notre kheung.

– Que comptes-tu faire?

– Lui porter la tête de son allié! Il reste à Her-Lann encore beaucoup de chefs de tribu qu'il a conviés à un grand festin. Sans doute pour les rallier à sa cause. Si je l'affronte devant eux, il n'osera pas agir. Et je jetterai le doute dans l'esprit de ceux qu'il espère convaincre.

– Oui, c'est peut-être une solution. Mais tu risques ta vie.

Jehn posa la main sur son arc.

– Ne crains rien, mon père ! Je sais que j'agis pour le bien des clans qui veulent la paix. Gwanea m'a déjà soutenue plusieurs fois. Je sais qu'elle ne m'abandonnera pas. J'ai foi en son aide.

– Bien ! Chacun doit agir selon son cœur et son destin. Que les dieux te protègent, mon fils.

Et, tandis que les traîneaux s'ébranlaient dans la direction de Trois-Chênes, Jehn demeura seul sur les lieux de la bataille. Quelques gémissements sourdaient encore des sous-bois, auxquels il ne prêta aucune attention. Les loups et les ours se chargeraient des cadavres et des agonisants.

Lorsque la colonne eut disparu derrière les deux masses rocheuses surplombant la piste, Jehn se pencha sur son ennemi. D'un coup de hache sec et précis, il lui trancha la tête et la glissa dans sa bandoulière de chasse en cuir. Puis il prit la direction du village du kheung.

13

Le soleil se couchait lorsqu'enfin il parvint à Her-Lann. Une rumeur joyeuse montait d'une clairière proche, où l'on avait dressé de longues tables pour le banquet que le kheung donnait en l'honneur de ses plus fidèles alliés, et de ceux qu'il souhaitait rallier à sa cause. Conseillé par Phradys, le men'ma'sha, Dravyyd voulait inaugurer une ère nouvelle, qui verrait sa dynastie asseoir sa domination sur les quarante-neuf tribus. Mais pour cela, il lui fallait l'appui des chefs de clan les plus puissants. Des hommes qu'il savait susceptibles de se laisser acheter par la richesse et la perspective du pouvoir. Chacun d'eux pouvait constituer une phalange de guerriers redoutables, qui régneraient par la terreur sur le peuple. Soumis, celui-ci n'aurait plus qu'à redoubler de travail pour fournir nourriture et richesses à leurs chefs. Il suffisait de convaincre ses invités qu'ils étaient d'une essence supérieure aux autres. Et qu'ils avaient leur place dans le tombeau du tumulus, aux côtés de leur souverain.

En dépit de sa mégalomanie, Dravyyd était adroit, rusé, et conscient qu'en dehors du Ster'Agor, les quarante-neuf n'avaient guère de contacts entre elles. Les territoires étaient trop vastes. Seuls se rencontraient les proches voisins. Il avait compris qu'en semant la discorde dans chaque tribu, il assurerait sa suprématie grâce à ses guerriers et à l'appui extérieur des Aurochs. Mais la tâche à accomplir était encore longue et délicate. Seuls une dizaine de chefs lui étaient déjà acquis.

Bientôt, Naam'hart lui apporterait la tête de ce maudit chasseur. Il lui tardait de le voir revenir. Il savait que l'Aurochs s'était assuré le concours des Mangeurs d'hommes de l'Intérieur. Il frissonnait de joie à l'idée d'être enfin débarrassé des Loups, ce clan orgueilleux qui ne participait à la construction de son tombeau que pour respecter la tradition. Il n'était pas prêt à pardonner le regard de feu que ce chien de Jehn lui avait adressé après sa victoire.

Cependant, Naam'hart ne revenait pas. Peu à peu, Dravyyd éprouva un désagréable sentiment d'inquiétude. Une inquiétude qui se transforma en angoisse lorsque soudain, alors que tout le monde faisait franche lippée, et que des rires et des chants assourdissaient l'atmosphère, une haute silhouette se découpa en contre-jour sur les feux des brasiers. L'estomac de Dravyyd lui remonta dans la gorge.

Jehn s'avança au milieu des tables, les yeux fixés sur le monarque. Il tenait une bandoulière de cuir. De l'autre main, il brandissait une massue énorme où du sang coagulé achevait de sécher. Comme le vent couche les blés dans les champs, une onde de silence coula peu à peu vers le kheung, depuis le bout des tables. Les rires se turent. On n'entendit plus que le crépitement des feux de camp, et le murmure de la brise crépusculaire.

La voix du jeune chasseur tonna :

– Dravyyd, je te rapporte ce qui t'appartient.

Sans cesser de braquer son regard d'émeraude sur le souverain, il fouilla dans son sac, en tira une chose étrange et sanguinolente, qu'il jeta sur la table, face au kheung. Celui-ci ne put retenir un hoquet de dégoût et d'horreur. Tout le monde se pencha, pour découvrir la trogne exsangue du chef des Aurochs. Personne n'osa faire un geste.

Jehn poursuivit :

– Oui, tu as bien vu. C'est la tête de ton dévoué Naam'hart. Celui que tu as dressé contre moi lors du combat dans l'arène. Celui que tu as envoyé pour me tuer, en compagnie des Mangeurs d'hommes, sur la piste de Trois-Chênes. Sache que j'ai anéanti son clan et ses alliés. Leurs cadavres t'attendent sur la piste, si tu désires leur donner une sépulture.

Il s'avança encore et frappa sur la table d'un coup de sa massue. Le bois se fendit sous l'impact.

– A présent, écoute-moi bien ! Je te connais, et je connais tes plans. Tu veux dresser les clans les uns contre les autres, pour diviser la nation de la Petite Mer et asseoir ta puissance par la force, en privant les hommes de leur liberté. Tu n'es pas digne d'être notre kheung. A la prochaine réunion des chefs, moi, Jehn, du clan des Loups, je demanderai ta destitution. En attendant, ne tente plus jamais rien contre notre tribu ou ses alliés. Sinon, je reviendrai te tuer de mes propres mains. Et n'espère pas me faire abattre par tes fidèles. Ils savent désormais le sort qui les attend. N'oublie jamais que les dieux me protègent.

Ce disant, il plongea les yeux dans ceux du men'ma'sha, qui voulut répliquer. Mais les flammes qui se reflétaient dans son regard inspirèrent soudain au sorcier une terreur incontrôlable. Ce chien ne mentait pas. Doté, comme tous les man'shas, du don de double vue, Phradys percevait l'aura qui se dégageait de son ennemi. Un esprit supérieur l'habitait. Et... il n'en avait pas réellement conscience.

Jehn se tourna vers les chefs présents.

– A présent, vous connaissez la vérité. A vous de choisir votre camp, dans votre cœur et dans votre esprit. Que Gwanea vous inspire.

Puis, sans attendre de réponse, il tourna les talons et disparut avant que quiconque pût réagir. Un long silence suivit son départ. Puis Vaatorg, le plus âgé des chefs, déclara :

– Par Urgann ! Jamais je n'ai croisé homme plus courageux.

Il s'adressa au kheung.

– Mon frère, sois remercié pour ton hospitalité. Mais je dois réfléchir à tes suggestions. La route est longue jusqu'à mon village.

Il n'en fallait pas plus pour déclencher un repli stratégique de la plupart des chefs présents et de leurs hommes. Dravyyd les regarda partir, sans réagir. Devant lui reposait toujours la tête de son plus fidèle allié. Une odeur de sang lui emplit la gorge, et il se détourna pour vomir. Par son geste spectaculaire, le jeune chasseur venait d'ébranler la toute-puissance de son autorité.

Mais jamais il n'abandonnerait. Ce maudit Jehn devait disparaître. Dravyyd savait qu'il n'obtiendrait plus aucune aide de la part de ses alliés, même les plus dévoués. Ceux-ci commençaient d'ailleurs à se poser des questions. Il lui fallait trouver autre chose.

Dans le secret de la nuit, il médita longtemps sur ce qu'il devait faire. Et une idée se précisa en lui, une idée abominable. Il existait un moyen de vaincre ce chien de chasseur, et d'anéantir du même coup tous les siens. Cela allait demander du temps. Mais il fallait agir avant la prochaine réunion des chefs, qui se tiendrait au printemps.

Jehn ne s'attarda pas sur le territoire du kheung. Il avait agi ainsi qu'il lui semblait devoir le faire. Il avait joué sa vie. Il eût suffi de la flèche d'un garde zélé pour couper court à son audace. Bien sûr, cela eût déclenché aussitôt une rixe générale. Mais ce n'était pas le but recherché. Ce soir, il avait déstabilisé le règne de Dravyyd. L'hiver qui s'approchait à grands pas allait calmer les passions, qui renaîtraient au printemps à venir, lors de la réunion annuelle des chefs. D'ici là, il ne se passerait rien.

Jehn accéléra sa course. Il lui tardait de retrouver les siens et la chaleur des bras de Myria. Malgré le rude combat de la journée, malgré la longue route qu'il avait accomplie, il ne ressentait pas la fatigue. C'était comme si une énergie infinie coulait en lui.

Lorsqu'il arriva à Trois-Chênes, il s'attendait à entendre encore les rumeurs du banquet d'amitié que son père voulait offrir à son ami Fraïn. Pourtant, bien que la nuit fût loin d'être achevée, il ne régnait aucune animation dans le village. Au contraire, il émanait des lieux un calme anormal et inquiétant.

Lorsqu'il surgit dans la nuit, une silhouette se dressa devant lui. C'était le père de Myria, Baa'Drav.

– Jehn ! Que les dieux soient remerciés. Ils t'ont gardé la vie.

– Baa'Drav ! Que se passe-t-il ? Où sont nos alliés les Renards ? N'a-t-on point dressé les tables de l'amitié pour eux ?

– Ils sont là ! Mais il n'y a pas eu de banquet de victoire. Ta mère, l'épouse de notre compagnon Aalthus, est mourante !

14

Jehn crut qu'il avait mal entendu.

– Ma mère? Mais...

– L'enfant est venu un peu plus tôt que prévu. Et l'accouchement s'est mal passé.

Jehn n'écoutait déjà plus. Il se précipita vers la maison de son père, où le clan s'était réuni, attendant l'issue fatale. Il écarta sans ménagement les personnes présentes et pénétra à l'intérieur. Dans la grande salle, Alëunda était allongée sur un épais matelas de paille, recouverte d'une peau d'aurochs doublée de laine. Ses traits étaient tirés, creusés par la souffrance. A ses côtés gisait le corps d'un bébé mort-né. Aalthus était agenouillé près d'elle et lui tenait la main. Les autres enfants, les membres de la famille et du clan demeuraient en retrait, silencieux, impuissants face à la mort qui allait bientôt souffler.

Lorsqu'elle aperçut son fils, Alëunda retrouva un peu de force.

– Jehn! Approche!

Il vint s'agenouiller près d'elle.

– Mère...

– Ne sois pas triste, mon fils. Ma vie a été riche, car elle m'a permis d'engendrer des enfants magnifiques, et de connaître un homme tel que ton père.

– Mère, ne peut-on rien faire?

– Non! Je sens déjà l'haleine de la mort sur moi. Mais je n'ai pas peur. Elle nous guette tous. Je vais retrouver notre mère à tous, la belle Gwanea. Et de là-haut, je continuerai à veiller sur vous.

Dans un effort surhumain, elle tenta de se redresser sur sa couche. Jehn et Aalthus l'aidèrent.

– A présent, souffla-t-elle, je voudrais que l'on me laisse seule avec toi.

Elle regarda Aalthus, qui acquiesça. Il se redressa, et fit signe aux autres de s'en aller. Ils obéirent sans discuter. Même Khallas sortit, en compagnie d'Aalthus. Jehn s'en étonna. D'habitude, lorsqu'un membre du clan était sur le point de mourir, tous ses proches l'entouraient jusqu'au dernier moment.

– Mon fils ! Mon fils magnifique, dit Alëunda avec un sourire. Je me réjouis de pouvoir mourir en t'ayant revu une dernière fois. Ton père m'a raconté tes exploits. Je n'en ai pas été étonnée. Et je n'étais pas vraiment inquiète. Je savais que tu reviendrais de ton expédition. Le kheung ne peut rien contre toi. Parce que... parce que tu es le fils d'un dieu.

Il songea soudain qu'elle délirait. Mais son regard, malgré la souffrance, demeurait tout à fait lucide.

– Mère, explique-toi !

– Non, mon fils. Je n'en aurai pas la force. Sache seulement que ta conception s'est déroulée dans des circonstances étranges. Aalthus te racontera ce qui s'est passé. A présent, je voudrais dormir. Donne-moi ta main. Elle m'aidera à franchir la grande porte de lumière. Je voudrais...

Elle se tut un court instant, prise par un soudain accès de fièvre, puis poursuivit :

– Là où te mènera ton destin, je voudrais que tu aies de temps en temps une petite pensée pour moi.

– Je ne t'oublierai jamais, Alëunda ! Jamais un homme n'a eu une meilleure mère !

Elle lui sourit, puis ferma les yeux et se laissa aller en arrière. Jehn aurait aimé l'interroger plus avant. Pourquoi ne lui avait-elle rien dit auparavant ? Mais l'instant était mal choisi. Il regretta soudain son geste de bravade qui l'avait conduit jusqu'au village du kheung. Tous ces complots mesquins n'étaient rien à côté de la vie de sa mère. Cependant, qu'aurait-il pu faire s'il était arrivé plus tôt ? Il ne possédait pas le savoir du man'sha. Et celui-ci s'était révélé impuissant.

Il pressa la main d'Alëunda contre sa joue, sans même sentir les larmes chaudes qui coulaient en abondance sur ses joues. A quoi lui servait d'être l'homme le plus fort de la nation? Il n'était rien face à la mort. Bien sûr, elle faisait partie du cycle normal de la vie, et il ne fallait pas la redouter. Mais il éprouvait un profond sentiment d'injustice. Alors que cette journée aurait dû se terminer dans la joie de la victoire, elle s'achevait dans l'amertume et la tristesse.

Il n'y eut qu'une brève pression de la main de sa mère contre la sienne. Il comprit que le souffle de la mort était passé sur elle. Il se redressa, les yeux humides. Aucun son ne pouvait plus sortir de sa gorge. Une foule de souvenirs envahirent son esprit, remontés en foule de sa plus tendre enfance. Avec Alëunda, c'était tout un monde qui s'écroulait. Plus rien jamais ne serait comme avant. Il s'écroula sur elle et se mit à sangloter comme un petit enfant.

Bien plus tard, alors que l'on avait enveloppé le corps d'Alëunda et de son dernier-né dans une grande couverture de poils de chèvre tissés, Jehn se retira en lisière de la clairière aux arbres couleur de lune. Myria aurait voulu demeurer à ses côtés, lui apporter le secours de son amour. Mais il lui avait fait comprendre qu'il désirait rester seul. Aalthus avait pris la jeune femme contre lui. Elle avait éclaté en sanglots.

– Ne m'aimerait-il plus, Aalthus?

– Si, il t'aime, petite Myria. Mais sa peine ne peut se partager. Je le connais bien. Lorsqu'une douleur le prend, il s'isole, pour ne pas obliger les autres à la supporter avec lui. Il est plus digne que moi d'être le chef de ce clan. Car moi, j'ai besoin de vous tous. Je me sens plus faible que lui. Alëunda...

Il serra les dents pour retenir un sanglot.

– Alëunda était tout ce qui donnait un sens à ma vie. C'est grâce à elle que je trouvais la force de lutter. Même aux jours les plus noirs de l'hiver, j'avais l'impression qu'il faisait chaud et beau, parce qu'elle était à mes côtés. Gwanea est bien injuste parfois.

De grosses larmes coulèrent sur les joues de Myria. La peine d'Aalthus lui nouait la gorge. Alëunda était sa compagne depuis bien avant qu'elle ne fût née. Et leur amour avait toujours rayonné sur la tribu. C'était grâce à lui que la famine avait pu être évitée depuis de nombreuses années. Car il apportait à chacun l'enthousiasme du travail accompli dans la joie. Alëunda était un peu la mère de tout le clan. Et elle n'était plus. Pourtant, celui à qui elle manquerait le plus, c'était lui, Aalthus. Elle l'entoura de ses bras.

– Tu n'es pas seul, Aalthus. Nous sommes tous près de toi.

L'un contre l'autre, ils retournèrent vers la demeure où reposait Alëunda. Malgré le froid mordant, le clan au complet était là.

Au matin, Jehn n'avait toujours pas reparu. C'était un matin gris, noyé sous une pluie fine et glaciale, qui détrempait chacun jusqu'aux os, comme si le temps lui-même avait voulu faire comprendre qu'il partageait la peine des hommes. Au loin, l'Océan s'était paré d'un gris métallique. Un vent froid soufflait en rafale.

Soudain, un étrange craquement se fit entendre. L'instant d'après, comme surgie de nulle part, une pluie de pierres noires s'abattit aux abords du village.

En proie à la panique, les habitants s'abritèrent comme ils purent contre les demeures de bois. Mais la pluie mystérieuse ne les atteignit pas. Intrigué, le man'sha s'approcha. Une pierre sombre roula jusqu'à ses pieds. Il la prit dans ses mains. Elle était curieusement chaude, comme une larme qui aurait coulé des yeux de la terre elle-même. Puis il hocha la tête. Il avait compris d'où provenait le phénomène, même s'il ne l'expliquait pas. Il ressentait presque physiquement les ondes de douleur qui émanaient de la clairière aux arbres-de-lune, où le jeune homme s'était réfugié. Cette pluie de pierres était la manifestation de sa souffrance. C'était lui qui, sans le savoir, l'avait provoquée.

Bien plus tard dans la matinée, Aalthus vint trouver son fils dans la clairière sacrée. Il s'assit à ses côtés sans mot dire et lui passa un bras autour des épaules. Les deux hommes restèrent un long moment silencieux, indifférents à la pluie qui les détrempait.

– Elle avait raison, dit tout à coup Aalthus. Sa vie a été bien remplie. Mais les dieux ont décidé de la rappeler vers eux. Nous ne pouvons lutter contre leur décision. Nous sommes comme les feuilles d'un arbre. Un jour ou l'autre, elles finissent par se détacher de leur branche. Et d'autres viennent les remplacer. Telle est la loi de la vie.

Jehn se tourna vers lui.

– Père ! Alëunda m'a dit que tu avais des révélations importantes à me faire. Elle a prétendu que j'étais le fils d'un dieu. Dis-moi ce qui s'est passé avant ma naissance!

Aalthus eut un sourire triste.

– Oui! Peut-être aurions-nous dû t'en parler plus tôt. Mais cette histoire est tellement bizarre... Enfin, peut-être te permettra-t-elle de voir plus clair en toi.

– Que s'est-il passé?

– Je venais juste d'épouser Alëunda. Par Gwanea, elle était alors la plus belle fille de la tribu. A cette époque, je n'étais pas encore le chef mais un jeune chasseur, comme toi. C'était la saison des grandes chasses. Bien sûr, j'étais triste de quitter mon épouse. Mais il fallait emmagasiner le maximum de viande pour l'hiver qui s'annonçait. Nous nous rendions, avec quelques compagnons, vers les collines du Nord. Nous avions repéré deux vieux sangliers solitaires et quelques lièvres.

« Nous sommes partis au petit matin. Nous avons abattu les deux sangliers, et un daim. Puis nous sommes revenus au village. Lorsque nous avons raconté notre chasse, les gens se sont étonnés. Alëunda surtout semblait ne plus rien comprendre lorsque j'évoquais nos deux nuits de poursuite interminable. Le chef de l'époque, Brasthar, est venu à moi, et m'a demandé si je n'avais pas quitté mes compagnons. Etonné, je lui répondis que non. Il m'accompagna alors jusqu'à ma demeure, où Alëunda était partie se réfugier. Elle paraissait effrayée. Brasthar nous laissa seuls. Alors, ta mère me conta une étrange histoire. Selon elle, j'étais revenu le soir précédent, et j'avais passé la nuit avec elle. Je lui affirmai que c'était impossible, puisque j'étais à la chasse. Mais elle jura que c'était bien moi, qu'elle n'avait pu se tromper. D'ailleurs, plusieurs autres personnes m'avaient aperçu. Selon eux, ils m'avaient même demandé pourquoi j'étais revenu seul. Je leur aurais répondu que j'avais trop envie de revoir Alëunda.

– Et c'était la vérité?

– Non, mon fils! Je peux t'affirmer que je n'ai pas quitté mes compagnons d'une semelle. Et la vérité m'apparut. Un autre avait abusé de ma femme en mon absence. Je sentis alors une violente colère m'envahir. Mais ta mère me fournit des détails stupéfiants. L'homme qui était venu la visiter, et avait couché avec elle, me ressemblait trait pour trait. Il portait des vêtements identiques. Plus étrange encore, il présentait la même cicatrice que moi, à l'intérieur de la cuisse, celle que m'avait faite un chevreuil deux ans plus tôt. Je la porte encore. Cet homme n'était pas un usurpateur, mais mon propre double. Cependant, un détail avait surpris ta mère. Elle avait remarqué, au matin, sur l'épaule de l'inconnu, une petite marque en forme de trident. Une marque que je n'avais pas moi-même. C'est alors qu'elle a pris peur.

« Nous en parlâmes au man'sha de l'époque, le père de Khallas. La seule explication qui lui sembla plausible fut la suivante : Alëunda avait reçu, sous mes traits, la visite d'un dieu. Il avait ma voix, mes gestes, mon odeur. Il était moi. A part ce signe étrange. Et Alëunda s'y était trompée.

Il fit une pause, et reprit.

– Lorsque tu naquis, neuf lunes plus tard, tu présentais la même marque, sur l'épaule. Je fus d'abord atterré et furieux. Tu ne pouvais pas être mon fils. Un autre avait pris ma place. Alors... alors, je dois avouer que j'ai pensé à te tuer. Mais tu étais le plus bel enfant que la nation ait jamais connu. Tu semblais si fort, et déjà si sûr de toi. Au fond de moi, une voix a hurlé d'arrêter le couteau sacrificiel. C'était comme si une force supérieure retenait mon bras. Etait-elle maléfique ou bienveillante, je l'ignore. Mais je lui ai obéi, et j'ai reposé mon arme. Et j'ai décidé de t'accepter comme mon fils. Si tu étais l'enfant d'un dieu, je ne pouvais rien contre toi.

« Avec le temps, j'ai fini par penser que tu étais né de ma propre chair. Je t'ai élevé et aimé comme mes autres enfants. Pourtant, chaque jour, je redoutais que cet inconnu qui avait volé mon visage ne survînt pour te réclamer. Mais le temps a passé, et rien ne s'est produit. Rien, sinon la manifestation de ces pouvoirs mystérieux, et ces visions auxquelles tu ne comprends rien.

– Et cette marque !

Jehn fit glisser sa veste et examina le dessin mystérieux gravé sur sa peau. Jamais auparavant il n'y avait accordé d'importance. Il la toucha du doigt, comme si elle ne faisait pas partie de lui-même.

– Mais alors, cet homme, qui pouvait-il être ?

– Nul ne le sait, Jehn. Alëunda m'a dit qu'il était reparti à l'aube. Croyant qu'il s'agissait de moi, elle a pensé que j'allais rejoindre mes amis. Le matin même, nous revenions, chargés des deux sangliers. Au début, j'ai douté de ta mère. Mais d'autres aussi l'avaient aperçu. Ils ont confirmé qu'il s'agissait bien de moi. Il parlait avec ma voix, avait le même sourire et les mêmes gestes. Tous s'y étaient trompés. Il a fallu que mes compagnons leur affirment que je ne les avais pas quittés un instant pour que l'on me croie.

« Voilà ! Tu connais à présent la vérité sur ta naissance, Jehn. Tu n'es pas mon fils, mais celui d'un inconnu qui me ressemblait d'une manière incroyable, jusqu'à cette cicatrice que je porte à la cuisse. Aujourd'hui, je suis sûr qu'une divinité a pris mon apparence pour féconder le sein de ta mère. Dans quel but, je l'ignore. Peut-être les dieux t'ont-ils désigné pour remplacer notre kheung...

– Penses-tu que mes rêves puissent avoir un rapport avec cette histoire, père ?

– Qui peut le dire, mon fils ? Seul le temps t'apportera les réponses.

Jehn regarda Aalthus, le cœur gonflé d'une émotion nouvelle. Pour la première fois sans doute, il remarqua son visage marqué par les rigueurs du temps, ses longs cheveux noirs tirés en arrière par une lanière de cuir, et striés de fils blancs, ses membres griffés par les cicatrices des blessures qu'il avait reçues au cours de ses longues chasses. Des blessures qui racontaient combien il avait donné de lui-même pour que ses enfants mangent chaque jour à leur faim.

Pendant tout ce temps, il avait joué le rôle d'un père dévoué et attentif, sans jamais faire de différence entre ses enfants, alors qu'il savait que l'aîné ne pouvait être de lui.

Aalthus prit la main du jeune homme dans les siennes.

– Tu sais, Jehn, le père, c'est celui qui est présent, à chaque instant de la vie, celui qui aime. C'est peut-être le sang d'un autre qui coule dans tes veines. Mais c'est moi qui t'ai appris à marcher, à parler, à chasser, c'est moi qui t'ai enseigné les secrets des animaux et de la forêt. Et cela, ton géniteur inconnu ne pourra jamais me l'enlever. Même s'il se fait connaître un jour, tout dieu qu'il puisse être, il n'aura pas partagé tout ce que nous avons vécu ensemble.

La gorge nouée, Jehn serra longuement Aalthus contre lui.

Dès le lendemain, le corps d'Alëunda, ainsi que celui du bébé, furent amenés près de l'Océan, en un lieu qui surplombait les flots de plusieurs mètres. Sur le promontoire se dressait un cercle d'une douzaine de pierres levées au centre desquelles les hommes installèrent un bûcher. Scandant une longue mélopée où revenaient sans cesse les noms d'Urgann, de Gwanea et de Deïdrha, la déesse de la mort, les membres de la tribu déposèrent avec précaution les dépouilles sur le bûcher.

Selon des rites venus du fond des âges, le feu purifiait le corps, qui n'était qu'un véhicule passager destiné à retourner à la poussière. Tandis que l'enveloppe charnelle se consumait, l'âme s'échappait et s'élevait vers les cieux, dont elle traversait les neuf niveaux avant de rejoindre le dieu omnipotent et omniprésent, Urgann, le créateur de tout l'univers, et le père même de la déesse-mère, Gwanea. En des temps bien lointains, il s'était uni à sa fille pour engendrer la race humaine et tous les êtres qui vivaient sur la terre. C'était pour cette raison que les hommes de la tribu se considéraient comme les frères des animaux, des arbres et des plantes.

Lorsque le man'sha plongea une torche de l'arbre sacré, le bouleau, dans le bûcher, les chants empreints d'une tristesse infinie s'arrêtèrent. Bientôt, de longues flammes s'élevèrent, torturées par les vents glacés soufflant de l'Océan. De hautes vagues venaient cingler la côte, quelques mètres en contrebas. Jehn, qui tenait la main de Myria, serrée contre lui, sentit soudain une grande paix descendre en lui. Il ne s'expliqua pas ce sentiment de plénitude. C'était comme s'il voyait au-delà de la réalité. La mort n'était qu'un passage. Il frissonna longuement. Il eut l'impression qu'un voile immense allait se déchirer pour lui enseigner une vérité ultime. Mais bientôt, la douleur reprit le dessus. Le visage d'Alëunda ne cessait de le hanter. Et le voile se reforma.

Il soupira. Il n'était qu'un jeune chasseur de la nation de la Petite Mer. Pourquoi les dieux lui auraient-ils révélé leurs secrets ? Même s'il était l'un des leurs, ce qui n'était même pas prouvé. Puis un sentiment nouveau le pénétra, comme venu d'ailleurs. Sa vie ne faisait que commencer. Il lui faudrait encore franchir de nombreux obstacles avant de parvenir à la vérité.

Peu à peu, le visage de la femme aux yeux verts s'imposa de nouveau à lui. C'était comme un rêve éveillé, provoqué par la danse tumultueuse des flammes qui consumaient sa mère et son enfance.

Encore une fois elle sembla l'appeler à son secours, perdue dans des brumes mouvantes et sombres. Il se frotta les yeux, épouvanté. Le visage de la femme s'évanouit dans le néant.

Bien plus tard, lorsque les cendres furent refroidies, et qu'il ne demeura plus d'Alëunda qu'un squelette noirci par les flammes, le man'sha, accompagné de ses aides, le dégagea des braises et le nettoya avec des gestes délicats. Puis il enduisit le crâne et les os d'une teinture couleur ocre, et incrusta dans le crâne de la morte des coquillages nacrées.

Seuls demeuraient auprès d'elle Jehn et Myria, Aalthus et ses enfants. Les autres membres du clan étaient retournés vers le village. Les rites funéraires s'achevèrent sur l'ensevelissement de la défunte dans une fosse profonde recouverte d'une dalle, de granit, située à quelque distance du cromlech. Enfin, les aides du man'sha basculèrent à nouveau la lourde dalle, qui se referma sur ses douloureux secrets. On avait enveloppé le corps d'Alëunda dans une peau teinte aux couleurs et aux emblèmes du clan, en compagnie de ses objets personnels, peignes en os, bijoux, colliers de coquillages.

Des objets dérisoires, mais dont ses proches, dans leur croyance naïve et pleine d'affection, pensaient qu'ils lui seraient nécessaires pour se présenter devant Urgann et Gwanea dans tout l'éclat de sa beauté.

15

Peu après le décès d'Alëunda, la neige fit son apparition, annonçant un hiver rigoureux. Bien que l'on fût au bord de l'Océan, les rivières gelèrent, les arbres se couvrirent d'épaisses couches de givre. Certains, sous le poids de la glace, se fendirent en deux et s'ouvrirent avec des craquements sinistres. On sortait peu des longues maisons de bois où brûlaient en permanence des feux réconfortants. Les récoltes avaient été abondantes, et les silos regorgeaient de viandes et de poisson fumés ou salés. Les fruits séchés ou conservés par le froid, comme les pommes, assuraient le complément de nourriture. Mais on savait rester économe. Il fallait tenir jusqu'au printemps prochain. Le Ster'Agor avait rapporté quantité de richesses. Cette année-là, à moins que les grands froids ne se poursuivissent fort tard, la famine serait évitée.

Cependant, l'inactivité pesait à Jehn. Depuis la mort de sa mère, il se montrait plus taciturne. Malgré le froid, il avait pris l'habitude de quitter le village pour chasser seul dans les monts élevés de l'Intérieur. Myria avait eu peine à l'accepter au début. Puis elle comprit que ces grandes échappées solitaires lui étaient nécessaires. Elle avait redouté un moment qu'il ne l'aimât plus. Mais la fougue qui le saisissait lorsqu'ils s'isolaient tous les deux dans leur petite maison la rassura. Jehn l'aimait toujours.

Pourtant, peu à peu, elle s'aperçut que Jehn différait vraiment des autres membres du clan. Ses longues évasions étaient une façon de fuir une réalité qui n'était pas la sienne. Un esprit vivait en lui, qui cherchait à s'exprimer, à s'affirmer. Avec l'intuition extraordinaire dont sont dotées les femmes, elle sut qu'il ne trouverait le repos qu'une fois le mystère élucidé.

Elle l'aimait, de tout son cœur, de toute son âme. Elle aurait offert volontiers sa vie pour lui. Alors, elle accepta ses absences de plus en plus longues.

Jehn n'avait pas conscience des sacrifices qu'il imposait à sa jeune épouse. Un déchirement s'était produit en lui. Bien sûr, il aimait retrouver la chaleur de ses bras parfumés lorsqu'il abandonnait les pistes animalières des forêts du Nord. De même, il aimait bavarder avec les siens, leur narrer ses aventures, se réjouissait de leurs sourires lorsqu'il rapportait du gibier. Pourtant, sans pouvoir expliquer pourquoi, il se sentait déraciné. Comme s'il n'était plus tout à fait à sa place en ce lieu.

Mais où aurait-il été véritablement chez lui?

Plusieurs fois, la femme aux yeux verts était revenue le hanter, le suppliant de venir à son aide. Peut-être était-elle une déesse. Peut-être était-il lui-même le fils d'un dieu. Mais il était sûr à présent d'une chose. Cette femme et lui étaient enchaînés l'un à l'autre par une puissance que nulle force au monde n'aurait pu détruire. Il aimait Myria. Il avait besoin de sa tendresse, de son affection, de sa gaieté naturelle. Cependant, il devinait qu'un sentiment beaucoup plus puissant le reliait à ce fantôme inconsistant qui tentait de communiquer avec lui à travers le temps et l'espace. Il savait qu'au-delà de toute logique viendrait un jour où il la rencontrerait, où il comprendrait. Il lui semblait parfois qu'un voile lourd pesait sur son âme comme une chape de plomb, devant lequel il se sentait impuissant.

Ce fut pendant l'une de ses escapades solitaires qu'il rencontra le loup. Il avait dormi dans les branches d'un vieux chêne, enroulé dans sa peau d'ours pour ne pas périr de froid. La veille, il avait perdu deux flèches qui avaient manqué leur cible, deux lièvres superbes. L'une d'elles était équipée de l'une des pointes d'yrhonn que lui avait offertes le vieil Akhoun. Cela faisait quatre jours qu'il avait quitté Trois-Chênes. Il avait décidé pendant la nuit de regagner le village. Il ne ramènerait cette fois que deux lapins. Mais c'était mieux que rien.

Il aperçut le fauve lorsqu'il posa le pied à terre. Il semblait l'attendre, tranquillement assis sur son arrière-train. Jehn s'immobilisa. D'ordinaire, les loups fuyaient la présence de l'homme. Il suffisait d'une claque dans les mains pour les chasser. Ils étaient en cela beaucoup moins dangereux que les meutes de grands chiens sauvages, qui s'attaquaient à tout gibier, même humain.

Cependant, à la différence des chiens, les loups n'étaient pas susceptibles d'être apprivoisés et domestiqués. Jamais l'un d'eux n'avait accepté la domination de l'homme.

L'animal aurait dû déguerpir à la vue de Jehn. Or, il ne broncha pas. Le jeune chasseur l'observa. Jamais il n'avait vu un loup d'aussi grande taille. Son pelage noir s'était allongé en raison de l'hiver. Ses yeux d'or le fixaient, énigmatiques. Jehn s'immobilisa, puis fouilla dans sa bandoulière. Il prit un morceau de viande séchée et le lança vers le fauve qui l'engloutit sans plus de manières. Jehn savait qu'il ne fallait jamais tendre la main vers un loup. L'animal croyait qu'on lui donnait de la nourriture et happait le tout, doigts y compris. En revanche, il n'attaquait jamais un homme debout.

Mais celui-ci passait les bornes. Non seulement il ne fuyait pas, mais il semblait attendre quelque chose. Jehn lui parla avec douceur.

– Que me veux-tu, petit frère?

Alors se produisit un phénomène inimaginable. Le fauve s'avança vers lui et lui lécha la main. Jehn le laissa faire, stupéfait. Jamais il n'avait entendu dire qu'un loup pouvait agir ainsi. L'homme et le loup s'évitaient et se respectaient. Ils étaient tous deux des chasseurs, et l'organisation sociale remarquable de ces animaux emportait l'admiration des hommes du clan qui avait pris leur nom.

Une sensation étrange saisit le jeune chasseur. Il n'avait pas affaire à un loup ordinaire. Il scruta les alentours, s'attendant à voir surgir la silhouette d'une femelle accompagnée de ses louveteaux. Il huma l'air glacé de la nuit. Sans résultat. L'animal était seul. Peut-être était-ce la raison pour laquelle il sollicitait ainsi sa compagnie, son alliance.

Décontenancé, Jehn rassembla ses affaires, resserra sa veste de fourrure, et se mit en route. Il avait plus d'une journée de marche à parcourir avant de rejoindre le village. Pourtant, lorsqu'il tourna le dos au loup, celui-ci émit un hurlement plaintif. Jehn s'arrêta.

– Mais... que veux-tu de moi?

Sans attendre de réponse, le loup s'engagea en direction du nord.

Visiblement, il désirait qu'il le suive. Jehn secoua la tête. Puis il emboîta le pas au fauve, tout en se traitant de fou. Cette aventure était insensée. Mais peut-être avait-elle une signification. Il avait besoin de savoir.

Plus tard dans la matinée, la neige se mit à tomber, brouillant la vue. Malgré son sens infaillible de l'orientation, Jehn eut peu à peu l'impression de se perdre au cœur de l'immensité forestière. Il n'avait plus aucune idée de la direction qu'il suivait. Et toujours le loup avançait, à quelques pas devant lui. Lorsqu'il sentait que son compagnon humain peinait à le suivre, il s'arrêtait, et l'attendait, assis sur son derrière.

– Où veux-tu donc me mener ainsi?

Bien entendu, le loup ne répondait pas et se contentait de reprendre son chemin lorsque l'homme le rejoignait.

Plus cette folle équipée se poursuivait, et plus Jehn estimait qu'il perdait la raison. La neige lui brûlait les yeux. Bien que l'on fût au beau milieu de la matinée, l'obscurité était aussi dense qu'en pleine nuit.

Et soudain, la neige cessa, n'abandonnant derrière elle qu'un silence ouaté. Jehn ignorait où il se trouvait. Sans doute avait-il déjà depuis longtemps franchi les limites du territoire de la nation. Mais le loup était toujours devant lui, qui patientait.

– Pourquoi m'as-tu entraîné jusqu'ici, petit frère? Et pourquoi ai-je accepté de te suivre? Cela n'a aucun sens.

Le loup reprit la piste, imprimant sur son passage des empreintes larges comme celles d'un aurochs. Il était d'une taille deux fois supérieure à celle du loup que Jehn avait croisé, une année auparavant, avec son père. Il s'agissait sans doute d'un vieux solitaire.

Suivant le fauve, il gravit la pente abrupte d'un ravin, pour déboucher sur une vaste plaine suspendue. Jehn se frotta les yeux pour les habituer à la clarté nouvelle. Peu à peu, les nuages, chassés par un vent violent, se dispersèrent. Par une trouée nébuleuse, un soleil pâle se mit à briller. Alors, Jehn crut être l'objet d'une hallucination. Loin devant lui se tenait un troupeau d'animaux fantastiques. Il les connaissait déjà, pour en avoir entendu parler par les anciens. Mais il croyait qu'il s'agissait d'une légende.

Le troupeau comptait une cinquantaine de bêtes, dont les silhouettes élancées se découpaient sur le ciel hivernal en ombres noires. C'étaient de grands animaux, hauts sur pattes. Des chevaux.

Contrairement aux autres herbivores comme l'aurochs, le mouton ou la chèvre, l'homme n'avait jamais réussi à les apprivoiser. Peut-être était-ce en raison de leur taille impressionnante, ou de leur caractère ombrageux. Mais Jehn savait que les hommes les redoutaient parce qu'ils étaient supposés porter malheur.

Fasciné, il s'approcha. Il était trop loin pour que les chevaux perçoivent sa présence. Il se demanda pourquoi le loup l'avait conduit à cet endroit. Aucun des chasseurs de Trois-Chênes ne connaissait l'existence de ce troupeau. Il était donc le seul à savoir. Il s'assit dans la neige et observa les animaux. Parmi eux, beaucoup de jeunes demeuraient blottis contre leur mère, en raison du froid. Le loup prit place à ses côtés, tirant une langue satisfaite, comme s'il avait accompli une mission. Jehn se tourna vers lui.

– Excuse-moi de te déranger avec mes questions, mais j'aimerais tout de même savoir pour quelle raison tu m'as amené ici. Et aussi pourquoi j'ai accepté de te suivre.

Puis il hocha la tête en se moquant intérieurement de sa réaction. Voilà qu'il se mettait à parler à un animal, comme s'il pouvait lui répondre. Le loup tourna ses yeux d'un or profond vers lui.

Soudain, une foule de visions venues d'ailleurs envahit l'esprit de Jehn. Il se vit marchant au-devant des grands animaux, tenant une longue corde à la main. Puis une sensation grisante s'empara de lui. Il était juché sur l'un des chevaux, et filait à toute allure à travers des plaines et des forêts, les cheveux ébouriffés, le visage giflé par un vent enivrant.

Il respira profondément, puis s'ébroua. Un instant, il eut l'impression que le loup avait glissé ces idées insensées dans son esprit. Mais le fauve ne broncha pas.

Jehn regarda de nouveau le troupeau. Tout à coup, sur un signe imperceptible du grand mâle qui dirigeait la horde, tous les chevaux s'ébranlèrent, et s'enfuirent en courant vers l'orient. Jamais Jehn n'avait observé d'animaux aussi rapides. Leurs foulées étaient longues et souples, comme s'ils volaient au-dessus de l'étendue neigeuse. Il se demanda s'il était possible d'en apprivoiser un et de le monter. Une exaltation nouvelle le saisit.

Ce loup était peut-être un envoyé des dieux. Il ne l'avait pas conduit ici par hasard. Et lui, Jehn, se sentait proche de ces chevaux dont la réputation était si funeste. Pour des raisons obscures, les hommes les détestaient et les évitaient. Dans certaines tribus, lorsque des chasseurs parvenaient à en abattre un, ils offraient son crâne aux divinités, afin de se concilier leurs bonnes grâces [1].

Mais pour Jehn, ils symbolisaient la liberté absolue. Il devait exister un moyen d'en capturer un vivant. Mais comment?

Là-bas, tout au bout de la plaine naturelle, le troupeau s'était immobilisé. Alors, il se décida. Il s'avança vers eux, prenant soin de ne faire aucun mouvement brusque. Le loup resta en arrière.

– Alors, tu me laisses seul? dit Jehn en se retournant vers lui.

Au fond, cela valait sans doute mieux. L'odeur du fauve aurait sans doute effrayé les animaux. Il continua à s'approcher avec précaution. Peu à peu, leurs silhouettes se précisèrent. Il devina les muscles puissants qui roulaient sous leur pelage. Et il ne put s'empêcher de les trouver extraordinairement beaux. Et de vouloir en posséder un. Il reprit sa progression prudente en courbant l'échine. Jusqu'au moment où l'étalon perçut son odeur. Alors, avec un bel ensemble, la horde s'enfuit et fila vers le Nord dans un fracas infernal.

Jehn se redressa, dépité. Qu'espérait-il? Les chevaux étaient insaisissables. Jamais un homme n'avait réussi à en monter un. Il revint sur ses pas, désappointé. Le loup n'avait pas bougé d'un pouce.

– Voilà, dit Jehn. Tu es satisfait? Je n'ai réussi qu'à les faire fuir.

Le loup le regarda, puis reprit le chemin de la forêt. Jehn se résolut à le suivre.

Deux jours plus tard, lorsqu'enfin il parvint à l'orée du territoire du clan du Loup, le fauve s'évanouit dans les fourrés. Décontenancé, Jehn l'appela. Mais l'animal avait disparu. Il crut alors avoir rêvé son incroyable aventure et se remit en route vers Trois-Chênes. Il lui tardait de conter tout cela à Myria.

Puis il décida de garder le silence. Jamais personne ne le croirait. Pas même elle. De toute façon, les hommes redoutaient les chevaux. Cependant, il se promit de repartir dès que possible. Quelque chose l'attirait irrésistiblement vers eux. Peut-être le loup l'accompagnerait-il encore.

1. On a retrouvé des menhirs coiffés de crânes de chevaux sacrifiés.

16

Au cours de l'hiver, Jehn retourna plusieurs fois auprès des chevaux. A chacune de ses expéditions, le loup réapparaissait, et le suivait fidèlement. Curieusement, il semblait deviner ses intentions. Ainsi, il ne se montrait pas lorsque Jehn partait en chasse avec d'autres membres de la tribu, comme s'il tenait, pour une raison incompréhensible, à conserver leur alliance secrète. Aussi le jeune chasseur prit-il le parti de taire cette amitié mystérieuse.

Il s'était très vite habitué à la présence insolite. Lorsqu'il s'enfonçait seul dans les profondeurs forestières, il se surprenait à guetter l'apparition de son ami à quatre pattes. Celui-ci ne tardait jamais, surgissant des sous-bois comme un esprit protecteur. On eût dit qu'il l'attendait. Tous deux se dirigeaient invariablement vers la vallée des chevaux, située à deux jours de marche. En chemin, l'homme partageait son repas avec l'animal. Jehn éprouvait un sentiment étrange. Parfois, il lui semblait que le loup communiquait avec lui, non avec des mots, mais avec des pensées. Ainsi, plusieurs fois, il reçut une sorte d'avertissement intérieur lui indiquant la présence d'une horde de Mangeurs d'hommes, ou encore celle d'un gibier. S'il évitait les premiers, n'ayant rien à tirer d'un affrontement direct, il prenait un vif plaisir à pister sangliers et chevreuils en compagnie du loup, qui l'assistait comme le plus efficace des chiens de chasse.

Au fil des jours, leur entente singulière se renforça. Le soir, Jehn parlait à l'animal, qui le regardait gravement comme s'il comprenait les paroles de l'homme. Jamais il n'avait ressenti une telle complicité.

Il lui contait les aventures du clan, les difficultés occasionnées par l'hiver qui s'éternisait, le conflit qui allait bientôt l'opposer au kheung, lors de la réunion des chefs, au printemps. Il lui faisait part de ses réflexions sur la vie, sur l'amour qui le liait à la petite Myria, sur celui qu'il vouait à son père.

Lorsqu'ils parvenaient dans la vallée des chevaux, Jehn restait des heures à les contempler. Avec le temps, il prit l'habitude de s'installer de plus en plus près d'eux. Au début, les animaux s'inquiétèrent de cette présence nouvelle. Puis ils s'y habituèrent et finirent par ne plus y accorder d'attention.

Un jour enfin, Jehn parvint à pénétrer le troupeau. Il avait pris soin d'enduire de crottin sa veste de cuir, afin de masquer sa propre odeur. Ce qui provoqua une réaction amusée de Myria lorsqu'il fut de retour à Trois-Chênes.

– Dans quoi donc es-tu tombé, cette fois? dit-elle en éclatant de rire.

Il inventa une vague histoire de harde de cerfs et de piste rendue glissante par les neiges fondantes. Mais la jeune femme ne s'attarda pas sur le sujet. Elle avait une nouvelle autrement plus importante à lui annoncer. Jehn mit un certain temps à comprendre qu'il allait être papa. Il aurait tout de même pu s'y attendre : lorsqu'il revenait de ses longues expéditions, il prouvait son amour à la petite Myria avec une telle fougue! Mais cette idée ne l'avait jamais effleuré. Lorsqu'enfin il l'eut assimilée, une sensation d'orgueil démesuré l'envahit, et il invita ses compagnons à fêter la nouvelle en vidant quelques jarres de zahaat.

Le lendemain, une armée de démons minuscules lui dévoraient l'intérieur du crâne, et il ne put se rendre à la partie de chasse qu'il avait projetée.

A Trois-Chênes, la vie suivait son cours paisible. Avec l'équinoxe du printemps, les neiges se mirent à fondre au cœur des forêts. Déjà, de nouveaux germes pointaient le bout de leur nez dans les champs. Aux violentes tempêtes hivernales succéda une alternance de pluies froides et de chaudes périodes de soleil.

Le jour de la réunion des chefs approchait.

Un matin, Jehn ressentit le besoin impérieux de retourner dans la vallée des chevaux. Il n'aurait su dire pourquoi. C'était comme un appel mystérieux auquel il ne pouvait résister.

Il se munit cette fois d'une longue corde et de longes de cuir. Il ignorait encore de quelle manière il s'y prendrait, mais il espérait bien parvenir à capturer un cheval.

Il embrassa Myria, à présent enceinte de deux mois. La jeune femme n'osa l'interroger sur ce qu'il comptait faire. Depuis la mort de sa mère, il se montrait discret sur ses randonnées solitaires. Au début, elle s'était inquiétée. Elle savait qu'il partait très loin, qu'il sortait du territoire des Loups, peut-être même de la nation de la Petite Mer. Pourtant, contrairement aux autres chasseurs qui aimaient se vanter de leurs exploits, n'hésitant pas à les embellir d'actions imaginaires et de dangers inventés, Jehn ne parlait jamais de ses longues expéditions, qui duraient souvent plusieurs jours. Mais il ne revenait jamais bredouille. Avec le temps, elle s'était persuadée qu'une divinité bienveillante le protégeait.

Cette fois pourtant, un sentiment de malaise s'empara d'elle lorsque la haute silhouette de Jehn disparut dans les profondeurs de la forêt. Elle redouta un instant qu'il ne courût un risque quelconque. Un pressentiment obscur l'avertissait qu'elle ne le reverrait peut-être jamais. Elle eut un mouvement pour courir vers lui, le rappeler. Puis elle s'aperçut que ses craintes ne s'adressaient pas à lui, mais plutôt à elle. C'était absurde. Jamais elle ne s'était sentie aussi bien.

Elle respira longuement l'air du village. Tout semblait normal. Chacun vaquait à ses occupations habituelles. Aalthus initiait son fils cadet aux mystères de l'arc. Le vieil Akhoun continuait sans relâche à tailler ses pointes de flèche et ses haches. Son père Baa'Drav tissait de nouvelles toiles de lin en compagnie de quelques vieilles femmes. Le vannier préparait des corbeilles pour l'été à venir. Les bergers surveillaient leurs troupeaux. Tout était calme.

Elle secoua la tête et se remit à l'ouvrage. Sans doute sa grossesse la perturbait-elle.

Dès qu'il eût franchi les limites de la forêt, Jehn retrouva son compagnon à quatre pattes.

– Bonjour, petit frère, dit-il.

Le loup vint se frotter affectueusement contre lui et tous deux prirent le chemin de la vallée.

Deux jours plus tard, Jehn était sur place. Le troupeau, habitué à sa présence, ne réagit pas lorsqu'il installa son campement. Après avoir allumé un feu de camp à l'aide de silex et de résine, il prit un repas rapide, qu'il partagea avec le loup. Le comportement du fauve l'intriguait beaucoup. Il savait qu'il pouvait lui abandonner sa gibecière emplie de viande et de poisson fumé, l'animal n'y touchait pas, contrairement à ce qu'eût fait n'importe lequel de ses congénères. Peu à peu, Jehn en était venu à penser qu'il était une divinité protectrice de la forêt l'ayant pris en amitié.

Saluant son compagnon, Jehn s'aventura dans la plaine cernée d'une couronne de collines rocailleuses et s'approcha du troupeau avec prudence. Il s'était muni de la longue corde sur laquelle il avait passé un nœud coulant. Les chevaux regardèrent dans sa direction, mais ne bronchèrent pas.

Il avait déjà choisi sa victime. C'était une magnifique pouliche dont il avait déjà pu admirer la vitesse impressionnante. Sa robe était d'une blancheur immaculée, tandis que ses jambes étaient bottées d'un noir de jais. Une tache gris sombre ornait son front. Il s'avança lentement vers elle. Elle le laissa faire, intriguée. Il se baissa et arracha une touffe d'herbes qu'il lui tendit. L'animal grogna, puis recula. Sans se décourager, Jehn s'avança de nouveau. Il voulait cette bête. De toute son âme. Il se voyait déjà monté sur son échine, filant à la vitesse du vent. Il ne pouvait pas échouer. De son succès dépendait son avenir, lui semblait-il.

Alors se produisit un phénomène singulier. Comme autrefois avec le loup de la lande, il eut l'impression de se dédoubler, de traverser l'espace pour se retrouver dans l'esprit de la pouliche. Dans un état second, il se découvrit à travers les yeux de l'animal. Il ne chercha pas à analyser le phénomène. Si Aalthus avait dit vrai, si un sang d'origine divine coulait dans ses veines, il disposait de pouvoirs inconnus. Il était incapable de les expliquer, mais bien décidé à en profiter. Il s'immobilisa, afin de ne pas effrayer la bête, et glissa en lui un sentiment de paix, d'amitié, de sécurité.

Alors le miracle eut lieu. La pouliche hésita, puis s'approcna de lui. Jehn lui offrit la touffe d'herbe, qu'elle accepta sans difficulté. Avec douceur, Jehn posa sa main sur l'encolure du superbe animal, puis sur son mufle. Elle se laissa flatter sans frayeur. Alors, Jehn lui passa la corde autour du cou. Elle ne réagit pas. Lorsqu'il resserra le licol, elle eut un mouvement pour s'enfuir, mais l'esprit étranger qui avait pris possession du sien la calma aussitôt. Une bouffée de joie intense l'envahit. Encouragé par son succès, il s'approcha du flanc de la pouliche, puis se hissa d'un coup sur son échine.

Mal lui en prit. L'animal se cabra et rua en hennissant de frayeur. Jehn s'accrocha comme il put à la crinière. Mais la magie de l'instant était rompue. Le contact mental avait disparu. Après quelques cabrioles du plus bel effet, il décrivit une superbe parabole dans les airs avant de s'écraser rudement sur un affleurement de granit.

Une douleur aiguë vrilla son corps, lui coupant la respiration. Les yeux injectés de larmes de souffrance, il vit la pouliche s'envoler vers les lointains brumeux de la plaine. Il se redressa péniblement et resta un long moment assis pour retrouver son souffle.

Il se palpa avec précaution, et constata que son épaule gauche était en sang. Un rocher saillant avait déchiré sa veste de cuir. Il cracha un juron de dépit. La pouliche avait rejoint le troupeau qui s'était enfui vers les combes broussailleuses du Nord. Il avait perdu sa corde dans l'opération.

Désappointé, boitant à demi, il retourna auprès du loup, qui l'attendait, tranquillement assis sur son arrière-train. La gueule ouverte, la langue pendante, il paraissait rire de son échec.

– Et cela t'amuse, vieux brigand? N'oublie pas que c'est toi qui m'a conduit ici. Si c'était pour me rompre les os, tu aurais mieux fait de t'abstenir.

Le loup poussa un grondement amical. Au prix de mille difficultés, Jehn défit son vêtement et entreprit de se soigner. Une large tache écarlate maculait sa veste de cuir. Le fauve vint humer le sang vif qui ruisselait sur le bras du jeune homme et poussa un jappement compatissant. La blessure était sérieuse. La chair avait été déchirée sur la largeur de deux mains. Serrant les dents pour ne pas hurler de douleur, Jehn lava la plaie avec l'eau d'une source proche. Puis il la referma à l'aide d'une aiguille en os et de fines lanières de boyaux. Il la recouvrit ensuite d'un onguent cicatrisant préparé par le man'sha, dont les chasseurs ne se séparaient jamais. Jehn espérait que cela suffirait. Enfin, il revint s'asseoir aux côtés du loup, qui avait suivi ces différentes opérations avec un intérêt non dissimulé.

– Ces animaux sont impossibles à apprivoiser, grogna Jehn d'une voix rauque. Jamais l'homme ne pourra les approcher.

Il était hors de question de renouveler l'opération dans l'immédiat. Il décida de prendre un peu de repos. Son épaule le faisait terriblement souffrir.

Dans l'après-midi, une désagréable sensation de froid le gagna. Il se mit à claquer des dents, et comprit que sa blessure était encore plus grave qu'il ne l'avait cru. L'inquiétude se glissa insidieusement en lui. Il avait déjà vu des chasseurs mourir à la suite de plaies mal cicatrisées.

Il s'allongea près du feu, dévoré par des élancements douloureux. Jamais de sa vie il n'avait connu une telle souffrance. Il allait attendre qu'elle s'apaisât, puis il retournerait à Trois-Chênes.

Peu à peu, il sombra dans une semi-torpeur. Dans son délire, une vision s'imposa. Une nouvelle fois, il se vit chevauchant la pouliche blanche, filant à toute allure à travers la plaine. Il se tourna vers son compagnon qui ne bronchait pas. Il eut l'étrange impression que cette pensée émanait du loup lui-même. Puis il secoua la tête. C'était impossible.

Impossible...

De nouveau, il regarda le fauve. Celui-ci ne semblait pas décidé à quitter les lieux, comme s'il attendait que Jehn poursuivît son expérience. L'homme tendit la main vers lui. Le loup la flaira, puis poussa un grognement quasi humain.

Un curieux sentiment envahit le jeune chasseur. Un lien étroit l'unissait à l'animal, plus intense que tous ceux qu'il avait jamais connus. Comme l'écho d'un souvenir venu du fond des âges.

– Pourquoi? demanda-t-il presque timidement. Qu'est-ce que tu attends de moi?

L'animal ne réagit pas.

Un froid intense broyait le corps de Jehn. Sa blessure à l'épaule l'affaiblissait d'heure en heure. Il trouva la force de remettre du bois sur le feu, puis s'enroula dans la peau d'ours.

Jamais il n'aurait dû tenter de capturer la pouliche. Il comprenait mieux à présent pourquoi les hommes redoutaient les chevaux. Son entreprise était insensée. Et c'était la folie qui l'avait amené dans cette vallée maudite.

Il grelottait. Une fièvre tenace lui brouillait la vue. Des ondes de frissons douloureux le parcouraient, parfois suivies d'une nausée terrible. Peu à peu, il se laissa gagner par l'angoisse. Il était seul, affaibli, éloigné des siens, sans le moindre secours possible. Il allait mourir ici, stupidement, pour avoir voulu poursuivre un rêve inaccessible.

Au cours de la nuit suivante, le feu s'éteignit, faute de combustible. Jehn n'eut pas la force de se lever pour le ranimer. Cette fois, il était perdu. Le froid allait le gagner, lui broyer inexorablement les membres.

Soudain, dans son cauchemar, il perçut une agitation inquiétante dans les sous-bois proches. Il se retourna et, à la lueur blafarde de la pleine lune, il distingua une dizaine de paires d'yeux inquiétants qui le fixaient. Une panique sans nom l'envahit. Les silhouettes monstrueuses s'avancèrent, encouragées par l'extinction du feu. Des chiens sauvages!

Mû par l'instinct de survie, Jehn, brisé par la fièvre, se redressa, saisit sa lourde massue et fit face. Son arme lui parut aussi lourde qu'une pierre levée. Il allait mourir, mais ce ne serait pas sans combattre.

17

Lentement, les chiens s'approchèrent, encerclant peu à peu le campement. Alors se produisit un phénomène incroyable. Le loup se plaça entre Jehn et les monstres, beaucoup plus nombreux, et qui n'avaient rien à lui envier pour ce qui était de la taille. Le fauve se mit à gronder et s'avança vers le plus puissant des chiens. Inquiets, ils marquèrent un temps d'arrêt. Chancelant, le jeune chasseur voulut prêter main-forte à son ami. Mais ses jambes lui refusaient tout soutien. La lourde massue lui échappa des mains. Il tomba à genoux, tandis qu'un étau de glace lui broyait les poumons. Comme dans un cauchemar, il vit le loup bondir à la gorge du chef de la meute. Vif comme l'éclair, le fauve trancha la tête du monstre d'un seul coup de ses puissantes mâchoires. Elle roula dans les fougères, la gueule ouverte sur un cri qui ne pouvait plus sortir. Puis le corps s'écroula, secoué de spasmes d'agonie. Terrorisée, la meute n'osa pas riposter. Le loup poussa un long hurlement à glacer le sang dans les veines et s'avança. Alors, les chiens reculèrent, émettant de petits jappements plaintifs. En quelques instants, ils s'évanouirent dans la forêt sombre, comme ils étaient venus, abandonnant le cadavre de leur compagnon sur le terrain.

Tout danger écarté, le loup revint vers Jehn, qui respirait avec peine. L'homme posa la main sur le museau dégoulinant de sang.

Le fauve gronda, et le poussa vers la peau d'ours. Comme s'il comprenait que Jehn avait besoin de repos, il attendit qu'il se fût enroulé de nouveau dans l'épaisse fourrure, puis vint s'allonger tout contre lui, afin de lui communiquer ses propres forces. Peu à peu, la chaleur réconfortante de l'animal pénétra le jeune chasseur. Malgré la douleur qui irradiait son épaule, il finit par sombrer dans un sommeil étrange, parsemé de cauchemars.

Il lui semblait être encore éveillé. Une lueur blême inondait la plaine bleue. Au loin, les silhouettes des chevaux dansaient tels des fantômes.

Soudain, une apparition bleutée, de forme vaguement humaine, s'éleva au-dessus de Jehn. Devant lui se tenait un homme sans âge, au visage d'une beauté inconnue, aux yeux d'un vert profond, un peu semblables aux siens. L'homme ouvrit la bouche et parla. Une voix grave résonna jusqu'au plus profond de son être.

– Tu as fait preuve d'imprudence et d'impatience, mon fils. Mais tu n'as pas le droit d'échouer. Tu dois vaincre ta peur. La mort est sur toi. Tu as le pouvoir de la repousser. Eveille la puissance infinie qui sommeille en toi !

Jehn étouffait. S'agissait-il d'un cauchemar ou de la réalité ? Dans un effort surhumain, il se redressa et se frotta les yeux. L'esprit en déroute, il resserra la peau d'ours autour de lui. Devant lui, la lueur s'estompa et la silhouette s'évanouit dans le néant. A sa place, le loup le fixait de ses yeux d'or. Le fauve poussa un léger grondement, puis revint s'allonger près de lui.

Il devait délirer. Avait-il réellement vu l'inconnu qui avait fécondé sa mère ? Quel rapport entretenait-il avec le loup ? Avait-il le pouvoir de s'incarner dans le corps d'un animal ?

Peu à peu, il se calma. Tout cela ne pouvait être qu'un rêve. A quoi bon tenter de comprendre ? Il posa la main sur le pelage épais du fauve.

– Je dois vaincre ma peur, disais-tu ?

Il respira profondément, trouva la force de battre son briquet de silex pour ranimer le feu, sur lequel il jeta ses dernières réserves de bois. Il attendit que les flammes fussent hautes, puis se recoucha, le corps brûlé de fièvre et de douleur.

Peut-être dormait-il. Mais les paroles de l'apparition demeuraient gravées dans sa mémoire. Alors, il se concentra sur sa blessure, isola la souffrance par la force de la volonté, de toute son âme. Un long moment, il visualisa les chairs déchirées, les imagina refermées, guéries. Il sombra dans le néant sur cette vision.

Au matin, le soleil éclaboussait la plaine d'une lumière éblouissante. Jehn s'étira, puis rejeta la peau d'ours. Il se sentait bien. Il ne comprit pas tout de suite que la fièvre l'avait quitté. Une chaleur bienfaisante inondait son corps. La morsure glacée de la mort proche s'était évanouie.

Etonné de ne plus éprouver de douleur, il porta la main à son épaule. Puis il la retira vivement, se croyant victime d'une hallucination. Pendant la nuit, les chairs s'étaient totalement régénérées. Seule demeurait une vague cicatrice blanchâtre. Les fines lanières de boyaux avec lesquelles il avait recousu la plaie étaient tombées, inutiles. Il ne subsistait plus en lui qu'une profonde fatigue.

Un instant, il douta de la réalité. Il n'avait pourtant pas rêvé cette chute, cette blessure. Il n'avait pas imaginé le combat du loup contre les grands chiens sauvages. Il se tourna d'un bloc. Le cadavre était toujours là, décapité. La cicatrice prouvait qu'il avait bien vécu tout cela.

Puis il comprit. Cette puissance infinie dont avait parlé l'apparition, c'était celle de Gwanea elle-même. Il se leva dans la lumière et poussa un hurlement de triomphe. Il avait vaincu la mort. Il regarda le loup, qui l'observait à quelques pas.

– C'est toi qui m'as aidé, n'est-ce pas ? Je n'ai pas rêvé. Tu n'es pas un animal, mais une divinité de la forêt. Peut-être mon vrai père...

Le loup ne broncha pas. Jehn sourit. C'était une idée absurde.

– Bien sûr, tu ne diras rien. Mais qui que tu sois, je dois te remercier. Tu m'as sauvé la vie.

Il partagea ce qui restait de viande fumée avec son compagnon tout en observant les chevaux. Il devait retourner près d'eux. La veille, il avait péché par excès d'impatience. Cette fois, il prendrait son temps pour apprivoiser la pouliche. Et il triompherait.

Dans la vallée, le troupeau se découpait en ombres noires au cœur des écharpes lumineuses des brumes matinales. Après avoir repris des forces, Jehn se dirigea vers la pouliche convoitée, qui le laissa approcher. Il parvint à saisir la corde dont elle n'avait pu se débarrasser. Aussitôt, elle tenta de s'enfuir. Il s'agrippa de toutes ses forces. L'instant d'après, il basculait sur le sol rocailleux. L'animal l'entraîna alors dans une course effrénée. De multiples douleurs lui vrillèrent le corps. Mais il refusa de lâcher prise. Il devait vaincre.

Enfin, la pouliche ralentit l'allure et s'arrêta, essoufflée. Jehn se remit sur pied et se plaça devant elle. Les autres chevaux s'étaient enfuis. La monture se cabra et hennit de terreur. Jehn lui parla.

– Calme-toi, ma jolie! Je ne te veux aucun mal.

Mais elle n'écoutait rien. Elle se cabra de plus belle, tirant de toutes ses forces sur la corde. Seulement, celle-ci était d'une solidité à toute épreuve. Jehn s'arcbouta pour ne pas être déséquilibré de nouveau. Evitant les coups de sabot de l'animal, il le contraignit à venir vers lui. La lutte dura longtemps, épuisant les forces de l'un et de l'autre. Mais l'obstination de l'homme finit par avoir raison de la pouliche, qui cessa de ruer. A bout de force, Jehn posa la main sur sa tête, tout en lui parlant avec douceur. Sa voix chaude la calma.

Il la voulait, de toute son âme. Cependant, il décida de ne pas renouveler immédiatement l'expérience malheureuse de la monte. Il n'avait guère envie de se rompre encore l'échine. Il lui fallait d'abord habituer l'animal à sa présence, à son odeur. Alors, malgré le froid printanier, il se défit de sa veste et saisit la pouliche par le museau, la contraignant à humer son torse, ses aisselles. Elle voulut se dégager, mais il tenait toujours la corde avec fermeté. Elle renonça à lutter. Peu à peu, elle se laissa faire. Alors, il l'entraîna et se mit à courir. Elle le suivit, lui donnant parfois des coups de tête amicaux. Il éclata de rire. L'animal était jeune, et sa capture revêtait apparemment les couleurs d'un jeu.

Il resta ainsi toute la journée avec elle, lui parlant, lui offrant des touffes d'herbe qu'elle acceptait de bonne grâce. Quelquefois, c'était elle qui l'incitait à courir derrière elle.

Lorsque vint le crépuscule, il tenta une expérience nouvelle. Il lâcha la corde. La pouliche ne tenta pas de s'enfuir. Au contraire, lorsqu'il reprit le chemin de la forêt, elle le suivit quelques instants. Puis soudain, elle lui tourna le dos et s'enfuit au galop rejoindre ses congénères.

Recru de fatigue, Jehn s'abattit près du loup qui n'avait pas quitté son poste.

– Je crois que tu avais raison, vieux bandit. Je réussirai à la monter. Mais il me faudra encore un peu de temps.

Le lendemain, il retourna vers le troupeau. Celui-ci, ayant reconnu son odeur, ne broncha pas. La jeune pouliche blanche, ravie de retrouver son compagnon de jeu, galopa dans sa direction. Elle portait encore des lambeaux de la corde autour du cou. Jehn sut alors que les chevaux étaient intelligents, et qu'ils pouvaient être apprivoisés. A la réflexion, il lui sembla qu'il l'avait toujours su, et qu'il ne faisait que redécouvrir quelque chose qui sommeillait au plus profond de son être.

Il saisit le mufle de l'animal dans ses mains et lui parla d'une voix chaude.

– Je vais avoir besoin de toi, ma belle. J'ignore encore pourquoi. Mais je voudrais que tu acceptes de me suivre.

La pouliche gronda légèrement, puis lui donna un coup de tête affectueux, comme si elle avait compris. Sans cesser de la flatter, il s'approcha de son flanc. Sans geste brusque, il se hissa sur l'échine de la bête. Elle émit un hennissement de surprise. Mais elle ne tenta pas de le désarçonner. Tout en lui parlant, il passa la corde autour de ses mains, et donna un léger coup de talons sur les flancs de l'animal, qui se mit à marcher au pas, entraînant son cavalier. Une bouffée de joie inonda Jehn. Il avait réussi.

Il demeura plusieurs jours sur place. Chaque matin, la pouliche venait le chercher et se laissait monter. Peu à peu, Jehn perfectionna sa manière de chevaucher. Un curieux sentiment d'humilité le tenait. La bête l'avait apprivoisé autant qu'il l'avait apprivoisée.

Comme avec le loup, une singulière complicité s'était nouée entre le cheval et lui. De plus, la pouliche ne paraissait pas effrayée par le fauve, qui passait des heures à les observer. Plusieurs fois, alors qu'il prenait un peu de repos, Jehn les surprit à courir de conserve, jouant à se poursuivre l'un l'autre.

Jusqu'au jour où Jehn put parcourir la plaine au grand galop, au milieu du troupeau qui filait autour de lui, se moquant des obstacles avec une extraordinaire facilité. Il avait envie de hurler de joie. Enivré par la vitesse, il lui semblait boire le vent. Une sensation de puissance gonflait ses poumons. Avec elle, il pourrait se rendre dans n'importe quel endroit du monde, dépasser de bien loin les frontières du territoire de la nation.

Un matin, il décida qu'il était temps de regagner le village. Il rassembla ses armes et ses provisions, appela la pouliche, qui survint aussitôt.

– Le jour du départ est arrivé, ma belle! Accepteras-tu de nous suivre, mon compagnon et moi?

Elle eut alors un geste extraordinaire, qui émut le jeune homme. Elle vint poser son mufle sur son épaule, comme pour confirmer qu'elle aussi avait fait alliance avec lui. Il se hissa sur son échine, et l'entraîna vers la forêt, la séparant pour toujours des siens.

Il avait redouté cet instant. Pourtant, elle ne chercha pas à retourner sur ses pas. Il eut un dernier regard pour la vallée des chevaux, puis, monté sur la superbe pouliche blanche, s'enfonça dans les sous-bois. Cette fois, il avait vraiment triomphé. Le loup cheminait en silence à leurs côtés. Jamais Jehn ne s'était senti aussi proche de ses frères animaux. Et, par eux, de la déesse-mère, Gwanea. Il lui adressa une supplique muette pour la remercier de ne pas l'avoir abandonné.

Ce fut le cœur gonflé de joie qu'il reprit la route de Trois-Chênes. Il avait hâte de retrouver Myria. Il imaginait déjà sa fierté lorsqu'il reviendrait, accompagné de sa nouvelle conquête. Il se promit de lui apprendre à monter. Il était sûr à présent que tous les hommes du clan seraient capables de l'imiter. Alors, ils n'auraient plus rien à craindre des guerriers du kheung.

Grâce à l'allure rapide du cheval, il regagna le village en moins d'une journée. Il faisait presque nuit lorsqu'il arriva sur le territoire des Loups. Pourtant, bien avant qu'il ne fût en vue du village, un sentiment de malaise le saisit. Une odeur bizarre flottait. Il poussa sa monture, en proie à une inquiétude soudaine, qui se transforma en angoisse lorsqu'il découvrit Trois-Chênes. Ou plutôt ce qu'il en restait.

18

Jehn crut vivre un cauchemar. D'un bout à l'autre du village ne restait plus qu'un amas de ruines fumantes. Toutes les demeures avaient été incendiées. L'esprit en déroute, il mit pied à terre, et s'avança au milieu des décombres, illuminé par les lueurs rougeoyantes des braises, les narines emplies de l'odeur du sang et des poutres noircies. Des cadavres innombrables jonchaient le sol, éventrés, parfois décapités. Une angoisse sans nom lui broya le cœur. Il reconnut Baa'Drav, le père de Myria, Nebred le chasseur. Pris de panique, il courut jusqu'à sa demeure. Aucune trace de Myria. Il se précipita ensuite à la maison de son père. Il était allongé, la face contre le sol, le dos percé d'une longue lance. Il retourna le corps avec précaution. Aalthus avait cessé de vivre depuis longtemps. Il se redressa et se mit à hurler comme un fauve blessé à mort. Il se maudit lui-même d'avoir abandonné ainsi les siens. S'il avait été là, il aurait pu les aider, massacrer ceux qui avaient commis ce crime innommable.

Qu'avait-il pu se passer? Il songea un moment à la tribu des Aurochs. Mais elle n'était plus assez nombreuse pour oser s'attaquer à celle des Loups. Alors, pouvait-il s'agir d'une vengeance du kheung?

D'un coup sec, il arracha la lance du corps de son père, en essuya le sang. Alors, un étonnement sans borne se peignit sur son visage. La pointe de l'arme n'était pas durcie au feu, comme celle que l'on utilisait pour la chasse au gros gibier, mais recouverte d'une matière étrangement luisante. Il la reconnut aussitôt. C'était de l'yrhonn. Une énorme pointe d'yrhonn.

– Les Khress, murmura-t-il.

Eux seuls en effet possédaient le secret du travail du métal. Akhoun avait dit que leurs corps en étaient recouverts. La mort dans l'âme, il erra longtemps dans les ruines encore fumantes. Au passage, il reconnut des visages, les yeux ouverts sur l'éternité. Ceux-ci appartenaient surtout aux adultes plus âgés. A part son compagnon de chasse Maraad, il ne découvrit aucun jeune, ni aucun enfant. Qu'avaient-ils pu devenir? Qu'avait-on fait de Myria?

Peu à peu, une rage froide l'envahit, qui chassa la douleur. Il aurait dû pleurer. Mais en lui ne subsistait plus désormais que cette haine farouche. Il ne savait pas encore comment il allait s'y prendre, mais il poursuivrait ces monstres, et il les anéantirait. Il leva les bras au ciel, brandissant la lance.

– Ô Urgann, ô Gwanea! Ecoutez-moi! Je jure devant vous de ne plus prendre aucun repos avant que le sang des miens n'ait été lavé. Je vous supplie de me donner la puissance de combattre jusqu'à ce que ce crime ait été vengé.

Comme si les dieux invisibles avaient entendu ses paroles, un vent violent se leva, qui balaya le village, attisant les restes des incendies. Jehn respira longuement les relents de feu et de sang qui baignaient les lieux, pour s'en imprégner, pour ne jamais oublier.

Puis il prit le corps de son père dans ses bras et le porta dans la clairière aux arbres couleur de lune. Il n'éprouvait aucune fatigue. Elle viendrait après. La pluie battante qui se mit à tomber ne ralentit pas son ardeur. L'un après l'autre, il transporta les corps des siens dans l'enceinte sacrée. Il n'y en avait pas moins de cinquante.

Soudain, il lui sembla distinguer une silhouette au milieu des ruines des maisons. Il se saisit de la lance.

– Jehn! Jehn, c'est moi, Khallas!

Il s'avança vers l'ombre noire qui se découpait sur la lueur des incendies. La pluie aurait tôt fait de les éteindre.

– Que s'est-il passé?

– Les Khress! Ils nous attaqués tôt hier matin. Nous ne les avons même pas entendus venir.

– Et je n'étais pas là...

– Tu n'aurais rien pu faire. Ils étaient trop nombreux. Ils possédaient des armes bien plus puissantes que les nôtres. Ils t'auraient tué. Ou bien emmené, comme les jeunes de la tribu.

Peu à peu, d'autres silhouettes se matérialisèrent dans la nuit noire. Les hommes âgés, les vieilles femmes, et les enfants en bas âge. Il n'y avait pratiquement aucun adulte parmi eux. Le man'sha, dégoulinant de pluie, poursuivit :

– Les hommes ont voulu les combattre. Mais il n'y avait rien à faire. Quelques-uns d'entre nous sont parvenus à fuir. Nous nous sommes réfugiés dans la forêt. Ils nous ont poursuivis. Mais nous avons su nous cacher.

– Et Myria ?

Le sorcier baissa la tête.

– Myria a été enlevée, avec les autres jeunes, dont tes amis Garann et Thoorg. Et ton frère Thoon'ra. Filles et garçons. Plus de la moitié de la tribu.

– Les monstres !

Lentement, la foule des survivants entoura Jehn. Il reconnut le vieil Akhoun, qui pleurait toutes les larmes de son corps.

– Jamais je n'aurais cru qu'un tel jour pût revenir, Jehn, gémit-il. Nous aurions dû nous montrer plus prudents, prévoir des guetteurs. Mais cela faisait si longtemps...

Jehn dénombra les rescapés. Sur les quatre cents membres de la tribu, il n'en restait guère plus d'une centaine. Tous les autres avaient été massacrés ou emportés par les Khress. Pour quel horrible festin ?

Il brandit la lance qu'il avait arrachée du corps de son père.

– Ecoutez-moi tous ! Je vais partir à la poursuite de ces démons. Et je délivrerai les nôtres, ou j'y laisserai la vie.

Khallas leva la main.

– Non, Jehn. Personne ne peut plus rien pour eux. Même toi, tu n'es pas assez fort pour combattre ces monstres. Ils sont plus puissants que toi.

– Gwanea m'apportera sa force, Khallas. Et puis, je ne serai pas seul.

Il appela la pouliche, qu'il avait abandonnée à l'orée du village. A cause de la nuit, personne ne l'avait aperçue. Lorsqu'elle surgit des ténèbres comme une apparition fantomatique, tout le monde recula, d'autant plus qu'un énorme loup noir l'accompagnait. Jehn lui-même fut étonné. Pour la première fois, le fauve acceptait de se montrer.

Il se plaça entre les deux animaux. Il flatta le mufle de la pouliche qui émit un grognement de joie, tandis que le loup se frottait amicalement contre lui.

– Voici les alliés qui me permettront de vaincre les Khress !

– Tu as fait alliance avec cet animal ? dit Khallas d'une voix pas très assurée, en désignant le cheval.

– Oui ! Je suis parvenu à le monter. C'est pourquoi je suis resté absent si longtemps.

Il serra les poings.

– Si j'avais pu me douter...

Le man'sha s'approcha de lui et lui posa la main sur l'épaule.

– Ne t'accuse pas à tort, Jehn. Les dieux ont voulu te préserver. Tu es le seul capable de remplacer ton père à présent. Tu seras notre chef.

– Votre chef ? Alors que plus de la moitié des nôtres sont prisonniers des Khress ? C'est impossible.

– Jehn ! Nous avons besoin de toi pour reconstruire notre village.

– Non ! Nous ne pouvons laisser ce crime impuni. Je refuse d'abandonner Myria et les autres à leur sort. Je dois savoir ce qu'ils sont devenus. Et les délivrer.

– Tu y laisseras la vie. Tu es seul, et ils étaient plus d'une centaine. Et nous aurons perdu le plus courageux d'entre nous.

– Je dois les combattre ! A quoi ressemblent-ils ?

Le sorcier grommela, puis déclara :

– A toi, lorsque tu es monté sur cet animal. Eux aussi ont su capturer ces monstres. Ils sont armés de lances à lame d'yrhonn, comme celle que tu tiens. Ils possèdent aussi des arcs, des boucliers, et d'autres armes inconnues.

Il insista.

– Jehn, tu ne peux rien contre eux. Qu'allons-nous devenir sans toi ?

– Nous allons offrir une sépulture à nos morts. Je suis sûr que nos frères les Renards ne vous refuseront pas leur aide. Je vous conduirai chez eux et nous leur demanderons l'hospitalité. Au printemps, ils vous aideront à reconstruire le village. Quant à moi, je dois poursuivre les Khress.

Khallas baissa les bras. Il était inutile d'aller contre la volonté du jeune homme.

– Peut-être les dieux en ont-ils décidé ainsi. Si tel est ton destin, alors, que Gwanea te protège. Mais il serait peut-être plus sage dans ce cas de t'assurer le secours de notre kheung. Après tout, il nous doit assistance, selon la loi de la nation.

– Dravyyd ? Après les paroles que j'ai prononcées contre lui à l'automne dernier, je doute qu'il m'apporte son secours.

– Lui, non. Mais il n'est pas seul. Peut-être d'autres chefs de tribu t'aideront-ils. L'assemblée doit se tenir dans quatre jours.

– J'y serai !

19

La tempête qui s'était levée le soir du massacre de la tribu des Loups ne faiblit pas durant les quatre jours qui suivirent. Comme Jehn l'avait prévu, les survivants trouvèrent refuge auprès des Renards. Lorsque Fraïn apprit la mort de son ami Aalthus, il s'effondra.

– Je le connaissais depuis que nous étions enfants, confia-t-il à Jehn, qu'il reçut dans sa demeure. Je me souviens encore quand nous allions dénicher les oiseaux. Nous avons partagé tant de belles parties de chasse ensemble. Les dieux sont bien cruels parfois. A l'automne, ta mère nous a quittés. Aujourd'hui, c'est le tour de ton père. Et de tant de bons compagnons.

Il posa la main sur le bras de Jehn.

– Ne te fais aucun souci pour les tiens, Jehn. Ils trouveront ici l'hospitalité et le réconfort, en attendant que nous puissions vous aider à reconstruire votre village. Nous avons des provisions en suffisance. Et nous irons récupérer ce qui peut être sauvé à Trois-Chênes.

– Les Khress nous ont volé presque tous nos troupeaux.

– Alors, nous partagerons ! Nous nous battrons ensemble contre la famine.

– Tu es un véritable ami, Fraïn.

En fait, le chef des Renards vouait une véritable admiration au jeune homme. Il ne s'était guère étonné de le voir apparaître monté sur son cheval et flanqué de l'énorme loup noir. Pour lui, Jehn était capable de tous les prodiges.

Un court silence s'installa, que le chef des Renards se décida à rompre.

– On m'a dit que tu comptais te lancer à la poursuite des démons!

– C'est vrai. Je veux demander du secours à l'assemblée des chefs. Même si Dravyyd me refuse la sienne, peut-être pourrais-je obtenir l'aide de certains.

Fraïn hocha la tête d'un air gêné.

– J'en doute. S'il s'agissait de combattre un ennemi humain, tu verrais aussitôt une armée se lever derrière toi. Mais les Khress n'ont rien de commun avec nous. Leurs armes sont terrifiantes. Moi-même...

Il prit une profonde inspiration.

– Ne m'en veux pas, Jehn, mais jamais je n'oserais me lancer dans une telle expédition. Les Khress sont des esprit malfaisants. Or, nul ne peut lutter contre les esprits.

Jehn baissa la tête. Il ne pouvait tenir rigueur à son ami de sa décision. Et puis, les Loups auraient besoin des Renards pour rebâtir leur village. Mais si le courageux Fraïn lui-même reculait devant le danger, Jehn imaginait déjà la réponse des autres.

– Je vais tout de même leur demander du secours. Et expliquer ce qui s'est passé.

– Je t'accompagnerai. Nous ferons route ensemble dès demain.

Lorsque Jehn et Fraïn parvinrent à Her-Lann, la tempête ne s'était pas calmée. Un vent violent soufflait en provenance de l'Océan. Faible consolation, la pluie s'était arrêtée. De furieux nuages sombres se déchiquetaient dans le ciel bas, torturés par l'ouragan.

L'assemblée devait se tenir sous la protection d'Erh Garah, la gigantesque pierre des dieux, haute comme dix hommes. A ses pieds, le kheung avait fait installer un dais tendu de peaux épaisses, destiné à le protéger des bourrasques.

Tout autour, le dos à l'Océan, les chefs des quarante-neuf tribus avaient déjà pris place. Jehn avait tenu à ce que Fraïn et lui-même arrivassent les derniers. Le jeune homme était monté sur sa pouliche blanche et tenait en main la lance à lame d'yrhonn. La foule qui se massait sur la piste le regarda passer avec étonnement. D'où pouvait-il tenir une telle arme? Et surtout, comment avait-il pu conquérir l'un de ces animaux maudits, réputés impossibles à apprivoiser?

Mais le plus surpris fut le kheung lui-même lorsque Jehn se présenta devant lui, monté sur le cheval. Il était d'autant plus impressionnant qu'il avait fait teindre ses vêtements de cuir d'un rouge écarlate, symbole de la vengeance.

– Le salut des dieux soit sur toi, Dravyyd, déclara Jehn d'une voix forte.

– Le salut... des dieux...

– Tu parais étonné de me voir ? Je t'avais pourtant dit que je viendrai.

– Mais... cet animal ? Et puis, tu n'es pas le chef des Loups. Ton père...

Jehn leva la main pour lui couper la parole. Sa voix se fit dure.

– Mon père ne viendra pas. Il ne viendra plus jamais. Les dieux ont repris sa vie. Les dieux et...

D'un geste rageur, il jeta la lance, qui vint se planter devant les pieds du souverain.

– Les dieux... et les Khress.

Un murmure d'inquiétude courut dans l'assemblée des chefs, qui se répercuta aussitôt sur la foule à l'écart.

– Les Khress, dis-tu ? reprit le monarque, mal à l'aise.

– Ils ont attaqué notre village voilà cinq jours. Ils ont massacré plus de la moitié des nôtres. Ils ont enlevé tous nos jeunes. C'est pourquoi je suis venu te demander justice. Nous devons les combattre, et libérer les prisonniers.

Le murmure se transforma en grondement. Le vieux Vaatorg s'adressa à Jehn.

– Nous comprenons ta soif de vengeance, jeune chasseur. Mais sais-tu bien ce que sont les Khress ?

Jehn se tourna vers lui.

– Nulle créature n'est invincible. Ils ont peut-être des armes puissantes. Mais nous sommes nombreux. Tous ensemble, nous sommes forts.

– Et tu nous proposes de risquer la vie et les âmes des nôtres pour sauver une poignée des tiens ?

– Si notre nation ignore la solidarité, alors elle n'est pas une nation, mais un ramassis de tribus de lâches.

– Nous traiterais-tu de lâches ? vociféra un autre chef, Rankhor.

– Une nation n'est puissante que si elle demeure unie. Ne craignez-vous pas qu'un jour, vos villages soient ainsi anéantis?

Le kheung leva alors la main pour obtenir le silence. Cette fois, il ne se laisserait pas dominer par ce chien. Les chefs semblaient vouloir refuser de l'aider. Il fallait profiter de la situation pour le discréditer. Il demanda insidieusement :

– Mais dis-moi, Jehn, où te trouvais-tu donc lorsque ton village a été attaqué?

Jehn ne répondit pas tout de suite. La question du souverain le troublait, sans qu'il sût pourquoi. Puis la terrible vérité se fit jour en lui. Il s'approcha du monarque, qu'il fixa dans les yeux.

– Comment peux-tu savoir que je n'étais pas là au moment de l'attaque?

Le visage du kheung devint tout à coup blanc comme de la craie. Il venait de commettre une grave erreur.

– Mais... si tu es ici aujourd'hui... c'est que les Khress ne t'ont pas capturé.

– Non! Ils ne m'ont pas capturé. Et tu le savais!

– Mais non...

– Tu viens de me demander où je me trouvais lorsque le village a été attaqué. *Parce que tu savais que j'étais absent de Trois-Chênes lors de l'attaque des Khress*!

– Je ne le savais pas...

– Tu viens de te trahir, Dravyyd, riposta Jehn.

Il pointa un doigt accusateur sur le kheung, qui se recroquevilla sur lui-même. Un murmure houleux parcourut l'assemblée.

– C'est toi qui as fomenté cette attaque contre les Loups. Pour les anéantir, et me faire tuer par la même occasion. Tu as partie liée avec les Khress. C'est toi qui les as fait venir. Et ils t'ont ensuite fait savoir qu'ils ne m'avaient pas trouvé.

– C'est faux!

– Ose le répéter! Ose le jurer par Gwanea.

Alors, le monarque se leva et agita un poing menaçant en direction du jeune homme. Un silence de mort s'était abattu sur l'assemblée et sur la foule.

– Que personne ne l'écoute. Cet homme est un démon vomi par les Forces des Profondeurs!

– Jure par Gwanea ! tonna la voix de Jehn.

Le kheung regarda la foule des chefs. Tous avaient les yeux braqués sur lui. S'il ne jurait pas, il perdrait définitivement la face. Tremblant, Dravyyd s'avança vers Jehn, et déclara d'une voix mal assurée :

– Je le jure !

– Tu mens ! cracha alors Vaatorg, le plus ancien des chefs. Et tu insultes Gwanea !

– Silence, s'égosilla soudain le men'ma'sha Phradys, venant au secours du monarque. C'est vrai. C'est moi qui ai pris contact avec les Khress. Avec l'assentiment de Dravyyd. Parce qu'il fallait que ce monstre soit anéanti. Regardez-le ! Il n'a qu'un désir, c'est de renverser votre kheung pour s'asseoir sur son trône et vous asservir à sa volonté malfaisante. C'est pourquoi, puisque aucun d'entre vous n'était assez fort pour le vaincre, nous avons fait appel à la seule puissance capable de le détruire, les Khress. Pour vous protéger.

Il leva une main décharnée en direction de Jehn, comme s'il avait voulu le broyer.

– D'où croyez-vous qu'il tienne ses pouvoirs maléfiques, sinon des divinités malfaisantes des Profondeurs ? Vous en avez la preuve sous les yeux. Comment aurait-il pu conquérir cet animal maudit sans leur assistance ?

– Silence, vieux fou ! Le cheval n'est pas un animal maudit. Il ne demande qu'un peu de patience et d'adresse, et beaucoup d'affection. Vous tous ici seriez capables d'en capturer un. Comme nos ancêtres ont su apprivoiser autrefois le chien, l'aurochs et la chèvre.

– Tu mens !

Un concert de cris contradictoires jaillit de l'assemblée. La voix de Jehn tonna à nouveau, ramenant aussitôt le silence. Il émanait de lui une autorité surnaturelle. Il désigna Dravyyd et Phradys.

– Ne tentez pas de détourner votre crime sur moi ! C'est pour satisfaire votre ambition démesurée que plus de la moitié des miens ont été massacrés ou emmenés pour être dévorés. Que les dieux vous maudissent !

Dravyyd hurla :

– Tais-toi ! Tu es une abomination ! Nul homme n'est capable de réussir les prodiges que tu as accomplis. Tu dois mourir !

– Et quels crimes ai-je donc commis? Sauver quelques hommes qui allaient être écrasés sous la dalle de *ton* tombeau? Tuer en combat singulier ce Naam'hart que tu avais envoyé pour me tuer? Naam'hart, qui s'était allié aux Mangeurs d'hommes des montagnes pour exterminer les Loups!

Parmi les chefs de tribu, plus personne ne bougeait. Même le plus vieux, Vaatorg, n'osait prononcer un mot. Il pressentait qu'il allait se passer quelque chose d'extraordinaire.

A mesure qu'il parlait, Jehn sentait la haine bouillonner en lui. Une puissance effrayante investit son être tout entier. Il marcha lentement en direction du kheung et du men'ma'sha, qui se tenaient au pied du grand monolithe. Soudain il se mit à hurler :

– Tu as sur les mains et sur la conscience le sang des miens, Dravyyd! Tu ne mérites pas de vivre!

Phradys voulut répliquer. Mais il sentit que l'air lui manquait, comme si une force invisible lui broyait la poitrine. Simultanément, l'ouragan redoubla de violence. Le dais de peau s'envola, arraché par une violente tornade, tandis que le monarque et son conseiller étaient repoussés par une bourrasque d'une puissance inouïe. Ils s'écroulèrent à terre, sous l'ombre de la pierre géante. Les chefs rassemblés virent le jeune chasseur tendre la main vers le colosse de granit, tandis que ses étranges yeux verts paraissaient jeter des flammes. Ils se laissèrent tomber à genoux, pris de terreur. Une vibration fantastique fit trembler le sol sous eux. Un grondement formidable emplit l'atmosphère. Alors, de la main de Jehn jaillit une lueur verte qui vint frapper la pierre gigantesque. Peu à peu, le rayon mystérieux vira au rouge. A la fois affolée et incrédule, la foule vit l'énorme masse vaciller, puis s'écrouler avec une lenteur terrible sur les deux hommes qui glapirent d'horreur. Ils n'eurent pas le temps de s'enfuir. Leurs cris s'arrêtèrent d'un coup, tandis que jaillissaient des morceaux de chair sanglants. Un craquement épouvantable fit résonner les cœurs de la foule tandis que le sol vibrait de nouveau. Dans sa chute, l'énorme monolithe s'était brisé en quatre morceaux. Sur l'un d'eux, la pierre brûlait encore sous l'effet de la chaleur. Au-dessous demeuraient coincés les restes broyés du kheung et de son prêtre maudit.

Hébétés, les chefs reportèrent leurs regards sur Jehn, aussi immobile qu'une statue. La lueur extraordinaire qui le baignait se dilua dans le néant. A ses côtés, Fraïn le brave n'osait plus faire un geste. Le jeune chasseur se tourna vers lui. Son visage d'une pâleur mortelle contrastait avec l'écarlate de ses vêtements.

– Fraïn ! Ce n'est pas moi qui les ai tués. Il a offensé la déesse-mère. C'est elle qui a parlé par mon acte.

– Oui, Jehn !

Sa voix grelottait un peu, mais il ajouta, après avoir dégluti :

– Ils auraient dû t'écouter lorsque tu leur as dit que tu étais protégé des dieux.

– Fraïn, mon ami, jamais je n'ai voulu cela. Les hommes ne devraient pas s'entre-tuer ainsi.

Il posa la main sur l'épaule du chef des Renards et s'adressa à la foule muette.

– Ecoutez-moi tous ! Je n'ai pas le droit de vous arracher à vos terres pour satisfaire une vengeance qui est la mienne. Je viens de comprendre que vous n'étiez pas des guerriers. Seulement des cultivateurs, des chasseurs, des artisans et des pêcheurs. Elisez un nouveau kheung qui sera digne de ce nom. Et n'oubliez jamais de rester unis.

Vaatorg se releva et vint vers lui.

– Il n'est pas besoin d'élire un nouveau kheung. C'est toi que nous voulons. Tu es l'élu des dieux.

– Non, Vaatorg ! Je ne suis pas digne d'être votre kheung tant que les miens seront aux mains des Khress. Plus tard, peut-être, si je reviens avec eux.

Puis il s'éloigna en compagnie de Fraïn, suivi de la pouliche et du loup.

– Que vas-tu faire ? demanda le chef des Renards.

– Je vais partir seul, Fraïn. Mon destin m'appelle ailleurs désormais. Je dois retrouver Myria et les miens. Si les dieux le permettent, je les délivrerai. Ou bien je ne reviendrai pas. Je compte sur toi pour veiller sur ce qui reste de ma tribu.

– Tu sais que mon amitié t'est acquise, jeune chasseur ! Que les dieux veillent sur toi !

Jehn étreignit son compagnon, puis il enfourcha son cheval et se mit en route sans se retourner. La foule s'écarta craintivement sur son passage. Personne n'osa le suivre. Derrière lui demeurait la masse impressionnante du colosse de granit écroulé et brisé en quatre morceaux de plusieurs dizaines de tonnes chacun [1].

Jehn ne repassa pas par le village des Renards. Il regagna directement les ruines de Trois-Chênes, où il resta un long moment à méditer.

Il ignorait tout à fait ce qui s'était passé à Her-Lann. Le mystérieux rayon vert avait paru concrétiser la colère qui le tenait pour anéantir le grand monolithe, symbole de la mégalomanie de Dravyyd. Plus étrange encore, cette puissance lui avait semblé provenir directement des cieux, et non de la terre elle-même. Se pouvait-il que Urgann, le dieu tout-puissant du neuvième ciel, fût aussi son allié?

A moins que ces pouvoirs singuliers ne fussent que la manifestation perceptible de ce double inconnu qu'il portait en lui. Peut-être ce prince de la cité de lumière...

Le loup l'avait suivi fidèlement, comme pour l'assurer de son amitié. Jehn était heureux de sa présence silencieuse. Avec la pouliche, il était désormais tout ce qui lui restait au monde. L'animal vint lui lécher la main, pour lui faire comprendre qu'il partageait sa peine. Cependant, dans le cœur du jeune chasseur, ce n'était pas la douleur qui dominait, mais la haine. Une haine féroce, qui ne s'éteindrait qu'avec sa mort ou l'anéantissement des démons venus des brumes du Nord. Rien ne pouvait justifier le massacre des siens.

Par un violent effort de volonté, il chassa tous les souvenirs qui le tourmentaient, les visages à jamais disparus. Gwanea saurait les accueillir en son sein. Avant de quitter les lieux, il prit de la terre dans ses mains, s'en couvrit le visage, respira longuement son odeur, sans même sentir les larmes qui ruisselaient sur ses joues.

Puis il rassembla ses armes, sa lourde massue, la lance à lame d'yrhonn, son arc, et son long poignard de silex. Il se munit d'une

1. Il s'agit du menhir géant que l'on peut encore voir à Locmariaquer. A l'origine, il devait mesurer dix-huit mètres de haut et peser trois cent quarante-sept tonnes. L'un des éléments brisés fut récupéré par la suite et servit de dalle de couverture pour le tumulus de Gavrinis. *Erh Garah* est une déformation de *Er Grah*, qui signifie « la fée », en breton.

grande quantité de flèches prélevées dans la réserve du vieil Akhoun. Il était heureux que celui-ci ait échappé une fois de plus au massacre.

Il chargea sa bandoulière de cuir de ce qu'il put trouver de nourriture, installa la peau d'ours sur le dos de la pouliche et se hissa en selle. Avant de quitter les lieux, il s'arrêta une dernière fois sur le promontoire qui dominait le village. Il songea douloureusement que même si Gwanea lui permettait de triompher, jamais il ne pourrait ramener à la vie ceux qui avaient été massacrés par les démons. Le goût de cendre qui lui emplissait la gorge pénétrait aussi son âme.

Mais restaient les vivants. Ils avaient besoin de lui. Il poussa un hurlement de rage dans le ciel de nuit, et se dirigea vers la forêt, à l'endroit où il avait repéré des traces du passage des Khress.

Peut-être les ombres des morts qui planaient encore sur le village détruit le virent-elles disparaître, en quête d'une vengeance dont il avait peu de chances de revenir.

Une lune triomphante s'éleva dans le ciel nocturne que les nuages de la tempête avaient fui. Un vent violent subsistait, qui courbait les arbres blancs de la clairière sacrée.

Lorsque le visage de la déesse aux yeux verts revint le hanter, Jehn comprit qu'il venait d'entamer un long, un très long voyage au bout de l'impossible.

Deuxième partie

LES BRUMES D'YSHTIA

Le Seigneur vit que les hommes étaient de plus en plus malfaisants dans le monde, et que les penchants de leur cœur les portaient de façon constante et radicale vers le mal. Il en fut attristé et regretta d'avoir fait les hommes sur la terre.

GENÈSE (6-5,6-6)

20

Durant les premiers jours, Jehn n'eut aucune difficulté à suivre les Khress et leurs prisonniers. L'attaque avait eu lieu plus de dix jours auparavant, mais les nombreuses traces de pieds nus, mêlées à des empreintes identiques à celles laissées par sa monture demeuraient inscrites sur le sol détrempé. La troupe se dirigeait vers les collines élevées du Nord-Ouest, empruntant les pistes animalières.

A chaque instant, Jehn redoutait de découvrir les reliefs d'un festin macabre, où les siens auraient été dévorés. Il ne trouva rien de semblable. Les cendres détrempées des feux de camp ne recelaient nul ossement humain, seulement ceux d'animaux. Il en fut à demi soulagé. Peut-être les Khress réservaient-ils ses compagnons pour un sacrifice qui se déroulerait plus tard dans le lieu maudit où ils vivaient.

Bien qu'il ne sût pas du tout comment il s'y prendrait pour sauver les siens, il espérait rattraper les ravisseurs avant qu'ils n'aient pu regagner leur repaire. Sa monture lui permettait de gagner du terrain. Ralentis par leurs prisonniers, les Khress se déplaçaient moins vite que lui. Cependant, il s'était écoulé un long moment depuis leur départ. Et la tempête qui soufflait en permanence ne lui facilitait pas la tâche. Chaque jour effaçait un peu plus les traces. Il devait rassembler toutes ses connaissances de pisteur pour déceler le moindre indice révélateur.

Le soir, malgré le froid persistant, il n'allumait pas de feu, redoutant d'être repéré par les Mangeurs d'hommes. Certes, il savait que les monts de l'Intérieur étaient très peu peuplés. De plus, en cas de danger, le loup l'avertirait. Mais il valait mieux éviter toute imprudence.

Chemin faisant, Jehn s'interrogeait sur les étranges phénomènes qu'il avait provoqués. Il ne parvenait pas à s'expliquer par quel prodige il était parvenu à basculer l'énorme monolithe d'Erh'Garah sur le kheung et son conseiller. Autant qu'il pût s'en souvenir, il avait éprouvé la sensation étrange de se dédoubler, de s'intégrer à la pierre elle-même. Le même phénomène s'était produit un an plus tôt, lorsqu'il avait pénétré l'esprit du loup de la lande, puis, plus récemment, celui de la pouliche. Ces pouvoirs restaient imprévisibles. Il avait alors le sentiment de ne plus rien contrôler, comme si un être supérieur prenait possession de son corps et de son esprit. Un être qui demeurait tapi au plus profond de son âme. Cependant, il se sentait indissociable de cette entité impalpable. Au cours de ces moments exaltants, il avait conscience de devenir lui-même, de s'intégrer pleinement à l'univers qui l'entourait, de ne plus faire qu'un avec lui. Puis tout s'effaçait, lui laissant dans l'esprit une absence et un vide intolérables.

Lorsqu'il songeait aux épreuves qui l'attendaient, il se traitait d'inconscient. Que ferait-il s'il parvenait à rattraper les monstres? Il était seul, pourvu d'armes dérisoires, face à une armée entière dont il ignorait tout, et que personne jusqu'à présent n'avait pu vaincre. S'ils avaient déjà regagné leur repaire, que pourrait-il tenter alors? Il ne pouvait compter sur les pouvoirs mystérieux qui échappaient à son contrôle.

Cependant, lorsque ces doutes l'assaillaient, il les repoussait froidement, envahi par une colère sourde. Il était hors de question d'abandonner et de rebrousser chemin. Il libérerait Myria et ses compagnons, ou il périrait. Il aviserait de la conduite à tenir quand il se trouverait face aux Khress.

Il avait l'intime conviction que Gwanea ne l'abandonnerait jamais. Il ressentait partout sa présence, dans les odeurs humides qui émanaient des sous-bois, dans les parfums des fleurs qui éclataient un peu partout, dans les arbres fruitiers sauvages, dans les fragrances subtiles des genêts. Après les mornes paysages forestiers dénudés par l'hiver, la vie reprenait ses droits et explosait en une symphonie de lumières, de couleurs et de senteurs enivrantes. Une force nouvelle imprégnait tous les êtres vivants, une énergie qui se déversait à flots en lui. Un sang vif lui gonflait les veines, tout comme la sève dont il devinait la montée puissante au cœur des troncs des arbres.

Non, il n'était pas seul. La déesse-mère cheminait à ses côtés. Elle était enracinée au plus profond de lui.

Depuis la nuit du drame, le visage de la femme aux yeux d'émeraude ne cessait de le hanter. Il finit par s'habituer à sa présence. Il avait compris qu'il n'avait rien à redouter d'elle, bien au contraire. Elle était devenue comme un fantôme familier qu'il rencontrait dans ses rêves. Certains soirs, il se surprit à désirer que le sommeil vînt pour qu'il puisse la retrouver.

Parfois, elle lui apparaissait au sein de la ville de lumière, le visage éclairé d'un sourire épanoui et les yeux baignés de l'amour profond qu'elle lui portait. Le plus souvent, le désespoir et la souffrance marquaient ses traits. Elle se trouvait prisonnière d'un lieu inconnu, sans forme ni couleur, noyé dans des brumes sombres et ondoyantes que des éclairs fugitifs, synonymes de douleur, venaient troubler par instants. Par moments, elle hurlait un mot qu'il ne parvenait pas à entendre distinctement. Il était persuadé qu'il s'agissait d'un nom.

Une nuit, il réussit à vaincre sa propre angoisse. Dans un terrible effort de volonté, il se concentra pour que le rêve durât plus longtemps. Il s'avança au-devant de la femme aux yeux verts, lui tendit les bras de toutes ses forces. Des voix cauchemardesques, effrayantes, issues du néant, couvraient les cris de l'inconnue. Une puissance invisible et maléfique tentait par tous les moyens de l'empêcher de communiquer avec elle. Une entité démoniaque qui prenait ses racines au-delà de la mort elle-même. Peu à peu, un froid absolu le pénétra, le suffoqua. Il lutta farouchement pour repousser, rejeter les feulements rauques qui lui vrillaient l'esprit et poursuivit sa difficile progression.

Mais une barrière immatérielle se dressait entre l'inconnue et lui. Sa respiration s'accéléra. La sensation de froid s'accentua, lui broya l'entendement. A ses pieds s'ouvrit un abîme insondable, plongeant dans les ténèbres. La femme hurla de terreur. Dans un sursaut de désespoir, elle cria son nom. Puis il y eut comme un déchirement, et son image se dilua dans les mouvances glauques.

Pourtant, son cri parvint à franchir l'éther, à peine déformé.

Jehn s'éveilla, haletant. Cette fois, le nom mystérieux demeurait gravé dans sa mémoire : *Astyan*. En proie à une émotion violente, il le tourna et le retourna dans son esprit. Il lui semblait étrangement familier. Tout comme cette langue qu'elle employait, et qu'il ne comprenait pas.

La nuit suivante, il retrouva la cité lumineuse, et opéra la même manœuvre pour que le rêve se poursuive. De nouveau, l'inconnue l'appela par le nom inexplicable, Astyan. Lui tenant la main, il descendit les degrés de l'immense escalier blanc, et traversa la foule qui scandait leurs noms. Mais il ne parvint toujours pas à saisir celui de la femme, pas plus qu'il ne comprit les mots employés. Il se concentra pour demeurer le plus longtemps possible dans sa vision. Tandis que la masse humaine s'écartait sur leur passage, il eut l'impression hallucinante de reconnaître, çà et là, quelques visages. Enfin, ils parvinrent de l'autre côté de la place bordée de statues. Quelques hommes les attendaient autour d'un appareil étrange, immense, d'un blanc lumineux. Son rêve s'estompa au moment où il pénétrait à l'intérieur du véhicule.

Il ouvrit les yeux, le cœur battant la chamade. Quel était cet objet mystérieux? Une émotion incompréhensible le taraudait. Si lui-même, Jehn le chasseur, avait éprouvé une peur immense devant l'engin inconnu, l'autre, celui qu'il était dans ses songes, avait semblé le trouver parfaitement naturel. Plus étrange encore, la conviction ne le quittait pas que cet appareil inconnu pouvait voler. Il crut devenir fou.

Tremblant de frayeur rétrospective, il se leva, un peu surpris de retrouver le paysage désertique de la forêt s'éveillant au printemps.

Il avait depuis longtemps dépassé le territoire des Loups, et même celui de la nation de la Petite Mer. L'Océan n'était plus qu'un souvenir. Il avait franchi plusieurs collines élevées et rocailleuses, sur lesquelles ne poussait aucun arbre. On n'y rencontrait que de vastes étendues de bruyères où pullulaient lièvres et lapins. En revanche, il n'avait croisé aucun être humain.

Un jour, il s'apprêtait à s'enfoncer au cœur d'une immense vallée couverte d'une forêt épaisse, lorsqu'un hurlement de terreur attira son attention. Le cri provenait de la forêt. Il donna un léger coup de talon sur les flancs de sa monture, et piqua dans sa direction.

21

C'était le cri d'une femme. Un instant, il pensa qu'il pouvait s'agir de Myria. La rage accrut son envie d'en découdre. Suivi du loup, il déboula en trombe dans une forêt clairsemée de pins et de chênes, au sol recouvert de fougères. Mais cela ne gênait aucunement le cheval, qui bondissait telle une bourrasque par-dessus les longues feuilles dentelées.

Soudain, il parvint au beau milieu d'une clairière où une vingtaine d'individus vêtus de peaux de bêtes s'affairaient à allumer un feu. A quelques pas, une jeune femme à demi-nue hurlait de terreur, les mains et les pieds entravés par des lianes grossières. Elle appartenait sans équivoque à la même race que Jehn, tandis que les autres n'étaient qu'une horde de Mangeurs d'hommes des montagnes, au faciès fuyant et brutal. La pauvre fille devait constituer leur déjeuner. L'un d'eux avait dégainé un long poignard de silex et le brandissait au-dessus de sa victime afin de lui trancher la gorge. Un autre attendait à ses côtés, muni d'un récipient en bois creusé pour récupérer le sang. Jehn connaissait leurs affreuses coutumes. Ils pensaient que boire le sang humain conférait l'invincibilité. Par miracle, il arrivait juste à temps.

Son apparition sema la panique. Quelques-uns des sauvages s'esquivèrent sans demander leur reste. Une poignée d'entre eux, plus courageux, s'armèrent de lourdes massues et firent front. Jehn saisit la lance à lame d'yrhonn et se rua sur l'homme au poignard. D'une main précise, il la projeta de toutes ses forces. L'individu la reçut en pleine poitrine et s'écroula en poussant un hurlement de douleur. La lance l'avait transpercé de part en part. Terrorisé, son compagnon s'enfuit en braillant.

Jehn arrêta sa pouliche, sauta à terre et se plaça devant la fille. Impressionnés par sa taille colossale, les autres hésitèrent. Il les dépassait tous de trois têtes. Mais ils avaient l'avantage du nombre. Comme les meutes de chiens sauvages, ils avaient l'habitude de chasser en groupe. Ils tentèrent d'encercler leur agresseur.

Le courage des anthropophages n'était pas un vain mot. De plus, ils ne voulaient pas renoncer aussi facilement à la proie qu'ils avaient capturée la veille près d'un campement. La chair humaine s'avérait bien plus savoureuse que celle des animaux.

Les forces décuplées par la fureur, Jehn fondit sur eux et frappa à tour de bras. Son énorme massue hérissée de pointes de silex fit des ravages. En quelques instants, plusieurs combattants roulèrent sur le sol, le crâne éclaté ou les membres déchiquetés. Le loup prêta main-forte à son compagnon humain en sautant à la gorge de l'un d'eux. Le sauvage sentit ses os craquer sous les mâchoires puissantes du fauve. Il mourut sans même comprendre ce qui lui arrivait.

Très vite, Les Mangeurs d'hommes surent qu'ils ne pourraient venir à bout de ce géant : ses bras étaient si longs qu'ils ne pouvaient l'approcher sans recevoir un coup fatal. L'un après l'autre, ils s'écroulaient, les côtes broyées ou la tête fendue. L'un d'eux culbuta dans le feu et se mit à bramer de douleur.

Comprenant que leur cause était perdue, ils reculèrent et s'enfuirent dans les profondeurs de la forêt, poursuivis par le loup. Sur le champ de bataille, une dizaine de corps baignaient dans leur sang. Jehn reprit son souffle, puis s'approcha de la fille, muette de terreur.

– N'aie pas peur, dit-il avec douceur.

Cependant, lorsqu'il dégaina son poignard pour trancher ses liens, elle tenta de s'enfuir en rampant. Il dut la maintenir fermement immobile pour pouvoir la libérer. Elle se laissa faire, sans cesser de le fixer avec de grands yeux effrayés. Ce colosse vêtu de rouge n'allait-il pas la dévorer?

Il lui tendit la main pour l'aider à se lever. Mais elle retomba aussitôt à terre. Il comprit que les entraves lui avaient coupé la circulation et qu'elle ne pouvait même plus se tenir debout. Il l'allongea sur le sol et lui massa les jambes et les bras. Elle se laissa faire. Le démon couleur de sang ne paraissait pas lui vouloir de mal. Et ses mains étaient douces sur sa peau nue. Comme elle ne portait qu'un pagne fait de laine de chèvre tissée, et détrempé par la pluie, il lui proposa une peau fourrée dans laquelle elle s'enveloppa frileusement. Sa peau était bleuie par le froid. Depuis le début, elle n'avait pas prononcé une parole.

– Quel est ton nom? demanda Jehn d'une voix douce.

Le ton chaud et amical parut la détendre. Elle eut un sourire timide, mais ne répondit pas.

– Ton nom?

Toujours pas de réponse. Jehn se rendit compte qu'elle ne comprenait pas son langage. Il se frappa la poitrine et dit :

– Jehn!

Elle répéta alors maladroitement :

– Jehn!

Elle se frappa la poitrine à son tour et dit :

– Noïrah!

– Noïrah! confirma le jeune chasseur.

Elle avait à peu près le même âge que Myria. Elle était maigre comme un chien affamé. Sa peau couverte de boue se marbrait de marques de coups et d'égratignures. Les Mangeurs d'hommes avaient dû la traîner jusqu'ici pour pouvoir la dévorer sans risque d'être dérangés.

Mais il était plus prudent de ne pas s'attarder. Les anthropophages pouvaient revenir avec du renfort. Il valait mieux quitter les lieux au plus vite. Il appela la pouliche, saisit la fille par les hanches et la hissa sur l'échine de l'animal. Puis il monta derrière elle. Elle tremblait, mais n'osa pas se rebeller.

Le loup réapparut alors qu'ils se remettaient en route.

Jehn regagna les hauteurs qui dominaient la forêt. Depuis quelques jours, il avait dû faire appel à toutes ses connaissances de traqueur pour ne pas perdre la trace des démons. Mais une pluie diluvienne n'avait cessé de tomber depuis son départ de Trois-Chênes. Enfin, le soleil avait fait une timide apparition la veille au soir. Les indices du passage des Khress devenaient de plus en plus rares. Les marques des sabots des chevaux étaient pratiquement effacées, et la végétation luxuriante avait repris ses droits. Il se demanda s'il parviendrait encore longtemps à conserver la piste. Se fiant à son intuition, il reprit la direction du nord-ouest.

En fin d'après-midi, ils découvrirent un lac illuminé d'un chaud soleil printanier. Noïrah, que la frayeur semblait avoir quittée, fit comprendre par signes qu'elle voulait s'arrêter. Jehn mit pied à terre et l'aida à descendre. Elle montra la boue qui la maculait, puis l'eau. Elle voulait se laver. Il acquiesça d'un signe de tête. Elle se défit de ses vêtements et plongea dans l'eau fraîche avec un plaisir évident.

Prudent, Jehn hésita à l'imiter, malgré l'envie qu'il avait de se baigner dans l'eau claire. Il ne tenait pas à être surpris sans arme. Mais le lieu paraissait désert. De plus, le loup ne manifestait aucun signe d'inquiétude. Il se résolut donc à rejoindre la fille. Celle-ci, ravie, s'avança vers lui pour jouer. Ils plongèrent sous les eaux limpides, se poursuivirent, s'éclaboussèrent, comme des enfants chahuteurs. Noïrah nageait comme un poisson.

Plus tard, ils remontèrent sur la rive couverte d'une épaisse couche de mousse. Ils se laissèrent sécher à la chaleur du soleil. Utilisant un onguent cicatrisant préparé par Khallas, Jehn en enduisit les blessures superficielles de la jeune fille. Intriguée, elle se laissa faire. Mais le contact de la peau nue fit monter dans les reins du chasseur un désir impérieux. Débarrassée de la boue, Noïrah était très belle. De longs cheveux bruns tombaient très bas sur son dos et masquaient ses seins jeunes et fermes.

Les soins terminés, Jehn ferma les yeux et se concentra sur le visage de Myria. Il ne devait pas oublier qu'il avait déjà une compagne. Cependant, comme la tension devenait trop forte, il s'allongea sur le ventre.

Noïrah, amusée, observa son manège du coin de l'œil. Elle avait bien compris ce qu'il ressentait, et qu'elle éprouvait aussi. De plus, la sensation d'avoir échappé à une mort horrible exacerbait ses sens d'une manière presque douloureuse.

Elle s'approcha de lui et lui posa la main sur le dos. Une main qui se fit caressante, à la fois légère et possessive. Jehn se tourna vers elle et déclara :

– Noïrah, j'ai déjà une épouse. Elle s'appelle Myria.

La fille lui sourit, découvrant des dents nacrées et parfaites. Puis elle se serra contre lui, blottissant sa peau nue contre la sienne. Bien sûr, elle ne pouvait comprendre ce qu'il disait. Il lui saisit les poignets et la repoussa avec douceur. Il ne voulait pas, il ne devait pas céder. Mais la raison est une chose, et la nature en est une autre. Noïrah, avec l'instinct incomparable des femmes, savait qu'elle finirait par avoir le dernier mot. Jehn pouvait affronter et anéantir une horde complète de Mangeurs d'hommes ; par une femme, il était vaincu d'avance.

Tout en prenant sauvagement la fille dans ses bras, il se remémora comment les loups réagissaient lorsqu'une femelle s'approchait d'un mâle déjà accouplé. Ils l'égorgeaient sans pitié. Un instant, l'idée de la tuer l'effleura. Mais il la chassa avec horreur. Il ne pouvait accomplir un acte aussi atroce, surtout après lui avoir sauvé la vie.

Lorsqu'il se sépara de Noïrah, il se rendit compte qu'elle n'avait jamais connu d'homme avant lui ; une rigole de sang coulait entre ses cuisses. Alors, elle se leva et plongea dans l'eau en riant. Puis elle revint se lover contre lui, comme un petit animal satisfait. Déjà, le crépuscule éclaboussait les eaux du lac d'un or rose lumineux, tandis que le soleil déclinant faisait naître de longues flèches de lumière à travers les pins qui bordaient la rive opposée. Un puissant effluve de résine leur emplit les poumons. Jehn saisit sa peau d'ours et les en recouvrit tous deux. Puis il fouilla dans sa bandoulière pour en extraire des fruits séchés et de la viande fumée qu'il partagea avec Noïrah. Celle-ci planta les dents dans la nourriture avec un appétit féroce.

Lorsque la nuit vint, elle s'endormit contre lui, repue et apaisée. Le loup montait la garde à quelques pas, tandis que la pouliche broutait des herbes plus loin dans la clairière.

Jehn ne parvenait pas à trouver le sommeil. Un sombre remords lui torturait l'esprit. Il avait trahi Myria. Bien sûr, il avait tenté de lutter. Mais la peau de cette petite inconnue était si douce, si attirante. Il se demanda comment il devait agir. Il ne pouvait l'abandonner ici, à la merci des Mangeurs d'hommes qui rôdaient dans les environs. D'un autre côté, il était hors de question de l'emmener avec lui dans une expédition périlleuse dont il avait peu de chances de revenir vivant. Elle le gênerait plutôt qu'autre chose, et ne lui serait d'aucun secours. Il murmura :

– Gwanea! Que dois-je faire?

Mais la déesse ne se manifesta pas. Il comprit qu'il devrait se débrouiller tout seul. Les dieux se montraient parfois peu compréhensifs.

Il ne pouvait se défendre d'éprouver un plaisir trouble au contact de la chaleur douce que Noïrah répandait dans son corps. A présent que la fièvre des sens s'était éteinte, il avait envie de la protéger, de... de l'aimer, peut-être. Il serra les dents. L'homme était-il donc toujours aussi faible avec les femmes?

Les paroles d'Aalthus lui revinrent en mémoire :

« Nous autres hommes, nous nous croyons forts parce que nous possédons la force physique. Mais la force véritable, celle qui est capable de triompher de tout, ce sont les femmes qui la détiennent. Ne te laisse pas tromper par leur apparence fragile et délicate. »

Jehn eut un sourire à l'évocation de son père. Peut-être aurait-il su lui apporter une réponse. Il leva les yeux vers les cieux constellés d'étoiles.

– Tu avais raison, père. Ne pourrais-tu me dire ce que je dois faire d'elle à présent?

Mais comment Aalthus eût-il pu lui répondre? Pourtant, peu à peu, une étrange sensation de plénitude l'envahit. Son intuition lui souffla qu'il était inutile de lutter contre les décisions du destin. Elles étaient comme les flots d'un torrent tumultueux qui vous emportait irrésistiblement. N'était-il pas plus sage de se laisser porter par le courant? Les desseins des dieux se révélaient bien souvent incompréhensibles. Mais pour qui savait les écouter, les présages recelaient leurs propres réponses. Cette fille n'était-elle pas un signe?

Le soleil se levait à peine lorsqu'il s'éveilla le lendemain. Noïrah dormait encore. Il la contempla avec une brusque bouffée de tendresse. Au cours de la nuit, elle lui avait réclamé encore une fois un amour qu'il n'avait su lui refuser. Elle possédait un visage fin, encore marqué par une enfance qu'elle n'avait pas tout à fait quittée.

Evitant de la réveiller, il se glissa hors de la peau d'ours et plongea dans le lac. La morsure revigorante de l'eau fraîche lui remit les idées en place. Il lui fallait retrouver les traces laissées par les Khress et reprendre la piste au plus tôt. Il emmènerait la fille. Peut-être aurait-il la chance de croiser l'endroit d'où elle venait sur sa route.

Il passa ses vêtements de cuir rouge et monta sur l'échine de la pouliche, qui était venue lui faire fête.

– Prends soin d'elle, dit-il au loup avant de s'enfoncer dans la forêt.

La veille, il avait repéré des traces de sabots un peu plus haut en direction de la colline qui dominait le lac au sud. Il retrouva sans peine l'endroit et se mit en quête de nouveaux indices. Satisfait, il releva des marques fraîches laissées par plusieurs chevaux. Un élément l'intriguait cependant. Il ne parvenait plus à déceler la moindre empreinte de pied humain. Il huma longuement l'air environnant, espérant découvrir une odeur connue, même ténue. Sans résultat.

Inquiet, il revint au bord du lac. La petite Noïrah s'était réveillée et habillée. Elle jetait des regards effrayés autour d'elle. La présence du loup l'angoissait, bien que celui-ci ne lui manifestât aucune hostilité. Lorsque Jehn fut de retour, elle se jeta dans ses bras en murmurant des paroles incompréhensibles.

– Quel dommage que nous ne puissions communiquer, dit Jehn.

Elle lui montra la direction du couchant avec véhémence. Avec des gestes, elle lui expliqua qu'elle venait d'un village situé bien loin vers l'ouest. Ensuite, elle prit des brindilles qu'elle disposa sur le sol, certaines couchées, d'autres plantées. Jehn comprit qu'elle lui narrait l'aventure qui l'avait conduite à tomber aux mains des Mangeurs d'hommes. Elle faisait partie d'un convoi de traîneaux qui se rendait dans l'Est pour échanger des peaux avec un autre village. Elle avait été capturée alors qu'elle se baignait avec une compagne dans l'eau d'un ruisseau. Son amie avait été dévorée la veille, sous ses yeux, par les Mangeurs d'hommes. A présent, elle souhaitait qu'il la ramène chez elle.

Utilisant les brindilles, il lui expliqua que lui-même était à la poursuite de démons qui avaient enlevé une partie de sa tribu. Elle ne saisit pas la moitié de ce qu'il lui raconta. Mais lorsqu'il la remit sur le dos de la pouliche, elle le laissa faire.

Jehn se dirigea vers la colline où il avait repéré les traces des chevaux. Bientôt, une vaste plaine s'étendit devant eux. Un formidable juron s'échappa de sa gorge. Au loin paissait un troupeau de chevaux qui le regardèrent approcher avec inquiétude. Un superbe étalon noir le dirigeait.

Il mit pied à terre et scruta désespérément les lieux. En vain. Il avait perdu la trace des Khress. Il serra les dents pour ne pas céder aux larmes. Le visage de Myria s'imposa à lui avec douleur. Sans doute le troupeau de chevaux avait-il croisé le chemin suivi par les démons et l'avait ainsi orienté sur une fausse piste.

Un moment, il envisagea de retourner sur ses pas. Mais il savait déjà que c'était inutile. Le temps avait dû effacer les marques ultimes. Il revint vers Noïrah, sagement assise sur le dos de la pouliche. Elle comprit qu'il souffrait. Alors, elle se laissa glisser à terre et vint l'entourer de ses bras. Il la serra contre lui à la briser.

– J'ai perdu leur trace, Noïrah. Je ne sais plus comment retrouver Myria. Ces monstres vont la tuer. Dis-moi ce que je dois faire!

Il s'agenouilla et enfouit son visage entre les seins de la jeune fille. Celle-ci lui caressa les cheveux dans un geste plein de douceur.

– Jehn triste, dit-elle. Triste! insista-t-elle en utilisant l'un des rares mots qu'il lui avait enseignés la veille.

– Oui, je suis triste! J'ai l'impression que Gwanea m'a abandonné.

Il ne se souciait pas du fait qu'elle ne puisse le comprendre. Elle percevait ses sentiments, et c'était suffisant.

Enfin, il se releva et dit :

– Je vais te ramener chez toi, Noïrah! Peut-être les tiens pourront-ils m'aider.

Elle le regarda, intriguée. Il répéta son message par signe. Elle comprit et se jeta à nouveau dans ses bras.

Ils prirent la direction du couchant, celle qu'elle avait indiqué le matin même. Elle lui avait expliqué qu'il leur faudrait plusieurs journées pour y parvenir. Cela n'avait plus aucune importance. Il avait décidé de remettre son destin entre les mains de Gwanea. Une chose demeurait claire au fond de lui. Il n'abandonnerait jamais la lutte. Cela lui demanderait peut-être plus de temps que prévu, mais il finirait par découvrir le repaire des Khress.

Afin de ménager sa pouliche, Jehn décida de ne lui laisser porter que la petite Noïrah et les bagages. Il marchait à ses côtés. Ils traversèrent ainsi une suite de vallées forestières peuplées de chênes, de hêtres, de pins et d'arbres de lune, franchirent à gué des rivières peu profondes, gravirent de hautes collines rocailleuses où les arbres faisaient place à des étendues sauvages de bruyères, de genêts et d'ajoncs battus par les vents. C'était le royaume des lapins, des renards et des loups.

Le soir, au bivouac, Jehn avait de longues conversations par signes avec sa nouvelle amie. Petit à petit, ils finirent par adopter un langage commun. Jehn lui désignait des objets usuels par leur nom. Noïrah était intelligente, et douée d'une mémoire prodigieuse. En fait, Jehn s'aperçut que leurs langues étaient très proches l'une de l'autre. Les mots se révélaient bien souvent identiques, même si la prononciation différait légèrement.

Lorsqu'enfin ils parvinrent sur le territoire de la tribu de Noïrah, ils communiquaient sans difficulté, même si cela donnait parfois de curieux mélanges de mots qui amusaient beaucoup la jeune fille.

A la forêt succéda bientôt une lande désolée où quelques arbres épars poussaient, courbés vers le levant, comme pliés par une main gigantesque. Jehn comprit qu'il s'agissait de l'action du vent. Un ouragan soufflait en permanence, chargé d'odeurs marines.

– Ici, c'est le pays de Noïrah, déclara-t-elle joyeusement en montrant la vaste étendue de lande parsemée de bruyère et d'ajoncs.

Malgré le soleil qui à présent régnait en maître sur la contrée, le temps restait froid, presque glacial. Ils reprirent leur chemin. A la mi-journée, ils arrivèrent devant l'Océan. Jehn s'étonna. Il était habitué à une vaste étendue parsemée d'îles innombrables, où vivaient quantité d'êtres humains. Or, depuis leur départ du lac, ils n'avaient rencontré personne. Pas même un clan de Mangeurs d'hommes.

D'un bord à l'autre de l'horizon s'étirait une immense plage de sable giflée par des vents chargés d'embruns. Des vagues monstrueuses semblaient vouloir envahir les terres émergées. Leurs crêtes frangées d'écume blanchissaient l'Océan et leurs troupeaux incessants venaient s'abattre sur la rive dans un fracas infernal. Un air vif, embaumé de parfums violents et frais, fouetta le visage des deux jeunes gens. Ici, les tempêtes devaient être encore plus impressionnantes que dans le golfe de la Petite Mer.

Au loin vers le sud se dressaient d'énormes masses rocheuses, noyées dans la brume qui diffusait la lumière du soleil. On eût dit de gigantesques monstres endormis. Dans le ciel, des nuées de goélands et de cormorans poussaient leurs cris aigus. Jehn ne put s'empêcher de trouver ce pays très beau.

Ravie, Noïrah déclara :

– Là-bas ! Mon village !

Ils se dirigèrent dans la direction qu'elle indiquait. Longeant l'Océan par la plage, ils parvinrent dans un premier temps à proximité d'une énorme pointe de rochers noirs qui affrontaient les assauts furieux de lames monstrueuses et bouillonnantes, des muscles gigantesques qui enflaient la surface marine comme le souffle d'une respiration titanesque. Un fracas assourdissant emplissait l'atmosphère, tandis qu'une bruine fine détrempait les voyageurs. Un goût de sel leur dessécha les lèvres.

Dans le prolongement de la pointe, vers l'intérieur des terres, se dressait une vaste pyramide dont le sommet était couronné d'un tumulus similaire à celui de l'ignoble Dravyyd. C'était une longue allée de pierres levées dont certaines avaient été couvertes de lourdes dalles de granit [1].

– Le tombeau de nos ancêtres, commenta Noïrah.

Une vive émotion saisit le jeune homme. Même si cette tribu n'appartenait pas à la nation de la Petite Mer, elle rendait un hommage identique à ses morts.

Ils poursuivirent leur route vers le sud. Là, en bordure de l'Océan, se dressait une vingtaine de demeures de bois semblables à celles de Trois-Chênes, protégées des vents maritimes par un rempart de sable et de pierres. Au loin, dans une crique abritée, Jehn aperçut des coracles autour desquels s'affairaient quelques hommes.

Un attroupement se forma à l'entrée du village lorsque le couple apparut en compagnie du cheval et du loup. Une sourde inquiétude s'empara de Jehn. C'était la première fois qu'il rencontrait un peuple étranger à sa propre nation, sur son territoire. Même s'il avait sauvé la vie de Noïrah, ces gens n'allaient-ils pas se montrer hostiles ?

1. Il s'agit de l'allée couverte de la Torche, qui domine la pointe du même nom, dans le Finistère sud. Seules les dalles de soutien sont encore visibles.

22

A première vue, la tribu de Noïrah ne différait guère de celle de Jehn. Malgré son isolement, elle semblait parfaitement organisée. Le jeune homme aperçut, abrités derrière une masse rocheuse, des fours à augets, permettant d'extraire le sel de l'eau de mer. Plus loin s'alignaient des métiers à tisser. Les vêtements des habitants étaient taillés dans une toile grossière de chanvre et de lin. Dans une prairie proche paissait un troupeau de chèvres et de moutons.

Toutefois, le village trahissait les stigmates d'une attaque récente. Quelques masures portaient des marques d'incendie.

Lorsqu'il s'avança, tenant la pouliche par sa longe, tout le monde s'écarta avec crainte. Outre le cheval et le loup, la couleur de ses vêtements de cuir troublait les esprits. Quelques femmes emmenèrent les enfants à l'abri, tandis que les hommes s'armaient d'épieux et de haches.

Noïrah sauta à terre et courut vers les siens. On lui ouvrit les bras. Elle se lança dans un discours animé, où elle expliqua que l'inconnu était intervenu au moment même où les Mangeurs d'hommes allaient l'égorger. Puis elle revint se blottir contre Jehn. Alors, les visages se détendirent et les armes s'abaissèrent. Les villageois entourèrent le jeune chasseur en jacassant. Quelques mains audacieuses tâtèrent le cuir rouge de sa veste. Un homme aux cheveux gris leva la main et s'adressa à lui dans sa propre langue.

– Que Jehn soit le bienvenu. Il a conservé la vie de Noïrah. Qu'il soit accueilli en ami.

Puis il saisit l'avant-bras de Jehn et le serra fraternellement.

– Mon nom est Travyyn, chef de la tribu des Goélands.
– Jehn te remercie, Travyyn. Mais il est surpris que tu connaisses si bien son langage.
– J'ai beaucoup voyagé au temps de ma jeunesse. Il fut une époque où je me rendais tous les ans au Ster'Agor. Mais c'est un lieu tellement éloigné. Les pistes ne sont plus sûres pour un homme de mon âge.
– La nation elle-même n'est plus sûre ! Les temps changent. Il s'est passé beaucoup d'événements là-bas.
– J'aimerais que Jehn nous conte cela.

Quelques instants plus tard, Travyyn, oncle de Noïrah, le conviait à un repas d'amitié. On lui servit des tranches de poissons crus et des crustacés, que les pêcheurs avaient rapportés dans la journée. Ici, on mangeait rarement de la viande. Le clan tirait l'essentiel de sa subsistance de l'Océan. Les moutons et les chèvres étaient surtout destinés à fournir de la laine et du lait.

Curieux, les membres de la famille de Travyyn avaient investi la grande salle de la demeure. Noïrah ne quittait pas son sauveur d'une semelle. Un vieux pêcheur s'adressa à lui dans sa propre langue, avec un accent rocailleux. Un sourire édenté illuminait le visage strié de rides de l'ancêtre. Il était sans doute aussi âgé qu'Akhoun.
– Ainsi, jeune chasseur, tu viens de la nation de la Petite Mer ?
– C'est exact !
Travyyn demanda, avec un soupçon d'inquiétude dans la voix.
– Dis-nous les raisons de ta présence sur notre territoire. Pourquoi portes-tu ces vêtements couleur de sang ?
– Il y de cela plus d'une lune, les Khress ont attaqué mon clan. Ils ont enlevé ma femme et nombre de mes compagnons. J'ai juré devant Urgann et Gwanea de les délivrer et de venger nos morts.
Travyyn médita un long moment, puis déclara :
– Chaque homme doit suivre son destin, étranger. Ce que tu veux faire est très courageux, et mérite le respect. Mais je crois que tu es fou. Jamais nul homme n'a osé s'approcher du territoire des Khress. Sais-tu bien ce qu'ils sont ?
– Non. J'étais absent lorsqu'ils ont attaqué mon village.
Le vieux chef leva un doigt menaçant et roula des yeux inquiets.

– Sache qu'ils n'ont pas figure humaine. Leurs visages sont couverts d'une matière étrange, qui reflète les éclats du soleil. Et ils montent ces animaux maudits que l'on appelle des chevaux. Comme toi.

– Les chevaux ne sont pas des animaux malfaisants, Travyyn. La femelle qui m'accompagne est une amie. Elle est fidèle, docile, et me permet de filer aussi vite que le vent.

– Et le loup?

– Le loup est mon compagnon. Il est l'emblème de mon clan. Celui-ci a tué des Mangeurs d'hommes pour me défendre, et défendre ta nièce.

– C'est vrai, Travyyn, intervint Noïrah. Jehn a fait alliance avec les animaux.

– Mais il est seul.

– Les miens ont peur, répondit Jehn. Ils ont refusé de m'apporter leur aide.

Le chef eut un geste d'agacement.

– Cela n'a rien d'étonnant. Nul homme sensé ne se risquerait dans une aventure pareille.

Il pointa le doigt sur Jehn.

– Ecoute la sagesse qui parle par ma bouche, chasseur. Tu veux te rendre sur le territoire des Khress. C'est de la folie. Ils te dévoreront l'âme avant même que tu ne sois parvenu jusqu'à eux.

– Crois-tu que je pourrais vivre l'esprit en paix en sachant que mon épouse a été enlevée par ces monstres? Je dois trouver leur repaire. Sais-tu où il se situe, Travyyn?

L'autre émit un grognement.

– Nul ne le sait avec certitude. Personne ne s'aventure jamais là-bas. C'est un lieu funeste, perdu dans les brumes du Nord. Ceux qu'ils enlèvent n'en reviennent jamais.

Il frappa du poing sur le sol de terre noire.

– Veux-tu subir le même sort?

– Non! Mais je dois me rendre là-bas.

– Sache qu'ils nous ont attaqués il y a trois lunes. Ils ont enlevé une trentaine des nôtres, et ils ont détruit notre village. Nous achevons à peine de le rebâtir.

– Les Khress sont des divinités malfaisantes, vomies par les Forces

Noires des Profondeurs, ajouta le vieil homme. Ils possèdent des pouvoirs inconnus et terrifiants.

– Mais vous pourriez vous défendre...

– On voit que tu ne les as jamais rencontrés, chasseur. Personne ne peut rien contre eux, répondit le vieux pêcheur.

– Ainsi est la loi des dieux, conclut Travyyn d'une voix sinistre.

– Non, riposta Jehn. Si les Khress sont des démons, les dieux m'aideront à les combattre. Ils refusent l'injustice.

Travyyn tenta de le raisonner.

– Jehn ! Ton épouse est perdue, ainsi que tes compagnons. Il faut que tu l'admettes. Toi-même, tu n'es pas un dieu, pour oser affronter ces monstres. Tu dois vivre. Tu es jeune et fort. Notre clan a besoin d'hommes comme toi. Et si tu n'as plus d'épouse, prends Noïrah. Elle est libre, et elle est belle. Elle te fera de beaux enfants. Nous t'apprendrons l'art de la pêche. Et tu nous enseigneras l'art de la chasse, que nous connaissons mal. Notre tribu est prête à t'accueillir.

– Ton offre est généreuse, Travyyn. Mais je ne peux l'accepter. Mon esprit me l'interdit. J'ai juré devant Urgann et Gwanea.

– Les dieux ne peuvent te contraindre à accomplir l'impossible.

– Ecoute, Travyyn ! Personne ne pourra m'empêcher de me rendre auprès des Khress. Je ne trouverai le repos que lorsque j'aurai délivré les miens. Et tes compagnons, si les dieux le permettent. Mais il faut que je sache où se trouve le repaire des démons. Peux-tu m'aider ?

Travyyn réfléchit longuement.

– Puisque telle est ta volonté, nous te mènerons vers leur territoire, chasseur. Mais nous n'y pénétrerons pas.

– Cela ne sera pas nécessaire. Il suffira de me montrer la direction à suivre.

– Alors, dès demain, deux de mes compagnons partiront avec toi.

Plus tard, Jehn fit quelques pas en compagnie de Noïrah, qui refusait de le quitter. Elle se serrait contre lui, désespérée.

– Jehn n'aime pas Noïrah, sanglota-t-elle.

Il la prit par la taille.

– Jehn ne peut te répondre, Noïrah. S'il n'était pas déjà uni à Myria, il t'aurait prise pour épouse. Mais dans le clan des Loups, un homme ne peut avoir qu'une seule compagne. Jusqu'à ce que la mort les sépare.

– Myria est peut-être morte! se défendit la jeune fille. Les démons...

– Non! Si elle était morte, je le saurais. Je n'ai pas le droit de l'abandonner.

Elle resta un long moment silencieuse, puis se tourna vers lui et lui posa les mains sur le visage.

– Que Jehn me pardonne. J'ai beaucoup d'admiration pour lui. Et je suis une égoïste qui ne pense qu'à elle. Ce que tu veux tenter est digne de respect, même si c'est une folie. Je voudrais seulement...

– Quoi?

– J'aimerais que tu passes cette dernière nuit avec moi. Parce que je crois que je ne te reverrai jamais. Aussi, je veux te graver dans ma mémoire.

Le lendemain, lorsqu'il quitta le village, Jehn regarda longuement la petite silhouette fine qui agitait la main dans sa direction, grimpée sur un rocher. Elle n'en bougea pas jusqu'à ce qu'il ait disparu dans la brume diaphane qui baignait la côte. Un vent violent soufflait, qui faillit la déséquilibrer plusieurs fois.

Un goût amer emplissait la gorge de Jehn. Malgré ce qu'avait dit son père, il découvrait que les femmes aussi étaient fragiles. Il savait que jamais Noïrah ne l'oublierait, et qu'elle allait souffrir. Et il s'en voulait de l'avoir ainsi meurtrie. Il comprit alors que les grandes douleurs n'étaient pas physiques. Les plus profondes touchaient le cœur et l'âme. Même s'il avait refusé ses avances, même s'il n'avait pas partagé les joies du corps avec elle, le mal l'aurait atteinte. Personne n'y pouvait rien.

S'il retrouvait Myria, et s'il la ramenait à Trois-Chênes, le souvenir des quelques nuits passées contre le corps chaud et tendre de la petite Noïrah resterait gravé en lui. Le plus puissant des hommes était aussi faible qu'un enfant face à la force de l'amour. Il remercia Gwanea de lui avoir enseigné cette nouvelle leçon.

A ses côtés cheminaient deux pêcheurs du clan. L'un d'eux parlait un peu son langage. Afin de ne pas les effrayer, il marchait en leur compagnie, se contentant de tenir la pouliche par la longe. Bien sûr, il perdait ainsi un temps précieux. Mais il avait besoin de leurs indications.

A mesure qu'ils approchaient du territoire des Khress, leur angoisse s'amplifiait. Un soir, au bivouac, Praenn, celui qui connaissait sa langue, déclara :

– Demain, tu entreras sur le territoire maudit. Tu devras rejoindre la côte située vers le nord-ouest. Entre d'immenses cornes de pierre, tu découvriras une île. C'est là que les Khress ont bâti leur repaire. Mais, à ce qu'on dit, ce n'est pas un village. C'est quelque chose de beaucoup plus grand. Comme un énorme monstre de pierre qui dévore ceux qu'on lui donne en pâture. Il paraît aussi qu'ils sacrifient des hommes à un démon de feu qui se cache dans les entrailles de la terre.

– Comment savez-vous cela, puisque personne jamais n'est revenu de leur territoire?

– Il y a bien longtemps, l'un des nôtres est parvenu à s'enfuir de leur domaine. Les anciens disent qu'il était devenu fou.

Jehn hocha la tête. Il respira profondément pour dissimuler l'angoisse qui le taraudait. Travyyn avait raison. Il était fou, lui aussi. Pourtant, il ne devait pas reculer. Il s'enveloppa dans sa peau d'ours.

Dans la nuit, un grondement du loup le réveilla. Il se redressa sur sa couche. Ses deux compagnons avaient disparu. Il soupira. Il aurait dû s'en douter. La frayeur les avait fait fuir. Une nouvelle fois, il se retrouvait seul.

Il se rallongea. Le visage de Myria ne cessait de le hanter. Lorsqu'il sombra de nouveau dans le sommeil, les yeux verts de la femme inconnue vinrent se superposer à ceux de son épouse. Un douloureux déchirement lui broyait le cœur, mêlé à un sentiment étrange, qu'il ne parvenait pas à analyser. Une puissance invincible le poussait irrésistiblement vers l'avant, là où aucun autre homme de sa tribu n'oserait se rendre. Il ne s'agissait plus ni de courage ni de haine. Alors, par-delà la libération de Myria et de ses compagnons, qu'allait-il chercher dans le domaine maudit des Khress? Quelles réponses aux questions qui le tourmentaient?

23

Le lendemain, Jehn fut éveillé par une sensation de froid glacial. Un épais brouillard s'était abattu sur la contrée, noyant la vue, étouffant les bruits. Une humidité insidieuse imprégnait ses vêtements, le détrempant jusqu'aux os. Il se leva et fit quelques mouvements pour réchauffer ses membres engourdis. Le paysage avait tourné au cauchemar. D'inquiétantes silhouettes sombres s'agitaient non loin de lui au gré des bourrasques. Il eut un mouvement pour se saisir de sa massue, puis constata qu'il ne s'agissait que des arbres malmenés par l'ouragan. Il se moqua de sa frayeur. Mais un malaise obscur s'était immiscé en lui, qui refusait de disparaître.

En rassemblant ses affaires, il s'aperçut que ses deux guides lui avaient laissé une bandoulière pleine de poissons fumés, de galettes et de fruits. Il avait de quoi tenir plusieurs jours sans être obligé de chasser. Il regretta de ne pouvoir les remercier.

Il s'interrogea sur la conduite à tenir et huma attentivement l'air environnant. Dans les brumes flottait un souvenir d'odeurs marines, faites d'algues et d'iode. Il ne se trouvait certainement pas très loin de la côte. Si le repaire des Khress était une île, elle devait se trouver le long du littoral. Mais qu'entendait son compagnon par « d'immenses cornes de pierres »?

Il s'adressa au loup.

– Une nouvelle fois, me voilà seul, mon compagnon. Es-tu toujours décidé à me suivre?

Pour toute réponse, le fauve vint se frotter contre sa jambe. Non, il n'était pas seul. L'animal valait bien plusieurs hommes. Toutefois, les

Khress étaient nombreux. Il serait sans doute préférable d'utiliser la ruse. Il chargea la pouliche et se mit en route.

Se fiant à son intuition, il quitta la protection de la forêt et se dirigea vers l'ouest. Bientôt, les arbres se raréfièrent. Sous l'effet des vents violents soufflant de l'Océan, les nuées se diluèrent en de longues écharpes mouvantes, dévoilant par instants des fragments d'un paysage sauvage et désolé, un désert de rocailles recouvert de bruyères et d'ajoncs.

Bientôt, il atteignit une plage immense se fondant de part et d'autre dans l'infini des brumes, qu'illuminait la lueur trouble d'un soleil invisible. Un ouragan froid la balayait sans cesse, soulevant d'éphémères tornades de sable qui cinglaient le visage du jeune homme. Il décida de longer la grève en remontant vers le nord.

Vers le milieu de la journée, les nuages bas se dissipèrent, révélant un spectacle extraordinaire. Vers le nord s'élevaient de hautes falaises, couvertes de bruyères et de genêts dont les taches d'or semblaient des gouttes de lumière tombées du soleil. Aussi loin que portait la vue, l'Océan se frangeait de longues chevelures d'écume qui venaient se fracasser contre d'énormes rochers noirs au-dessus desquels tournoyaient des goélands et des pétrels. Leurs cris aigus pénétrèrent l'esprit de Jehn.

Il frissonna. Un instant, il fut tenté de rebrousser chemin. Ce ne pouvait plus être ici le royaume des vivants. Il avait franchi les limites du monde des morts. Puis il serra les dents. Il devait chasser toute peur. Si on avait emporté Myria dans cet univers de cauchemar, il n'avait pas le droit de l'abandonner. Même s'il devait y laisser la vie.

Les sens aux aguets, il gravit les hautes falaises aux reflets mauves, la main posée sur le manche de sa lourde massue. Mais l'endroit semblait tout à fait désert. De temps à autre, il observait le loup. Celui-ci restait calme. Peut-être n'avait-il pas encore atteint le véritable territoire des démons. Ce lieu ne constituait que les marches de leur royaume.

Dans l'après-midi, la luminosité diaphane décrut tandis qu'un brouillard épais surgi de l'Océan engloutit l'espace de sa masse silencieuse. Afin de ne pas risquer de tomber dans le précipice qui bordait son chemin, Jehn décida de bivouaquer sur place pour la nuit.

Avant que les brumes n'eussent totalement envahi le paysage, il entrevit en contrebas, dans une trouée mouvante, le cours d'une rivière noire qui s'enfonçait au cœur des terres. Il comprit qu'il avait atteint la frontière de la contrée maudite.

Bien que l'on ne fût plus très loin de la « Nuit Courte », l'air demeurait froid et humide. Le seul véritable maître des lieux était le brouillard lui-même. Jamais le paysage ne se découvrait en totalité, comme pour conserver ses mystères.

Frissonnant, Jehn s'enveloppa dans sa peau d'ours. Il regretta de ne pouvoir allumer de feu. Mais il ne tenait pas à attirer l'attention. De toute manière, l'ouragan omniprésent rendait l'opération impossible.

Il dévora une large part de poisson fumé et s'allongea. Cependant, il eut peine à trouver le sommeil. Même l'évocation du visage de Myria ne parvenait pas à chasser le malaise qui s'était emparé de lui. Le lieu en lui-même ne l'indisposait pas vraiment. Les brumes envahissaient souvent le territoire de la Petite Mer. Mais il émanait de l'endroit comme l'écho d'une présence invisible et maléfique. La pouliche se montrait nerveuse, grognant sans raison et tirant sur sa longe. Seul le loup conservait un calme imperturbable. Mais n'était-il pas l'incarnation d'une divinité inconnue?

Pour la première fois depuis longtemps, le visage de la femme aux yeux verts ne vint pas le visiter pendant la nuit, comme si son fantôme ne pouvait pénétrer les lieux. Seul persistait en Jehn le souvenir de la petite Myria. Cela faisait une éternité qu'il n'avait pas caressé sa peau douce. Son rire clair lui manquait. Il serra les dents pour vaincre son angoisse. Quels que puissent être les dangers, il ne reculerait pas.

Lorsqu'il s'éveilla, le brouillard s'était dissipé en partie sous les feux d'un soleil triomphant. Cependant, au niveau de la rivière aux eaux sombres stagnaient de longues nappes grises qui étouffaient le fracas des lames s'écrasant sur les rochers, en contrebas. Jehn se hissa sur sa monture et s'engagea dans la descente. La marée était basse, et il devait profiter des hauts-fonds pour traverser.

Soudain, il aperçut, à la lisière de la forêt qui couvrait l'autre rive, une demi-douzaine de cavaliers, le visage couvert d'un masque d'yrhonn. Malgré l'éloignement, il distingua deux fentes qui devaient correspondre aux yeux. Des Khress. Apparemment, ils ne l'avaient pas remarqué. Il bénéficiait de la protection d'un bosquet de genêts. Il mit pied à terre et progressa avec prudence. Il était préférable d'éviter un affrontement immédiat. Sans doute gardaient-ils la frontière de leur royaume. Il devait être possible de trouver un endroit en amont où, en profitant du brouillard, il pourrait franchir la rivière sans attirer leur attention.

Il se glissa en silence jusqu'au bas de la falaise, toujours abrité par les bouquets de genêts et d'ajoncs. Puis il gagna le couvert des arbres qui bordaient la rivière et suivit le cours d'eau à distance. Celui-ci amorçait un coude en amont. Il ne risquait plus d'être repéré par les démons. Cependant, ses vêtements de cuir rouge étaient par trop voyants. Il se dévêtit et passa sa tenue de chasse, teinte de vert et de noir. Ainsi se fondrait-il plus facilement dans le paysage. Les brumes persistantes, qui rendaient l'endroit si inquiétant, se révélaient en fait des alliées efficaces.

Il traversa la rivière, s'enfonçant à chaque pas dans des vases gluantes et nauséabondes. Parvenu sur l'autre rive, il scruta les alentours. Tout semblait calme. Il avait pénétré le territoire ennemi sans que personne ne se manifestât. Il prit le temps de nettoyer ses vêtements et se remit en route, contournant l'emplacement où se tenaient les Khress.

Plus loin, il découvrit une large piste qui plongeait dans les profondeurs de la forêt. Une multitude d'oiseaux noirs hantaient les lieux. Sans raison, le malaise s'accrut. En étudiant attentivement les alentours, il distingua, de chaque côté de la voie, des sortes de pieux plantés à intervalles réguliers. De singuliers monticules s'élevaient au pied de chacun. Intrigué, il s'approcha, et ne put retenir un cri d'horreur.

Au sommet de chaque pieu était fiché un crâne humain. La plupart étaient blanchis par le temps. Cependant, sur certains subsistaient des lambeaux de chair putréfiée que venaient se disputer les corbeaux avides. Frissonnant de frayeur, il s'approcha d'un monticule, et constata qu'il s'agissait d'un tas d'ossements. Il recula, pris d'une terreur soudaine. Quel peuple pouvait être assez ignoble pour agir ainsi, sinon une horde de démons ?

Il eut peine à calmer les battements de son cœur emballé. Tout à coup, un bruit insolite le fit sursauter. Des hurlements jaillirent en direction de la rivière. Les Khress !

Il voulut bondir sur la pouliche pour s'enfuir. Mais il était déjà trop tard. Les cavaliers fondaient sur lui, brandissant leurs longues lances à pointe d'yrhonn. Il saisit sa lourde massue hérissée de silex et fit face. Ils étaient plus nombreux que lui, mais il avait l'avantage de la taille. De plus, ce qu'il venait de voir ne l'incitait pas à la clémence. La rage décuplait ses forces.

Le premier cavalier en fit les frais. Jehn le cueillit au moment où il levait son arme pour le frapper. Touché en pleine poitrine, l'autre sentit ses côtes s'enfoncer sous la violence du choc. Le cœur éclaté, il mourut avant même d'atteindre le sol. Ses compagnons cernèrent le chasseur et chargèrent. L'affrontement fut d'une rare violence. Galvanisé par le souvenir des ruines de son village, Jehn frappait à tour de bras, avantagé par sa haute stature. Le loup ne fut pas en reste, qui crocheta le mollet d'un agresseur et le fit rouler à terre avant de l'égorger avec férocité. Quelques instants plus tard, cinq Khress gisaient à terre, le corps déchiqueté par les éclats de silex tranchants ou les crocs puissants du fauve. Le sixième voulut s'enfuir. Jehn saisit son arc, ajusta une flèche, qu'il ficha avec précision dans le dos de l'ennemi. Foudroyé, le fuyard s'écroula. Il valait mieux éviter qu'il prévienne les autres.

Jehn acheva sans pitié les survivants, et leur trancha la gorge sans plus de façon. Intrigué, il arracha le masque de l'un d'eux. Sous le métal se cachait un visage déformé par la douleur et la surprise. Un visage humain.

– Ainsi donc, les démons ne sont que des hommes, murmura Jehn pour lui-même.

Sa colère s'était envolée. Il avait vu la mort en face, mais il avait triomphé. Les Khress n'étaient donc pas invincibles. Une sensation enivrante gonfla ses poumons, et il eut envie de hurler sa victoire aux brumes et à la forêt environnantes. Mais il se contint. D'autres démons pouvaient se trouver non loin de là. Il regarda l'alignement des pieux macabres et serra les dents.

Il était préférable de ne pas laisser de traces derrière lui. Il chassa les chevaux qui s'obstinaient à demeurer sur la piste. Puis, l'un après l'autre, il chargea les corps sur ses épaules et alla les basculer au fond d'un ravin repéré en chemin, qui menait vers la rivière. La marée haute ferait disparaître les cadavres.

Redoutant l'arrivée d'autres cavaliers, il décida de suivre un chemin parallèle à la piste, en se tenant sous le couvert des arbres. Le terrain accidenté et les brumes permanentes lui seraient favorables. Il savait désormais que les Khress n'étaient nullement des esprits, comme le croyaient les siens.

Tenant la pouliche par la bride, le loup sur les talons, il marcha ainsi longtemps, s'attendant d'un instant à l'autre à voir surgir devant lui un parti ennemi. Mais l'endroit restait désert. Vers le milieu de la matinée, il parvint ainsi sur un plateau rocailleux qui devait longer l'Océan, à en juger par les odeurs marines persistantes lui arrivant du sud. Peu à peu, la forêt se clairsema. Plus ennuyeux encore, les brumes, sous l'effet du soleil, se dissipèrent en partie, dévoilant un paysage sauvage et désolé, parsemé de plaques de granit affleurantes.

Soudain, un hurlement retentit à distance.

24

Jehn s'abrita aussitôt derrière une masse granitique et observa les environs. De l'ouest provenaient un bruit de galop et des hurlements. Bientôt apparut une troupe d'une dizaine de cavaliers qui filaient à toute allure de l'autre côté de la piste. Une femme les précédait. C'était elle qui criait. Il crut un instant qu'elle était poursuivie, puis il comprit qu'elle était en difficulté. Son cheval s'était emballé, et les autres tentaient de la rattraper. Mais leurs chevaux n'étaient pas assez rapides. Et la fuyarde se dirigeait tout droit vers le précipice qui dominait l'Océan.

Il hésita une fraction de seconde, puis se décida. Il bondit sur l'échine de sa pouliche, passa en trombe sous le nez des poursuivants qui perdaient du terrain, et se rua à la poursuite de la cavalière, le loup dans son sillage. Le cheval de la fille était véloce. Mais Jehn n'avait pas choisi sa monture par hasard. Elle était de loin la plus rapide de sa horde. Peu à peu, il se rapprocha de la malheureuse. Un vent violent lui sifflait aux oreilles. Devant ses yeux troublés par la vitesse, une longue chevelure rousse flottait comme une tache de feu. Il encouragea sa monture qui accéléra encore l'allure. Il n'était que temps. Tout au bout du plateau rocailleux se dessinait la ligne grise de l'Océan. La lande sauvage se terminait sur un gouffre plongeant dans les flots de plusieurs dizaines de coudées. Jehn plaça son cheval contre le flanc de l'autre. Puis il saisit la cavalière par la taille et l'enleva. Il contraignit ensuite sa pouliche à s'arrêter, tandis que l'autre monture, aveuglée par sa frayeur, fonçait vers la mort. Lorsque le sol disparut d'un coup sous ses sabots, elle poussa un hennissement terrible qui s'acheva sur un craquement épouvantable. Le corps de l'animal s'écrasa sur les rochers battus par les lames bouillonnantes, au fond de la trouée rocheuse.

Tremblante, la fille s'accrocha à Jehn. Il lui caressa les cheveux pour la calmer.

– C'est fini, dit-il doucement, reprenant son souffle.

Ils mirent pied à terre et s'approchèrent du précipice. La pauvre monture n'était plus qu'une masse sanglante informe que les vagues furieuses submergeaient déjà.

– Je suis désolé pour ton cheval.

Elle le regarda avec étonnement, puis déclara, dans sa langue :

– Il a été effrayé par le sanglier que nous poursuivions.

Elle regarda une dernière fois vers le précipice, où le cadavre avait déjà disparu dans les tourbillons chargés d'écume. En fait, la mort de son compagnon n'avait pas l'air de l'affecter outre mesure.

A ce moment, les autres cavaliers survinrent. Ils mirent pied à terre à leur tour et s'approchèrent. Ils semblaient n'avoir aucun point commun avec les Khress masqués. Il s'agissait d'une troupe d'hommes et de femmes vêtus d'habits de couleurs chatoyantes, aux matières inconnues. Ils portaient tous des armes de chasse, arcs, lances et longues lames d'yrhonn. Jehn se tint sur ses gardes et porta la main à son poignard de silex. Le loup se mit à gronder. Impressionnés, les arrivants se figèrent. Mais la fille leva la main et leur adressa quelques mots dans une langue incompréhensible. Ils demeurèrent alors à distance respectueuse.

Puis elle se tourna vers lui. Elle semblait déjà avoir repris ses esprits. Elle était très belle. Ses yeux d'un noir profond contrastaient avec sa peau laiteuse qu'illuminait sa longue chevelure flamboyante. Son visage était fin, ses traits racés. Seule note discordante, ses lèvres minces trahissaient une certaine cruauté. Sa bouche s'ouvrit sur un sourire qui découvrit des dents nacrées, luisantes comme celles d'un petit carnassier.

– Je te remercie, étranger. Tu m'as sauvé la vie.

Elle l'étudia un moment, puis ajouta :

– Tu n'es pas d'ici, dit-elle. Tu parles la langue des esclaves.

– Des esclaves? Je ne comprends pas ce mot.

La fille éclata de rire, puis se jeta dans ses bras et enfouit sa tête contre son torse. Ses compagnons ne bronchaient pas. Certains paraissaient beaucoup s'amuser de la situation. Jamais il n'avait croisé d'êtres semblables. Leurs yeux étaient soulignés de traits noirs ou mauves. A leurs bras étaient nouées de longues étoffes bariolées, assorties aux couleurs de leurs vêtements étranges. Il ne s'agissait ni de cuir ni de lin, mais d'une toile dont la trame fine étonna le chasseur.

Peu à peu, le corps souple de la fille collé contre le sien provoqua une réaction chaleureuse. Elle le sentit et se serra encore plus étroitement contre lui. Jehn ne savait plus quelle attitude adopter. Il était venu ici pour en découdre avec les Khress et libérer les siens, et il venait de sauver la vie d'une femme. Mais peut-être Gwanea en avait-elle décidé ainsi. Ainsi pourrait-il pénétrer plus facilement leur monde.

Enfin, la fille se sépara de lui.

– Quel est ton nom, étranger?

Un sursaut de méfiance l'incita à se montrer prudent. Il déclara :

– Je suis un voyageur. Mon nom est Jehn. Et toi, qui es-tu?

Elle éluda la question.

– D'où viens-tu?

– Du monde extérieur. Loin vers le levant.

– Le levant? Et pourquoi es-tu ici?

– Je te l'ai dit. Je suis un voyageur.

– C'est une réponse un peu vague.

– Le monde est vaste. L'homme qui voyage enrichit son esprit, car il apprend chaque jour quelque chose de nouveau.

Elle le regarda, intriguée et séduite.

– Tu sembles très intelligent pour un homme de l'Extérieur. Comment se fait-il que tu saches monter à cheval? Habituellement, les tiens les redoutent.

– Moi, je ne les crains pas. L'homme et l'animal sont faits pour s'entendre. Ils sont tous deux les enfants de la déesse-mère.

Elle eut un sourire amusé.

– C'est possible! Mais sais-tu bien où tu te trouves ici?

– Oui! Sur le territoire de ceux que les hommes de la Petite Mer appellent les Khress.

Elle marqua un instant de surprise.

– Je sais qu'ils nous prennent pour des démons. Et pourtant, tu n'as pas hésité à franchir les frontières de notre royaume. Ignorerais-tu la peur?

Il la fixa dans les yeux.

– L'homme doit savoir vaincre ses frayeurs. C'est l'ignorance qui engendre la peur. Bien souvent, il s'aperçoit après coup que les choses ne sont pas aussi inquiétantes qu'il le pensait. Mais toi, tu n'as pas répondu à ma question. Quel est ton nom?

Le visage de l'inconnue devint tout à coup sévère. Puis elle fit une moue, et éclata de nouveau de son rire strident.

– Tu es bien impertinent, toi qui parles la langue des esclaves. Mais tu as de la chance. Je suis de bonne humeur, parce que tu m'as sauvé la vie. Mon nom est Asdahyat. Je suis la fille de Gordlonn, le roi de ce pays.

– Le roi?

– Le kheung, dans ton langage.

Il s'écarta d'elle. Il émanait de la fille une sensation équivoque qui aiguisait la méfiance du jeune homme. Il regarda les autres, toujours silencieux. Asdahyat précisa :

– Tu n'as rien à craindre, Jehn. Tous ces gens sont mes sujets. J'ai décidé de t'accorder la vie sauve. Ils ne te feront aucun mal.

Il riposta :

– Parce que tu pourrais me tuer, après ce que j'ai fait pour toi?

Elle se remit à rire.

– Mais tu es ici sur le territoire des Yshtiens. Ceux que tu appelles les Khress. Tu es notre ennemi.

– Pourquoi? Je ne te veux aucun mal.

– Tous ceux qui pénètrent sur notre sol sont des ennemis. D'habitude, nous les tuons, ou nous les transformons en esclaves. Mais toi, tu seras notre invité. *Mon* invité!

Elle lui prit la main.

– J'aimerais que tu acceptes de venir à Yshtia, la capitale de notre royaume.

– J'accepte, et t'en remercie. A condition que le loup puisse m'accompagner.

– Ce monstre? Est-il dangereux?

– Il a fait alliance avec moi. Il est l'ami de mes amis. Et l'ennemi de mes ennemis.

Elle fit quelques pas en sa compagnie, tandis que les autres les suivaient servilement.

– Il faudra que tu m'expliques un jour comment tu as fait pour domestiquer un fauve aussi impressionnant.

– Je ne l'ai pas domestiqué. Ce loup est mon ami. Je ne lui donne pas d'ordre. Il est libre de ses actes. Comme doivent l'être tous les êtres vivants. Mais toi, dis-moi ce qu'est un esclave.

Elle s'arrêta et le regarda, le visage épanoui.

– Tu ne sais pas ce qu'est un esclave?

– Non!

Elle se blottit contre lui et enfouit son visage contre sa veste de cuir, respirant son odeur.

– Hum, je crois que tu me plais de plus en plus, Jehn.

– Tu n'as pas répondu à ma question.

– Ne t'inquiète pas. Tu sauras bientôt ce que c'est.

Jehn comprit qu'il était inutile d'insister. Il sentait qu'il exerçait sur la fille rousse une attirance singulière, et que cela pouvait lui fournir un atout considérable dans son entreprise. Malgré sa force, il n'était pas de taille à affronter seul un peuple tout entier. Il valait mieux entrer dans le jeu d'Asdahyat. Il aviserait plus tard à ce qu'il conviendrait de faire. Pour l'instant, elle allait le mener au cœur du repaire des Khress. Et cela seul comptait.

25

Asdahyat ayant perdu son cheval, Jehn lui proposa de la prendre avec lui, ce qu'elle accepta. Il la saisit par la taille et la hissa sur l'échine de la pouliche. Puis il monta derrière elle. La troupe se mit en route. Un vieil homme s'approcha de Jehn et lui dit :

– Je pense que nous devons te remercier, étranger ! Nous aussi te devons la vie. Si notre roi Gordlonn avait appris la mort de sa fille, il nous aurait fait écorcher vifs !

– Ecorcher vifs ?

Asdahyat éclata de son rire perlé, puis jeta au vieillard :

– Tais-toi, Hovraan ! C'est peut-être moi qui te ferai écorcher, pour ne pas m'avoir secourue à temps.

Le vieil homme devint tout à coup très pâle sous son maquillage. Il inclina la tête et s'écarta craintivement. La jeune femme semblait exercer un ascendant surprenant sur ses compagnons. Il voulut réagir, puis il se dit qu'il entrait dans un monde dont il ignorait tout. Il ne devait plus s'étonner de rien à présent. Pour percer les secrets de l'ennemi et le vaincre, il lui fallait se contenter d'écouter et de regarder, sans intervenir.

Ils rejoignirent la piste qu'il avait suivie le matin et prirent la direction de l'ouest. Chemin faisant, Asdahyat se serra contre Jehn, qui fit mine de ne pas remarquer son manège. A l'inverse de Noïrah, elle n'éveillait en lui aucune attirance. Sous sa beauté apparente, il sentait qu'elle dissimulait un esprit froid et cruel.

Longeant la côte, ils parvinrent bientôt en vue d'un champ immense. Une foule de personnes vêtues de peaux de bêtes déchirées travaillaient la terre. Silhouettes grises découpées sur le gris des brumes, elles transportaient de lourdes hottes. Parmi elles, de hautes figures sombres armées de fouets les surveillaient. Des gardes khress.

Soudain, une femme trébucha et s'écroula sous le poids de son fardeau. Aussitôt, l'un des guerriers la frappa sauvagement. La malheureuse hurla de douleur. Dans un effort surhumain, elle se releva, pour retomber l'instant d'après. La cravache s'abattit de nouveau. Mais la femme ne bougeait plus. Le garde interpella deux hommes en haillons et leur hurla des ordres. Ils saisirent le cadavre et l'emportèrent.

Asdahyat regarda Jehn et dit :

– Tu voulais savoir ce que sont les esclaves? Voilà la réponse.

– Je crois que je comprends, grogna-t-il.

Il ravala la colère qui lui mordait soudain l'esprit. Il savait à présent pourquoi on enlevait les jeunes dans les tribus du Sud-Est. Contrairement à ce qu'il avait imaginé, ce n'était pas pour les dévorer, mais pour les faire travailler jusqu'à ce que mort s'ensuive.

Etait-il possible que des hommes fussent assez vils pour transformer ainsi d'autres hommes en animaux? Pourtant, à y bien réfléchir, c'était bien ce que le sinistre Dravyyd s'apprêtait à faire avec les tribus de la Petite Mer.

Les cavaliers se remirent en route. Plus loin apparut un village dont les demeures intriguèrent le jeune homme. Elles n'étaient pas construites en bois, mais en pierres taillées.

Bientôt, le paysage se modifia. Les arbres se raréfièrent pour céder la place à une étendue désolée couverte de mousses et de lichens. Au loin s'étirait une longue pointe rocheuse qui dominait l'Océan, d'une hauteur impressionnante. Sur la gauche de la piste s'ouvrait un gouffre qui plongeait à pic dans les flots bouillonnants.

Asdahyat fit signe à Jehn qu'elle voulait s'arrêter un moment. Il s'exécuta. La jeune femme se laissa glisser à terre et s'approcha du bord. Jehn la rejoignit.

– Tu devrais te montrer prudente. Cela ne t'a pas suffi de risquer ta vie tout à l'heure?

Elle leva vers lui un visage radieux et répliqua :

– J'aime cet endroit! Tu ne peux pas encore comprendre.

Dès qu'ils entendirent cette phrase énigmatique, les autres s'esclaffèrent. Jehn se tourna vers eux, prêt à riposter. Il était visible qu'ils se moquaient de lui, pour une raison qu'il ignorait. Mais il ravala ses questions et sourit.

– Tu as raison. Ce lieu est magnifique. Pourtant...

– Pourtant?

– Aucun endroit n'est beau lorsque la mort y souffle.

Elle le regarda, stupéfaite.

– Qui te parle de mort?

Il murmura d'une voix douce :

– Personne! Mais je ne voudrais pas te voir périr sous mes yeux alors que je viens de te sauver la vie.

Sans attendre de réponse, il lui saisit la main et l'entraîna vers la pouliche. Elle se laissa faire, intriguée. Au moment où il allait la hisser sur le dos de l'animal, il s'écarta d'elle, attrapa son arc, saisit une flèche qu'il décocha avant que les autres ne pussent réagir. Le trait siffla, vif comme l'éclair, en direction de la lande. L'instant d'après, le loup bondissait dans une touffe de bruyère. Il revint en portant dans sa gueule un superbe lièvre qu'il vint déposer aux pieds de Jehn. Le jeune homme s'accroupit, flatta le fauve et présenta sa victime à Asdahyat.

– J'ai cru comprendre que tu avais échoué avec un sanglier ce matin. Je n'ai pas autre chose à t'offrir pour l'instant. Mais tu ne rentreras pas bredouille pour autant.

Il lui remit l'animal encore chaud entre les mains. Elle s'en saisit, interloquée, puis regarda ses mains sur lesquelles un sang tiède coulait en rigoles. Ses lèvres s'étirèrent en un sourire crispé.

– Tu es un redoutable chasseur, Jehn.

Ils remontèrent en selle.

– S'il te plaît de chasser en ma compagnie, je te montrerai comment tuer un sanglier.

Elle caressa la fourrure sur laquelle elle était installée.

– Ou un ours?

– Ou un ours!

– C'est toi qui l'as tué?

– C'est moi!

Elle jeta le lièvre à l'un de ses compagnons, puis saisit la main de

Jehn et la serra doucement. Elle n'avait pris soin d'essuyer le sang qui maculait ses doigts, comme si elle en éprouvait une délectation équivoque.

– Jamais je n'avais vu un archer aussi rapide. J'aurais plaisir à chasser avec toi, Jehn.

Il murmura :

– Ce sera un plaisir pour moi aussi !

Ils se remirent en route. Franchissant l'immense pointe rocheuse par le nord, ils entamèrent la descente vers une anse marécageuse. Peu à peu, les caprices de l'ouragan dévoilèrent le paysage. Jehn eut peine à contenir son étonnement. Il comprit enfin ce qu'avait voulu dire son compagnon en évoquant d'immenses cornes de pierre. De part et d'autre de la baie noyée dans une brume diaphane s'élevaient de hautes falaises rocheuses déchiquetées et battues par les vents. Entre elles s'étirait une longue plage de sable qui s'affaissait en pente douce vers un immense marais au sein duquel pénétrait une piste dallée surélevée. Elle menait, au centre de la baie, vers une île cernée par de longues écharpes grises qui évoluaient au gré des vents tourbillonnaires. Le cœur de Jehn bondit dans sa poitrine.

Il avait atteint son but. Sous ses yeux se dévoilait l'île maudite, le repaire des démons.

Peu après, ils atteignirent la route de pierre. Les dalles présentaient une surface tout à fait plane, que n'aurait pu obtenir le bouchardage le plus fin. De plus, elles n'étaient pas taillées dans le granit, mais dans une roche encore plus dure, de couleur noire, que Jehn ne put identifier. Manifestement, les Khress détenaient des secrets ignorés des peuples de la Petite Mer.

Une demi-douzaine de guerriers protégés par des armures d'yrhonn montaient la garde à l'entrée de la route. Ils s'écartèrent avec respect en reconnaissant Asdahyat.

Les cavaliers s'engagèrent sur la route cernée par les brumes. Plus ils avançaient, plus Jehn sentait le malaise croître en lui. De près, l'île était beaucoup plus grande qu'il ne l'aurait cru. Mais sa stupéfaction ne connut plus de bornes lorsqu'il s'aperçut que ce qu'il avait pris de loin, à cause du brouillard, pour des falaises, étaient en réalité des murailles sombres de pierres taillées.

Pour lui qui ne connaissait que les masures de bois construites par les siens, ce gigantesque édifice était inimaginable. Cependant, il devait faire taire son émotion. Il masqua sa surprise sous un visage imperturbable.

Un autre élément l'intrigua. La piste dallée suivait une pente douce. S'il ne se trompait pas, ils devaient se trouver à présent au-dessous du niveau marin. Cela n'avait aucun sens. Logiquement, les eaux de l'Océan auraient dû recouvrir les lieux.

Il n'eut pas le temps de s'interroger plus avant. Ils étaient arrivés devant une lourde porte de bois bardée d'yrhonn, qui commandait l'accès à la cité. Sur un signe d'Asdahyat, les lourds battants s'écartèrent sur l'intérieur de la ville.

– Nous voici arrivés, Jehn. Mon père sera certainement ravi de t'accueillir en ami lorsqu'il saura que tu m'as sauvé la vie.

– N'aurais-tu pas agi de même si tu en avais eu l'occasion?

– Je ne sais pas si j'en aurais eu le courage et la force.

– Alors, remercie les dieux de m'avoir placé sur ton chemin.

Elle ne répondit pas, mais se blottit plus étroitement contre lui. Jehn fit pénétrer son cheval dans l'enceinte fortifiée. La présence du loup provoqua un certain émoi parmi la population, qui s'écarta avec prudence.

Jehn croyait rêver. Les demeures n'avaient rien de commun avec les bâtisses de sa tribu. Accolées les unes aux autres, elles s'élevaient sur plusieurs niveaux. Il se demanda par quel prodige les hommes étaient parvenus à construire des édifices aussi impressionnants. Des ouvertures se découpaient dans les murs de pierre noire, obturées par une matière transparente indéfinissable.

Le sol des rues lui-même était dallé. De loin en loin, d'étranges potences supportaient des récipients translucides où brûlait un liquide qui diffusait, même en plein jour, une lumière jaunâtre.

– Des lampes à huile, expliqua Asdahyat devant sa curiosité.

Les vêtements des Yshtiens, pour être moins riches que ceux des compagnons de la princesse, étaient eux aussi taillés dans des toiles fines de couleurs sombres. La foule était nombreuse. Par certains aspects, l'endroit lui rappelait un peu le Ster'Agor. Le long des rues s'ouvraient des échoppes où il apercevait à chaque instant des objets insolites dont il était incapable de définir l'usage.

Une échoppe l'intrigua. Un homme au torse nu, muni d'un long tube, soufflait dans une boule de matière incandescente et pâteuse, qui prenait forme petit à petit.

– Un souffleur de verre, commenta la princesse.

– De verre?

– C'est un matériau que nous obtenons à partir du sable. Froid, il devient transparent.

Jehn repensa à la cité lumineuse de ses songes. Il lui revint que les baies y étaient aussi protégées par cette matière inconnue. Cependant, les palais entrevus n'avaient rien de commun avec ce qu'il avait à présent sous les yeux. Le monde de ses rêves était inondé de lumière. Il s'en dégageait une sensation de bien-être, de plénitude, même si une menace indéfinissable planait sur lui.

En revanche, Yshtia distillait une certaine insécurité. Les regards hostiles qu'il surprenait dans la foule n'avaient rien de rassurant. Les citadins n'avaient pas l'habitude de voir des étrangers. Une haine sourde émanait de ce peuple inconnu, dont il ne pouvait oublier qu'il était à l'origine du massacre des siens.

Un autre élément le troubla. Les bâtisses laissaient voir çà et là de nombreuses traces d'usure. Des lézardes fissuraient les murs. A certains endroits, des pans entiers s'étaient éboulés. On devinait au-delà des cours envahies par les herbes folles. Le lichen et la mousse avaient pris possession du moindre recoin, comme une brume verdâtre témoignant de la griffe inexorable du temps. De violentes rafales de vent s'infiltraient par les ruelles étroites et glaciales. Il se dégageait des lieux une sensation de lassitude et de mort lente.

Soudain, un véhicule étrange attira l'attention de Jehn. Au lieu de reposer sur des patins taillés dans le bois, il se déplaçait sur quatre disques à rayons, qui absorbaient les cahots des pavés. Jamais il n'en avait contemplé de semblable. Pourtant, il ne pouvait s'empêcher de le trouver singulièrement familier. Le principe semblait si simple...

Tout à coup, une image s'imposa à lui. Le soleil. Le disque de l'astre du jour, qui roulait d'un bord à l'autre de l'horizon. Il suffisait d'insérer un axe au centre même du disque pour obtenir un mouvement infini. Il se demanda pourquoi les hommes de la nation ne l'avaient pas imaginé plus tôt. Mais comment l'auraient-ils pu? Il lui semblait plonger dans un univers oublié dont il ne parvenait pas à se souvenir. Se souvenir...

Un cri le tira de sa rêverie. Asdahyat.

– Que se passe-t-il ? N'as-tu jamais vu de chariot ?

Il respira profondément pour masquer son trouble.

– Les hommes de la Petite Mer ignorent ce système.

– Quel système ?

– Les... disques !

– Ce n'est qu'un chariot à roues.

– Oui, bien sûr !

Il ne sut pas pourquoi il ajouta :

– Cela faisait si longtemps que je n'avais pas vu un véhicule semblable. Si longtemps.

Il se tut. Pourquoi avait-il répondu ainsi ? Au prix d'un violent effort, il chassa son émotion. Au-delà de l'atmosphère étouffante qui régnait sur les lieux gris et noirs perçait une sorte de magie. Comme si un monde enfoui sous les sables de l'oubli reprenait vie tout à coup, à travers ces visions stupéfiantes. Il connaissait déjà tout cela. Mais c'était encore plus compliqué. Cette cité n'était que le pâle reflet d'un monde qu'il avait connu autrefois, dans un passé fort lointain.

Il étouffait. C'était impossible. Il n'était que Jehn, jeune chasseur de la tribu des Loups. Jamais il n'avait contemplé un spectacle semblable, jamais il n'avait croisé de véhicules aussi étonnants, une foule aux vêtements si fins.

Alors, d'où lui venait cette sensation mystérieuse ? Il s'accrocha à ses songes, aux yeux verts de la femme inconnue dont le fantôme l'avait fui depuis qu'il avait pénétré le royaume des Khress. Existait-il un lien entre les deux univers ?

Il dut faire appel à toute sa volonté pour ne pas céder à la panique. Peu à peu, le calme revint en lui. Tout cela devait avoir une signification.

Ils parcoururent ainsi une grande artère qui les mena sur une vaste place au-delà de laquelle s'élevait un bâtiment encore plus impressionnant que les autres. Sa masse sombre cernée de murailles noires dominait la cité. En son centre s'élevait une tour dont le sommet se perdait dans les nuages qui s'effilochaient sous l'action des vents océaniques. Sa forme intrigua le jeune homme. L'édifice présentait une section trapézoïdale dont la petite base était orientée vers la mer, sans doute à cause de la puissance des vents. Des terrasses s'étageaient sur ses flancs. Jehn estima la hauteur de la construction à plus de deux cents coudées.

Une escouade de guerriers masqués d'yrhonn montaient la garde devant un lourd portail.

Asdahyat lui déclara avec une pointe d'orgueil dans la voix :

– Ceci est le palais de mon père, Gordlonn le Grand. Je désire que l'on t'y fasse préparer des appartements dès ce soir.

Il n'osa demander ce qu'elle entendait par « appartements ». Il comprit qu'une nasse gigantesque se refermait insidieusement sur lui.

26

Il lui était désormais impossible de reculer. Le fait qu'il ait sauvé la vie d'Asdahyat constituait son seul atout. Mais il n'accordait aucune confiance à cette fille rousse, dont le regard trahissait une exaltation proche de la folie.

A la vue de leur princesse, les gardes manœuvrèrent les lourds vantaux de bois bardés de métal. Elle se laissa glisser à terre. Jehn l'imita. Ils pénétrèrent dans une cour pavée cernée de hauts murs et de remparts.

– Tu peux leur confier ton cheval. Ils sauront prendre soin de lui.

Réticent, il remit sa monture à un guerrier. Elle lui prit la main et l'entraîna. Les autres cavaliers les suivirent. Au fond de la cour s'élevait un bâtiment large qui servait de base à la tour. Une vaste terrasse l'entourait à la hauteur des murailles extérieures, donnant sur des jardins suspendus. La petite troupe y accéda par un escalier qui les mena devant l'entrée du palais, située au niveau des jardins.

– Dans cette tour se trouvent les appartements royaux, commenta la princesse. Et les miens, ajouta-t-elle avec un sourire espiègle.

Elle se tourna vers ses compagnons.

– A présent, laissez-nous seuls.

Ils obéirent et la saluèrent en émettant de petits rires entendus. Asdahyat glissa son bras sous celui de Jehn et l'invita à entrer. Ils franchirent une salle encombrée de gardes, suivirent des galeries imposantes où flânaient des courtisans richement vêtus qui s'inclinèrent devant Asdahyat, tout en détaillant le jeune homme avec une curiosité non dissimulée. Avec prudence aussi, car l'ombre silencieuse et inquiétante du loup ne le quittait pas d'une semelle.

Enfin, après avoir gravi un long escalier, ils pénétrèrent dans une salle située près du sommet de la tour. La princesse avait réquisitionné deux filles, qui les suivaient avec déférence. Peut-être s'agissait-il d'esclaves. Mais Asdahyat lui expliqua qu'elles faisaient partie du peuple d'Yshtia. C'était des servantes libres, qui percevaient une rémunération pour leur travail.

– Tu peux leur demander tout ce que tu veux, Jehn. Ici, le peuple est composé de trois castes. Les seigneurs, c'est-à-dire les êtres supérieurs, comme moi et mon père, et les courtisans de sa suite. Tu en as croisé quelques-uns, qui m'accompagnaient à la chasse. Ensuite viennent les gens du peuple. Ceux-ci sont libres, et entièrement dévoués à leur seigneur respectif. Chacun d'eux dirige une classe d'artisans ou de commerçants qui lui versent des revenus.

– En échange de quoi?

Elle le regarda avec surprise.

– Mais... de sa protection, bien sûr. Il a tout pouvoir pour décider de la tâche de chacun.

Jehn n'osa avouer qu'il n'y comprenait pas grand-chose.

– Et la troisième classe?

– Ce sont les esclaves. Nous avons besoin de beaucoup de bras pour entretenir notre cité.

Elle eut un sourire amusé.

– Si tu n'avais pas eu la chance de me sauver la vie, tu ferais à présent partie de leurs rangs. Sache que c'est la première fois qu'un homme des Terres Inférieures est accueilli à Yshtia en invité.

– Je suppose que je dois t'en être reconnaissant.

– Tu le peux. Ta vie dépend de ma seule volonté. Sur un seul signe de ma part, les gardes te massacreraient.

Il la fixa de ses yeux d'émeraude.

– Et pourquoi ferais-tu ça?

Elle tenta de soutenir l'éclat de son regard, sans succès. Elle baissa le nez, puis déclara, mal à l'aise :

– Je plaisante, bien sûr. Tu n'as rien à redouter de moi.

Elle se serra contre lui, puis lui tendit ses lèvres. Décontenancé, Jehn l'embrassa, puis la repoussa doucement. Malgré sa beauté, il éprouvait pour elle une aversion inexplicable.

– Tu viens de le dire, je ne suis qu'un homme des Terres Inférieures. Laisse-moi le temps de m'habituer à ce lieu que je ne connais pas.

– Tu oserais me résister?

– Et toi, ne prends-tu jamais le temps de séduire un homme?

– Séduire? Je pensais que ceux de l'Extérieur n'étaient que des brutes qui s'accouplent comme des bêtes.

– Tu avais tort.

Elle se serra contre lui à nouveau et noua les bras autour de son cou. Ses yeux flamboyèrent.

– J'ai envie que tu me fasses l'amour comme une bête, Jehn. Ici, maintenant.

– Sinon, tu me fais massacrer par tes gardes...

Elle le gifla à toute volée. Il riposta aussitôt en la giflant à son tour. Elle s'écroula sur le sol, sous les yeux horrifiés des deux servantes, qui voulurent s'enfuir. Mais un cri de la princesse les figea sur place.

– Restez! ordonna-t-elle.

Les yeux luisants de colère, elle se releva et revint vers Jehn en se frottant la joue. Désarçonné, le jeune homme ne savait plus quelle attitude adopter. Il venait d'humilier la seule alliée qu'il eût dans la place. Mais celle-ci, contre toute attente, éclata de rire.

– Tu es très courageux, Jehn. Ou bien tu es fou. Jamais un homme ne m'avait repoussée ainsi.

– Parce que tu es entourée d'individus serviles, dévoués à satisfaire toutes tes volontés. Crois-tu qu'ils vaillent la peine de les séduire?

– Tandis que toi...

– Je te l'ai dit, donne-moi un peu de temps. J'aimerais que tu me fasses découvrir Yshtia. A commencer par cet endroit étrange. Dis-moi qui vit ici.

– Moi, bien sûr! Ce sont mes appartements.

Elle lui prit la main comme si rien ne s'était passé et lui fit visiter la chambre. Jamais Jehn n'aurait imaginé que de tels lieux pussent exister. La pièce était à elle seule plus grande que la maison de son père. Le vocabulaire lui manquait pour désigner les objets qui la meublaient. Asdahyat les lui présenta elle-même, ravie de l'étonnement du jeune homme.

– Voici des coffres. Mes servantes y rangent mes vêtements.

Elle lui montra un objet mystérieux, de la taille d'un homme, qui reflétait son image entière plus fidèlement que l'eau la plus calme. Intrigué, Jehn s'approcha, caressa la surface lisse couleur d'ambre.

– Ceci est un miroir, expliqua Asdahyat en éclatant de son rire aigu. Et ceci est... mon lit.

Jehn examina le meuble qu'elle venait de nommer. Il avait l'aspect général des paillasses qu'il utilisait à Trois-Chênes, et devait donc servir à dormir. Il tâta avec précaution l'épais matelas recouvert de toile, sur lequel étaient posées des couvertures de laine de chèvre. Un cadre de bois parfaitement rectiligne entourait l'ensemble. Il se demanda comment les Yshtiens pouvaient obtenir une découpe aussi parfaite. Et surtout, d'où provenait cette couleur dorée et brillante qui protégeait le bois. Il huma les lieux avec circonspection, sous le regard amusé de son hôtesse. Différentes odeurs flottaient dans l'air. Celle de la laine, celle du bois de chêne. Un parfum indéfinissable et entêtant qui était celui de la princesse. Et celui, plus subtil, de la cire d'abeille. Il comprit. Le bois en était enduit. Sans doute pour le protéger. Une fois de plus, aucun de ces objets ne l'étonnait vraiment. Il lui semblait qu'il les avait déjà rencontrés dans un univers similaire, qu'il ne faisait que redécouvrir.

Soudain, poussé sans ménagement dans le dos, il bascula sur le lit. L'instant d'après, la princesse se jetait sur lui, l'enserrant dans ses bras. Il voulut la repousser. En vain. Elle grogna :

– Je veux que tu me prennes là, tout de suite!

Il ferma les yeux et soupira. Il n'avait guère le choix. Il ne pourrait se débarrasser d'elle aussi facilement. Alors, il la saisit avec brutalité et la retourna sur le dos. Le visage de la fille rousse s'éclaira d'un sourire de carnassier. Il la fixa de ses yeux d'émeraude, puis saisit ses vêtements à pleines mains et les déchira sans douceur. Elle se mit à gémir.

– La présence de tes servantes ne te gêne pas? demanda Jehn.

– Au contraire.

Elle glissa ses mains fines sous sa veste de cuir, qui s'égarèrent vers des zones douloureusement précises. Malgré la répulsion que lui inspirait Asdahyat, Jehn ne put résister à la chaleur impérieuse qu'il sentait monter au creux de ses reins. S'il n'avait pas été contraint de céder, il l'eût volontiers frappée. Il s'en voulait de ressentir ce désir violent qui lui broyait le ventre. Pourquoi les femmes exerçaient-elles un pouvoir aussi fascinant sur les hommes? Une rage sourde s'empara de lui, accompagnant la fièvre des sens.

Elle voulait qu'il lui fît l'amour comme une bête. Elle n'allait pas être déçue. Il arracha les derniers lambeaux de ses vêtements et se coucha sur elle. Les yeux de la fille s'agrandirent.

Deux bonnes heures plus tard, Jehn put enfin reprendre son souffle. Il bénéficiait d'une constitution robuste. Pourtant, jamais il n'avait rencontré de femme aussi exigeante ni aussi résistante. Elle ne lui avait laissé aucun moment de répit. L'amour provoquait chez elle une sorte d'hystérie effrayante, faite de râles et de hurlements. Il avait craint un moment que les gardes n'interviennent, attirés par les cris de leur maîtresse. Mais ils devaient avoir l'habitude de ces débordements. Personne n'était entré. Les deux servantes s'étaient réfugiées dans une pièce attenante.

A présent, Asdahyat dormait, écroulée sur l'épaule de Jehn. Il la repoussa et se leva. Il avait l'impression de s'être battu à mains nues avec un grizzly brun des montagnes. Sur sa peau séchaient de longues griffures tracées par les ongles de la princesse.

Le loup le contemplait de son regard d'or, la langue pendante.

– On dirait que ça te fait rire, vieux brigand.

Il se rhabilla et étudia les lieux. Intrigué, il s'approcha des baies protégées par l'étrange matière transparente qu'il avait déjà remarquée dans la ville. Le verre, comme l'avait nommé Asdahyat. Il la toucha. Elle était plus froide que la pierre.

Puis il passa sur la terrasse. Un paysage extraordinaire se dévoila sous ses yeux émerveillés. Avec la chaleur de l'après-midi, les brouillards s'étaient presque dissipées. Par endroits, des trouées de soleil éclaboussaient les toits de la cité, que la tour surplombait d'une hauteur impressionnante. Vers le nord et le sud s'étendait un immense marécage sur lequel s'appesantissaient de lourdes écharpes de brumes mouvantes. De part et d'autre s'élevaient les ombres massives des deux pointes rocheuses que son guide avait baptisé les « cornes de pierre ».

Vers le couchant, les eaux marines reprenaient leur droit. L'île se prolongeait d'une large rade contre laquelle s'alignaient de grands navires gréés de toiles immenses. Des vaisseaux qui ressemblaient à ceux de ses rêves. Mais ce n'était pas là le plus extraordinaire. A l'horizon s'étirait une longue barre noire qui venait s'ancrer de part et d'autre de la baie sur les hautes falaises sombres. En son centre, deux gigantesques écluses menaient vers l'Océan, sans doute pour permettre aux navires de gagner la haute mer. L'édifice était colossal. Le peuple qui avait su le bâtir ne pouvait être qu'un grand peuple.

– Tu n'avais jamais rien vu de semblable, dit une voix derrière lui.

Il se retourna. Asdahyat, entièrement nue, l'avait rejoint. Elle écarta les bras pour mieux se livrer au vent frais et chargé de parfums qui soufflait de l'Océan. Elle se blottit contre lui et le caressa d'une manière équivoque.

– Tu n'es jamais fatiguée? dit-il en écartant ses mains trop entreprenantes.

Elle murmura :

– Je ne suis jamais fatiguée de faire l'amour, bel étranger.

Puis elle soupira :

– Mais je dois avouer que cette fois...

Elle frissonna; il l'enveloppa dans sa veste de cuir. Elle se laissa faire avec plaisir.

– Que voit-on là-bas? demanda-t-il en désignant la longue barre noire.

– Ceci est la Digue d'Yshtia. Elle nous protège des fureurs des dieux de l'Océan. Te plairait-il de la voir de plus près?

– Bien sûr!

– Mon père est parti visiter un village. Il ne rentrera que ce soir. Nous avons le temps de nous y rendre. Viens!

27

Elle lui prit la main et appela les servantes. Elles survinrent aussitôt et s'inclinèrent avec respect.

– Aidez-moi à m'habiller.

Les servantes obéirent. Apparemment, Asdahyat n'avait pas pour habitude que l'on discutât ses ordres. Elle passa une robe fourrée de couleur verte, ainsi qu'une longue cape munie d'un capuchon. Puis ils sortirent de la pièce, le loup sur les talons.

– Est-il nécessaire que cet animal nous suive partout? demanda Asdahyat, nerveuse.

– Je te l'ai dit, il n'en fait qu'à sa tête. Mais rassure-toi, tu n'as rien à craindre de lui. Tant que tu ne me fais aucun mal.

Elle n'insista pas. Quelques instants plus tard, ils quittaient le palais par une porte donnant sur l'arrière de la cité, face au port. La longue rade entrevue de la terrasse s'étirait en direction de la Digue. Jehn compta six navires qui se balançaient mollement le long des quais. Ils étaient construits en bois. Leurs lignes effilées étaient parfaites. Ils devaient mesurer environ soixante coudées chacun. Impressionné, il s'approcha. Ce fut alors qu'il remarqua un fait étonnant.

De près, les navires présentaient un aspect délabré. Les voiles trahissaient des déchirures importantes. L'un d'eux gisait sur le flanc dans un état lamentable, la coque crevée en plusieurs endroits. Pourtant, personne ne semblait s'en soucier.

– Est-ce qu'ils naviguent? demanda-t-il.

Asdahyat fit la moue et refusa de répondre. Elle l'entraîna plus loin, vers l'extrémité du môle. Là, quelques hommes s'affairaient autour de petits bateaux dont ils déchargeaient des nasses contenant des poissons et des crustacés. Asdahyat s'adressa à eux dans la langue d'Yshtia.

– Ils vont nous conduire jusqu'à la Digue, expliqua-t-elle.

Ils montèrent à bord d'une barque équipée d'un mât. Deux hommes la manœuvraient. Ils hissèrent une voile en parfait état, qui se gonfla bientôt sous l'action du vent. Peu après, le frêle esquif se dirigeait vers la masse sombre qui barrait l'horizon. Jehn n'était guère rassuré.

Asdahyat éclata de son rire aigu.

– On dirait que tu n'apprécies pas la promenade.

– Je préfère la forêt. Le sol y est plus calme.

Pourtant, une nouvelle fois, une sensation oubliée remonta en lui, comme s'il redécouvrait quelque chose qui avait été enfoui au plus profond de sa mémoire. Il avait déjà navigué sur des navires à voile. Tout comme il avait déjà vu des chariots à roues et des fenêtres protégées par des vitres.

Il lui sembla que sa tête allait éclater. Il respira profondément l'air marin chargé de senteurs d'algues. Grâce à un violent effort de volonté, la paix revint en lui. Il surprit le regard de la princesse qui l'observait, un sourire énigmatique sur les lèvres.

– Tu es un homme fascinant, Jehn. Il se dégage de toi une telle impression de force...

En fait, la Digue était plus éloignée qu'il ne l'avait cru. Seule sa masse impressionnante pouvait la faire croire proche. Ils accostèrent le long d'un petit débarcadère situé à proximité de l'un des sas. Jehn estima à plus de cinquante coudées la hauteur de l'édifice, composé d'énormes blocs de pierre noire scellés les uns aux autres.

Asdahyat ordonna aux pêcheurs de les attendre et prit la main de Jehn. A la suite de la princesse, il gravit un escalier qui menait vers le sommet. Il ne put retenir un cri de stupéfaction. Sur une distance incroyable s'étendait une jetée d'une largeur de plus de cent coudées. Malgré les brumes malmenées par les vents soufflant en rafales de l'Océan, on apercevait les points où l'édifice s'ancrait, au pied des deux falaises rocheuses. Vers l'Océan, des lames gigantesques venaient se fracasser contre la rade, faisant naître des geysers qui retombaient sur la pierre noire. La surface n'était pas horizontale. Elle descendait en pente douce vers l'Océan. A intervalles réguliers, des rigoles ramenaient l'eau vers l'extérieur.

Ils s'approchèrent de la rive océanique. La Digue se renforçait d'énormes rochers posés les uns sur les autres, où des colonies d'animaux marins et d'algues avaient élu domicile depuis des générations. Jusqu'à perte de vue, les vagues se frangeaient d'écume, donnant à l'Océan un aspect fantasmagorique sous le soleil voilé. Un vacarme assourdissant les contraignait à hurler pour se comprendre.

Ils se dirigèrent vers l'un des deux canaux qui franchissaient la Digue, gardés chacun par deux portes immenses, dont l'une s'ouvrait vers l'Océan et l'autre vers l'intérieur. Asdahyat expliqua :

– Voici les écluses d'Yshtia, avec leurs portes d'airain. Elles permettent aux navires de gagner la haute mer.

Elle hésita, puis ajouta d'une voix terne :

– Mais cela fait bien longtemps qu'elles n'ont pas été ouvertes.

– Cela explique pourquoi les vaisseaux que j'ai vu tout à l'heure semblent à l'abandon.

– Plus personne ne veut prendre la mer désormais.

– Pourquoi une telle construction?

Elle laissa planer un long silence que venaient troubler le fracas des flots et les criaillements des goélands. Une rafale violente les bouscula sans ménagement. Asdahyat se serra contre Jehn. Enfin, elle dit :

– Autrefois, les eaux n'envahissaient pas cette baie. Le port s'ouvrait bien plus loin. Mais au fil des générations, le niveau de la mer s'est élevé, inondant peu à peu les terres. Voilà pourquoi nos ancêtres ont bâti cette digue. Jusqu'à présent, aucune tempête n'est parvenue à la submerger.

Elle lui montra, sur l'autre rive de l'écluse, un appareillage complexe.

– Ce système nous permet d'évacuer l'eau après une tempête particulièrement violente. Ainsi, nous maintenons toujours le bassin intérieur au même niveau.

– L'Océan est plus élevé que le marais. Que se passerait-il si cette digue se rompait?

– Yshtia serait envahie par les eaux. Et elle disparaîtrait à jamais sous les flots.

Jehn frissonna. Il connaissait les fureurs dont l'Océan était capable. Se pouvait-il que des hommes fussent parvenus à le vaincre? Asdahyat sourit.

– Sois sans crainte! Nous n'avons rien à redouter. Il y a bien longtemps que cette digue est là. Peut-être plus de deux mille ans. Aucune puissance ne pourra jamais en venir à bout.

Il y avait un ton de défi dans sa voix. Jehn ne réagit pas. Deux mille ans! La durée lui parut inimaginable. Mais il sut taire son étonnement. Depuis la veille, il lui semblait avoir basculé dans un autre monde. Les Khress n'entretenaient aucun rapport avec les peuples de la Petite Mer, ni même avec les autres nations qui vivaient vers le sud. Ils étaient installés ici depuis bien des générations. S'ils avaient pu communiquer leurs connaissances aux siens, que n'auraient-ils pas réalisé ensemble? Il demanda :

– Existe-t-il d'autres cités comme Yshtia?

– Les légendes prétendent qu'elles furent nombreuses autrefois. Leurs vaisseaux navigaient d'un port à l'autre. Le commerce était florissant. Mais c'était il y a très longtemps. Le niveau de l'Océan était plus bas qu'aujourd'hui. Peu à peu, des tempêtes effroyables les ont englouties l'une après l'autre. Yshtia est la dernière survivante de ces cités magnifiques.

Elle frissonna. Son visage s'était assombri. Il la prit par les épaules.

– Dis-moi, Asdahyat, n'as-tu point de compagnon?

Elle recula, les lèvres étirées en un sourire énigmatique.

– Moi, un compagnon? Non, je suis libre!

Elle éclata à nouveau de son rire cinglant.

– Je suis libre!

Son rire menaça de s'achever sur une crise de larmes. Mais elle serra les dents, s'écarta brusquement de Jehn, et se dirigea vers la rive océanique d'un pas incertain. Sa silhouette se découpa en ombre triste sur les nébulosités sanglantes qu'un soleil diaphane ourlait d'or. Une rafale de vent souleva sa chevelure de feu.

Au-delà de son rire clair et de son visage où se lisait un mélange pervers d'innocence et d'infinie cruauté, Jehn percevait à présent le désespoir sans fond qui imprégnait son âme. Il la rejoignit et lui prit la main. Elle voulut se dégager, mais il la maintint avec fermeté.

– Asdahyat! Ne pouvons-nous devenir amis? Vraiment amis?

Elle siffla méchamment.

– Amis, dis-tu ? Mais regarde-toi ! Tu parles la langue des esclaves. Tu portes les vêtements des esclaves. Je te fais beaucoup d'honneur en acceptant de te recevoir à Yshtia. Je t'ai accordé une faveur insigne en faisant l'amour avec toi.

– Alors, j'accepte cet honneur.

Il lui lâcha la main. Il avait eu envie de la prendre dans ses bras, de lui offrir son amitié, malgré les souvenirs douloureux qui hantaient sa mémoire. Mais elle l'avait repoussé. Il émanait d'elle un orgueil démesuré. Un orgueil qui seul lui permettait de vaincre son désespoir.

Enfin, elle se tourna vers lui. En un instant, toute expression de cruauté avait disparu de son visage. Il se demanda si c'étaient des larmes ou des perles d'océan qui coulaient sur ses joues.

– Tu es un homme étrange, Jehn. Tu es seul, face à une cité entière dont tu ignores tout, et qui peut te détruire sur un simple caprice. Pourtant, tu n'éprouves aucune crainte, et tu m'offres ton amitié. Quelle force mystérieuse t'habite donc ?

Il désigna le loup qui s'était assis sur son arrière-train, face à l'Océan.

– Peut-être celle des animaux. Ils ne se posent pas de questions. Ils vivent l'instant qui passe. Parce qu'ils ont conscience que la puissance invincible de Gwanea les protège, par-delà la mort. Personne ne peut rien contre l'esprit. Sa force est infinie.

L'innocence s'effaça d'un coup devant la dureté. Elle persifla :

– L'esprit ? Comme tu es naïf. Que sais-tu de l'esprit, toi qui viens des Mondes Inférieurs ? Je connais vos croyances stupides. Mais elles sont fausses. Les dieux sont morts ! Ils nous ont abandonnés.

Elle pointa un doigt tremblant sur lui.

– Toi aussi, ils t'ont abandonné. Tu es seul ! *Seul* !

De nouveau, les larmes troublaient sa voix.

Il répliqua avec calme :

– Les dieux ne meurent pas, Asdahyat. Ils vous ont abandonnés, parce que vous n'aviez plus confiance en eux. Mais si vous vouliez rebâtir votre civilisation, vous allier aux autres peuples, au lieu de les asservir, les dieux vous soutiendraient de nouveau.

Elle ne répondit pas. Les propos de cet homme venu de l'Extérieur la touchaient trop profondément. Il semblait deviner la moindre de ses pensées, la plus fugitive de ses émotions. D'ordinaire, les hommes n'étaient que de vils animaux dont elle aimait les mains possessives sur son corps, des griffes qui lui procuraient un plaisir bestial dont jamais elle ne se rassasiait. Ils explosaient en elle, lui procurant l'extase. Une extase qu'il lui avait offerte, lui aussi. Cependant, à la différence des autres, il était très intelligent. Et elle ne pouvait s'empêcher d'éprouver pour lui une attirance inexplicable. C'était ridicule. Il n'était qu'un vulgaire sous-humain des Terres Inférieures. Elle lui en voulait de cette faiblesse stupide qui l'envahissait lorsque son regard se posait sur elle. Elle le haïssait, parce qu'il ne la désirait pas. Elle aurait voulu qu'il l'adore, qu'il devienne son esclave, un chien lui réclamant un amour qu'elle lui accorderait selon son bon plaisir. Mais elle le devinait plus fort qu'elle. Et elle se détestait d'avoir envie que ses mains se posent encore sur elle, la possèdent avec violence, lui arrachent des cris et des gémissements.

Elle devait le séduire. Elle voulait encore sentir sa peau au parfum sauvage contre la sienne, ses bras puissants se refermer sur elle. Elle était fascinée par ses yeux verts incomparables, qui semblaient voir jusqu'au fond de son âme. Elle voulait l'entendre lui murmurer des paroles enfiévrées, qui lui confirmeraient qu'elle était la plus belle, la plus sensuelle, la plus extraordinaire des femmes.

Elle le séduirait. Puis elle le tuerait. Comme les autres. Car nul homme jamais ne la dominerait. Elle revint se blottir contre lui :

– Ne parlons plus de tout ça ! N'es-tu pas las de ton voyage ? N'aimerais-tu pas un bain chaud ?

– Un bain chaud ?

Elle éclata de rire et l'entraîna vers la barque, où les deux pêcheurs les attendaient patiemment.

Plus tard, ils étaient de retour dans la haute tour du palais. Asdahyat le mena dans une chambre située juste au-dessus de ses propres appartements.

– Voilà ! Les servantes t'ont préparé cette chambre pendant notre absence. Tu y dormiras pendant ton séjour à Yshtia.

– Je te remercie de ton hospitalité.

Elle l'entraîna ensuite vers une petite pièce attenante où les deux filles avaient déjà empli une large vasque de pierre creusée à même le sol, assez large pour contenir deux personnes. Une eau fumante répandait son parfum étrange.

– Viens, intima Asdahyat au jeune homme.

Elle saisit sa veste de cuir et l'ôta lentement, sans cesser de le regarder. Il la laissa faire. Elle fit ensuite glisser la chemise de lin, qu'il avait gardée lors de la séance mouvementée du début de l'après-midi.

Lorsqu'il fut torse nu, elle le regarda avec stupéfaction, s'approcha presque timidement et posa le doigt sur le trident qui ornait son épaule gauche.

– La marque des dieux anciens ! murmura-t-elle, d'une voix étranglée par l'émotion.

28

Elle leva sur lui des yeux stupéfaits.

– Qui es-tu vraiment, Jehn?

– Je te l'ai dit : un voyageur. Que connais-tu de cette marque?

– L'ignores-tu toi-même?

– Je t'ai posé une question!

Elle hésita, puis répondit :

– La légende prétend qu'autrefois, les rois des cités la portaient. Elle signifiait qu'ils étaient protégés par les dieux, dont ils descendaient. On dit aussi qu'ils possédaient des pouvoirs surnaturels. Nul ne pouvait rien contre eux.

– Portes-tu cette marque toi-même?

Elle fit la grimace.

– Tu sais bien que non. Tu m'as vue nue tout à l'heure. Elle a disparu depuis des dizaines de générations. Avec le temps, le sang des dieux anciens s'est perdu. Alors, les eaux de l'Océan ont commencé à monter. Et les cités ont été englouties, l'une après l'autre.

Soudain, elle recula et siffla :

– Seule Yshtia a su résister. Nous avons lutté contre les dieux. Peut-être nous avaient-ils condamné à disparaître. Mais nous les avons vaincus.

Elle insista, d'une voix hystérique :

– Tu entends? Nous les avons vaincus! La Digue nous protège. Jamais aucune tempête ne parviendra à l'emporter!

– Calme-toi! Je ne te veux pas de mal. T'aurais-je sauvé la vie si ce n'était pas le cas?

Au-delà de sa fureur, Jehn devina la frayeur et le désespoir. Peu à peu, la vérité lui apparut sous un angle tout à fait différent. Yshtia était une cité très ancienne. Sans doute avait-elle connu un passé prestigieux, dont ce qu'il découvrait aujourd'hui n'était plus que le pâle reflet. Une ville, un peuple âgés et affaiblis, héritiers d'une race disparue. Il comprenait à présent d'où provenait ce sentiment de malaise diffus. Une menace qui n'était pas dirigée contre lui, mais plutôt contre la cité elle-même. Yshtia était condamnée à disparaître. Asdahyat s'accrochait à l'espoir insensé que la puissante digue la protégerait indéfiniment. Mais Jehn savait que le temps inexorable finirait par en avoir raison. Et la jeune femme ne l'ignorait pas, même si elle le refusait de toutes ses forces.

Soudain, elle le regarda étrangement, puis tourna les yeux vers le loup, qui s'était installé devant l'âtre. Elle hésita une seconde, puis demanda :

– Dis-moi, Jehn, possèdes-tu des vêtements rouges?

– Pourquoi me demandes-tu ça?

Elle eut un sourire énigmatique, puis répondit :

– Parce que j'aime particulièrement cette couleur.

Il devinait qu'il existait une autre raison, qu'elle ne lui dévoilerait pas. Il dit :

– Oui, je possède des vêtements rouges.

– Alors, je souhaiterais que tu les portes ce soir, lorsque je te présenterai au roi. J'aimerais aussi que le loup t'accompagne.

– Cela ne dépendra que de lui. Mais comme il me suit partout...

Elle éclata de son rire aigu, puis ajouta :

– Je vais te laisser à présent. Je dois aller accueillir mon père. Je reviendrai te chercher.

Il acquiesça d'un signe de tête.

Lorsqu'elle fut sortie, les deux filles revinrent vers lui. Avec des gestes timides, elles entreprirent d'achever de le déshabiller, non sans examiner du coin de l'œil la marque mystérieuse. Il se glissa dans l'eau chaude avec un soupir de bien-être. Une sensation de calme l'envahit. Gwanea ne l'avait pas abandonné. Pour une raison qu'il ne s'expliquait pas, le signe en forme de trident le protégeait.

Tandis que les filles le frottaient avec des éponges parfumées, il ferma les yeux et laissa l'esprit de la ville le pénétrer. C'était une technique qu'il avait coutume de pratiquer lorsqu'il chassait en forêt. Il lui semblait étendre les limites de son propre corps, s'intégrer à l'environnement. Il percevait alors le moindre frémissement de vie, la présence de chaque être vivant, plante ou animal. Il savait alors si les esprits lui seraient favorables, et si la chasse serait fructueuse.

Il émanait de la cité un désespoir informulé, l'écho d'une condamnation qui avait frappé ses habitants depuis bien longtemps déjà, et qu'ils niaient farouchement. Sans doute était-ce pour cela qu'ils refusaient tout contact avec les peuples de l'extérieur, utilisant leur puissance pour les asservir plutôt que de s'en faire des alliés. Les Khress cultivaient leur image de démons parce qu'en réalité ils avaient peur. Ils se savaient condamnés et vivaient repliés sur eux-mêmes, mordant les frontières de leur territoire comme des chiens féroces, attendant la fin avec une sorte de fatalisme effrayant. Ainsi s'expliquaient les visages fardés et fatigués qu'il avait croisés dans les galeries du palais.

Cependant, s'ils n'avaient été aussi imbus de leur supériorité, ils auraient accepté d'abandonner cette cité maudite et noué des contacts amicaux avec les autres peuples. Seul leur stupide orgueil le leur interdisait.

Enfin il sortit de la vasque de pierre. Les deux filles l'essuyèrent en jacassant dans leur langue mystérieuse. Par jeu, il leur demanda la traduction de certains mots courants. Contrairement à ceux de la tribu de Noïrah, ils étaient très différents des siens.

– Parlez-moi du roi Gordlonn, dit-il soudain.

Elles se regardèrent, puis l'une d'elles, plus hardie, se décida :

– Que veux-tu savoir?

– Est-il un bon souverain?

– Oui! Gordlonn est un bon souverain. Mais...

Elle hésita. Jehn lui prit la main.

– Mais quoi?

– Il est très malheureux.

– Malheureux?

– Une malédiction pèse sur Yshtia, et sur tous ses habitants. Mais c'est surtout lui qu'elle frappe. Il a perdu ses deux épouses. La seconde était la mère de la princesse Asdahyat, à qui tu as sauvé la vie. La première était la mère du prince Brendaan. Tu le rencontreras sans doute ce soir.

– Parle-moi de cette malédiction.

Elle hésita.

– Ici, c'est un mal dont on n'ose pas prononcer le nom.

– Alors, comment puis-je savoir?

Elle soupira. Les yeux verts de l'étranger détruisaient toutes ses résistances.

– Il s'agit de... de la Cavale de la Nuit.

– La Cavale de la Nuit?

– A Yshtia, elle est le symbole des cauchemars qui hantent nos esprits. C'est un cheval noir qui visite les humains pendant leur sommeil et qui sème l'angoisse et la terreur dans leur âme. Notre roi Gordlonn est sujet à ses attaques toutes les nuits. Personne ne sait s'il s'agit d'un esprit ou d'un cheval qui existe réellement. Plusieurs fois déjà, il a envoyé ses hommes pour le capturer. Mais jamais aucun d'eux n'est revenu. Je crois qu'il accordera tout ce qu'il veut à celui qui saura le débarrasser de cette malédiction.

Jehn hocha la tête.

– Un cheval noir, dis-tu?

Une image furtive lui traversa l'esprit. Où avait-il déjà aperçu un cheval de cette couleur? La fille écarta sa robe, et montra entre ses seins un collier constitué de perles ovales d'une matière dorée.

– C'est de l'ambre, dit-elle. Elle nous protège des mauvais esprits. Mais elle est impuissante à défendre notre pauvre roi.

Jehn sourit.

– J'ignore tout de cette Cavale de la Nuit. Mais si je peux faire quelque chose, je te promets d'agir. Quel est ton nom?

– Phaeïdr!

– Et moi, je m'appelle Scyaan, intervint la seconde, un peu jalouse.

Jehn lui sourit. Il leur caressa la joue et passa dans la chambre, où elles avaient apporté ses armes et sa bandoulière de cuir. Il en sortit ses vêtements d'écarlate. Lorsqu'elles aperçurent ses vêtements couleur de sang, les filles reculèrent, le visage marqué par l'effroi.

– Eh bien? Que vous arrive-t-il?

Il eut un mouvement dans leur direction, mais elles s'enfuirent dans la salle de bains. Interloqué, Jehn n'osa pas les suivre. Il secoua la tête, puis s'habilla, sous l'œil énigmatique du loup qui n'avait pas perdu une miette de la scène.

– Toi, bien sûr, tu ne m'expliqueras rien.

Il haussa les épaules. Demeuré seul, il se rendit sur la terrasse, d'où l'on dominait toute la ville. Au loin, les brumes avaient repris leur droit et voilaient la digue immense qui n'apparaissait plus que sous la forme d'une vague ligne sombre. Parfois, un geyser d'écume témoignait du combat incessant que le gigantesque édifice menait contre les assauts de l'Océan. Le soleil avait disparu, masqué par une épaisse couche de nuages. Malgré la saison, un froid persistant mordait les lieux.

Il songea à Trois-Chênes, et aux fêtes qui se préparaient à cette époque de la Nuit Courte. Il était coutume alors de se baigner la nuit, lorsque la lune était pleine, dans les eaux de l'océan, attiédies par le soleil qui les avait réchauffées toute la journée durant. Il se souvint des nuits d'amour enfiévrées qu'il avait partagées avec Myria sur les plages de sable abritées des vents. Il serra les dents. Si les dieux le permettaient, ils s'aimeraient encore face aux flots sombres de la nuit, sous la protection de Leh'ness, la déesse de la lune.

Un bruit le tira de sa rêverie. Asdahyat venait d'entrer. Elle avait revêtu une robe très décolletée qui ne cachait pratiquement rien de sa poitrine. Sur son visage était peint un papillon aux couleurs chatoyantes où dominait le vert. Ce masque insolite contrastait avec sa chevelure flamboyante. Elle l'observa avec un sourire ambigu.

– Ainsi, je ne m'étais pas trompée, dit-elle.

– Pourquoi me regardes-tu ainsi? Vas-tu t'enfuir, toi aussi, comme ces deux filles?

– Certainement pas! Viens! Nous sommes attendus.

Elle éclata de son rire espiègle, puis glissa son bras sous le sien. Il comprit qu'elle ne lui dirait rien de plus et la suivit hors de la chambre.

Quelques instants plus tard, ils pénétraient dans une salle immense, le loup sur les talons. Entre les baies étroites ouvrant sur la terrasse qui cernait le lieu, des fresques aux couleurs passées décoraient les murs, retraçant des scènes de chasse ou de bataille. Des colonnes sculptées en bas relief soutenaient le plafond couvert de lattes de bois. Jehn n'avait jamais rien vu de semblable. Des lustres équipés d'une multitude de lampes à huile luttaient contre la nuit naissante, diffusant un éclairage d'un jaune doré.

Des serviteurs achevaient d'installer des victuailles sur de longues tables basses. Plats de viandes en sauce, plateaux de fruits inconnus, pâtés de légumes ou de gibier. Une quarantaine de courtisans bavardaient par petits groupes. Les visages étaient tous fardés, parfois de manière grotesque. Il était délicat de distinguer les femmes des hommes.

Une onde glaciale parcourut le cœur de Jehn. Il émanait des lieux un malaise impalpable, comme si des esprits néfastes y avaient élu domicile.

Tout au fond, une estrade dominait la salle. Un siège imposant l'occupait. Un homme aux cheveux gris, de forte corpulence, y était assis. Son visage rouge et ses yeux injectés de sang trahissaient l'abus d'alcool. Cependant, son visage témoignait d'une réelle autorité. A ses côtés se tenait une très jeune femme au yeux tristes, à la beauté fragile. Elle était vêtue d'une longue robe blanche, qui contrastait avec les habits bariolés des autres convives. De longs cheveux blonds croulaient en nappe épaisse sur ses épaules. Une ceinture d'une matière inconnue, d'un jaune brillant, incrustée de pierres rouges, enserrait sa taille.

Elle fut la première à l'apercevoir. Aussitôt, Jehn vit un sourire fugace étirer ses lèvres, qui la rendit soudain très belle.

Près de l'estrade, se détachant des courtisans aux vêtements bariolés, trois personnages âgés vêtus de longues toges grises bavardaient. Un col haut dissimulait leurs traits.

Les visages de l'assistance se tournèrent vers Jehn. L'instant d'après, un silence de mort s'abattit sur la foule. Tous les invités semblaient frappés de stupeur. Près de lui, une femme chancela et balbutia des mots incompréhensibles.

Il se tourna vers Asdahyat.

– Qu'a-t-elle dit?

– Elle dit que tu es l'Homme Rouge! L'Homme Rouge de la prédiction!

29

Satisfaite de la stupeur qu'elle avait provoquée, Asdahyat prit la main de Jehn. Tous deux s'avancèrent vers le trône, au milieu des regards hostiles ou effrayés. On s'écarta avec crainte sur leur passage. La présence du loup noir et la taille impressionnante du jeune homme incitaient à la prudence.

Ils parvinrent devant l'estrade. Le visage du monarque était pâle malgré son teint coloré par les abus. Affectant d'ignorer Jehn, il se leva et s'adressa à sa fille dans la langue d'Yshtia.

– Non, mon père, je n'ai pas fait bonne chasse, répondit-elle dans celle de Jehn.

Le visage du souverain marqua la surprise.

– Pourquoi ma fille s'exprime-t-elle dans le dialecte inférieur des esclaves?

– Parce que celui qui m'a sauvé la vie ne parle pas notre langue.

– Celui qui t'a sauvé la vie? grommela le roi.

– Mon cheval a pris peur du sanglier que je poursuivais. Il s'est emballé.

Asdahyat désigna Jehn.

– Cet homme m'a arrachée à la mort juste avant que ma monture ne s'abîme dans un gouffre. Il y a risqué sa propre vie.

Gordlonn hocha la tête et dit au jeune homme :

– D'ordinaire, les étrangers n'ont pas le droit de pénétrer sur notre territoire sacré. Ceux qui le tentent sont aussitôt mis à mort, ou enchaînés comme esclaves. Ne craignais-tu pas de subir un tel sort en t'aventurant sur ces terres que redoutent les tiens?

– Notre sort repose entre les mains des dieux, roi Gordlonn. Le tien comme le mien. S'ils ont désiré que je vienne jusqu'à Yshtia, n'était-ce pas pour qu'ils me permettent de sauver ta fille? Est-ce par la mort qu'un grand kheung récompenserait un tel acte? Ou bien cela veut-il dire que l'hospitalité et la reconnaissance n'ont aucun sens pour le peuple de ce royaume?

– Tu as la langue bien pendue pour un homme des Terres Inférieures.

Il marqua une pause et se rassit. Puis il reprit :

– Mais nous avons une dette envers toi. Et tu es sous la protection de ma fille Asdahyat. Quel est ton nom?

– Jehn.

– Il semble que tu sois un cavalier remarquable. C'est singulier. D'ordinaire, les tiens redoutent les chevaux.

– Je ne les crains pas, puisque je suis parvenu à apprivoiser la pouliche la plus rapide de son troupeau. Elle a distancé toutes les montures de tes compagnons. Si je n'avais pas été présent, ils n'auraient pu que te rapporter la mort de ta fille.

– C'est exact, père! renchérit la princesse. Son cheval est plus vif que le vent. Peut-être plus rapide que la Cavale de la Nuit.

Dès qu'il entendit ces mots, le roi devint blême et se tassa sur son fauteuil. Asdahyat paraissait s'amuser beaucoup de la frayeur qu'elle avait suscitée chez son père. Mais il ne releva pas son attaque perfide. Le personnage en toge grise réprimanda la princesse.

– C'est un nom que l'on ne doit pas prononcer, Asdahyat.

Elle prit une mine faussement contrite. Pour la première fois, Jehn apercevait le visage de l'inconnu. C'était un vieillard dont les longs cheveux blancs étaient noués en tresses. Des rides griffaient ses traits creusés, couleur de vieil ivoire. Son menton s'ornait d'une barbe courte teinte en noir. Ses yeux brillants, profondément enfoncés dans les orbites, semblaient percer l'âme de leurs interlocuteurs. Il dévisagea le jeune homme avec acuité.

– Tu es très grand pour un homme des mondes extérieurs. Serais-tu le fils d'un géant?

– Mon père n'était guère plus grand que toi!

– La princesse Asdahyat nous a fait part d'une marque que tu portes à l'épaule. Pourrais-tu nous la montrer?

Jehn hésita un instant, regarda l'inconnue en robe blanche. Elle lui adressa un discret sourire d'encouragement. Pour une raison qu'il ne s'expliquait pas, il comprit qu'elle était son alliée. Il ôta sa veste et sa chemise. Le roi et l'homme en gris s'approchèrent et examinèrent la marque en forme de trident avec circonspection. Impressionné, Gordlonn murmura :

– Le signe des dieux anciens !

– Cela ne fait aucun doute, renchérit le vieillard.

Quelques courtisans s'avancèrent à leur tour, mus par la curiosité. Jehn se tourna brusquement vers eux. Aussitôt, ils reculèrent, effrayés. Gordlonn se pencha vers la femme blonde et échangea quelques mots avec elle. Puis il déclara :

– S'il en est ainsi, cela signifie que les dieux te protègent, Jehn. C'est bien. Considère-toi comme notre invité.

Mais son regard démentait son accueil. D'un geste nerveux, il indiqua un siège au jeune homme. Celui-ci prit place. Asdahyat s'installa d'autorité à ses côtés. Tous les regards restaient fixés sur Jehn. Il dit au roi :

– Je constate que la vue d'un étranger doit être un spectacle rare à Yshtia. Vont-ils continuer à m'observer ainsi ?

– Ils ont peur de toi ! rétorqua Gordlonn.

– Peur d'un homme seul ? Les gens d'Yshtia seraient-ils si impressionnables ?

Le vieillard gris intervint d'un ton sec.

– Tu sais parfaitement pourquoi ils te craignent !

Jehn se tourna vers lui.

– J'ai entendu parler, lorsque je suis entré dans cette salle, d'une prédiction mystérieuse. Pourrais-tu m'en dire plus ?

– Sache que je suis le grand-maître des *ekkleses*, les prêtres d'Yshtia. Je n'ai pas à répondre à la question d'un être inférieur.

Gordlonn le coupa.

– Noble Shaïdeen, il porte le signe. Cela ne veut-il pas dire que les dieux nous manifestent leur présence ?

– Une présence funeste, s'indigna le vieillard. Et qui confirme la malédiction de cette sorcière !

Il pointa un doigt rageur sur la jeune femme blonde.

– Si tu nous avais écouté, nous l'aurions livrée aux flammes purificatrices depuis longtemps.

Le roi lui jeta un regard furieux, puis, désignant la fille en robe blanche, il s'adressa de nouveau à Jehn.

– Voici la devineresse Callisto ! Elle fut capturée voici un an, alors qu'elle avait débarqué sur nos côtes. Depuis, elle est notre invitée. Elle a reçu des dieux le don de prévoir l'avenir.

Il se tourna vers elle.

– Parle ! Dis-nous ce que tu as vu, le premier soir où tu es arrivée à Yshtia.

La jeune femme fixa son regard d'un bleu intense dans les yeux verts de Jehn et, pour la première fois, il entendit sa voix. C'était une voix douce, mélodieuse, d'une pureté incomparable. Lorsqu'elle parla, les murmures qui parcouraient la salle cessèrent.

– Un géant vêtu de rouge viendra dans ces lieux. Il sera accompagné d'un énorme loup noir. Nul ne pourra rien contre lui, car dans ses veines coule le sang des dieux. Il sera seul. Pourtant, il possédera en lui une puissance infinie, une puissance qui anéantira la cité. Il n'en subsistera qu'un souvenir obscur qui traversera les siècles des siècles, aussi longtemps que les hommes fouleront ce sol.

Lorsqu'elle eut fini de parler, un silence presque palpable succéda à sa déclaration. Le souverain gronda.

– Le prêtre a raison. Je devrais te faire tuer, Jehn. Tu représentes un grand danger pour ma cité.

Callisto intervint.

– Tu ne peux rien contre lui, Gordlonn. Peut-être la prédiction a-t-elle une autre signification. Mais cet homme est envoyé par les dieux. Si tu le tues, tu déclencheras leur colère sur la cité.

Shaïdeen voulut répliquer, mais une voix nouvelle tonna à l'autre bout de la salle.

– A moins qu'il ne soit pas l'envoyé des dieux !

Tous les regards convergèrent vers l'entrée, où un homme venait d'apparaître. C'était un colosse vêtu de cuir noir, aussi grand que Jehn. Ses cheveux épais étaient tirés en arrière par une lanière. A son flanc pendait une longue lame d'yrhonn. Il s'avança vers le trône, de la démarche lourde d'un ours. Ses lèvres s'étiraient en un sourire mauvais. Ses yeux luisants reflétaient la cruauté.

– Il porte le signe sur son épaule, Brendaan ! répliqua Asdahyat.

– Ma sœur, tu accordes trop d'importance à ce que raconte cette traînée. Je partage l'avis de Shaïdeen.

Gordlonn clama :

– Callisto ne s'est encore jamais trompée dans ses prédictions.

– Coïncidences. S'il est ici pour détruire Yshtia, nous devons le tuer.

– Et déclencher la colère des dieux. Jamais je ne prendrai un tel risque.

Brendaan se mit à hurler.

– Quelle importance? Les dieux nous ont abandonnés depuis longtemps. Ils sont morts. Nous les avons vaincus.

Il dégaina son arme de métal et la brandit en direction de Jehn.

– Cet homme est à moi. C'est un adversaire à ma taille.

Le loup gronda. Gordlonn se leva et déclara :

– Que mon fils se calme. Dois-je lui rappeler qu'il me doit obéissance?

– Seigneur roi, intervint le vieux prêtre, il existe un moyen pour savoir si cet homme est bien un envoyé des dieux. Pose-lui l'énigme.

Quelques murmures parcoururent l'assistance. Le roi hésita, puis répondit :

– La sagesse parle par la bouche du noble Shaïdeen.

Il frappa dans ses mains. Aussitôt, une escouade d'une dizaine de gardes entrèrent. Ils armèrent leur arc d'une flèche qu'ils pointèrent sur Jehn. Asdahyat, qui s'amusait visiblement beaucoup, se leva et rejoignit son frère, furieux que le combat lui échappe.

Le monarque déclara :

– Etranger, je vais te poser une énigme. Si tu y réponds correctement, tu auras la vie sauve. Sinon, j'ordonne à mes archers de t'abattre, ainsi que ton loup.

Shaïdeen leva la main.

– Ce n'est pas tout, Seigneur roi. Si l'étranger ne peut résoudre l'énigme, cela signifie qu'il n'est pas l'envoyé des dieux, et que ta protégée s'est trompée. Je demande dans ce cas à ce qu'elle soit livrée aux flammes pour ses prédictions mensongères.

Gordlonn se redressa d'un coup.

– Callisto est mon invitée. Nul ne peut lui faire de mal.

– C'est une devineresse enfantée par les divinités des Profondeurs, le coupa le prêtre d'une voix stridente. Si elle a menti, elle doit mourir!

– Il a raison, père, renchérit Brendaan. Cette traînée ne nous a apporté que des malheurs depuis son arrivée.

– Je n'ai pas choisi de rester, riposta Callisto.

– Silence! glapit le vieillard gris.

Asdahyat ajouta :

– Père, je suis de l'avis de Shaïdeen. Cette fille vous a aveuglé l'esprit. Depuis sa prédiction funeste, tous les Yshtiens, depuis les plus humbles jusqu'aux plus grands seigneurs qui sont ici ce soir, tous vivent dans l'angoisse, redoutant l'apocalypse qui anéantira notre cité. Si elle s'est trompée, je veux tenir moi-même la torche qui embrasera son bûcher!

Un murmure d'approbation courut dans la salle. Gordlonn s'effondra sur son siège. Il prit la main de la jeune femme blonde, et déclara :

– Bien! Qu'il en soit ainsi.

Jehn était pris au piège. Il leva les yeux sur Callisto, pétrifiée. Son regard ne quittait pas le jeune homme. Si les gardes tiraient, peut-être aurait-il le temps de basculer et de se protéger derrière son siège. Mais il savait qu'il finirait par succomber sous le nombre. Il respira profondément et dit à Gordlonn :

– Pose ton énigme.

Le roi déclama d'une voix pas très assurée :

– La voici! Sais-tu qu'il existe une créature qui ne possède ni chair, ni os, ni veines, ni sang. Elle n'a pas d'yeux, et pourtant elle voit tout ce qui se passe dans le monde. Elle ne possède pas de mains, mais sa puissance est telle qu'elle peut déraciner une forêt entière. Sais-tu qu'elle n'est pas née, et qu'elle est immortelle. Sais-tu aussi que personne ne peut la voir. Qui est-elle?

Le prêtre eut un petit sourire satisfait. Les sous-humains des Terres inférieures étaient trop stupides pour comprendre.

Jehn se concentra. Il n'avait pas le droit d'échouer. Il se tourna vers l'assemblée. Puis il s'avança, observant les visages fardés, déjà réjouis par sa mort prochaine. Plusieurs fois on avait promis la liberté à un esclave s'il résolvait l'énigme. Aucun d'eux n'avait réussi. Les gardes tendirent la corde de leur arc. Jehn revint vers le roi.

– Une créature qui ne possède ni os, ni veines, ni sang, dis-tu? Il ne s'agit donc pas d'un être de chair. Et c'est pour cela que l'on ne peut la voir. Elle ne possède pas d'yeux, mais elle voit tout ce qui se passe dans le monde ? Sans doute est-elle aussi vaste que lui. Alors, si elle n'est pas le monde lui-même, il ne peut s'agir que de l'être qui le recouvre et le protège. Un être dont la puissance est telle qu'elle peut, lorsque soufflent ses colères, déraciner une forêt entière.

Il fixa Gordlonn dans les yeux.

– Je ne connais qu'une créature capable d'un tel prodige. Il s'agit du vent. Le vent, qui franchit les montagnes et les océans, qui connaît le royaume des dieux, et que les yeux des hommes ne peuvent voir. Le vent qui n'est pas né et qui est immortel.

Un murmure de déception parcourut l'assistance. Seuls les Yshtiens connaissaient la solution de cette énigme. Le prêtre cracha de dépit. Jehn se redressa.

– Alors, Gordlonn, ai-je répondu correctement ?

Le souverain hocha la tête, satisfait et soulagé.

– Tu as répondu correctement ! Et tu es bien l'envoyé des dieux. Jamais un homme venu des Terres Inférieures n'avait pu résoudre cette énigme.

Jehn se rassit. Son regard croisa celui de Callisto, dont les yeux brillaient d'une joie contenue. Furieux, Brendaan se planta devant le jeune homme.

– Cela prouve seulement qu'il est intelligent. Mais s'il représente un danger pour Yshtia, nous devons l'éliminer.

– Non, jeta Callisto. Il est protégé des dieux.

Le colosse se tourna vers elle et hurla :

– Toi, la sorcière, tais-toi, ou je te fends le crâne !

Gordlonn répliqua :

– Brendaan, je t'interdis...

– Non, mon père ! Je ne redoute pas les dieux, moi !

Il écarta les bras en un geste de défi, faisant gonfler leur musculature, et se mit à vociférer.

– Vous entendez, tous ? Les dieux sont morts.

Asdahyat se mit à rire, attendant la suite des événements avec impatience. Il y avait longtemps qu'elle ne s'était pas autant amusée. Elle renchérit :

– Brendaan a raison. Qu'il combatte l'étranger !

– Tu vois, mon père ? Ma sœur est de mon avis.

Le prêtre ne broncha pas. Brendaan pointa un doigt menaçant sur Jehn et jeta avec mépris :

– Si ce chien est vraiment envoyé par les dieux, qu'il le prouve en m'affrontant au sabre.

Callisto intervint :

– Les étrangers ignorent le maniement des armes de métal. Il n'a aucune chance contre toi.

L'autre ricana :

– Si les dieux le protègent, comme tu l'affirmes, ils interviendront pour le sauver.

– Tu n'es qu'un lâche! hurla la devineresse.

Ivre de fureur, le colosse dégaina son sabre et bondit sur l'estrade. Gordlonn s'interposa.

– Callisto est sous ma protection. Je t'interdis de la toucher.

Décontenancé par le regard implacable de son père, Brendaan recula. Le vieux prêtre riposta :

– J'approuve ton fils, Gordlonn. Si l'étranger est protégé des dieux, il saura se défendre.

– Alors, qu'on lui apporte un sabre, tonna Brendaan.

Jehn se leva sans mot dire. Il savait que toute parole était inutile.

– Prépare-toi à rejoindre les dieux maudits qui t'envoient, étranger. Je vais te réduire en miettes.

Sans attendre de réponse, il se débarrassa de sa veste sans manches et écarta d'un geste vif les courtisans trop proches. Ceux-ci reculèrent avec crainte. Il fit quelques mouvements rapides avec son arme. Le métal siffla dans l'air, tandis qu'un sourire cruel illuminait ses traits.

Un garde apporta un second sabre, qu'il tendit à Jehn. Celui-ci le saisit. Il n'avait jamais tenu une telle arme en main. Sa légèreté le surprit. Gordlonn secoua la tête d'un air las. Il ne se sentait pas la force d'arrêter son fils. L'assistance forma un cercle autour des combattants.

Les deux colosses s'observèrent. Un sourire de victoire anticipée étira les lèvres de Brendaan. Soudain, il bondit sur le jeune homme, l'arme haute. Jehn s'écarta et déjoua l'attaque. Curieusement, le loup ne bronchait pas. L'autre porta un nouveau coup, que Jehn bloqua comme il put. Un troisième l'atteignit à l'épaule, juste au-dessus de la marque divine. Un rigole de sang coula, maculant son torse. Quelques rires coururent dans l'assistance. Malgré sa taille, l'étranger ne tiendrait pas longtemps devant Brendaan, le meilleur bretteur d'Yshtia.

Celui-ci, constatant la faiblesse de son adversaire, décida de faire durer le plaisir, afin de prouver sa supériorité, et la stupidité des prédictions de cette chienne de Callisto, qui avait tourné la tête de son père. Il attaqua de plus belle.

Tout à coup, une douleur fulgurante lui entailla le bras. L'ennemi avait paré d'une manière imprévisible. Il hurla de dépit et de rage. Comme lorsqu'il avait affronté le terrible Naam'hart, Jehn sentit une énergie inconnue l'investir, une puissance formidable qui pénétrait jusqu'à la moindre fibre de sa chair. Il connaissait cette arme. Il l'avait déjà manipulée par le passé. Le duel prit alors une nouvelle tournure. Peu à peu, Brendaan, malgré ses qualités de combattant et sa force impressionnante, ne put contenir les assauts précis de Jehn. Celui-ci utilisait une technique redoutable, terriblement efficace. Bientôt, le torse de Brendaan se couvrit de blessures, tandis que ses coups ne pouvaient plus atteindre son rival.

Soudain, sous une riposte plus violente que les autres, le sabre de Brendaan sauta de son poing. L'instant d'après, le froid du métal s'appuyait sur sa gorge. Il recula, les yeux hagards, partagé entre la terreur et la haine.

– Dois-je prendre ta vie? gronda Jehn d'une voix sourde.

– Non! souffla Gordlonn. Tu as vaincu, étranger. Montre-toi clément.

Jehn hésita. Il était sûr qu'il tenait au bout de sa lame celui qui avait dirigé l'expédition contre son village. Le souvenir des corps décapités ou mutilés le hantait. Le visage souillé de boue d'Aalthus s'imposait à lui. Il dut faire appel à toute sa volonté pour ne pas enfoncer son arme. L'autre le sentit, et se mit à trembler.

Tout à coup, un garde se précipita dans le dos de Jehn, une lance à la main. Le loup bondit. Il n'y eut qu'un cri, terrible. Personne n'eut le temps d'intervenir. L'instant d'après, le corps décapité du guerrier s'écroulait lentement sur le sol, tandis que sa tête sectionnée roulait aux pieds des courtisans qui glapirent de terreur. Le loup revint s'asseoir sans hâte, la gueule dégoulinant de sang.

Jehn lui adressa un clin d'œil, puis abaissa son arme. Brendaan recula, le visage perlé de sueur. Le jeune chasseur s'adressa alors au roi.

– Je n'ai pas voulu ce combat, ni la mort de ton garde, Gordlonn. Tu m'avais accueilli en ami. Mais j'ai une autre conception de l'hospitalité.

– Ce matin, tu as sauvé la vie de ma fille. Ce soir, tu as épargné celle de mon fils. Tu nous as prouvé que tu étais bien un envoyé des dieux. Sois sans crainte, personne ne te causera de tort.

Il se dressa et toisa l'assemblée.

– Telle est ma volonté! tonna le roi.

Son fils geignait en essuyant maladroitement le sang qui maculait son torse nu. Furieux, Shaïdeen se retira. Seule Asdahyat affichait un sourire ravi. Callisto posa la main sur le bras du monarque.

– Tu agis sagement, Gordlonn. Même si personne ne veut l'admettre, cet homme est bien protégé par les dieux.

Elle observa Jehn, puis ajouta :

– Peut-être est-il un dieu lui-même!

Soudain, ses yeux s'agrandirent, se troublèrent. Elle se leva, s'approcha du jeune homme, tendit les mains vers son visage. Intrigués, les courtisans s'avancèrent. Asdahyat voulut intervenir, mais son père lui intima d'un geste l'ordre de ne pas bouger.

Callisto posa ses doigts fins sur le front de Jehn, puis ferma les yeux. Sa respiration s'accéléra tandis que ses traits se déformaient sous la surprise. Un tremblement incontrôlable s'empara d'elle. Le chasseur ressentit une étrange onde de chaleur le baigner. Lentement, les doigts de la devineresse descendirent sur sa joue, son cou, puis vers l'épaule gauche, et s'arrêtèrent sur la marque mystérieuse.

Alors, elle ouvrit les yeux et souffla d'une voix presque inaudible, qu'il fut sans doute le seul à entendre :

– Astyan!

30

Stupéfait, Jehn saisit les mains de Callisto.

– Quel nom viens-tu de prononcer?

Les yeux de la jeune femme s'embuèrent de larmes. Elle semblait s'éveiller d'un cauchemar. Elle avait peine à reprendre son souffle.

– Je... je ne sais pas, je ne sais plus.

– Parle! D'où tiens-tu ce nom?

Elle se dégagea et recula, en proie à une émotion violente.

– Non! Je... je ne peux rien dire! C'est trop... incroyable!

Elle s'écarta, tituba jusqu'au siège de Gordlonn. Une fine sueur couvrait son visage. Le roi la prit contre lui, l'air inquiet. C'était la première fois qu'il la voyait dans cet état. Elle ajouta pour lui seul :

– Surtout, ne tente rien contre lui! Rien! Il dispose d'une puissance extraordinaire. Même...

Elle regarda Jehn une dernière fois.

– Même s'il ne le sait pas vraiment.

Gordlonn s'adressa au jeune homme.

– N'insiste pas! Ces visions la fatiguent beaucoup.

Jehn acquiesça.

– C'est bien, Seigneur roi! Permets-moi donc de me retirer!

Il brandit le sabre maculé d'écarlate.

– Je conserve cette arme! Elle me revient de droit!

Il ramassa ses vêtements et se dirigea vers la sortie, le loup sur les talons. Asdahyat se leva et le suivit. Elle avait tremblé pour lui lorsqu'il avait combattu son frère. Non, elle ne le tuerait pas. Il valait tellement mieux que tous les singes maquillés qui l'entouraient. Elle le séduirait, et il l'aimerait. Mais elle l'aimerait aussi. Elle l'aimait déjà.

– Emmène-moi, Jehn!

Il la prit par les épaules.

– Non, Asdahyat! J'ai besoin d'être seul. Je te verrai demain.

Sans attendre de réponse, il quitta la salle.

Un flot de rage envahit les veines de la princesse. Elle le haïssait. Elle le tuerait de ses propres mains. Elle se rua sur une jarre emplie d'alcool de miel, l'éleva au-dessus d'elle et la projeta de toutes ses forces sur le sol. Le récipient éclata en mille morceaux, dans un fracas infernal, éclaboussant généreusement les convives. Tout le monde regarda Asdahyat, dont les yeux noirs écumaient de fureur.

Puis, comme par enchantement, ses traits s'éclaircirent, et s'épanouirent sur un sourire radieux. Elle écarta le haut de sa robe d'un geste sec, dévoilant ses seins blancs, et se mit à hurler :

– Il est parti? Nous n'avons pas besoin de lui. Qu'attendons-nous? Que la fête commence!

Des cris d'enthousiasme lui répondirent. Alors, elle se précipita vers son frère, dont le torse ruisselait de sang, se pencha sur lui et l'embrassa à pleine bouche.

Jehn entendit le fracas de la jarre brisée. Il marqua un temps d'arrêt, puis reprit son chemin dans la galerie, éclairée par des lampes à huile parcimonieuses. Alors qu'il allait gravir l'escalier menant à sa chambre, il aperçut une escouade de guerriers escortant une troupe de jeunes femmes atterrées vers la salle du trône, des esclaves à demi-nues que l'on traînait vers l'orgie qui se préparait. Une voix juvénile jaillit de leurs rangs.

– Jehn!

– Saadrah!

C'était une fille de son clan, âgée d'une douzaine d'années. Il arrêta les gardes d'un geste impérieux. L'un d'eux voulut riposter, mais son chef l'en empêcha en marmonnant quelques mots dans la langue d'Yshtia. Jehn s'adressa à lui :

– Je veux cette fille pour la nuit. Libère-la!

L'autre hésita un instant. Mais il était présent lorsque Jehn avait vaincu le prince Brendaan. Le roi avait étendu sa protection sur lui. Il valait mieux s'exécuter. Il détacha la fillette et la remit entre les mains de Jehn. Celui-ci le salua, attrapa Saadrah dans ses bras, et se dirigea vers les escaliers. La gamine n'avait plus que la peau sur les os. Elle se serra contre le jeune homme comme un petit animal effrayé.

Quelques instants plus tard, il avait regagné ses appartements. Malgré la saison, les murs ruisselaient d'humidité. Par chance, les servantes avaient allumé un feu dans la cheminée. Jehn se demanda ce qu'il en était à l'époque des grands froids. Il installa la fillette devant l'âtre, ôta ses vêtements sales et l'enveloppa dans la fourrure d'ours. Elle tremblait de froid et de faim. Il ouvrit sa bandoulière et en sortit une large tranche de poisson fumé dans laquelle elle mordit à belles dents.

Lorsqu'elle eut terminé, elle vint se lover contre lui.

– Ne crains rien. Pour cette nuit au moins, tu es en sécurité.

– Jehn! Comment se fait-il que tu sois ici?

Il lui prit la main et lui conta ses aventures depuis l'instant où il avait découvert ce qui restait de Trois-Chênes. Elle l'écouta bouche bée. Avec Saadrah, c'était un peu des siens qui revenait. Les yeux qu'elle levait vers lui disaient la confiance qu'elle lui témoignait. A présent qu'il était là, elle n'avait plus rien à redouter. Il était tellement puissant; il vaincrait les démons.

A son tour, elle lui raconta sa vie dans les souterrains du palais, l'humidité glaciale, les rats omniprésents et agressifs, les morts quotidiennes de ceux qui n'avaient plus la force de résister. Elle évoqua les soirées d'orgie, où les courtisans se faisaient amener des filles et de jeunes garçons afin d'assouvir leurs envies malsaines. Parfois, leurs jeux pervers dégénéraient pour se terminer dans le sang, dans les rires épouvantables des nobles yshtiens qui se délectaient de la souffrance qu'ils infligeaient. Le plus dangereux était un géant toujours vêtu de cuir noir, dans lequel Jehn reconnut Brendaan. Saadrah ne put achever le récit de ce qu'il avait fait subir à une fille du clan. Elle éclata en sanglots et se serra contre le jeune homme en tremblant, comme si elle avait voulu disparaître en lui. Une haine étouffante envahit le cœur de Jehn. Il lui caressa les cheveux avec douceur, puis demanda anxieusement :

– Et Myria? Où est-elle?

Elle ravala ses larmes.

– Je ne sais pas. Nous avons été séparées dès notre arrivée. Je crois qu'elle n'est pas à Yshtia. Il existe, vers l'est, un endroit maudit où les esclaves meurent par dizaines. Surtout les hommes. J'ai entendu une femme qui en revenait parler de « fours à vent ». Elle m'a parlé d'une fille qui attend un bébé. Sa description correspond à Myria. C'est une chance pour elle. Les Yshtiens n'aiment pas les femmes enceintes. D'après cette femme, elle s'occupe de préparer la nourriture pour les esclaves.

Une vague de soulagement pénétra le jeune homme. Ainsi, Myria était vivante. Elle avait échappé au sort ignoble qui frappait les jeunes enfermés dans la cité. Dès demain, il demanderait à Gordlonn de lui faire visiter ces « fours à vent ».

Il prit Saadrah dans ses bras et l'installa sur le lit, puis se coucha contre elle, afin de lui communiquer sa chaleur. La gamine, malgré le repas copieux qu'elle venait de faire, tremblait encore de froid. Elle s'endormit rapidement. Jehn lui caressa les cheveux avec douceur. Il ne savait pas encore comment il allait s'y prendre, mais il la délivrerait, comme il libérerait tous ses compagnons.

Il lutta contre le sommeil. N'allait-on pas profiter de la nuit pour l'attaquer? Bien sûr, Gordlonn avait reconnu en lui un envoyé des dieux, et avait exigé qu'on le respecte. Mais la haine qu'il avait lue dans les yeux de Brendaan, marqués par la démence, l'inquiétait. Il ne lui pardonnerait pas sa défaite. La présence du loup le rassurait. Si l'on tentait de l'approcher pendant la nuit, le fauve le préviendrait.

Il repensa à Callisto. Il revit son regard halluciné lorsqu'elle l'avait appelé Astyan, du nom que lui avait donné la femme aux yeux verts de ses rêves. Il devait à tout prix avoir une conversation avec elle. Mais il ignorait où elle logeait. De plus, Gordlonn la surveillait jalousement. Il n'était pas sûr qu'il lui permette de la voir.

Gordlonn! Malgré sa haine des Khress, c'était un sentiment ambigu que Jehn éprouvait pour le monarque. Un roi fatigué, dominé par les débordements de ses propres enfants, et pris au piège d'une horde de courtisans qui ne vivaient que pour ces fêtes orgiaques dont avait parlé la petite Saadrah. Jehn sentait, au-delà de la lassitude et du dégoût qui marquaient le visage du souverain, qu'il aimait sa cité, une cité dont le destin lui échappait pourtant.

Il se demanda quelle était la nature exacte de ses relations avec Callisto. Etait-elle sa maîtresse? Malgré sa condition de prisonnière, la jeune femme ne semblait pas le haïr. Un lien paradoxal les unissait. Ils paraissaient s'aider, se soutenir mutuellement. Il ne faisait aucun doute qu'elle suscitait en revanche la haine farouche des courtisans yshtiens, et surtout de Shaïdeen. Jehn n'avait eu aucune peine à percer le prêtre à jour. Callisto menaçait ses prérogatives. Il n'aurait de cesse de la voir morte.

Enfin, Jehn finit par sombrer dans un sommeil peuplé de cauchemars. Peut-être parce qu'il avait évoqué son souvenir, la femme aux yeux verts lui apparut, perdue au cœur de son tourment nébuleux. Plus que jamais elle souffrait. Il aurait voulu l'atteindre, la rejoindre, la délivrer. Mais une nouvelle fois le gouffre insondable s'ouvrit sous ses pieds lorsqu'il s'avança vers elle. Une spirale vertigineuse l'aspira vers le néant. Un hurlement vrilla ses tympans.

Il s'éveilla, en sueur, sous la peau d'ours, le cœur battant la chamade. Il comprit que c'était lui qui avait crié. Jamais de sa vie il n'avait éprouvé une telle frayeur. C'était comme si un vortex sans fin avait tenté de le happer, de lui dévorer l'âme. Il s'assit sur sa couche. Ses mains tremblaient.

A ses côtés, Saadrah s'éveilla aussi.

– Ce n'est rien. Dors!

Incapable de retrouver le sommeil, il se leva et sortit sur la terrasse. Le vent frais qui soufflait de l'Océan lui fit du bien. Une rumeur sourde provenait de la Digue, perdue dans la nuit sans étoiles.

Tout à coup, des cris retentirent non loin de lui, en provenance de la chambre de la princesse, juste au-dessous de la sienne. Il se pencha, intrigué. De l'angle où il se trouvait, il bénéficiait d'une vue plongeante sur les appartements. Asdahyat était en compagnie d'un esclave et d'un autre homme, de dos; il le reconnut aux blessures qu'il avait négligé, peut-être volontairement, de nettoyer. Brendaan! Les débordements auxquels Asdahyat se livrait avec les deux hommes, dont l'un était son propre frère, défiaient l'imagination. Une nausée sournoise lui tordit l'estomac lorsqu'il se souvint qu'il avait fait l'amour avec cette fille dans la journée même. Bien sûr, il n'avait pu agir autrement. Mais il se jura que jamais plus elle ne poserait la main sur lui.

Soudain, la princesse leva les yeux dans sa direction et l'aperçut. Ses yeux se mirent à briller, et elle éclata de son rire sonore, proche de l'hystérie. Ses partenaires, qui n'avaient rien vu, redoublèrent d'ardeur. Jehn recula, l'esprit en déroute.

Dégoûté, il revint s'allonger près de Saadrah qui s'était rendormie. Il comprenait à présent pourquoi, selon la prédiction de Callisto, les dieux avaient condamné Yshtia à l'anéantissement.

31

Le lendemain, Jehn s'éveilla de bonne heure. Il désirait rencontrer Gordlonn au plus tôt. Il fallait profiter de l'avantage que lui procurait la prédiction de Callisto pour négocier avec le roi la libération des esclaves. Il secoua Saadrah, qui dormait encore.

– Je dois partir. Tu vas rester ici. Tu es en sécurité. Si on vient, tu te fais passer pour mon esclave.

– Bien, Jehn!

Jehn s'adressa au loup.

– Toi, mon compagnon, j'aimerais que tu la protèges.

Le fauve vint lui lécher amicalement la main, puis s'installa au pied du lit. Jehn hocha la tête, rassuré. Avec lui, la gamine ne risquait rien.

Il s'habilla, puis descendit jusqu'à la salle du trône. Une lumière pâle coulait des larges baies ouvertes sur la lagune. Des serviteurs ôtaient les corps des derniers convives abrutis par l'alcool. D'autres lavaient le carrelage à grande eau, pour en faire disparaître les traces de vomissures et de sang qui les couvraient par endroits. Une odeur âcre stagnait sur les lieux. Le monarque était avachi sur son siège, le menton reposant sur la poitrine. Il ronflait, parfois secoué de tics nerveux. A ses côtés, Callisto le veillait, lui tenant la main. Ses traits étaient tirés et pâles. Elle n'avait pas dû fermer l'œil de la nuit.

Les gardes s'écartèrent pour laisser passer Jehn. Il jeta un coup d'œil autour de lui, puis s'avança au-devant de la jeune femme et la salua.

– Ce que je vois là m'écœure. Comment ce peuple parvient-il à inspirer une telle frayeur aux nôtres?

– Parce qu'il détient depuis des temps immémoriaux des secrets que vous n'avez pas encore découverts. Et parce que les tiens n'osent l'attaquer de front.

– J'ai toujours pensé que les hommes étaient faits pour cultiver la terre, élever des animaux, pêcher des poissons et honorer leurs ancêtres. Me suis-je trompé?

– Le monde est beaucoup plus complexe que tu ne le crois.

– Parle, toi qui connais le passé et l'avenir. Crois-tu vraiment que je sois celui qui doive détruire Yshtia?

Elle abandonna Gordlonn et s'avança vers lui.

– Peut-être! Mais les desseins des dieux sont parfois imprévisibles.

– Pourquoi m'as-tu appelé Astyan? D'où connais-tu ce nom?

Elle se figea. Ses gestes se firent nerveux. Comme si le souffle lui manquait, elle revint s'asseoir près du monarque.

– Je... je ne sais pas. J'ai dû me tromper. Oublie tout cela.

– Non! Dis-moi qui est cet Astyan!

Elle se mit à trembler, et gémit :

– Mais je l'ignore. Il a surgi en moi d'un seul coup.

Il s'agenouilla près d'elle et lui prit la main.

– Pourquoi es-tu si effrayée? dit-il avec douceur. Je ne te veux aucun mal.

– Je... j'ai vu autre chose lorsque ce nom m'est apparu. C'était... comme un abysse insondable d'où émanait un flot terrifiant de souffrance et de néant. Le souvenir d'un monde qui paraissait venir de si loin... de si loin.... Une époque où Yshtia elle-même n'existait pas encore.

Elle frissonna et fixa son regard bleu dans celui de Jehn. L'espace d'un instant, le jeune homme lui trouva une vague ressemblance avec la femme aux yeux verts qui hantait ses songes. Elle souffla d'une voix brisée par l'angoisse :

– Il vaudrait mieux que tu quittes cet endroit au plus vite.

– Je ne peux abandonner les miens aux Khress. La moitié de ma tribu est prisonnière d'Yshtia.

Elle soupira.

– Je sais que tu resteras tant qu'ils ne seront pas libres. Ecoute, je... je ferai tout ce qui est en mon pouvoir pour t'aider. Mais prends garde. Il existe une chose encore plus puissante que les dieux.

– Laquelle?

– Le Destin.

A ce moment, un grognement se fit entendre. Gordlonn s'éveillait. Il cligna des yeux, et aperçut Jehn.

– Tu es là, étranger!

– Oui! Je voulais te rencontrer.

Le monarque fourragea dans sa barbe, puis se gratta les cheveux. Les agapes de la veille altéraient son entendement.

– Pourquoi?

– J'ai une proposition à te faire.

– Laquelle?

– Penses-tu que je sois celui qui doit détruire ta cité?

– Je l'ignore. Mais les prédictions de Callisto se sont toujours vérifiées.

Il bougonna :

– Je voudrais pouvoir lutter contre toi. Mais je m'en sens incapable.

Jehn déclara :

– Il existe peut-être un moyen d'éviter une telle catastrophe.

– Lequel?

– Accorde satisfaction à la requête que je vais te soumettre.

– C'est-à-dire?

– Tes guerriers ont attaqué ma nation il y a peu de temps. Je sais que tu avais conclu une alliance avec le men'ma'sha d'Her-Lann, Phradys. C'est lui qui t'a demandé d'anéantir la tribu des Loups.

Gordlonn le regarda d'un air surpris.

– Je ne comprends rien à ce que tu racontes. Je ne connais pas ce Phradys.

Jehn s'étonna. Le roi avait l'air sincère.

– Alors, tu ignores d'où je viens.

– Asdahyat m'a dit que tu étais un voyageur.

– C'est vrai. Mais je suis aussi venu pour obtenir la libération de mon peuple, que tu gardes en esclavage.

Gordlonn riposta :

– Les esclaves? Mais nous avons besoin d'eux!

– Pourquoi? Les Yshtiens ne sont-ils plus capables de travailler par eux-mêmes?

– Nous avons toujours utilisé des esclaves. Depuis la nuit des temps. Que faire d'autre de ces peuplades sauvages qui dévorent ceux qu'ils capturent?

Jehn s'insurgea.

– Mais les miens ne mangent pas de chair humaine. Ils sont persuadés au contraire que ce sont les Khress qui les enlèvent pour les dévorer.

– Tu mens! Plusieurs fois les nôtres ont été attaqués par vos hordes sauvages. Nous n'avons retrouvé que leurs os.

Jehn resta un moment silencieux. La réaction de Gordlonn l'intriguait. Le monarque n'avait apparemment aucune idée des différents peuples qui vivaient hors de son royaume.

– Il est vrai qu'il existe dans les terres de l'Intérieur des tribus de Mangeurs d'hommes, répondit-il. Mais jamais mon peuple n'a agi ainsi.

– Ton peuple ne mange pas de chair humaine?

– Bien sûr que non! C'est contraire aux lois de nos dieux.

Il posa la main sur le bras de Gordlonn.

– Je crois qu'il existe une incompréhension entre nos deux peuples. Mais nous pouvons nous entendre. C'est peut-être pour cela que les dieux m'ont envoyé. Détruire Yshtia, cela peut avoir de nombreuses significations.

Le roi médita un instant, puis se leva.

– Viens! Je voudrais te montrer quelque chose.

Tous trois sortirent de la salle et se dirigèrent vers les terrasses suspendues qui dominaient la cité et la rade, où sommeillaient les vaisseaux à l'abandon. Dans les rues sombres s'affairaient quelques artisans aux visages tristes. Gordlonn grommela :

– Autrefois, il y a bien longtemps, Yshtia était une nation puissante. Nos navires sillonnaient l'Océan. Des savants enseignaient la connaissance à nos enfants.

Il frappa du poing sur la pierre noire.

– Aujourd'hui, il n'y a plus de savants. Peu à peu, tous nos secrets disparaissent dans l'oubli. C'est à peine si nous savons encore fondre le fer.

– Le fer?

– Ce métal que tu appelles l'yrhonn.

Il désigna les bateaux dont les mâtures craquaient sous les assauts des bourrasques soufflant de l'Océan.

– Regarde! Aucun de ces navires n'a pris la mer depuis plusieurs années. Ils sont vieux et ne résisteraient pas à la plus petite tempête. Je me demande même s'il existe encore à Yshtia un homme capable de les diriger.

Il eut un sourire amer.

– De toute façon, où iraient-ils? Les autres cités ont toutes été englouties. Nous sommes les derniers représentants d'une civilisation condamnée à disparaître. Nous avons laissé les connaissances de nos ancêtres se perdre au fil du temps. Nous ne pensons plus qu'à faire la fête. Une longue fête avant de disparaître.

– C'est stupide! Vous vous battez contre l'Océan, au lieu de vous tourner vers les nations de l'Intérieur. Vous pourriez quitter ce lieu infernal et rebâtir une ville plus belle. Au lieu de transformer les miens en esclaves, vous pourriez établir des relations d'échange avec eux. Bientôt, nos peuples n'en formeraient plus qu'un.

– Tu n'y penses pas, rétorqua le monarque. Nous sommes supérieurs à vous!

Jehn répliqua :

– Supérieurs? Vous laissez pourrir vos navires, vous n'entretenez même plus cette digue magnifique, votre ville tombe en ruines. Vous n'êtes que de stupides orgueilleux.

– Tais-toi! Comment oses-tu me parler ainsi?

– Je n'ai pas terminé. Je doute que vos ancêtres soient fiers de vous!

Gordlonn eut un ricanement amer.

– Nos ancêtres? Leurs esprits nous ont abandonnés depuis bien longtemps.

– Qui a fondé ces cités?

Le roi ne répondit pas tout de suite.

– On raconte que, il y a des milliers de lunes, un peuple issu des dieux anciens serait venu d'au-delà de l'Océan pour prendre possession de ces territoires. Mais son souvenir s'est perdu depuis des générations.

Il ajouta avec un air de défi :

– Selon la légende, nous sommes les descendants de ces dieux oubliés.

Ses mâchoires se crispèrent. Soudain, il cracha :

– Mais les dieux sont morts! Il n'en reste rien aujourd'hui.

Il lui montra le marais où, malgré le soleil, des écharpes de brumes sommeillaient, tapies en embuscade comme de gros monstres assoupis.

– Que faire, sinon s'étourdir de fêtes, dans un endroit aussi lugubre? Jadis, l'Océan commençait beaucoup plus loin. Ces côtes étaient couvertes de forêts. Mais peu à peu, les eaux ont tout dévoré, inexorablement. Si nos ancêtres n'avaient pas bâti cette digue, Yshtia aurait été anéantie, elle aussi.

Jehn demeura un moment silencieux. Un formidable espoir se levait en lui. Les Khress n'étaient pas aussi mauvais qu'il l'avait pensé. Toute cette haine ne reposait que sur une terrible incompréhension mutuelle. Il disposait d'un atout important, dont il devait user. Il écarta sa chemise sur la marque en forme de trident, et regarda le roi dans les yeux.

– Es-tu sûr qu'il ne reste rien de ces dieux anciens? Pourquoi crois-tu que je suis venu?

Gordlonn fixa le signe. Puis il chancela et s'appuya sur le rempart. Callisto le soutint.

– Il faut que je me repose, Jehn, souffla le roi. Il faut... que je réfléchisse à tout cela.

Jehn le prit par l'épaule.

– Que les dieux t'inspirent, Gordlonn. N'oublie pas que la destruction d'Yshtia ne veut pas forcément dire l'anéantissement de son peuple.

– Mes enfants ne voudront jamais quitter cette ville. Ils n'ont que mépris pour l'Extérieur.

– Tu es le roi de ce lieu, Gordlonn. Tous doivent t'obéir.

– Oui, je suis le roi. Mais je suis bien seul. Le prêtre Shaïdeen me hait depuis que j'ai pris Callisto sous ma protection. Quant à Asdahyat et Brendaan, je sais qu'ils n'attendent que ma mort pour me succéder.

Il serra les dents et ajouta :

– Peut-être même en s'unissant l'un à l'autre. Parce qu'ils sont persuadés que le sang des dieux coule encore dans leurs veines.

Il salua Jehn d'un signe de tête, prit le bras de Callisto et se dirigea vers le palais d'un pas lourd. Soudain, il se retourna et dit :

– En ce qui concerne les esclaves, ce n'est pas moi qui choisis les lieux où nous les capturons. Mon fils commande la garde. Peut-être pourra-t-il répondre à ta question.

– Où est-il en ce moment?

Gordlonn baissa la tête. Il hésita, puis ajouta :

– A cette heure-ci, tu le trouveras peut-être près du... du gouffre de Paalg'oof. Jehn...

– Oui?

– Je sais que Brendaan te voue une haine mortelle. Mais promets-moi de ne pas le tuer.

Jehn ne répondit pas immédiatement. La réaction de Gordlonn lui prouvait l'ascendant qu'il exerçait à présent sur le roi. Cependant, un fait le surprit plus encore. Malgré ce que Gordlonn pensait de ses enfants, il intervenait pour les protéger. Une telle attitude était digne d'estime. Il déclara :

– Je te le promets. Mais j'ai une autre faveur à te demander.

– Laquelle?

– J'aimerais que tu me fasses découvrir les fours à vent.

Le roi regarda Callisto, qui acquiesça.

– C'est bien. Nous nous y rendrons cet après-midi.

32

Après son entrevue avec Gordlonn, Jehn se rendit aux écuries, où il retrouva sa pouliche, qui l'accueillit avec des hennissements de joie. Apparemment, le roi avait donné des ordres précis, car les gardes ne s'opposèrent pas à ses désirs. Lorsqu'il quitta le palais, aucun d'eux ne tenta de s'interposer.

Il sortit de la ville, sous les regards parfois intrigués, parfois hostiles des citadins, puis s'engagea sur la route dallée qui menait vers l'extérieur.

L'enfer de Paalg'oof.

Il se souvenait du précipice, auprès duquel il avait fait halte la veille en compagnie d' Asdahyat. La scène lui revint clairement. La princesse avait déclaré aimer cet endroit. « Tu ne peux pas encore comprendre », avait-elle précisé, ce qui avait déclenché les ricanements des courtisans. Il avait alors éprouvé un malaise indéfinissable devant le paysage sauvage, comme si la mort y planait.

Il se dégageait de l'endroit une beauté mystérieuse et inquiétante. Entre deux parois rocheuses hautes de plus de cent coudées s'ouvrait une gorge profonde, au fond de laquelle les flots s'engouffraient avec une violence infernale, se déchiquetant sur des rochers acérés ; le soleil ne l'éclairait qu'à un seul moment de la journée, lorsqu'il s'élevait dans son axe. Jehn estima que ce moment était proche.

Il accéléra l'allure. Bientôt la côte méridionale, baignée d'une nébulosité lumineuse, se dessina, dominant l'Océan. Lorsqu'il arriva en vue du gouffre, une petite troupe avait déjà pris possession des lieux. Jehn mit pied à terre et s'approcha en silence. Il aperçut des courtisans dont l'attitude et les rires rauques trahissaient leurs excès nocturnes. Autour d'eux se dressaient une douzaine de gardes masqués d'yrhonn, la lance à la main, le sabre au flanc. Des hurlements de terreur attirèrent son attention.

Derrière les spectateurs éméchés, il reconnut Brendaan et Asdahyat. Le prince tenait par le cou un esclave qui gesticulait pour se dégager. La princesse, titubant sous l'effet de la fatigue et des excès, s'amusait de l'affolement du malheureux. Le prince frappa violemment l'estomac de sa victime qui roula au sol en gémissant. Puis il lui lança un coup de pied féroce et vociféra :

– Fils de truie ! Tu as osé abuser de ma sœur. Ma tendre sœur, que j'aime plus que tout.

Asdahyat fit entendre un rire perlé. Son frère décocha un second coup de pied à l'esclave qui rampa péniblement sur le sol rocailleux.

– Ecoute-moi, vomissure de chien ! Moi seul ai le droit de la baiser.

Il saisit l'homme par les cheveux et le projeta sauvagement contre la roche. Du sang macula le sol. Brendaan, chancelant, se dirigea vers Asdahyat, la prit par la taille, et lui mordit les lèvres avec bestialité. Elle se tordit comme une liane et enroula ses bras autour du cou de son frère.

A nouveau, le prince hurla d'une voix pâteuse :

– Tu entends, résidu de fiente de rat ! Moi seul !

Une bouffée de colère envahit le cœur de Jehn. Il bouscula les gardes sans ménagement et tonna :

– Toi seul, oui, Brendaan. Personne ne songe d'ailleurs à te la disputer.

Surpris par l'attaque imprévue, le prince s'écarta de sa sœur et fit face, les yeux injectés de sang.

– Toi ! grinça-t-il d'une voix rauque.

– Lâche cet homme !

– Fils de chienne ! Tu oses me donner des ordres ?

D'un geste vif, Jehn dégaina son sabre et le pointa sur Brendaan qui recula, en proie à une panique soudaine. Il n'avait même pas eu le temps de porter la main à son arme. Dans le regard d'émeraude de son adversaire, il lisait une haine incommensurable.

Curieusement, les gardes n'osèrent pas intervenir. Tous avaient entendu parler de la marque mystérieuse qu'il portait sur l'épaule, le signe divin des anciens rois. Depuis la veille, une rumeur s'était répandue dans la cité, affirmant qu'un dieu inconnu était revenu à Yshtia. Personne ne tenait à se mesurer à lui. On avait en mémoire la manière dont il avait vaincu le prince, réputé pour être le meilleur guerrier de la ville.

Jehn gronda :

– Prends garde, Brendaan. J'ai donné ma parole à ton père de ne pas te tuer. Mais je n'oublie pas que c'est toi qui as massacré les miens à Trois-Chênes. C'est avec toi que Phradys avait conclu son accord ignoble. C'est toi qui as tué mon père d'un coup de lance dans le dos.

Jehn luttait pied à pied contre la rage sourde qui l'habitait. Il n'avait qu'un geste à faire pour venger ses morts. La pointe s'enfonça légèrement dans la gorge de Brendaan. Du sang perla et ruissela sur son cou.

– Parle! rugit Jehn. Dis-moi ce qui s'est passé à Trois-Chênes!

Le prince recula, les yeux emplis d'effroi. La fureur qui luisait dans le regard de son ennemi le pétrifiait de terreur. Ses mains se mirent à trembler. Il bredouilla :

– Phradys est venu me trouver pour me dire qu'il m'offrait tout un village d'esclaves, et qu'il ne ferait rien pour m'en empêcher, bien au contraire. Je devais aussi tuer un homme de taille colossale. C'était donc toi!

Jehn respira profondément.

– Tu connaissais Phradys... Ainsi, le kheung Dravyyd savait que les Khress ne sont pas des esprits, comme le croient les tribus de la nation.

– Bien sûr! Cela fait longtemps que j'ai établi des relations avec lui. Il me payait un tribut en fourrure et en jarres de nourriture. La terre est pauvre par ici. La vôtre est bien plus riche.

Jehn serra les dents, puis cracha :

– Plus riche, oui. Mais tu n'en profiteras plus jamais, Brendaan. Sache que j'ai tué Dravyyd et Phradys.

– Tu les as tués? Malgré les guerriers que j'avais formés moi-même?

Jehn ne répondit pas. Il comprenait à présent que le complot du kheung était encore plus important qu'il ne l'avait cru. Il baissa son sabre et s'approcha de l'esclave pour le relever.

– Ne touche pas à cet homme, s'égosilla Brendaan. Il est à moi.

Il se tourna vers les douze guerriers, qui n'avaient osé intervenir depuis le début.

– Gardes ! Tuez cet homme ! C'est votre chef qui l'ordonne !

Ils hésitèrent. Jehn leur fit face. Les courtisans quant à eux reculèrent hors de portée. L'algarade les avait dégrisés. Seule Asdahyat, assise sur le sol, ricanait, les yeux hagards.

– Je suis votre prince ! Obéissez ! hurla Brendaan d'une voix de dément.

L'instant d'après, six d'entre eux se ruèrent sur Jehn, l'arme haute. Mais la science mystérieuse du sabre que le jeune homme avait redécouverte la veille demeurait à jamais gravée en lui. Le combat s'engagea, d'une rare sauvagerie. En quelques instants, trois têtes roulèrent sur la rocaille, sous les rires hystériques de la princesse qui ne parvenait pas à se relever. Pris de panique, les trois survivants rejoignirent leurs camarades.

– Lâches ! Bande de lâches ! s'égosilla Brendaan, impuissant.

Alors, il se rua sur le malheureux esclave qui rampait près du précipice et le saisit à bras-le-corps. Jehn n'eut pas le temps de s'interposer. L'homme poussa un hurlement terrible et bascula dans le gouffre, dont les parois noires luisaient sous les rayons d'un soleil qui venait d'entrer dans l'axe du défilé. Malgré les grondements des flots qui explosaient sur les parois rocheuses en contrebas, on entendit le choc mat de son corps s'écrasant sur les récifs. Son cri s'éteignit d'un coup.

Jehn se précipita sur Brendaan, qui dégaina son sabre. Mais le prince avait présumé de ses forces. Un court instant plus tard, son arme lui sautait des mains et plongeait à son tour dans l'abîme. Jehn pointa sa lame sur le visage de son adversaire. La haine défigurait ses traits. Le prince perdit de son assurance. Il sentit le froid du métal se poser sur sa joue et déglutit péniblement.

– N'oublie pas ta parole, étranger !

Jehn gronda :

– Je ne l'oublie pas ! C'est à elle que tu devras la vie !

Le sabre toujours posé sur le cou du prince, il l'obligea à s'écarter du précipice. Puis, d'un mouvement sec, il lui entailla la joue, creusant une profonde balafre qui se mit à ruisseler de sang.

– La prochaine fois, sois certain que je trahirai ma parole.

Il recula lentement, puis se dirigea vers sa monture, qui l'attendait à distance.

La main sur la joue, Brendaan le regarda s'éloigner. Une rage bouillonnante lui tordait les tripes. Il ignorait encore comment, mais ce chien paierait. Tout protégé des dieux qu'il pouvait être. Asdahyat se releva, chancelante, et rattrapa Jehn, le visage déformé par la colère. L'ouragan soulevait ses cheveux comme des flammes rousses illuminées par le soleil.

– Tout cela est de ta faute ! cracha-t-elle. Si tu ne m'avais pas repoussée cette nuit, jamais je n'aurais amené cet esclave dans ma chambre.

– Ne t'approche pas de moi ! Je t'ai vue cette nuit t'accoupler avec ton propre frère ! Tu me répugnes !

Elle grinça :

– Parfaitement, avec mon frère ! Qui es-tu pour me juger ? Mon corps m'appartient. Brendaan est le seul qui sache l'aimer comme il doit être aimé ! Parce qu'il le connaît depuis que nous sommes enfants !

Un bref sanglot la secoua.

– Tu ne peux pas savoir ce que c'est, toi ! Des brumes éternelles qui pèsent sur cette ville noire. Un froid humide et glacial qui te pénètre jusqu'aux os, jusqu'au cœur, jusqu'à l'âme. Lorsque les brouillards se lèvent, c'est pour laisser la place à des tempêtes effroyables qui font trembler jusqu'aux murs de la haute tour. Tu n'as jamais eu peur d'être englouti sous un raz de marée plus haut que les autres lorsque tu étais enfant, toi. Moi, si ! Avec Brendaan, nous nous réfugiions tout au sommet du donjon. Il me prenait dans ses bras, et il me disait : « N'aie pas peur ! Je suis là ! Nous avons vaincu les dieux ! La Digue saura repousser leur colère ! »

« Alors, je n'avais plus peur ! Et puis... et puis, parce que mon corps était chaud contre le sien, parce que c'était la seule chaleur que nous pouvions partager, il me caressait... partout, le ventre, la poitrine, le sexe. Puis il me pénétrait. Et il me donnait du plaisir. Du plaisir au milieu de l'enfer !

Elle éclata en sanglots.

– Il était le seul à m'avoir donné pareille extase.

Elle se mit à respirer d'une façon saccadée et hurla :

– Jusqu'à hier! Hier, où tu es apparu dans ma vie, où tu m'as prise comme aucun homme, même lui, n'avait su le faire. Alors, je t'ai aimé, passionnément. J'aurais voulu donner ma vie pour toi. Mais cette nuit, tu m'as repoussée. Tu as osé me rejeter, comme on rejette une fille de la rade. Moi, moi qui suis la princesse de ce royaume!

Elle se dressa, le visage défait, les cheveux flamboyant dans le vent.

– Je voulais t'aimer, je voulais que tu deviennes mon compagnon!

Brusquement, elle se jeta dans les bras de Jehn et dit d'une voix hachée :

– C'est toi que je veux, Jehn. Toi seul peux me sauver!

Il la repoussa avec fermeté.

– Non, Asdahyat. Ce que j'ai vu cette nuit et ce que je viens de voir ici m'écœurent.

La princesse s'écarta de lui et pointa un doigt accusateur.

– Prends garde, Jehn! Tu me paieras tout cela!

La haine terrible qu'il lut dans les yeux de la fille rousse le désarçonna. Elle ajouta d'une voix de démente :

– Tu n'as aucune idée de ce que peut être la vengeance d'une femme!

33

De retour à Yshtia, Jehn demanda à rencontrer le roi. On l'amena dans une pièce située au-dessus de la salle du trône. C'était une grande chambre encombrée d'étagères soutenant des tablettes d'argile très fines, dont beaucoup tombaient en poussière. Une grande table de bois se dressait face à une baie vitrée ouvrant sur l'Océan. Sur un lit bas, le souverain se reposait. Callisto, assise sur un siège bas, semblait le veiller. Tous deux se levèrent lorsque Jehn entra.

Jehn expliqua ce qui s'était passé. Le vieux roi resta un long moment silencieux, puis déclara :

– Tu aurais pu prendre sa vie, Jehn. Mais tu ne l'as pas fait. Je t'en remercie. Je veillerai à ce que cessent désormais ces expéditions contre les peuples de la Petite Mer. Par ton attitude, tu m'as prouvé que les tiens n'étaient pas les sauvages que j'imaginais.

– Tu croyais qu'ils n'étaient que des êtres inférieurs, qui se dévoraient entre eux. Mais c'est faux. Seuls les Mangeurs d'hommes de l'Intérieur agissent ainsi. Il faut à présent démontrer aux miens que les Khress ne sont pas non plus des démons. Tu dois libérer les esclaves.

– Libérer les esclaves?

– Ton peuple et le mien doivent lier des contacts. Avec le temps, nos descendants et les vôtres se mêleront, pour ne plus former qu'une seule nation. Une nation puissante et heureuse. Nous redécouvrirons le secret de fabrication des navires, nous réapprendrons à les diriger. De nouveau, nous sillonnerons l'Océan. Nos descendants rebâtiront les cités antiques disparues sous les flots. Gordlonn, comprends-tu à présent pourquoi les dieux m'ont envoyé à Yshtia?

Il saisit les mains du roi dans les siennes.

– Notre terre est riche, nos rivières et nos côtes regorgent de poissons, nos forêts sont giboyeuses. Nous pouvons partager nos richesses. La haine disparaîtra entre nous, pour laisser place à l'amitié.

Dérouté, le monarque ne savait plus que répondre. Callisto intervint :

– Tu devrais écouter sa proposition, Gordlonn ! Elle est généreuse.

– Oui ! Je dois y réfléchir.

Il se tourna vers Jehn.

– Tes paroles sont singulières. Mais il existe entre nous une dette de sang. Tu m'as dit que nombre des tiens avaient été massacrés par mes guerriers. Serais-tu assez généreux pour oublier ?

Jehn respira profondément. Des images terribles l'assaillirent, parmi lesquelles se détachait le visage de son père, les yeux ouverts sur l'infini.

– Je n'oublierai pas. Personne ne doit oublier que ce massacre fut une terrible erreur, afin qu'elle ne se reproduise plus jamais. La haine existe, mais je crois que le pardon existe aussi. L'homme s'élève en pardonnant. Si tu libères les miens, ils pardonneront à leur tour.

Gordlonn soupira.

– Ce n'est pas aussi facile que tu le crois. Nous avons besoin de leurs bras. Comment ferons-nous sans esclaves ?

– Nul n'a le droit de contraindre un être humain à travailler contre son gré, et de le priver de sa liberté.

– Si, rugit une voix derrière eux. Le droit du plus fort !

Tous trois se retournèrent. Asdahyat se tenait devant eux, rouge de colère.

– Père, n'écoute pas ce que te dit cet homme. N'oublie jamais qu'il est venu pour détruire notre cité.

– Ma fille, dois-je te rappeler que je suis encore le roi d'Yshtia. Tant que je régnerai, tu devras m'obéir !

Elle s'insurgea :

– Cet homme n'est qu'un esclave, un être inférieur. Voudrais-tu en faire ton conseiller ?

Gordlonn hésita un instant, l'esprit parcouru par des pensées contradictoires. Soudain, il rugit :

– Tais-toi ! Je suis las de tes incartades. Je suis las de voir comment tu traites les esclaves, las de tes orgies, des sacrifices ignobles que tu pratiques à Paalg'oof. Crois-tu que je sois aveugle au point de ne pas savoir ce qui se passe ici?

– Mais, père, ces êtres ne sont que des animaux.

– Des animaux avec lesquels tu t'accouples, ma fille. J'entends que cela cesse immédiatement. Je crois avoir compris le sens de la prophétie à présent.

Il désigna Jehn.

– Cet homme est bien un envoyé des dieux. Il est venu pour détruire Yshtia. Cette Yshtia que nous connaissons aujourd'hui. Une cité qui a tout oublié de son passé glorieux, à cause de dépravés comme ton frère et toi.

Il serra le poing dans sa direction comme s'il avait voulu la broyer.

– J'ai été faible pendant trop longtemps. Je veux que tout cela change. Tu m'entends?

Stupéfaite, Asdahyat recula, le visage blême. Jamais son père ne lui avait parlé sur ce ton. Elle se ramassa, comme un carnassier acculé, puis riposta.

– Tu veux que cela change? Eh bien, soit! Mais tu n'es pas au bout de tes peines, mon cher père! N'oublie pas que Brendaan est le chef des gardes, et que la plupart de tes courtisans sont mes alliés. Quel camp choisiront-ils, d'après toi? Celui qui leur donne du plaisir et des fêtes, ou celui qui les obligera à travailler, puisque tu veux libérer les esclaves?

– Je suis leur roi! Ils m'obéiront!

– Ah oui? Mais regarde-les donc! Ce ne sont que des faibles, des êtres sans volonté. Il y a trop longtemps qu'ils ont oublié le sens du combat. Ils ne pensent qu'à boire, s'amuser et baiser. Quant aux gardes, ils sont fidèles à mon frère. A part les vieillards de ta garde personnelle. Les nôtres n'en feront qu'une bouchée.

– Silence! Tu oublies le peuple d'Yshtia. Je sais qu'il tremble de peur à chaque tempête. Nombreux sont ceux qui veulent quitter notre vieille cité.

Son ton se radoucit.

– Je sais la peine qui est la tienne, ma fille. Tu aimes cette ville. Mais nous n'y pouvons rien. Les dieux veulent nous chasser de ces lieux. Nous devons leur obéir.

– Jamais ! J'aime cette ville, dis-tu ? Qu'en sais-tu ? Je la hais ! Comme je hais tous ses habitants. Mais ici, je suis la princesse ! Et bientôt, j'en serai la reine ! Et tous m'obéiront.

– Tais-toi !

Asdahyat se redressa et toisa son père d'un air de défi. Pendant un instant qui parut des siècles, le père et la fille s'affrontèrent du regard. Puis le vieux roi recula. Son visage était rouge de colère. Il respirait difficilement. Callisto glissa son bras sous le sien. Asdahyat cracha :

– C'est ça ! Reste avec ta putain de sorcière !

Tout à coup, retrouvant des forces nouvelles, Gordlonn fondit sur sa fille et la gifla à toute volée. Asdahyat hurla et s'écroula. Le roi tonna :

– Disparais ! Disparais immédiatement de ma vue, avant que je ne te fasse enfermer par mes gardes.

La princesse rampa hors de portée, puis se releva et s'enfuit, des larmes de rage et de douleur dans les yeux. Gordlonn chancela, et s'appuya sur l'épaule de la devineresse. Il serra les dents. Deux larmes coulèrent sur ses joues usées par la vie et l'alcool.

– Fassent les dieux qu'il ne soit pas trop tard ! murmura-t-il.

Ils sortirent sur la terrasse qui bordait la salle. L'air frais calma le monarque. Il s'assit sur un banc de granit et demeura longtemps silencieux. Puis il déclara d'une voix sourde :

– Je ne reviendrai pas sur ma décision. Il faut que tout cela cesse. Tu m'as ouvert les yeux, Jehn. Une malédiction terrible pèse sur cette cité. Elle est en train de mourir. Mais le monde est vaste. Mon peuple est encore puissant et nombreux. C'est lui que je dois sauver.

– Si tu libères les esclaves, je me charge de t'obtenir l'alliance des tribus de la Petite Mer.

Gordlonn ne répondit pas. Il se leva et s'approcha du rempart. Il regarda en direction du levant et hocha la tête.

– Parfois, tes propos me semblent fous. Jamais je n'ai entendu un homme parler ainsi. Mais je crois que nous devons agir. En restant ici, nous sommes condamnés. Dans une génération, deux tout au plus, les Yshtiens ne sauront même plus comment entretenir la Digue. Alors, ils seront perdus.

Il se tourna vers Jehn.

– Je vais te faire visiter ces fours à vent qui semblent te tenir à cœur.

34

Quelques instants plus tard, tous trois quittaient Yshtia, escortés par une douzaine de gardes et par quelques courtisans proches du roi. La nouvelle de la dispute entre le père et la fille avait fait le tour du palais. Une scission se créait déjà entre les partisans du monarque et ceux d'Asdahyat.

Les cavaliers gravirent la colline septentrionale, puis longèrent la côte sauvage et désolée, qui, comme au sud, dominait l'Océan d'une hauteur impressionnante. Un soleil éclatant inondait les lieux battus par les vents. Comme pour confirmer les paroles de Jehn, les brumes avaient disparu. Cependant, il subsistait dans l'air une nébulosité qui troublait la vue à distance. Des vagues monstrueuses s'écrasaient sur d'énormes rochers noirs, en contrebas. C'était le royaume des oiseaux de mer, dont on apercevait les nids à flanc de falaise. Des nuées de goélands, de cormorans et de mouettes criardes tournoyaient au-dessus des flots.

Suivant une piste dallée, tracée depuis des générations, ils longèrent la côte en direction du levant. A mi-chemin, ils croisèrent un lourd chariot à roues tiré par des aurochs, dont les occupants les saluèrent servilement. Par-derrière marchaient une douzaine d'esclaves enchaînés, surveillés par des gardes. Gordlonn arrêta le convoi et invita Jehn à le suivre. Il ordonna à un homme de soulever la bâche qui couvrait le fourgon. De longues barres d'yrhonn apparurent.

– Le fer, dit le roi avec fierté. C'est de lui que nous tirons notre puissance. Il existe un gisement de minerai dans les terres de l'Intérieur. Ces pièces vont être amenées dans les forges d'Yshtia afin d'être façonnées par les artisans. Elles deviendront armures, sabres, cerclages de roues, vaisselle, et autres.

Il grommela :

– La science de la métallurgie est la seule que nous n'ayons pas encore oubliée. Il faut la sauvegarder.

Plus tard, ils arrivèrent en vue d'une vaste enceinte de pierres, aux murailles élevées. Des guerriers armés de lance et de fouet patrouillaient au sommet des remparts.

– Voici le camp des esclaves, expliqua Gordlonn. Nous le visiterons plus tard si tu le désires.

Il mit pied à terre et entraîna la petite troupe vers le bord de la falaise proche. Le site dominait l'Océan, au-delà duquel on devinait, à l'horizon, une côte lointaine.

– La baie de Thouarn, commenta le souverain. Toutes les tribus qui vivent le long de ces côtes sont sous notre domination. Elles nous fournissent l'essentiel de nos esclaves. Ce sont pour la plupart des Mangeurs d'hommes. Mais nous savons les dompter. Ils nous prennent pour des dieux et nous craignent. C'est pourquoi nous n'avons pas besoin de piller les nations lointaines comme la tienne.

– C'est pourtant ce qui s'est passé.

– Je te l'ai dit. C'est mon fils qui dirige ces expéditions. Il a agi sans mon consentement. J'ignorais les accords qu'il avait passés, avec ton kheung.

– Ces accords sont rompus à présent. J'ai tué le roi et son conseiller.

– Tu les as tués?

– Ils n'étaient pas dignes de gouverner la nation de la Petite Mer.

– Et les tiens ne t'ont pas puni pour ce crime?

– Non! Ils m'ont demandé de devenir kheung à mon tour. Mais j'ai refusé. Je voulais tout d'abord délivrer ceux que les Khress avaient emportés.

Gordlonn le regarda, stupéfait, puis éclata d'un rire sonore.

– Décidément, tu me surprends de plus en plus, Jehn. Tu ne doutes de rien. Tu es venu seul, lutter contre tout un peuple plus puissant que le tien.

– Je ne suis pas seul. La déesse-mère, Gwanea, me soutient. Sa puissance est infinie.

– La déesse-mère? Penses-tu qu'elle t'aidera toujours? Nos dieux nous ont bien abandonnés.

– Ils vous ont abandonnés parce que vous ne leur accordiez plus votre confiance. Ou peut-être parce que vos ancêtres avaient commis des crimes abominables. Mais les dieux ne meurent pas! Ils ne meurent jamais!

La dernière réflexion étonna le roi, qui ne sut que répondre.

– Suis-moi! dit-il.

Puis il saisit le bras de la devineresse et s'avança avec précaution le long d'un chemin abrupt qui descendait vers le flanc de la falaise. Un peu inquiet, Jehn les suivit. Les courtisans les imitèrent en jacassant.

Plus loin, le chemin se transformait en un escalier taillé dans la roche, qui menait vers une caverne s'enfonçant dans le cœur de la paroi. Ils débouchèrent bientôt dans un réseau de galeries éclairées par des lampes à huile, et creusées dans la pierre par la main de l'homme. A l'intérieur, sous le contrôle de maîtres d'œuvre équipés de fouets, une armée de pauvres hères s'affairait, charriant d'énormes hottes emplies d'une terre lourde, de couleur gris sombre. D'autres portaient d'énormes vasques de pierre, de formes différentes.

– Le minerai de fer, expliqua Gordlonn. Et là, ce sont les formes. Tu vas voir à présent ce qu'est un four à vent.

Ils poursuivirent leur progression, s'enfonçant de plus en plus loin dans les entrailles de la falaise. Enfin ils parvinrent dans une vaste grotte illuminée d'une lueur rougeâtre, et où régnait une chaleur infernale. Un grondement formidable l'emplissait. Au fond, la caverne s'ouvrait vers l'extérieur par des orifices disposés de manière étonnante, protégés par des vantaux amovibles. Tous s'orientaient vers un foyer creusé dans la roche, et surmonté d'une vasque immense où des esclaves déversaient leurs hottes de terre grise par un système de gouttières. D'épaisses cuirasses de cuir les protégeaient de la chaleur et des escarbilles qui jaillissaient de l'enfer. Jehn devina, audessus, une cheminée qui aspirait les vapeurs du brasier. Un réseau de plans inclinés permettait de rouler d'énormes billes de bois dans le feu.

– Ceci est un four à vent [1], déclara le roi. Le fer fond à une température très élevée, que seuls les vents océaniques soufflant en permanence sur ces falaises nous permettent d'atteindre. Regarde.

Lorsque les esclaves eurent terminé de charger la vasque, on ôta les vantaux des orifices, tout en rajoutant d'énormes bûches dans le foyer. Bientôt, le minerai fondit, en émettant d'épaisses volutes que les vents aspiraient par la cheminée. L'air s'imprégna d'une odeur alliacée. La chaleur augmenta encore. Jehn se demanda comment les esclaves pouvaient lui résister, alors qu'ils se situaient beaucoup plus près du foyer. Peu à peu, la terre grise se mit à rougeoyer. Puis elle se transforma en une pâte molle à la surface de laquelle éclataient de grosses bulles incandescentes. Les parois de la caverne reflétèrent des lueurs mouvantes couleur de sang.

– Certaines impuretés sont éliminées par les vapeurs, commenta Gordlonn. D'autres, plus lourdes, sont absorbées par la vasque elle-même.

Jehn n'aurait su dire combien de temps dura l'opération. Il fallut plusieurs fois rajouter d'énormes troncs dans le foyer dont la luminosité, virant au blanc, devint à peine soutenable. Les spectateurs, fascinés, retinrent leur souffle. Parfois, un caprice des vents hurlants ramenait quelques volutes de vapeurs infernales vers l'endroit surélevé où se tenaient le roi et ses compagnons. Alors, tout le monde se mettait à tousser de belle façon.

Un grondement infernal s'enflait au fur et à mesure que le métal se liquéfiait. Déjà, quelques courtisans s'étaient écartés, puis enfuis dans les souterrains.

Soudain, de hautes flammes s'élevèrent au-dessus de la vasque. Un maître d'œuvre s'approcha avec prudence. Jugeant que le liquide avait atteint un niveau satisfaisant, il ordonna aux esclaves de manœuvrer un étrange système de leviers à contrepoids. Ils commencèrent à enrouler les énormes chaînes qui commandaient la vasque.

1. Ce fut l'une des méthodes utilisées pour la fonte des minerais. On a retrouvé de tels fours en Allemagne. Bien avant que l'on ait inventé la forge, ils étaient les seuls capables d'atteindre la température élevée de 1535 degrés, nécessaire pour obtenir la fonte du minerai de fer, dont il fallait éliminer le soufre et les autres constituants. On coulait ensuite le métal liquide dans des moules taillés à la forme de l'objet que l'on voulait fabriquer.

Elle bascula avec une lenteur majestueuse, dans un bruit sinistre. Peu à peu, le liquide de feu s'écoula dans un réseau de rigoles creusées dans la roche. A l'aide de longs instruments, d'autres esclaves déposèrent des formes taillées dans la pierre sur différentes parties des rigoles.

Soudain, un craquement inquiétant déchira l'air, suivi de hurlements de terreur. L'instant d'après, l'une des chaînes qui soutenaient la vasque céda. Le récipient vacilla sur ses bases, puis se renversa, tandis qu'une fumée incandescente envahissait la galerie. Quelques personnes affolées voulurent s'enfuir et se piétinèrent les unes les autres. Les cris de terreur redoublèrent.

Jehn comprit que le métal fondu allait déborder, envahir la galerie et embraser tout ce qui s'y trouvait, esclaves et spectateurs compris. Haletant, sans vraiment avoir conscience de ce qu'il faisait, il focalisa son énergie sur le récipient géant, une puissance mentale qu'il sentait de nouveau vibrer au plus profond de lui. Il tendit les mains devant lui, comme s'il avait voulu contenir la coulée létale.

Tout à coup, un bruit phénoménal emplit la galerie. Les parois rocheuses se mirent à vibrer sous l'effet d'une force inconnue. Tandis que des fissures craquelaient la voûte, libérant des coulées de pierres et de poussières, le fond de la caverne explosa vers l'extérieur, pulvérisa la falaise, et découpa une plaie béante ouverte sur l'Océan. La vasque chancela, puis, comme soufflée par une énergie extraordinaire, bascula lentement par la brèche, emportant avec elle son contenu mortel.

Abasourdi, le roi s'approcha de Jehn, suivi de Callisto et de courtisans plus courageux que les autres. Les esclaves, pétrifiés, n'osaient plus faire un geste. Rien ne pouvait expliquer ce qu'ils venaient de voir. Puis leurs regards se portèrent vers l'endroit où se tenait le souverain et sa suite. Ils découvrirent alors le géant vêtu de rouge, les mains tendues vers l'avant. Ils comprirent que c'était lui qui avait provoqué le phénomène. Un miracle auquel ils devaient tous la vie.

Les yeux hagards, Jehn baissa les bras et reprit son souffle. Les vents marins s'engouffraient dans la galerie effondrée, emportant les vapeurs épaisses vers les profondeurs du réseau. Une brume étouffante baignait les lieux, brouillant la vue. Quelques lampes à huile s'éteignirent, plongeant la caverne dans une semi-pénombre.

Tout à coup, des grondements inquiétants retentirent. Le sol se mit à trembler. Jehn se tourna vers les autres et hurla :

– Fuyez ! Tout va s'écrouler.

Alors, dans un mouvement de panique, les courtisans entraînèrent le souverain et s'engouffrèrent dans le réseau de galeries, vers la sortie, suivis des esclaves et des gardes. Jehn s'écarta pour les laisser passer. Si la voûte s'effondrait, lui seul pourrait peut-être tenter quelque chose, si les dieux lui accordaient encore leur secours. Mais la galerie se vida rapidement. Il regarda autour de lui. Tout le monde s'était échappé.

Surgie de nulle part, une frêle silhouette se dressa à ses côtés. Callisto.

– Pourquoi n'as-tu pas fui ?

– Je ne voulais pas te laisser seul !

– Tu risques d'être tuée ! Viens !

Il lui prit la main et se mit à courir. Déjà, la paroi se fissurait en plusieurs endroits. Des pierres roulaient sous leurs pieds. Ils parcoururent ainsi une longue galerie où soufflait un vent violent provoqué par l'éboulement. Le sol vibrait.

Peu à peu, tout se calma. Ils s'arrêtèrent de courir. La caverne se trouvait plongée à présent dans une obscurité quasi totale. La plupart des lampes à huile avaient été soufflées par les vents. Jehn saisit une torche qui brûlait encore et l'emporta.

Soudain, la jeune femme hurla de douleur et s'écroula sur le sol. Elle s'était tordu la cheville. Jehn la prit dans ses bras et poursuivit son chemin.

– Tu n'as pas peur ? demanda-t-il.

– Avec toi, je ne redoute rien.

Elle leva vers lui des yeux rougis par les vapeurs méphitiques.

– Je ne m'étais pas trompée. Tu es bien celui que je croyais. Tu possèdes la force des dieux anciens.

Elle blottit sa tête contre l'épaule du jeune homme.

– Et je... je voudrais être la femme que tu aimes.

Il ne répondit pas. La douceur des formes tièdes dans ses bras éveillait en lui une sensation nouvelle. Jusqu'à présent, il n'avait vu en elle qu'une devineresse, un être inaccessible, protégé par ses pouvoirs mystérieux. Il découvrait qu'elle était aussi une femme, et qu'elle était très belle.

Enfin, ils parvinrent à sortir de la caverne. Après la fournaise de la galerie, le froid extérieur les surprit. Une foule inquiète était rassemblée sur la falaise, en plein vent, scrutant avidement l'ouverture. Parmi elle, une silhouette gesticulait et vitupérait. Gordlonn.

– Je vous ferai tous pendre par les tripes s'ils n'en réchappent pas. Vous les avez abandonnés.

Lorsqu'il aperçut Jehn portant Callisto, il se précipita vers eux.

– Tu l'as sauvée! Tu as sauvé la vie de Callisto!

Jehn déposa la jeune femme à terre. Le roi la prit dans ses bras et la serra avec force. De grosses larmes roulaient sur ses joues. Puis il se tourna vers Jehn.

– J'ai cru que vous aviez péri sous les décombres.

– J'ai attendu que tout le monde soit hors de danger. Je n'avais pas vu que Callisto était restée avec moi.

– Elle est la seule personne qui me témoigne de l'affection. Si elle était morte...

Le roi saisit les mains du jeune homme.

– Nous te devons tous la vie, Jehn. Je sais à présent que tu es bien protégé des dieux. Nul homme n'est capable d'un tel exploit. Je vais accéder à ta demande.

– Libérer les esclaves?

– Oui, libérer les esclaves. Suis-moi!

Il enlaça la jeune femme pour l'aider à gravir l'escalier qui menait au sommet de la falaise. Elle gémit. Le roi s'inquiéta aussitôt.

– Que se passe-t-il?

– Ce n'est rien! Je me suis tordu le pied.

L'instant d'après, il s'agenouillait pour examiner la cheville de Callisto.

– Mes médecins vont te soigner. Ce ne sera rien.

Gordlonn se redressa et observa Jehn avec un sourire amusé.

– Mon ami, je vois dans tes yeux que tu te demandes si Callisto est ma maîtresse. Eh bien! non. Callisto est vierge, comme doivent l'être tous les êtres dotés du don de prédire l'avenir. Le jour où elle connaîtra l'homme, elle perdra ses pouvoirs. C'est pourquoi je la garde toujours à mes côtés. Je sais que mon fils Brendaan s'est juré de la violer pour la rendre inoffensive, comme il dit. Mais, moi vivant, il n'y touchera pas!

En fait, ce n'étaient pas seulement les pouvoirs de divination de la jeune femme qui attiraient le roi. Il éprouvait pour elle une tendresse qui n'était pas loin de ressembler à de l'amour paternel.

Jehn reprit Callisto dans ses bras pour l'aider à gravir le chemin abrupt. Bientôt, tout le monde se retrouva hors de danger, au sommet de la falaise. A cet instant seulement, il se rendit compte que les autres le regardaient avec stupeur, les Khress comme les esclaves. Une femme d'âge mûr s'approcha de lui avec crainte, s'agenouilla, et lui prit la main.

– Je sais à présent qui tu es, Jehn ! Seul un dieu possède la puissance d'accomplir de tels prodiges.

Un autre phénomène le surprit. Pour la première fois, les prisonniers, les courtisans et les gardes demeuraient mêlés les uns aux autres, indistinctement. Les fouets ne claquaient pas.

Ils se dirigèrent vers l'enceinte de pierre. Un large portail à deux battants en commandait l'entrée. Sur un ordre du souverain, les gardes l'ouvrirent. Ils pénétrèrent dans l'enclos, où s'étiraient de longues maisons basses aux toits de chaume. Une foule apeurée se rassemblait déjà. On avait entendu le grondement et ressenti le frémissement qui avait parcouru le sol.

Jehn s'avança, le cœur battant. Si la petite Saadrah ne s'était pas trompée, son épouse était enfermée dans ce lieu.

Soudain, il crut que sa respiration s'arrêtait. Une petite silhouette se détacha des esclaves en haillons et s'avança vers le jeune homme d'un pas incertain.

– Jehn !

– Myria !

35

L'instant d'après, elle était dans ses bras, pâle et amaigrie. Sa grossesse de trois mois se remarquait à peine. Peu à peu, mêlés les uns aux autres, les courtisans, les esclaves et les gardes les entourèrent. Jehn se tourna vers le roi. Callisto lui adressa un sourire triste.

– Gordlonn, je te présente mon épouse, que ton fils a enlevée voici bientôt trois lunes dans notre village de Trois-Chênes !

– Elle est très belle, Jehn. Mais je crois qu'elle aurait besoin d'un bain et de vêtements propres.

Il prit la main de Myria et la serra.

– Tu es libre à présent ! Je voudrais que tu viennes avec moi à Yshtia, afin que l'on te traite comme l'épouse d'un grand seigneur.

Myria lui répondit d'un sourire timide. Elle ne comprenait rien à ce qui se passait. Gordlonn recula et leva les bras.

– Ecoutez-moi tous !

Le silence se fit, que seuls troublaient les vents océaniques. Le roi se recueillit, puis déclara :

– C'est à vous que je parle, esclaves des Terres Inférieures. Jusqu'à aujourd'hui, nos peuples étaient ennemis. Les miens ont commis des crimes envers vous. Mais un homme est venu nous rencontrer. Un homme envoyé par les dieux.

Il désigna Jehn.

– Il m'a parlé. Et il m'a convaincu. Même si nous sommes encore un peuple puissant, notre ville est condamnée à disparaître. Nous devons la quitter, pour en rebâtir une plus belle ailleurs. Une cité nouvelle, qui ne craindra plus les fureurs de l'Océan. Mais une cité qui sera également votre alliée. C'est pourquoi, aujourd'hui, je désire que vous soyez libérés. Dès cet instant, vous n'êtes plus des esclaves. Les gardes vont vous ouvrir les portes du camp. Ceux qui voudront partir sont libres. Ceux qui voudront demeurer seront considérés comme nos invités.

Les esclaves, stupéfaits, se regardèrent. Ils croyaient rêver. L'un d'eux, un homme d'âge mûr, s'avança à pas lents vers le portail grand ouvert. Les gardes ne bronchèrent pas. Il franchit l'enceinte sans encombre. Puis, constatant que personne ne tentait de l'arrêter, il revint sur ses pas et s'approcha du roi.

– Pourquoi? demanda-t-il simplement.

– Parce que tout homme a droit à la liberté, répondit Gordlonn. C'est un enseignement que nous avions oublié au fil des générations. Votre compagnon, Jehn, qui porte le signe de nos anciens rois, nous a ramenés à la sagesse. Il est digne d'être votre nouveau kheung.

Il éleva la voix.

– C'est à lui que vous devez cette liberté. Il désire que la paix s'établisse entre nos peuples. Les prisonniers détenus dans les souterrains d'Yshtia seront libérés aussi. Lorsque mon peuple quittera sa cité afin de rechercher une terre plus hospitalière, je voudrais que les dettes de sang qui existent entre nous soient oubliées, et que nous bâtissions ensemble une nouvelle nation.

Il s'adressa aux gardes.

– Quant à vous, je désire que tous voient votre visage, et constatent que vous n'êtes pas des esprits, mais des hommes.

Les guerriers hésitèrent un instant, puis, dans un superbe ensemble, jetèrent leur masque de métal. Alors, les esclaves commencèrent à croire au miracle. Lentement, comme dans un rêve, certains se dirigèrent vers le portail. D'autres demeurèrent sur place, doutant de ce qu'ils venaient d'entendre.

La plupart entourèrent Jehn et Myria. Le jeune homme reconnut ses compagnons de Trois-Chênes, parmi lesquels Garann, Thoorg, et son jeune frère Thoon'ra. Il le serra dans ses bras à le briser.

– Jehn! Je savais que tu étais le plus fort. Mais comment as-tu pu...

Jehn le prit par les épaules.

– Plus tard, mon frère. Nous aurons le temps de reparler de tout cela auprès d'un bon feu. A présent, vous êtes libres. Grâce à la toute-puissance de Gwanea. Vous allez regagner notre village. Et raconter partout que les Khress ne sont plus vos ennemis, mais des alliés avec lesquels nous allons former un peuple nouveau, plus puissant que jamais nous l'avons été.

– Les Khress? Mais...

– Dis aussi aux chefs des quarante-neuf tribus que bientôt, je serai de retour, pour leur conter mes aventures. Mais il faut que vous partiez. La route sera longue jusqu'à la nation de la Petite Mer.

Thoon'ra se jeta à nouveau dans ses bras.

– Nous attendrons ton retour avec impatience.

Il s'écarta et rejoignit les autres, dont le flot interminable ne cessait de sortir du camp. Certains couraient à demi, pris d'une peur incontrôlable à l'idée que tout cela n'était peut-être qu'un songe.

Gordlonn s'adressa à Jehn.

– Voilà! J'ai accédé à ta requête. Tes compagnons sont libres. J'espère que les dieux tiendront compte de mon geste.

– Aujourd'hui est un grand jour pour nos deux peuples. Lorsque les prisonniers encore retenus à Yshtia seront libérés à leur tour, je partirai pour Her-Lann, où je conclurai notre alliance.

Il posa la main sur l'épaule du roi.

– Yshtia va sans doute disparaître. Mais à sa place renaîtra une nouvelle nation encore plus puissante.

– Que les dieux t'entendent! Il me faut encore convaincre mon peuple de partir.

– Il t'écoutera! Je t'apporterai mon aide.

– Alors, retournons là-bas! Une rude tâche nous y attend. Et puis, je souhaiterais accueillir ton épouse comme il convient.

Lorsque le roi et sa suite reprirent la piste d'Yshtia, les esclaves avaient tous déserté le camp. Gordlonn avait ordonné à quelques gardes de les escorter jusqu'à la frontière du royaume, avec pour mission de délivrer les prisonniers détenus dans les villages éloignés.

Blottie contre Jehn, Myria avait peine à comprendre ce qui lui arrivait. Chemin faisant, son mari lui narra ses aventures, depuis le moment où il avait apprivoisé la pouliche. Il lui conta sa traversée jusqu'au grand Océan, sa lutte contre les Mangeurs d'hommes, celle contre Brendaan, la manière étonnante dont il avait amené le roi Gordlonn à prendre la décision de libérer les esclaves. Il lui expliqua son grand projet de réconcilier deux peuples qui s'ignoraient ou se combattaient depuis des temps immémoriaux.

– Je crois qu'il a raison, dit-elle enfin. Tu es protégé des dieux.

Elle glissa la main sous la veste de cuir rouge et caressa la marque en forme de trident. Un étrange malaise s'était emparé d'elle. Bien sûr, elle était heureuse d'avoir retrouvé Jehn. Pourtant, elle aurait voulu partir avec les autres, quitter ce lieu infernal pour retrouver son petit village de Trois-Chênes. Elle avait le sentiment qu'elle ne le reverrait jamais. Mais Jehn n'avait pas encore accompli la mission qu'il s'était assignée. Elle devait le suivre, et faire preuve du même courage que lui.

Lorsqu'ils parvinrent dans le palais, le soleil était déjà bas sur l'horizon. Les brumes avaient repris possession des lieux. Jehn mit pied à terre et fit descendre Myria. Le roi avait invité Jehn et son épouse aux festivités du soir, au cours desquelles il comptait annoncer sa décision d'abandonner Yshtia pour rebâtir une nouvelle cité dans un lieu plus clément.

Callisto entraîna le jeune homme à l'écart.

– Jehn ! Ce que tu veux faire est très généreux. Pourtant, tu devrais quitter les lieux immédiatement.

– Nous partirons dès demain, lorsque les derniers esclaves auront été libérés. Je te le promets.

– Prends garde. Le roi t'a accordé sa confiance. Mais il n'est pas seul. Certains ici ont juré ta perte. Je sens une force obscure se liguer contre toi. Je sais que tu détiens une puissance phénoménale qui te permettra peut-être de vaincre. Mais tu risques de le payer très cher.

Sans attendre de réponse, elle s'enfuit vers le palais. Jehn voulut la rattraper. Mais il renonça. Une angoisse insidieuse s'infiltra en lui. Il ne pouvait fuir à présent, sous peine de compromettre la promesse d'alliance qu'il avait faite au roi. Il revint vers son épouse qui l'attendait. Les dernières paroles de Callisto le hantaient.

36

Jehn et Myria regagnèrent l'appartement de la tour. La jeune femme ouvrit des yeux ébahis. Depuis son enlèvement, elle n'était jamais venue dans la cité. Tout ce qu'elle connaissait des Khress se résumait au camp des fours à vent. Parce qu'elle était enceinte, elle avait échappé à l'enfer des orgies. Les Yshtiens n'aimaient pas les femmes qui attendaient un enfant. Elle avait été affectée aux cuisines, où elle préparait tous les jours le même infâme brouet de racines bouillies.

Dans la chambre, ils retrouvèrent Saadrah et le loup. La fillette se précipita vers eux en pleurant. Elle n'osait croire à ce que les deux servantes, Phaeïdr et Scyaan, étaient venues lui raconter quelques instants plus tôt.

– Elles ont dit que tous les esclaves des fours avaient été libérés, et que nous allions être relâchés aussi!

– C'est vrai, confirma Jehn. Les nôtres sont déjà repartis pour Trois-Chênes, hormis ceux qui se trouvent encore enfermés dans les souterrains de la cité. Mais le roi Gordlonn a décidé d'organiser une réunion ce soir pour expliquer ce qu'il compte faire. Bientôt, les Khress ne seront plus des ennemis, mais des alliés. Plus jamais ils ne te feront de mal.

Elle leva vers lui des yeux tristes.

– Je voudrais tellement que tu aies raison, Jehn. Mais tu n'as pas vu ce qu'ils ont fait aux nôtres au cours de ces nuits terribles. Je ne peux pas croire qu'ils aient ainsi changé aussi vite.

– Je sais. Certains restent dangereux. Mais ils ne sont pas nombreux. Le roi est notre allié.

– En es-tu sûr, Jehn?

Il ne répondit pas. La réflexion de la fillette lui inspira un étrange malaise. Il ne pouvait se tromper à ce point sur le compte de Gordlonn. Aurait-il fait libérer les esclaves si c'était pour lui tendre un piège à présent? Cependant, il était influençable. Que se passerait-il si sa fille, Asdahyat, parvenait à le faire changer d'avis? Elle était rusée et perfide, et bien plus dangereuse que son frère. Et elle avait promis de se venger. Il devait rester sur ses gardes. Il s'adressa à la fillette.

– Tu vas aller trouver les deux servantes qui logent dans la petite chambre située à côté de cet appartement. Qu'elles viennent tout de suite.

– J'y vais.

Quelques instants plus tard, on gratta à la porte. C'était Saadrah, accompagnée des deux filles. Désignant Myria, il leur dit :

– J'aimerais que vous lui fassiez prendre un bain chaud, et que vous l'habilliez.

Phaeïdr exhiba fièrement une superbe robe couleur d'azur et une cape bleu marine et déclara :

– Nous y avons déjà pensé. Nous avons préparé cela pour elle.

Myria s'approcha timidement. Jamais encore elle n'avait vu d'étoffe aussi belle.

– C'est pour moi?

Les deux filles éclatèrent de rire.

– Bien sûr! Suis-nous! Tu as besoin d'un bon bain.

Docile, elle se laissa entraîner dans la petite salle attenante.

Bien plus tard, Myria ressortit, vêtue de la robe d'azur. Phaeïdr avait coiffé sa chevelure à la manière des Yshtiennes, en tresses relevées sur la nuque et assemblées par un diadème de métal. Jehn était ébloui. Elle n'avait plus rien à voir avec la pauvre esclave qu'il avait ramenée de l'enfer, ni avec la petite sauvageonne qu'il avait épousée. Elle ferait pâlir de jalousie les autres femmes de la cour. Les deux filles s'écartèrent, satisfaites de leur œuvre. Le charme et la gaieté naturelle de Myria les avaient séduites. Phaeïdr déclara :

– Ton épouse est très belle, étranger. Attends!

Elle écarta le col de sa robe et détacha le collier d'ambre qui ornait sa poitrine. Puis elle la passa au cou de Myria.

– Il te protégera contre... les mauvais esprits.
– Les mauvais esprits?
– Enfin, surtout celui qu'on appelle...
Elle baissa la voix, par crainte d'être entendue.
– La Cavale de la Nuit!
Puis elle se redressa et ajouta :
– Mais la malédiction va tomber, puisque nous allons quitter Yshtia. Elle ne hantera plus nos nuits, et surtout celles de notre pauvre roi.
La jeune femme la regarda, stupéfaite. Elle n'avait pas tout compris. Mais, spontanément, elle l'embrassa.
– Tu es très généreuse, Phaeïdr, dit Jehn. Nous n'avons pourtant rien à t'offrir en échange.
– Tu nous as donné beaucoup plus, Jehn. Depuis bien longtemps déjà, cette cité est maudite. Les dieux de l'Océan nous envoient des tempêtes de plus en plus effrayantes. Nous savons qu'un jour, la Digue cédera et que la ville sera engloutie. Beaucoup d'Yshtiens désirent l'abandonner. Ils ne pouvaient le faire jusqu'à présent. Le roi, et surtout ses enfants, s'y opposaient. Mais on dit que tu as convaincu notre souverain de rebâtir une nouvelle cité ailleurs. Dans le palais, on ne parle que de ça. Tous ceux qui veulent partir commencent déjà à faire leurs bagages. Si tu le permets, nous aimerions que tu nous emmènes avec toi dès demain. Tu seras notre nouveau seigneur.
Il leur sourit. Apparemment, Gordlonn n'aurait pas grande difficulté à convaincre son peuple. Il dit :
– Là où nous allons, il n'y a pas de seigneurs. Mais c'est d'accord. Si Gordlonn accepte, vous viendrez avec nous. A présent, Myria et moi allons le rencontrer.
– Si tu le désires, nous pouvons prendre Saadrah avec nous. Cette nuit, tu auras peut-être envie d'être seul avec ton épouse.
Elles s'éclipsèrent en compagnie de la fillette. Jehn prit Myria dans ses bras et l'embrassa. Puis il demanda :
– Es-tu prête à affronter la cour des Khress?
– Avec toi, je suis prête à affronter n'importe qui!
– Alors, ne baisse jamais les yeux devant quiconque! Même devant le roi. N'oublie pas que tu n'es plus une esclave. Pour tous, tu es l'épouse de l'envoyé des dieux.
Il adressa une prière muette à Gwanea, lui demandant de ne pas

l'abandonner dans la manche qui allait se jouer désormais. Asdahyat n'avait pas menti en disant qu'une partie de la cour et des gardes lui demeuraient fidèles. Elle n'avait certainement pas pardonné l'affront que son père lui avait fait le matin même devant lui et Callisto.

La nuit était totalement tombée lorsque Jehn et Myria pénétrèrent dans la salle du trône. Comme la veille, les serviteurs avaient déjà dressé des tables chargées de victuailles. Les lampes à huile et les torches allumées inondaient les lieux de leur lumière dorée.

Cependant, cette fois, les visages des courtisans étaient graves. Des murmures houleux parcouraient la salle. Gordlonn était installé sur l'estrade. Il avait revêtu des habits superbes. Un long sabre pendait à son flanc. Visiblement, il redoutait qu'une bataille ne se déclenchât. Callisto était assise à ses côtés. Une douzaine de gardes les protégeaient, prêts à intervenir à la moindre alerte. Asdahyat et Brendaan avaient pris place sur la droite, le long de la galerie ouverte sur les terrasses. Le prêtre Shaïdeen avait choisi son camp, en s'installant près de la princesse. Une foule importante les entourait, composée surtout de jeunes hommes sur lesquels la princesse exerçait son influence. D'autres gardes s'étaient rangés à leurs côtés. Jehn devina qu'il s'agissait des hommes fidèles à Brendaan.

Certains convives, indécis, demeuraient prudemment à l'écart des deux groupes. Ils attendaient le résultat des discussions pour prendre parti.

Lorsque le jeune couple apparut, tous les regards convergèrent vers lui. Des regards où se lisaient l'hostilité, la haine, l'inquiétude, la méfiance, quelquefois la sympathie. Gordlonn clama :

– Approche, Jehn!

Ils avancèrent jusqu'à l'estrade. Asdahyat pâlit en découvrant Myria, revêtue d'une robe magnifique. Cette fille était plus jeune et plus belle qu'elle, dont les traits étaient déjà marqués par les excès. Elle serra les dents pour ravaler son dépit. Puis un sourire de carnassier étira ses lèvres minces.

Gordlonn se leva pour accueillir le couple.

– Soyez les bienvenus tous les deux.

Il s'adressa aux courtisans.

– Ecoutez-moi! Vous savez tous pourquoi je vous ai réunis ce soir.

Cet homme, qui porte la marque de nos anciens rois, nous a prouvé par ses actes qu'il était bien un envoyé des dieux. Aujourd'hui, grâce à ses pouvoirs mystérieux, il a sauvé la vie de plusieurs d'entre vous, et la mienne. La prophétie de la devineresse Callisto affirme qu'il est venu pour détruire Yshtia. Vous savez comme moi que ses prédictions se sont toujours réalisées. Cependant, il arrive parfois que les desseins des divinités ne soient pas clairs à interpréter. J'ai longuement bavardé avec notre invité. Et j'ai compris le sens qu'il fallait accorder à cette prophétie. Yshtia est bien condamnée à disparaître. Nous le savons depuis cette époque lointaine où les eaux de l'océan ont commencé à monter. Nos ancêtres ont voulu lutter contre la volonté des dieux. Ils ont bâti cette digue qui nous protège. Mais chaque année les tempêtes se font plus violentes. Un jour, elle cédera, et Yshtia disparaîtra.

« Cela ne signifie pas que son peuple doive périr avec elle. Il y a bien longtemps que nous aurions dû prendre la décision de la quitter. Il existe ailleurs des terres hospitalières, où nous reconstruirons une cité encore plus belle. Une cité qui ne vivra pas repliée sur elle-même, isolée des autres nations, mais qui au contraire s'ouvrira à elles. Je sais qu'une grande partie de notre peuple souhaite abandonner Yshtia. Je l'ai toujours refusé jusqu'à présent. Mais nous devons obéir aux dieux. Ainsi la malédiction qui pèse sur nous s'effacera-t-elle.

– Mensonges ! hurla soudain Asdahyat.

– Ma fille ! Je t'ordonne de te taire !

– Non, je ne me tairai pas. Je dois vous ouvrir les yeux, puisque ce démon vous a aveuglés.

Elle pointa un doigt accusateur sur Jehn.

– Regardez-le ! Ce n'est qu'un homme des Terres Inférieures. Vous n'avez donc pas compris que tout cela n'était qu'un piège. Yshtia nous protège. Derrière ses murailles, nous sommes en sécurité.

– Jusqu'au moment où la Digue cédera sous une tempête plus puissante que les autres, riposta Gordlonn.

– La Digue ne cédera pas. Elle n'a jamais cédé. Nous avons vaincu les dieux de l'Océan.

– Les dieux ne sont jamais vaincus, ma fille. Nous ne savons même plus entretenir la Digue. Reste-t-il à Yshtia un seul architecte qui serait capable de la concevoir ?

– Elle existe, et cela suffit, père. Elle nous protégera de toutes les tempêtes, même les plus redoutables. Comme la lagune et nos remparts nous protègent des hordes sauvages qui peuplent l'Extérieur.

Elle se mit à hurler :

– Car voilà le piège, et voilà le sens de la prédiction ! Ce chien tente de nous attirer hors de nos murailles. Il a même convaincu notre roi de libérer les esclaves. Pour nous affaiblir. En vérité, il constitue une armée qui ne fera qu'une bouchée de notre peuple lorsque nous serons isolés et vulnérables. Mon frère connaît bien la nation de la Petite Mer. Elle est composée de nombreuses tribus sanguinaires.

– C'est faux, intervint Jehn. Si ton frère connaît notre nation, il doit savoir qu'elle se compose de chasseurs et d'agriculteurs. Pas de guerriers.

Il leva le poing.

– Pas de guerriers, sauf ceux qu'il a formés lui-même pour servir notre kheung, qui voulait soumettre les tribus une à une.

– Tu mens ! Ils étaient là pour le protéger contre ton ambition. Mais ils ont échoué, puisque tu l'as tué. Tu l'as avoué toi-même.

Ebranlé par les arguments de sa fille, Gordlonn ne disait plus mot. Son raisonnement se tenait tout à fait. Shaïdeen renchérit d'une voix aiguë :

– La princesse a raison. Seule l'ambition motive cet homme. Yshtia détruite, plus rien ne s'opposera à ce qu'il devienne le nouveau seigneur absolu de sa nation, après avoir dérobé tous les secrets que nous détenons.

Asdahyat poursuivit :

– J'exige que l'on mette cet homme à mort sur-le-champ ! Ainsi que la putain qui lui sert d'épouse.

– Silence ! tonna soudain Jehn d'une voix terrible.

Simultanément, une baie vitrée explosa dans un fracas effrayant. Epouvantés, les courtisans reculèrent. Un silence de glace tomba sur l'assistance. Ebranlée, Asdahyat elle-même n'osa pas répliquer.

– Personne ne tuera personne, reprit Jehn. Il y a eu assez de crimes et d'horreurs.

Il se planta devant la princesse. Les gardes de Brendaan voulurent intervenir, mais il les arrêta d'un geste. Ils n'insistèrent pas. Le vent qui s'engouffrait à présent par la fenêtre brisée refroidissait les ardeurs belliqueuses.

– Ton raisonnement est faux, Asdahyat. Je ne désire pas devenir le kheung de la Petite Mer. Les chefs des tribus me l'ont déjà proposé, et j'ai refusé. Je n'ai d'autre ambition que celle de la paix. Et tu le sais.

– Mensonges!

– Tais-toi! Combien de sang as-tu toi-même sur les mains? Combien d'esclaves as-tu fait jeter dans le gouffre de Paalg'oof, après t'être livrée avec eux à tes débordements? Tu parais jeune et belle à l'extérieur, Asdahyat, mais en réalité, tu es vieille et laide. Tu es attachée à un lieu qui te rejette, toi et les tiens. Mais tu refuses de le voir, parce que tu as peur de partir, peur de te retrouver face à toi-même dans un monde nouveau, qui n'acceptera plus tes excès et ta perversité.

Il revint vers le roi.

– Gordlonn, je t'ai donné ma parole d'œuvrer pour que nos peuples puissent vivre en paix. Je la tiendrai. Je t'ai demandé la libération des esclaves. Tu as commencé à répondre à ma requête. Je ne cherche pas à attirer les Yshtiens à l'extérieur pour les massacrer. Nous pouvons nous apporter beaucoup mutuellement. Cependant, si tu crois vraiment ce que dit ta fille, tu peux demeurer à Yshtia, derrière la protection de tes murailles.

Asdahyat s'approcha à son tour du roi.

– Ne l'écoute pas, père! Il faut le tuer, et reprendre les esclaves qu'il nous a arrachés.

Gordlonn était mal à l'aise. Il répliqua d'un ton pas très assuré :

– Ma fille! Ne vois-tu pas quels sont ses pouvoirs?

Jehn pointa le doigt sur la princesse.

– Ecoute-moi, Asdahyat. Tu sais ce dont je suis capable. Si je voulais réellement détruire Yshtia, crois-tu que j'aurais besoin d'attirer son peuple à l'extérieur? On t'a raconté ce qui s'est passé aujourd'hui dans la caverne des fours à vent. Désires-tu que je provoque l'effondrement de cette tour sur toi et les tiens?

Décontenancée, la princesse recula. Mais, refusant de s'avouer vaincue, elle contre-attaqua :

– Je ne crois pas à tes pouvoirs! Ce ne sont que des coïncidences. Le fait que tu aies battu mon frère au sabre prouve au contraire que tu possèdes une science des armes que tu refuses d'avouer.

Elle se tourna vers l'assistance :

– Quant à l'incident des fours à vent, vous savez tous que ces falaises sont minées par les eaux. La galerie s'est effondrée à cause de la chaleur.

Des murmures coururent dans l'assemblée. Déjà, sur un ordre bref de Brendaan, les gardes avaient dégainé leurs sabres, imités par quelques courtisans. Ils s'approchèrent lentement du trône. Les guerriers de Gordlonn firent face à leur tour.

A ce moment, Shaïdeen leva les bras.

– Arrêtez tous ! Nous ne gagnerons rien à nous entre-tuer. Il existe un moyen de savoir si cet homme est bien un envoyé des dieux, et si nous devons faire ce qu'il nous dit.

Furieuse, Asdahyat se tourna vers le prêtre, qui avait pourtant juré de la soutenir. Mais celui-ci lui adressa un bref regard. Elle sourit et, sur un signe, fit reculer ses gardes.

– Quel moyen ? demanda Gordlonn.

Shaïdeen se tourna vers lui. Il ne répondit pas tout de suite. Ménageant ses effets, il déclara lentement :

– Réussir un exploit que nul homme jamais n'a jamais accompli avant lui. S'il est bien un dieu, il en a le pouvoir. S'il n'est qu'un homme guidé par l'ambition, il périra, comme tous les autres avant lui. Et vous aurez la preuve que je dis la vérité.

– Parle ! insista le roi.

– La capture de la Cavale de la Nuit ! annonça le prêtre d'une voix forte.

A l'énoncé des mots interdits, des murmures de stupeur jaillirent de l'assistance. Shaïdeen poursuivit :

– C'est ce cheval abominable qui symbolise la malédiction qui pèse sur Yshtia. Si vraiment cet homme veut nous aider, et s'allier à nous, qu'il le prouve ! En nous libérant de nos tourments. S'il refuse, qu'il soit mis à mort sur-le-champ.

Callisto se leva, le visage défait. Elle voulut parler, mais aucun son ne sortait de sa bouche. Ennuyé, Gordlonn s'adressa à Jehn.

– Je crois que nous n'avons pas le choix. Si tu es bien un envoyé des dieux, toi seul es capable d'accomplir cet exploit.

Myria, pétrifiée par l'atmosphère tendue de la salle, serra très fort la main de son mari. Jehn demeura un long moment silencieux, puis déclara d'une voix forte :

– J'accepte, Gordlonn. Je capturerai la Cavale de la Nuit!

Callisto poussa un cri, puis le regarda en secouant la tête de désespoir. Asdahyat éclata de son rire cinglant et ajouta :

– Si tu réussis, alors, je te croirai peut-être, Jehn. Bien entendu, nous conservons les esclaves. De même, nous garderons ton épouse ici jusqu'à ton retour. Si dans sept jours tu n'es pas revenu, elle sera mise à mort. J'aurai un grand plaisir à m'en charger personnellement.

– Ne t'avise pas de la toucher, Asdahyat. Je ramènerai la Cavale de la Nuit, et vous libérerez ma femme, ainsi que tous les prisonniers.

Asdahyat éclata de rire de nouveau. Myria se blottit contre Jehn.

– Ne crains rien! Je ne la laisserai pas faire.

Callisto s'approcha alors du couple.

– Jehn, tu ne comprends pas qu'il s'agit d'un piège? Ce que tu veux tenter est irréalisable.

– Explique-toi!

– Ce cheval n'apparaît que la nuit, dans les songes de Gordlonn. Tu ne peux pénétrer dans les rêves du roi. Il est impossible de capturer la Cavale de la Nuit, parce qu'elle n'existe pas!

37

Jehn entraîna Callisto à l'écart.

– Ce que tu dis est vrai. Mais Gordlonn est persuadé que cette Cavale de la Nuit vit quelque part.

– Il le croit tellement qu'il a déjà envoyé plusieurs de ses compagnons, réputés les meilleurs cavaliers d'Yshtia, à sa recherche. Aucun d'eux n'est jamais revenu. Au cours de leurs expéditions, les guerriers ont retrouvé ce qui restait de l'un d'eux. Il avait été dévoré. Il ne subsistait plus de lui que des os calcinés. Ils l'ont reconnu à son armure. Celle-ci était déchiquetée, comme si un monstre gigantesque l'avait piétiné avant de le dévorer.

Myria se blottit contre Jehn.

– Tu ne peux combattre ce monstre qui n'existe pas. Fuis pendant qu'il en est temps !

– En t'abandonnant derrière moi ? Tu n'y penses pas !

Il lui sourit, puis ajouta :

– Je trouverai cette Cavale de la Nuit. Et je la ramènerai. Je sais même où je dois la chercher.

Callisto le regarda, stupéfaite.

– Tu es fou !

– Non ! Il me manque seulement quelques éléments. Laisse-moi faire !

Il bondit sur l'estrade.

– Ecoutez-moi tous ! J'ai dit que je ramènerai la Cavale de la Nuit. Mais je dois d'abord poser quelques questions à votre roi !

Le silence se fit dans la salle. Jehn se tourna vers Gordlonn, interloqué. Asdahyat s'approcha nerveusement, suivi par Shaïdeen et Brendaan.

– Gordlonn, ai-je ta parole qu'il ne sera fait aucun mal à mon épouse jusqu'à mon retour?

– Elle sera traitée comme doit l'être l'épouse d'un seigneur. Jusqu'à ton retour. Mais si tu ne revenais pas...

– Je reviendrai. Je sais où se trouve la Cavale de la Nuit.

– Tu le sais?

Jehn avait conscience qu'il tentait là un gigantesque coup de bluff et qu'il risquait de perdre tout crédit selon les questions qu'il allait poser à Gordlonn. Mais il lui fallait convaincre le monarque que le cheval qu'il allait lui rapporter était bien celui qui hantait ses nuits. Callisto vint à son secours en confirmant :

– Jehn possède des connaissances qui sont hors de notre portée!

Jehn attaqua aussitôt, se fiant aveuglément à son intuition.

– Dis-moi, dans tes rêves, cette Cavale ne t'apparaît-elle pas dans une grande vallée cernée par une forêt impénétrable?

Gordlonn le regarda avec stupéfaction.

– C'est exact.

– Dans cette forêt se trouve un lac, sur lequel la lune vient jouer lorsqu'elle est pleine. Car c'est toujours à ce moment que les manifestations de la Cavale de la Nuit sont les plus terrifiantes.

Gordlonn pâlit.

– Comment peux-tu savoir cela?

– Je connais cette vallée. Elle est très éloignée. Aussi, respecte notre pacte. Car je reviendrai dans sept jours, accompagné de ce cheval. Alors, tu libéreras tous les esclaves. Le peuple d'Yshtia sera sauvé. En revanche, si tu trahis ta parole, je libérerai les forces de l'Océan, et ta ville sera engloutie sous les eaux.

Sa voix tonnante pétrifia les courtisans et les gardes. Asdahyat elle-même ne sut que répliquer. Gordlonn porta la main à sa poitrine.

– Sois sans crainte, Jehn. Tu as ma parole.

– C'est bien! Je partirai demain à l'aube. A présent, Myria et moi allons nous retirer.

Il s'inclina et s'éloigna en compagnie de son épouse, plus morte que vive. Le prêtre s'approcha alors du roi et dit :

– Comment peut-il savoir où se trouve la Cavale de la Nuit? Ce n'est pas un cheval, mais un esprit.

– Je sais que tu as voulu lui tendre un piège, Shaïdeen. Mais cet homme porte la marque de nos anciens rois. Peut-être est-il l'un d'eux, qui nous revient d'entre les morts pour lever la malédiction qui pèse sur notre cité. Tu devrais l'écouter plutôt que de le considérer comme un ennemi.

Il se leva et se rendit sur la terrasse. Au loin, on devinait, malgré la nuit, la ligne sombre de la Digue, sur laquelle venaient s'écraser d'énormes lames menaçantes, dont les geysers d'écume luisaient d'une pâleur sombre sous le reflet de la lune pleine.

– Cette nuit encore, le cheval maudit viendra hanter mon sommeil.

Il se tourna vers sa fille, qui l'avait suivi.

– Alors, je supplie les dieux d'accorder la victoire à Jehn. Car tu te trompes, ma fille. Il est venu à Yshtia pour sauver notre peuple de l'anéantissement. La haine et la jalousie te troublent l'esprit. Tu sais comme moi qu'un jour viendra où l'Océan envahira Yshtia. Cet homme représente peut-être notre dernière chance d'échapper à la destruction. Aussi, je veux qu'il ne soit fait aucun mal à sa femme jusqu'à son retour. Tu m'as compris?

– S'il revient, rétorqua la princesse.

– Il reviendra. Les dieux le protègent.

Il toisa ses compagnons d'un regard sévère.

– Vous m'avez entendu? Si l'un d'eux manque de respect à cette fille, il sera précipité dans l'enfer de Paalg'oof, homme ou femme.

Les autres baissèrent le nez.

Dès qu'ils furent de retour dans la chambre, Jehn prit Myria dans ses bras et la porta sur la peau d'ours. Ils avaient des siècles d'amour à rattraper. Malgré ses terreurs, ou peut-être à cause d'elles, la jeune femme se livra avec une ardeur inhabituelle à son compagnon et s'ouvrit totalement au plaisir. Comme si elle sentait qu'ils faisaient l'amour pour la dernière fois.

Bien plus tard, lorsque le monde recommença d'exister autour d'eux, ils demeurèrent longtemps allongés, mêlés l'un à l'autre, le souffle court, les pensées en déroute. Myria se blottit contre Jehn, comme si elle avait voulu se fondre à lui. Il lui semblait vivre un rêve éveillé. Mais un rêve qui avait aussi les reflets d'un cauchemar. Il la contempla avec tendresse. Peut-être avait-il commis une imprudence en l'amenant ici. Il dévoilait ainsi son point faible. Il eût mieux valu que les Khress, et surtout Asdahyat, ignorent qu'elle était son épouse. Cependant, lorsqu'elle était venue à lui dans l'après-midi, il lui avait été impossible de la repousser. Il espérait seulement que son influence sur le roi la protégerait jusqu'à son retour. De toute manière, il ne pouvait plus reculer.

Tout à coup, la jeune femme se dressa sur un coude et le regarda.

– Je ne te comprends plus, Jehn.

– Comment ça?

– Je ne sais pas. Lorsque je t'ai vu la dernière fois, tu étais encore le chasseur que tout le monde respectait dans le clan. Aujourd'hui, j'ai l'impression de me trouver face à un étranger. C'est comme si tu étais devenu quelqu'un d'autre.

– Quelqu'un d'autre?

– Oui! Il y a trop de mystères en toi. Tu es venu seul jusqu'ici, dans ce monde effrayant, où les hommes possèdent des armes bien plus puissantes que les nôtres. Tu es arrivé depuis deux jours à peine, et déjà, tu as tout bouleversé. Tu as fait libérer une partie des nôtres, et tu as conclu une alliance avec le kheung de cet endroit, qui aurait pu te faire tuer à tout moment. C'est cela que je ne comprends pas. Tu détiens un pouvoir qui me dépasse, Jehn. Tu n'es pas comme moi.

– Myria!

– Laisse-moi finir! J'ai toujours cru que tu étais un homme de mon clan, qui ne connaissait que la chasse, la culture et la pêche. Jamais tu n'as appris à diriger une tribu. Et pourtant, tu réalises toutes ces choses comme si... comme si elles t'étaient naturelles. Tu commandes aux chefs, aux rois, et tous tremblent devant toi. Je l'ai vu lorsque tu es apparu dans le camp des esclaves. Les gardes, les gens du kheung te vénéraient comme un dieu. Ce roi, Gordlonn, te voue une confiance aveugle. Un jour peut-être, tu deviendras le chef de cette nouvelle nation que tu veux créer avec les Khress. Mais moi, je ne suis pas faite pour ça. Je ne suis qu'une fille de la tribu des Loups.

Jehn ne sut que répondre. Les paroles de Myria sonnaient juste. Il se rendit compte alors du changement extraordinaire qui s'était opéré en peu de temps. Bien sûr, des pouvoirs fantastiques s'étaient révélés depuis une année, qui lui avaient permis de basculer l'énorme monolithe sur le sinistre Dravyyd et son complice Phradys, de redécouvrir l'art oublié du sabre, dont il croyait tout ignorer. De même, dans les fours à vent, il avait évité à de nombreuses personnes une mort affreuse en faisant éclater la falaise. Mais ces manifestations spectaculaires n'étaient rien en comparaison de la métamorphose mystérieuse qu'il avait subi depuis son arrivée à Yshtia. En lui s'étaient dessinées l'autorité naturelle d'un prince et une faculté de raisonnement, d'analyse dont il n'avait même pas eu conscience. Sans se poser de questions, il avait pris en main les destinées de deux peuples. Et les chefs, les rois, l'écoutaient, lui obéissaient sans discuter. Sans doute était-ce là le prodige le plus surprenant.

Il comprit ce que voulait dire Myria. L'autre, celui qui sommeillait en lui, s'était exprimé sans qu'il s'en rendît compte. Un inconnu, qui pourtant lui était intimement mêlé, à tel point qu'il se substituait peu à peu à lui, sans pour autant détruire sa personnalité. Parce qu'il n'était autre que lui-même. Une facette ignorée d'un être complexe qu'il ne connaissait pas encore. Le nom mystérieux s'imposa à lui. Astyan!

Astyan se réveillait inconsciemment. Mais *qui* était Astyan?

Du bout du doigt, Myria dessina avec tendresse le petit signe en forme de trident. Jehn enfouit sa tête contre sa poitrine tiède et déjà gonflée par sa maternité prochaine. La jeune femme murmura :

– Je savais que cette marque avait une grande importance.

Elle lui caressa les cheveux.

– Tu sais, je pourrais mourir à présent. Je croyais ne plus jamais te revoir. Et pourtant tu es là. Gwanea m'a accordé un cadeau inestimable. Même si cela ne doit pas durer, ce n'est pas grave.

Il lui posa un doigt sur les lèvres.

– Pourquoi penses-tu que cela ne doive pas durer? C'est toi que je suis venu chercher à Yshtia. Je ne sais pas si j'aurais eu ce courage si tu n'avais pas été capturée.

– Tu l'aurais eu, rétorqua-t-elle. Tu n'aurais jamais supporté d'abandonner les tiens. Cependant, tu ne sais pas encore qui tu es réellement! Un jour, tu le découvriras. Et ce jour-là, tu seras seul.

– Tu seras près de moi.

– Oui! Mais je ne te ressemble pas. Personne ne te ressemble. Même ici, chez les Khress.

Elle se tut un instant, puis ajouta :

– Si, il y a quelqu'un. Une femme!

– Quelle femme?

Myria ferma les yeux et respira profondément.

– Je devrais être jalouse d'elle. Mais je sais que je ne dois pas. Parce qu'elle seule est capable de te comprendre. Je voudrais que tu me jures quelque chose.

– Et quoi?

– Si jamais il m'arrivait quelque chose, je voudrais que tu partes avec elle.

– Mais il ne t'arrivera rien. Et je n'ai pas l'intention de t'abandonner.

Elle sourit.

– Ce sont les dieux qui décident. Je sais qu'une menace pèse sur moi. Je l'ai vu depuis longtemps, avant même que les Khress n'attaquent notre village.

– Qui est cette femme? insista-t-il.

– Tu le sais déjà. Cette fille blonde qui ne quitte pas le roi. Elle aussi possède des pouvoirs, même s'ils sont moins puissants que les tiens. Vous vous ressemblez tous les deux.

– Callisto...

Elle lui caressa le visage.

– C'est un joli nom! Je sais que tu n'es pas amoureux d'elle. Mais il y a une telle complicité entre vous.

– Elle est mon alliée! répliqua-t-il maladroitement.

– Non, elle est plus que ça. Elle est de ta race. Une race qui n'est pas la mienne, la race des dieux.

– Je ne suis pas un dieu, Myria.

– Tu es un dieu, même si tu ne le sais pas. Tu refuses d'admettre que tu es différent de nous. Tu accomplis des prodiges dont nul homme n'est capable, mais tu continues à nier tes pouvoirs. Un jour, il faudra que tu les acceptes, pour devenir enfin celui que tu es.

Il la prit contre lui, respira longuement l'odeur de sa peau, et murmura :

– Je ne veux pas. Je veux te garder près de moi.

– Non, Jehn ! Tu as peur de toi. Un jour, celui qui sommeille en toi se révélera. Et c'est cela que tu redoutes. Parce qu'il détruira tout ce que tu es. Pourtant, tu ne peux pas toujours te fuir toi-même.

Jehn ne trouva rien à répondre. Une nouvelle fois, il comprit les paroles de son père évoquant la force extraordinaire que détenaient les femmes. Avec sa sensibilité merveilleuse, son intuition incomparable, Myria venait de lui faire entendre des choses qu'il n'avait pas perçues lui-même. Elle ajouta :

– Je sais aussi que tu ne peux aimer cette fille blonde, parce qu'une autre occupe ton esprit.

– Continue !

– Cette femme aux yeux verts qui hante tes rêves. C'est elle que tu aimes.

– Mais toi ? Aurais-je vécu tout cela si je ne t'aimais pas ?

Elle eut un sourire triste.

– Oui, tu m'aimes aussi. Parce que nous nous connaissons depuis que nous sommes enfants. Mais pour toi, ce n'est que de l'affection ! Je me souviens de tes yeux lorsque tu m'as parlé d'elle la première fois. Il y avait un tel éclat et un tel désespoir dans ton regard. J'aurais voulu être à la place de cette femme.

– Elle n'existe pas. Ce n'est qu'un songe.

– Peut-être ! Je ne sais pas. Tu appartiens à un monde différent du mien, Jehn. Cette femme aussi est de ta race. Et je suis sûre qu'elle existe quelque part. Comme cette terrible Cavale de la Nuit dont tout le monde prétend qu'elle n'est qu'un esprit. Mais cette femme apparaîtra un jour. Alors, je m'effacerai.

Jehn la contempla avec un mélange d'admiration et de tendresse.

– Tu ne le sais peut-être pas, Myria, mais toi aussi tu es une fille extraordinaire. Et je n'ai pas envie de te perdre.

Il la serra dans ses bras avec force. Il n'aimait pas la résignation qui s'était emparée d'elle.

38

Le lendemain, l'aube se levait à peine lorsque Jehn quitta Myria. La jeune femme dut faire appel à toute sa volonté pour ne pas laisser transparaître l'angoisse qui la tenaillait. Désormais, elle se retrouvait seule au cœur de la citadelle ennemie, face à son destin.

Le loup sur les talons, Jehn se rendit aux écuries, où sa pouliche l'attendait docilement. Peu après, il sortait de la cité encore engourdie dans les brumes matinales qu'illuminait un soleil couleur de sang. Parvenu au sommet de la colline méridionale, de l'autre côté de la baie, il se retourna. La cité aux murailles sombres ressemblait à un monstre énorme encore tapi dans le brouillard dense qui pesait sur la lagune. Au loin, vers l'Océan, la Digue n'était qu'une longue barre noire d'où provenait un grondement permanent, étouffé par les vents.

Bien que Gordlonn eût donné sa parole, une sensation de déchirement torturait le cœur de Jehn. Un moment, il fut tenté de retourner arracher Myria aux griffes des Khress. Il s'en voulait d'abandonner ainsi la jeune femme. Mais il n'avait pas le choix. Il lui fallait espérer que le roi serait assez puissant pour contenir la haine et la soif de vengeance d'Asdahyat.

Il serra les dents, puis s'éloigna en direction du sud.

Chemin faisant, il pria Gwanea de faire en sorte qu'il ne se soit pas trompé, et de l'assister dans la lutte qu'il allait mener. Une foule d'images lui revinrent en mémoire. Il revit le combat contre les Mangeurs d'hommes, la petite Noïrah, le lac où ils avaient passé la nuit. Et surtout, il se souvint de la vallée peuplée de chevaux. Des chevaux qui l'avaient égaré sur une fausse piste. C'était cette vallée éloignée qu'il avait décrite à Gordlonn. Parce qu'il lui était revenu que l'étalon dirigeant la harde avait une robe d'un noir de jais.

Jehn savait qu'il tentait là une aventure quasiment impossible. Il n'avait que sept jours pour retrouver cette vallée ignorée, découverte tout à fait par hasard. Il ne lui restait qu'une seule chance, se fier à son intuition et au flair du loup. Celui-ci le guidait, comme s'il avait compris où Jehn désirait se rendre. Il n'hésita pas lorsqu'ils eurent quitté le territoire des Khress, au-delà de la rivière sombre, noyée dans les brumes. Abandonnant la côte, le fauve fila vers le levant. Sitôt passé la frontière, les brumes disparurent. Une chaleur nouvelle leur succéda, tandis qu'une lumière bleue inondait le paysage.

Le loup courait parfois si vite que la pouliche avait peine à le suivre. Ils franchirent ainsi une région désertique, sauvage, couverte de genêts et d'ajoncs. Une ribambelle de lapins et de lièvres s'enfuirent à leur approche. Puis le relief s'affaissa. Ils parcoururent une succession de ravines forestières, traversèrent à gué des rivières endormies sous la chaleur de l'été.

Par moments, Jehn estimait que cette expédition relevait de la folie. Peut-être se trompait-il. Mais il faisait confiance au loup, convaincu qu'il ne pouvait échouer. Il le mènerait jusqu'au troupeau commandé par le grand cheval noir.

Une fois sur place, il ignorait comment il s'y prendrait. Il lui avait fallu des semaines pour capturer sa pouliche. Cette fois il devrait apprivoiser le mâle en quelques jours. Celui-ci allait le combattre. Sans savoir pourquoi, il était certain que c'était ce même cheval qui avait tué le Khress que Gordlonn avait envoyé. Les anthropophages avaient ensuite découvert son corps et l'avaient mangé, accréditant la thèse selon laquelle la Cavale Noire dévorait ceux qui l'approchaient.

Il sut qu'il avait eu raison de se fier au flair de son compagnon lorsque, le lendemain, il reconnut la vallée où il avait croisé le troupeau, près d'une lune plus tôt.

Il mit pied à terre. La horde était bien là, surveillée par le grand cheval noir. Le loup s'assit, satisfait d'avoir rempli sa mission.

Jehn s'approcha prudemment du troupeau. Les bouquets de genêts le dissimulaient des chevaux et le vent lui était favorable. Il parvint ainsi à peu de distance du chef. Jamais encore il n'avait vu de cheval si grand et si majestueux. Sa robe étincelait d'un noir luisant sous les rayons du soleil. Seule une tache blanche en forme de losange marquait son front.

Il hésita. Plusieurs solutions s'offraient à lui. Il aurait pu pénétrer le troupeau grâce à la rapidité extraordinaire de sa pouliche, et capturer l'étalon à la corde. Il chevauchait suffisamment bien à présent pour tenter cette manœuvre. Mais il sentait qu'elle était vouée à l'échec. De plus, il ignorait la réaction de sa pouliche face au mâle.

Alors, approcher l'animal à pied? C'était la solution la plus facile, et la plus sage. Mais elle était risquée. Il devinait, sous les muscles tendus de noir, la puissance de l'animal. Il ne tenait pas à renouveler l'aventure qui avait failli lui coûter la vie trois lunes plus tôt. Cette fois, il n'avait pas le droit de se tromper; il disposait de trop peu de temps.

Il s'assit sur le sol couvert d'une herbe épaisse. Aucun moyen ne le satisfaisait. Il demeura longtemps à proximité du troupeau, immobile, humant les parfums des genêts, les odeurs des animaux qui ne l'avaient toujours pas repéré. Il savait déjà que cette capture ne se déroulerait pas d'une manière ordinaire.

Il lui revint alors la sensation étrange qu'il avait éprouvée, une année auparavant, lorsqu'il s'était retrouvé dans l'esprit du loup combattant contre l'ours. Il avait vécu une aventure similaire en capturant sa pouliche. Un instant, il avait noué un contact mental privilégié avec l'animal, et lui avait imposé sa volonté. Mais ce phénomène étrange demeurait incontrôlable. S'il parvenait à le maîtriser, il serait en mesure de dominer l'étalon. Il savait qu'il n'avait pas encore poussé cette étonnante faculté jusqu'au bout.

Une bouffée de chaleur envahit le jeune homme. N'était-il pas en train de devenir fou? Jamais un humain n'avait osé une telle expérience. Il se remémora sa tentative stupide pour soulever une lourde pierre, près de la clairière aux arbres de lune, tout de suite après son entretien avec Khallas. Il avait échoué. Cette fois, il n'avait pas le choix, il devait découvrir le secret de la puissance mystérieuse qui sommeillait en lui.

Il fixa son regard sur le grand cheval noir et se concentra. De toutes ses forces. L'animal ne broncha pas. Pire même, il ignora sa présence. Jusqu'au moment où les vents tournèrent. Bien qu'il fût abrité par un bouquet de genêts odorants, Jehn fut vite repéré. L'instant d'après, sur un signe invisible de l'étalon, la harde s'enfuit au grand galop à l'autre extrémité de la plaine. Jehn retint un juron. Il se releva et revint vers le loup, dépité.

Celui-ci lui lécha la main, comme pour lui faire comprendre de ne pas se décourager. Jehn sortit un fruit de sa bandoulière, mais n'y toucha pas. Il n'avait pas faim. La perspective de revenir à Yshtia sur un échec le tourmentait. Il lui semblait se trouver devant une muraille infranchissable, incroyablement élevée. Dans le même temps, il avait l'impression que la solution lui crevait les yeux.

Toute la journée, il focalisa son attention sur le grand mâle couleur de nuit. En vain. L'animal continuait de l'ignorer. Mais Jehn refusait d'abandonner. Lorsque la nuit vint, il avala le fruit ainsi qu'un morceau de viande séchée, puis s'enroula dans sa peau d'ours. Il lui restait cinq jours pour capturer la Cavale de la Nuit.

Il ne parvenait pas à trouver le sommeil. Au-dessus de lui, le ciel était constellé d'étoiles. Contrairement à la région d'Yshtia, où persistait, même à cette époque du début de l'été, un froid humide apporté par l'Océan, il régnait sur la plaine une chaleur bienfaisante. C'était l'époque où il fallait couper le blé, l'orge et le seigle. Il aurait aimé que toute cette aventure ne fût qu'un cauchemar, et se retrouver à Trois-Chênes comme avant, aux côtés de Myria, de son père, de tous les autres.

Myria avait raison. Il refusait d'admettre ses pouvoirs surnaturels, parce qu'ils l'effrayaient. Mais il n'était plus le jeune chasseur de la tribu des Loups, qui appréciait la vie simple de ses compagnons. Une énergie formidable bouillonnait dans ses veines, qu'il tentait d'étouffer par peur de perdre son identité, d'abandonner la place à l'autre, cet être impalpable si profondément incrusté en lui qu'il ne parvenait pas à s'en dissocier. Astyan...

Qui que puisse être cet Astyan, il détenait la clé de son problème. S'il voulait triompher, Jehn devait le laisser s'exprimer, le guider. Mais lui-même, que deviendrait-il? Ce double mystérieux accepterait-il de retourner à Yshtia pour délivrer Myria et les derniers prisonniers?

Au fond, il savait qu'il ne l'abandonnerait pas. Mais comment pouvait-il se révéler? Guidé par son intuition, il fit peu à peu le vide dans son esprit, se concentra sur le souvenir du prince qu'il était également, et qui hantait ses rêves. Celui qu'aimait la femme aux yeux verts.

Soudain, une image employée par son père s'imposa à lui. Aalthus avait dit que les hommes étaient semblables aux feuilles d'un arbre. Elles naissaient, se développaient. Puis un jour, elles se détachaient de leur tige. L'image de la mort.

Mais il en retenait une autre idée. L'homme n'était pas isolé. Cette tige impalpable reliait chaque être humain, et sans doute chaque être vivant, à une entité supérieure, d'où émanait toute force. Lorsque arrivait la mort, la feuille se détachait. Mais son âme demeurait, se fondait à l'arbre cosmique et infini. Un arbre par lequel tous les êtres vivants, hommes, animaux ou plantes étaient unis les uns aux autres. S'il parvenait à franchir, au plus profond de lui-même, la tige qui le rattachait à l'infini, il accéderait à un degré supérieur de la connaissance. C'était ainsi qu'il devait tenter de joindre le cheval noir.

Il s'éveilla de son demi-sommeil. Il avait appelé le prince inconnu. Il s'était un peu attendu à le voir, le rencontrer, lui parler. Mais c'était impossible. On ne pouvait se rencontrer soi-même. Puis il comprit qu'Astyan avait fait surgir l'idée de l'arbre infini. La solution à la capture de la Cavale de la Nuit.

Une sensation de plénitude l'envahit. Il s'assit en tailleur et contempla la plaine encore plongée dans la nuit, où l'on devinait les silhouettes lointaines des chevaux. Il prit une profonde inspiration et ferma les yeux. Lentement, il se laissa couler en lui-même, au-delà de toute pensée, de toute angoisse. Chassant toute idée embryonnaire, parasite, il fit le vide dans son esprit, retrouvant avec surprise un chemin mental qu'il connaissait déjà, qu'il connaissait depuis toujours. Peu à peu, il s'ouvrit à un univers sans limite dont la puissance coulait à travers son corps. Il sombra dans une demi-inconscience et se vit chevauchant le superbe animal. Il sut alors qu'il triompherait.

S'accrochant à l'image du grand cheval noir, il s'enfonça dans les méandres obscurs de ses émotions les plus profondes. Soudain, un tourbillon formidable le saisit, le projetant hors de son corps, hors de l'univers matériel. Une sérénité totale imprégna son être, son âme. Il perçut l'écho d'autres présences, à la fois innombrables et uniques. Comme si toutes n'en formaient qu'une seule. Il lui sembla rayonner d'une lumière nouvelle, faite d'azur et d'or. Il était partout à la fois, comme s'il avait pu franchir instantanément des distances invraisemblables. Il prit alors conscience que là où son esprit se trouvait n'existait plus aucune distance. L'image de l'étalon noir restait gravée en lui. Alors, un lien impalpable se tressa entre l'animal et lui, fragile, diaphane, inconsistant. Il focalisa son esprit sur celui de l'étalon.

Peu à peu, il s'intégra en lui. Une foule d'impressions nouvelles l'envahit. Chacun des membres du troupeau lui apparut, avec sa propre personnalité. Une bouffée d'affection le porta vers les juments, qui nourrissaient dans leurs flancs le fruit de sa semence. Une sensation de méfiance aussi, envers les jeunes mâles, qu'il devrait un jour castrer ou chasser pour assurer sa suprématie. A moins que l'un d'eux ne le tue. Mais cela ne l'inquiétait pas. Cela faisait partie du cycle naturel de la vie.

Jehn repoussa son étonnement devant cette émotion stupéfiante. Il devait maintenir ce lien fragile. Il se concentra une nouvelle fois pour appeler vers lui le mâle puissant. Ce fut comme si des cristaux impalpables se déplaçaient au plus profond de son esprit. Une lumière venait dans sa direction, se concentrait sur lui.

Il ouvrit les yeux, le souffle court. L'étalon se tenait devant lui, dardant sur Jehn un regard étonné. Il faisait grand jour à présent. Un soleil déjà haut éclaboussait la vallée, d'où s'élevait une brume de chaleur. Jehn n'avait aucune idée de la durée de sa transe mystérieuse. La faim lui tordait l'estomac.

Il regarda le cheval.

– J'ai besoin de toi, murmura-t-il.

Il chassa toute sensation de peur et d'incompréhension, afin de ne pas rompre la liaison subtile qu'il avait établie avec le cheval. Tous deux étaient enchaînés l'un à l'autre par la seule volonté de l'homme. Un lien qui puisait sa source dans leurs subconscients. Jehn insuffla à ses pensées une coloration d'amitié, d'alliance.

L'animal s'ébroua. La puissance qui émanait de l'être rouge, à l'odeur si inquiétante, le terrorisait. Jehn sentit qu'il devait imposer sa volonté d'une manière irrévocable. Il savait que sa force mentale était de bien loin supérieure à celle de l'animal.

– Je ne te veux aucun mal. Mais tu dois m'obéir.

L'étalon se cabra. Ses sabots frappèrent le sol avec violence. L'homme ne relâcha pas son étreinte mentale pour autant. Il ne pouvait plus reculer. Il savait que s'il abandonnait à présent, l'animal le tuerait. Il était toujours assis, tandis que la haute silhouette de l'herbivore le dominait de sa masse puissante.

Jehn se releva sans geste brusque. Sans desserrer son étau psychique, il s'avança vers le cheval qui soufflait bruyamment. Pourtant, il ne pouvait s'échapper, comme si une corde invisible et indestructible l'enchaînait à l'homme. Jehn posa sa main sur son mufle couvert d'écume. Le cheval frémit, puis se laissa faire. Il gronda une dernière fois, puis posa sa tête sur l'épaule du jeune homme, en signe de soumission. Jehn faillit éclater de rire. Il avait triomphé. Il n'avait pas percé le mystère du lien mystérieux noué avec l'étalon. Cependant, cette plénitude infinie ne le quitterait plus. Même s'il ne la comprenait pas vraiment, il savait qu'il serait à même de la reproduire.

Il prit la tête du cheval entre ses mains, et lui prodigua des paroles d'amitié. L'étalon frémit, puis le bouscula avec affection. Pour la première fois de sa vie, il avait rencontré un être qui lui était supérieur, un être qu'il allait suivre partout.

Se fiant à son intuition, Jehn décida de tenter de monter l'étalon noir. Avec précaution, il imprima dans son étreinte mentale sa propre image, sur le dos de son compagnon. Le cheval frémit à nouveau, mais ne s'écarta pas pour autant. Alors, Jehn lui passa une corde autour du cou, puis s'approcha de son flanc. Tout en flattant l'encolure, il se hissa sur son échine. L'étalon fit un écart, mais un resserrement de la pression mentale le calma aussitôt. Jehn lui adressa ensuite l'idée d'une course folle, qu'il avait envie de partager avec lui. L'animal se mit au pas, puis au galop. Une sensation enivrante, étrange mélange de fierté et de profonde humilité, envahit le jeune homme. Il faisait corps avec l'animal, tandis que leurs esprits demeuraient intimement mêlés.

La journée durant, il parcourut ainsi la vallée, afin d'habituer son nouveau compagnon à la monte.

Lorsque le soir tomba, il revint vers le loup et la pouliche, qui attendaient patiemment sur un promontoire. Jehn sut qu'il avait triomphé. Il était parvenu à apprivoiser l'étalon. Mais il savait que la réciproque était vraie. Dans son orgueil, l'homme se trompait lorsqu'il pensait dompter un animal. La victoire était beaucoup plus belle si elle débouchait sur l'amitié et la fidélité, et non sur la domination. Désormais, l'étalon noir le suivrait où qu'il aille.

Le loup plongea son regard d'or dans celui du jeune homme. Jehn crut y déceler le reflet d'un sentiment de fierté.

Au loin, dans le crépuscule, le troupeau semblait désemparé. Jehn s'en voulut un moment de séparer ainsi cet animal superbe de sa harde. Peut-être les Yshtiens voudraient-ils tuer le cheval. Mais il saurait les en empêcher.

Il prit le temps de dévorer une large tranche de viande séchée, tandis que le soleil descendait sous l'horizon.

Soudain, Jehn constata que le loup s'agitait. Il scruta les alentours, s'attendant à voir surgir un parti de Mangeurs d'hommes. Mais rien ne se produisit. Jehn hésita. Il ne comprenait pas la réaction de son compagnon. Il n'était arrivé dans la vallée que depuis deux jours. Il avait donc tout le temps de regagner Yshtia.

Ce fut alors qu'il remarqua la forme de la lune. Lorsqu'il avait quitté Yshtia, elle était pleine. A présent, elle avait presque réduit de moitié. Une angoisse brutale l'envahit. Il comprit tout à coup que sa transe avait duré plusieurs jours. Si ses estimations étaient justes, il lui fallait regagner la cité au plus vite. L'échéance des sept jours devait s'achever le lendemain matin.

Il bondit sur le dos de l'étalon et s'engagea dans la forêt, suivi par le loup et la pouliche. Il n'avait qu'une nuit pour empêcher les Khress de tuer Myria.

39

Jehn n'éprouvait aucune difficulté à monter l'étalon noir. Curieusement, il n'avait plus désormais besoin de suivre le loup. Il reconnaissait la route à emprunter, comme s'il « sentait » la direction à suivre. Comme si une boussole intérieure le guidait de manière infaillible vers son but.

Le ciel pâlissait à l'orient lorsqu'il parvint en vue de la baie d'Yshtia, noyée dans un halo de brumes matinales, sur lesquelles jouaient les premiers rayons du soleil. Seule la haute tour et les toits du palais émergeaient des nuées mouvantes et grises.

Le cœur de Jehn se mit à battre plus fort. Il avait triomphé.

Malgré la fatigue, il dévala la route dallée jusqu'aux portes de la ville, plongée dans un demi-brouillard qui estompait l'horizon marin. Lorsqu'ils l'aperçurent, les gardes s'écartèrent avec crainte. Deux d'entre eux s'enfuirent en abandonnant leurs armes sur le pavé. De même, lorsque le jeune homme traversa la cité encore endormie, les rares passants se réfugièrent à l'intérieur des demeures.

Jehn pénétra dans la cour et mit pied à terre. Quelques instants plus tard, prévenu par les gardes, le roi apparaissait sur la terrasse suspendue dominant la cour, en compagnie de Callisto. Puis Asdahyat suivit, avec son frère et Shaïdeen. Un rictus de haine et de déconvenue marquait le visage de la princesse. Autour d'eux, les courtisans se bousculaient, les yeux bouffis de sommeil.

Le magnifique étalon noir se cabra et frappa violemment le pavé de ses sabots. Effrayés, les gardes reculèrent. Jehn s'approcha de l'animal dont il caressa le mufle. Puis il apostropha le monarque.

– J'ai tenu ma promesse de te ramener la Cavale de la Nuit, Gordlonn. La voici. Tiendras-tu la tienne de libérer tous les esclaves d'Yshtia?

Le roi leva la main.

– Je la tiendrai. Depuis sept jours, mes cauchemars ont disparu.

– Où est mon épouse? Je ne la vois pas.

– On est allé la prévenir, répondit Gordlonn.

Il descendit dans la cour, tout en restant prudemment à distance du superbe cheval.

– C'est bien lui, murmura-t-il. Un cheval noir à la longue crinière. Comment as-tu fait?

– Je t'ai dit que je savais où le trouver. Je l'ai apprivoisé. Il ne devra lui être fait aucun mal. Ce cheval est sacré. Si vous le tuez, les dieux se vengeront.

– Qu'allons-nous en faire? demanda Gordlonn.

– Je le garderai avec moi. Lorsque tu auras délivré tous les prisonniers, je partirai. Myria et moi rejoindrons notre tribu. Je dresserai ce cheval afin que tu puisses le monter un jour. Il sera mon présent pour sceller la réconciliation entre nos deux nations.

– Moi, monter cet animal?

– Il a été la source de tes angoisses. Tu dois apprendre à les dominer. Lorsque tu auras apprivoisé ce cheval, tu ne connaîtras plus la peur, et tu deviendras un grand roi.

A ce moment, Myria surgit sur la terrasse, escortée de Saadrah.

– Tu vois, j'ai tenu parole, dit Gordlonn. Personne n'a fait de mal à ton épouse.

La jeune femme dévala l'escalier et se jeta dans les bras de Jehn. Le roi et les courtisans les entourèrent. Puis Asdahyat s'approcha à son tour et leur adressa un grand sourire.

– Je m'étais trompée, Jehn. Tu es bien l'envoyé des dieux. Aujourd'hui, j'ai compris le sens de la prophétie. Yshtia doit disparaître.

– Je suis heureux de te voir revenue à de meilleurs sentiments, ma fille, dit Gordlonn.

– Je ne voyais que l'intérêt de notre peuple, père. Mais je sais à présent que Jehn est notre allié et notre ami.

Elle prit la main de Myria, qui eut un mouvement de recul. Asdahyat l'ignora.

– Un ami dont l'épouse est ravissante.

Elle se tourna vers Gordlonn.

– Mon père, ne pensez-vous pas qu'il faudrait inviter Jehn et son épouse à un grand dîner d'adieu, ce soir?

– C'est une excellente idée!

Elle éclata de son rire clair.

– Je me charge de tout organiser. Ce sera une fête inoubliable, mon père. Les peuples en parleront encore pendant très longtemps. Et ce sera peut-être la dernière que nous ferons dans cette vieille cité.

– Ainsi, tu acceptes de quitter Yshtia? demanda Jehn, méfiant.

Elle resta un moment silencieuse, puis répondit :

– C'est toi qui as raison, Jehn. Notre destin est entre les mains des dieux. S'ils désirent que cette cité disparaisse, elle disparaîtra. Il faut donc me soumettre à leur volonté. Si tu y consens, j'aimerais conserver ton épouse auprès de moi aujourd'hui. Je voudrais la préparer moi-même pour la fête de ce soir. Elle sera... étonnante.

Elle passa son bras autour de la taille de Myria. Mal à l'aise, la jeune femme eut quelques réticences.

– Allons, n'aie pas peur, puisque nous sommes amies à présent.

Inquiet, Jehn hésita. Il aurait voulu garder son épouse auprès de lui. Mais il était délicat de refuser sans froisser la susceptibilité de la princesse et tout remettre en cause. Celle-ci insista :

– Tu vas avoir une tâche importante aujourd'hui pour libérer les esclaves détenus dans les souterrains, et les guider hors de la ville. Et dès demain, les Yshtiens eux-mêmes commenceront à quitter leur cité.

– Bien! J'accepte.

Myria lui coula un regard suppliant, puis se laissa entraîner par Asdahyat. Brendaan les suivit, accompagné de ses gardes. Jehn les regarda disparaître dans le palais; une angoisse informulée s'insinuait sournoisement en lui.

Gordlonn lui dit :

– Elle a raison. Je vais donner des ordres afin de libérer les prisonniers dès cet instant. Ainsi, la malédiction tombera enfin.

Quelques instants plus tard, l'étalon était enfermé dans les écuries. Les gardes khress ouvrirent les portes des souterrains, qui déversèrent bientôt un flot d'esclaves hagards, en majorité des femmes, stupéfaites de se retrouver libres.

Sous la conduite de Jehn et d'une escorte de gardes dont le roi lui avait confié le commandement, ils sortirent dans la ville. Les citadins les regardèrent partir, partagés entre deux sentiments. Nombreux étaient ceux qui désiraient quitter Yshtia, mais redoutaient ce que leur réservait l'avenir. Bien sûr, ils savaient à présent que les esclaves n'étaient pas tous des Mangeurs d'hommes, que l'on capturait depuis des générations. Les dernières tribus amenées par Brendaan semblaient civilisées.

D'autres, parmi les plus fortunés, n'accordaient que mépris à ces êtres en haillons, qui ignoraient l'usage du métal. Le roi les privait d'une main d'œuvre bon marché. S'était-il seulement interrogé sur la manière dont on reconstruirait une cité nouvelle? Qui bâtirait les murs? Qui taillerait les pierres? Il restait peu d'artisans capables d'accomplir ce travail. Il faudrait de nombreux ouvriers. S'il fallait les payer, la fortune de chacun y serait sacrifiée.

Jehn constata qu'il régnait dans la ville une effervescence inquiétante. Par endroits, des petits groupes discutaient avec âpreté. Certains individus lui adressaient de loin des paroles vives, qu'il ne comprenait pas, mais dont il percevait le sens.

Il se rendit compte que la réconciliation entre les deux peuples ne serait pas aisée. Les quelques prisonniers avec lesquels il avait bavardé sentaient vibrer en eux une haine farouche, que leur libération n'effacerait pas aussi facilement. Nombre d'entre eux portaient des traces de coups et de mauvais traitements.

En revanche, il constata que de nombreuses familles d'Yshtiens se joignaient à la colonne des esclaves. Il reconnut parmi eux les deux pêcheurs qui l'avaient amené sur la Digue avec Asdahyat.

Lorsqu'ils furent parvenus sur le continent, de l'autre côté de la route dallée, il demanda à l'un d'eux pourquoi il était si pressé de quitter la ville.

– La Digue est en mauvais état. Elle ne résistera plus très longtemps. Quelques années peut-être. Plus personne ne sait comment l'entretenir. Alors, nous profitons de la décision du roi pour partir. Nous craignons qu'il ne change d'avis. Lors de la dernière tempête, nous avons eu trop peur.

– Pourtant, la Digue a tenu bon, elle tiendra peut-être encore.

– C'est ce que croient les seigneurs. Ils ne s'y rendent jamais. Mais ses fondations sont minées en plusieurs endroits. Les portes d'airain ne sont plus étanches. Un jour ou l'autre, elles céderont. Nous avons voulu informer le roi. Mais les gardes ne nous ont pas laissés entrer.

Il eut un sourire amer.

– Tu sais, étranger, même si nous sommes libres, nous, les artisans, les pêcheurs, nous ne valons guère plus à leurs yeux que les esclaves. S'il n'y avait pas les gardes pour les protéger, nous nous serions révoltés depuis longtemps.

Jehn acquiesça.

– Dans ce cas, partez avec ceux de ma tribu. Je leur parlerai.

Les paroles de l'homme le firent réfléchir. Les gens les plus démunis d'Yshtia n'avaient guère envie de demeurer dans l'entourage de ceux qu'ils appelaient les seigneurs. Même dans une cité nouvelle, ils resteraient soumis à leur autorité. Il comprenait à présent ce que signifiait ce système de castes. Un système qu'avait voulu créer Dravyyd, afin de satisfaire sa soif de pouvoir. Sans doute en avait-il eu l'idée lors des contacts secrets qu'il avait établis avec Brendaan. Peut-être même souhaitait-il bâtir une cité semblable à Yshtia. Une cité où les hommes n'auraient plus été égaux, comme c'était encore le cas dans la nation de la Petite Mer.

Aalthus ne se trompait pas lorsqu'il disait, peu avant le combat contre Naam'hart, qu'il ne luttait pas seulement pour sa compagne. L'enjeu était beaucoup plus important. Son père l'avait deviné. Et pourtant, il ignorait ce que Jehn avait découvert depuis. Il eut une pensée émue pour lui, et rendit hommage à sa clairvoyance.

Le soir, la totalité des esclaves était rassemblée sur les hauteurs méridionales qui dominaient la baie. Jehn dénombra également plusieurs centaines d'Yshtiens. Il réunit les chefs autour de lui.

– A présent, vous êtes libres. Ceux qui le souhaitent peuvent repartir immédiatement. Mais la nuit va bientôt tomber. Je dois assister à une fête d'adieu offerte par le roi Gordlonn. Je serais de retour dans la nuit. Je dirigerai ceux qui désirent m'attendre. Nous partirons dès demain matin.

Un homme originaire du village de Noïrah déclara :

– Nous t'attendrons, Jehn. C'est toi que nous voulons pour kheung.

– Il n'est pas encore temps d'en parler. Nous verrons cela lorsque nous serons tous revenus dans nos villages.

Il les salua puis reprit le chemin de la cité. Il avait hâte de retrouver Myria. Malgré ses propositions d'amitié, il se méfiait d'Asdahyat.

Quelques instants plus tard, il était de retour. L'activité qui régnait dans la ville s'était un peu apaisée avec le crépuscule. Pourtant, quelques Yshtiens retardataires quittaient encore les murs, sous l'œil goguenard des autres.

Jehn regagna le palais. Dans la salle du trône, les serviteurs avaient une nouvelle fois installé des tables. De nombreux courtisans avaient déjà pris place. Mais ni Asdahyat ni Brendaan n'étaient présents. Inquiet, il rejoignit Gordlonn et Callisto sur l'estrade. Le roi avait l'air sombre.

– La prophétie disait vrai, Jehn. Tu as été envoyé par les dieux pour anéantir Yshtia. Une partie de mon peuple a déjà quitté la cité avec les esclaves libérés.

– Tu aurais dû les écouter plus tôt, Gordlonn. Nombre d'entre eux voulaient partir depuis longtemps.

– Oui ! Ils avaient peur. C'est peut-être le signe que j'ai agi sagement en t'écoutant.

– Où est Myria ?

– Asdahyat m'a fait dire qu'elle achevait de la préparer. Elles ne devraient pas tarder. Mais prends place près de moi.

Jehn hésita, puis s'assit. Bientôt, les serviteurs apportèrent de grands plateaux. Une angoisse sourde envahit Jehn. Myria n'arrivait toujours pas.

Soudain, tout se passa très vite. Il regarda Callisto. Elle était devenue toute pâle et respirait avec difficulté. Un serviteur déposa un plat contenant une viande fumante sur la table basse.

Alors, Callisto se leva et hurla d'une voix hystérique :

– Jehn ! *ne touche pas à cette viande !*

Puis elle se détourna pour vomir.

Haletant, Jehn se dressa. A l'entrée de la salle, Asdahyat venait d'apparaître, vêtue d'une longue robe rouge sanglant. A ses côtés se tenait Brendaan. Un rictus terrible déformait le visage de la princesse.

– *Où est Myria?* hurla Jehn. *Je veux la voir.*

– Mais tu la vois, riposta Asdahyat. Elle est près de toi.

Il reporta les yeux sur le plat que l'on venait de lui servir. Et il comprit. La chair qu'il contenait était celle de sa propre femme.

40

Pendant quelques secondes, le temps sembla suspendre son cours. Puis l'horrible vérité apparut dans le cœur et l'esprit de Jehn. Myria n'était plus. Myria était morte, tuée par Asdahyat et Brendaan. Tuée d'une manière qui dépassait tout ce qu'il aurait pu imaginer de plus atroce [1].

Un silence de glace s'était abattu sur l'assemblée. Un courtisan proche, qui avait compris, recracha le morceau qu'il venait de porter à la bouche et se mit à vomir à son tour.

Blême, Gordlonn se leva et murmura :

– Ma fille, qu'as-tu fait?

Les yeux illuminés par la démence, elle s'avança.

– Ce que j'ai fait? Je lui avais dit que je préparerai sa femme de manière à ce qu'elle soit... étonnante!

– Tu es devenue folle!

– Vous ne comprenez pas, père. Je nous ai vengés! Cet homme n'est pas un envoyé des dieux. Je ne le laisserai pas détruire Yshtia, la ville de nos ancêtres. Je l'ai atteint par le seul point faible qu'il avait. Il faut le tuer, lui aussi.

La terrible tranquillité de sa voix désarçonna Gordlonn. Il regarda

1. Cet événement, d'une terrible cruauté, n'est en fait que le reflet de la légende de Callisto, dont le père, Lycaon, avait invité Zeus à sa table, et lui avait servi de la chair humaine, celle du propre fils que la jeune femme avait donné au roi des dieux. Pour ce crime atroce, il fut changé en loup. Plus tard, afin de soustraire Callisto et son fils Arcas, que le dieu avait ressuscité, à la jalousie d'Héra, son épouse, Zeus les plaça dans le ciel où ils devinrent les constellations de la Grande Ourse et de la Petite Ourse.

Jehn, pétrifié. Les yeux rivés sur le plat maudit, les mains tremblantes, il ne parvenait plus à articuler un son. Asdahyat éclata de nouveau de son rire hystérique, imitée par son frère.

– C'est toi que je vais tuer, rugit soudain Gordlonn. Gardes ! Arrêtez la princesse et son frère !

Brendaan se mit à rire de plus belle.

– Non, mon père ! Ce sont mes gardes les plus fidèles que j'ai fait placer ici ce soir. Ils ne vous obéiront pas.

Asdahyat s'avança lentement dans la salle, suivie de son frère.

– Jehn, cracha-t-elle, je t'avais dit de redouter la vengeance d'une femme. Tu n'as pas voulu m'écouter.

– Je te maudis ! hurla Gordlonn. Je te maudis au-delà même de la mort. Que ton nom soit pour tous synonyme d'horreur et d'abjection. Gardes ! Obéissez à votre roi !

Mais les gardes se rangèrent aux côtés du frère et de la sœur. Sur un signe de Brendaan, ils armèrent leurs arcs.

Soudain, Jehn se redressa et fixa le couple. Son regard vert avait pris un éclat insoutenable. Déconcertés, les gardes reculèrent d'un pas.

– *Tuez-le* ! hurla Asdahyat d'une voix stridente.

L'instant d'après, le monde bascula dans l'apocalypse. Un grondement surgi de nulle part fit vibrer les murs. Les baies vitrées éclatèrent. Sans un mot, Jehn tendit la main vers les gardes. Un éclair d'un vert aveuglant jaillit de sa paume et vint foudroyer Brendaan. Sous l'impact, le corps du prince fut projeté contre le mur opposé où il explosa, maculant la pierre de sang. Terrorisés, les gardes jetèrent leurs arcs et s'enfuirent. Mais le rayon vert les frappa tour à tour, embrasant les chairs, fondant jusqu'au métal.

Asdahyat, plus rapide, parvint à s'esquiver et disparut dans la galerie.

Mais Jehn ne la poursuivit pas. Gordlonn s'approcha de lui, tremblant de peur.

– Jehn... commença-t-il.

Callisto intervint et le prit par le bras pour l'obliger à reculer.

– Tu ne peux plus rien faire pour lui à présent. La prophétie s'accomplit malgré tout.

– Que va-t-il se passer ? gémit le souverain.

Peu à peu, la lueur verte se répandit autour du jeune homme.

– Il faut fuir, jeta Callisto. Il va détruire Yshtia. Fais prévenir le peuple. Il doit quitter la ville immédiatement.

Gordlonn se précipita hors de la salle, talonné par les courtisans qui s'enfuyaient déjà dans la panique. Une bousculade effroyable se forma dans les escaliers. Des femmes hurlaient, des corps étaient bousculés, piétinés.

Seule Callisto demeura aux côtés de Jehn, immobile. Bientôt, il ne resta plus personne dans la salle.

Au-dehors, Gordlonn ameuta les gardes, afin de prévenir la population. Il ignorait ce qui pouvait se passer, mais il devait tenter de sauver son peuple. Il rechercha Asdahyat. En vain. Celle-ci avait disparu.

Sans savoir comment, il se retrouva dans les jardins en terrasse du palais. En quelques instants, alors que la soirée promettait d'être exceptionnellement calme, le ciel du crépuscule s'était couvert d'une énorme masse nuageuse d'un noir d'encre. Un ouragan d'une violence fantastique s'était levé, projetant les hommes à terre. Il s'accrocha comme il put au rempart, se redressa et regarda vers l'Océan. Alors, le souffle lui manqua, et il comprit que tout était perdu.

Au-delà de la Digue, une lame monstrueuse, aussi haute que les pointes rocheuses qui cernaient la baie, roulait lentement en direction d'Yshtia.

Dans les rues, les gens fuyaient de toutes parts, se pressant vers les portes de la cité. D'autres se jetaient à l'eau. Certains avaient déjà pu gagner la route dallée et couraient à perdre haleine vers le continent.

Au loin, les esclaves et les Yshtiens ayant déjà quitté la ville se levèrent, contemplant le phénomène avec effarement. De l'endroit où ils étaient, ils voyaient parfaitement le gigantesque muscle d'eau s'enfler, tel un monstre inconnu né des profondeurs de l'Océan.

– La vengeance des dieux, murmura une femme. Il a dû se passer quelque chose.

Puis la panique s'empara de tous. Ce fut une débandade indescriptible pour fuir le plus loin possible, vers les hautes terres de l'Intérieur.

Impuissante, la population d'Yshtia vit l'énorme lame se rapprocher, s'enrouler sur elle-même en formant une colossale crête d'écume plus haute que les falaises rocheuses. Celles-ci, qui s'avançaient loin en mer, furent les premières à subir l'assaut du léviathan liquide. De part et d'autre de la baie jaillirent d'effrayants geysers, étouffés l'instant d'après sous la vague. De grands rochers éclatèrent sous l'impact, puis leurs débris furent balayés par la puissance des eaux.

Canalisée par les pointes, la lame s'engouffra dans la baie et vint frapper la Digue de plein fouet, dans un mouvement qui, avec l'éloignement, paraissait terriblement ralenti. Mais sa puissance était telle que la Digue explosa d'un coup sous le choc, projetant de monstrueux blocs de pierres à distance. L'un d'eux retomba sur l'un des navires de la rade. Le vaisseau se désintégra avant d'être englouti, une fraction de seconde plus tard, par la muraille liquide.

Ayant détruit l'obstacle millénaire, la vague furieuse se rua vers la ville vulnérable, à peine protégée par ses remparts dérisoires. Ils s'écroulèrent en quelques secondes, pulvérisés à leur tour sous l'assaut du monstre, tandis qu'une clameur gigantesque, issue de milliers de poitrines, montait de la ville maudite.

Emportant tout sur son passage, le colosse bascula les demeures dans les flots bouillonnants. La haute tour résista un instant, puis s'effondra dans un fracas infernal sur ses occupants et les autres habitants.

La cité submergée, la lame poursuivit son œuvre destructrice, avalant les fuyards qui tentaient de gagner la rive. Enfin, elle vint exploser au cœur de la baie, noyant en quelques instants la plage et le marécage.

Des remous colossaux naquirent, puis la vague se retira, laissant derrière elle les stigmates d'un désastre épouvantable. Des corps furent projetés contre les rochers. D'autres surnageaient çà et là.

Quelques survivants aussi, qui avaient eu la chance de s'accrocher à un objet flottant, meuble ou poutre de bois.

Jehn n'avait pas eu conscience du moment où Callisto lui avait saisi la main et l'avait entraîné à l'extérieur de la tour, pour rejoindre les jardins suspendus. Comme détaché de la réalité, il avait vu l'énorme monstre liquide rouler vers la cité. Il ne tremblait pas. Il savait qu'il s'agissait là de la manifestation de sa colère. Il allait mourir. Mais peu lui importait. Il voulait rejoindre Myria.

Lorsqu'une voix implorante se fit entendre à ses côtés. Callisto.

– Jehn ! Pourquoi ? Je ne veux pas mourir ! Je t'avais prévenu. Tu aurais dû fuir ce matin, avec les esclaves libérés.

Elle éclata en sanglots. Alors, il la serra contre lui et attendit le choc. Lorsque la vague frappa la cité, il plongea au cœur de l'enfer glauque, tenant fermement Callisto. Il crut étouffer. Puis une puissance formidable les projeta tous deux vers le haut, et ils se retrouvèrent au sommet de la lame, déferlant vers le fond de la baie à une vitesse inimaginable. Un nouveau choc les propulsa vers l'intérieur, au-delà de la plage de sable. Bousculé, malmené par les flots, il échoua sur une dune de sable, à demi inconscient, tenant toujours le corps de la devineresse contre le sien. Lorsque les eaux se retirèrent, tentant de les remporter, il s'agrippa de toutes ses forces à un arbuste ras. Les mains en sang, il parvint à s'accrocher.

Plus tard, il reprit ses esprits. Callisto, à ses côtés, toussait et crachait. Ils se relevèrent, puis regagnèrent la côte. La nuit était presque tombée. Çà et là, quelques survivants qui gisaient sur la plage, au milieu d'innombrables objets hétéroclites, meubles, chariots, animaux noyés, cadavres, lampes à huile, blocs de pierre arrachés aux murailles.

La Digue anéantie, les eaux avaient repris leur droit. Le marais n'existait plus. Désormais, la baie n'était plus séparée de l'Océan. Au loin, à l'endroit où quelques instants plus tôt s'élevait l'orgueilleuse cité, ne subsistaient plus que des maelströms qui engloutissaient inexorablement les derniers vestiges des remparts et de la tour [1].

Soudain, sur la gauche, près d'un rocher en surplomb, une forme fantomatique surgit des flots. Jehn et Callisto reconnurent Gordlonn, chevauchant l'étalon noir. Tous deux se hissaient, au prix de mille difficultés, sur l'éperon rocheux.

Epuisés, ils s'avancèrent vers le souverain. Quelques rescapés les rejoignirent. Avec stupeur, tous distinguèrent un autre corps qui s'accrochait désespérément à la queue de l'étalon.

– Asdahyat! gronda Jehn.

Une bouffée de haine féroce l'envahit. Il accéléra le pas, traînant une Callisto plus morte que vive derrière lui. Il voulait tuer la princesse de ses propres mains. Mais il n'eut pas le temps d'intervenir.

Parvenu en sécurité, Gordlonn s'aperçut que sa fille l'avait suivi, et

1. Cette baie est encore aujourd'hui appelée la « Baie des Trépassés ». Certains y situent l'emplacement de la légendaire ville d'Ys.

s'accrochait à une aspérité du rocher. Au-dessous, les flots rageurs s'étaient retirés, mais continuaient de battre la côte de leur fureur.

– Père! hurla la princesse. Sauvez-moi! Sauvez-moi!

Gordlonn hésita.

– Asdahyat! gémit-il. C'est toi qui a provoqué la colère des dieux. Pourquoi as-tu fait ça?

– Je l'aimais, père. Et il m'a repoussée.

Gordlonn la regarda, mais n'intervint pas. Il savait que sa fille devait mourir. Il n'existait aucun pardon possible pour son crime. Mais il n'avait pas le courage de l'achever lui-même. Il se mit à pleurer.

– Je ne peux rien faire pour toi, Asdahyat. Tu as causé la mort de mon peuple. Les dieux seuls décideront de ton sort.

Elle cria, gagnée par la panique.

– Père, je veux vivre! Aidez-moi. Je ne vais pas tenir longtemps.

Aux côtés du roi, l'étalon noir piaffait d'impatience. Soudain, il se cabra.

Asdahyat vit l'énorme animal couleur de nuit s'élever au-dessus d'elle. Puis les sabots s'abattirent sur ses mains. Sous le choc, ses doigts éclatèrent. Elle poussa un cri terrible et tomba dans les flots. Mue par une volonté farouche, elle revint à la surface, et hurla encore :

– Jehn! Je te maudis! *Je te maudis*!

L'instant d'après, il y eut un remous inquiétant autour d'elle. Asdahyat poussa une plainte atroce, qui s'étouffa tandis qu'elle disparaissait dans les profondeurs ténébreuses. Les spectateurs, muets de terreur, distinguèrent une monstrueuse forme noire qui emportait sa victime. Une queue gigantesque se hissa un court moment hors de l'eau, puis s'enfonça sous les flots teintés de sang.

41

Jehn et Callisto rejoignirent Gordlonn, pétrifié par l'horreur. Sans un mot, Callisto prit le bras du vieil homme et l'entraîna vers les hauteurs.

Bien plus tard, les survivants, environ une centaine, avaient gagné l'arrière-pays. La nuit était tombée. Une couche épaisse de nuages couvrait encore le ciel nocturne, tandis qu'un ouragan incessant tentait de disperser les malheureux sur la lande, comme le vent d'automne éparpille les feuilles mortes abandonnées par l'arbre. Trempés, sans feu pour se sécher, les rescapés se serrèrent les uns contre les autres, courtisans comme artisans.

Jehn avait saisi la main de Callisto et ne la lâchait plus. Les paroles de Myria lui revenaient en mémoire. Elle lui avait demandé, s'il lui arrivait malheur, de rester avec la devineresse. Alors, il avait pris la jeune femme contre lui pour lui communiquer sa chaleur. Il ne voulait plus penser, plus réfléchir. Un chaos effrayant embrumait son esprit.

Il avait ressenti physiquement la puissance phénoménale qui l'avait investi lorsqu'il avait compris le piège abominable tendu par Asdahyat. Une puissance qui l'avait projeté au-delà de son propre corps pour se mêler à la terre, à l'Océan, dont il avait déclenché, sous l'effet d'une fureur aveugle, la terrible force destructrice. Il n'avait su, il n'avait pas voulu la contrôler. Il avait frappé avec sauvagerie, habité par une haine sans limite.

A présent ne subsistait plus en lui qu'une incoercible envie de vomir, de dégorger le poison insidieux qui lui dévorait le corps et l'âme. Bien sûr, Myria avait été vengée. Mais à quel prix? Des milliers d'innocents avaient payé de leur vie le crime innommable de la princesse. Yshtia avait été anéantie en quelques instants, et avec elle la quasi-totalité de ses habitants. Il ne restait plus d'elle que quelques murailles informes, inaccessibles, recouvertes par les eaux. Le temps et l'Océan se chargeraient de faire disparaître les cadavres qui hantaient les profondeurs glauques.

Asdahyat était morte.

Pourtant, Jehn ne parvenait pas à retrouver ses esprits. La puissance qu'il détenait l'effrayait. Il avait agi sous l'effet d'une colère épouvantable, parce qu'on lui avait fait trop de mal. Mais sa fureur avait dépassé toute limite. A présent, il se faisait horreur lui-même. Les gémissements des malheureux qui l'entouraient, mais qu'il ne voyait pas, à cause de la nuit noire, déchiraient ses sens et sa raison.

Soudain, Callisto le prit contre elle, cacha sa tête contre sa poitrine et lui caressa les cheveux. Il se laissa faire comme un petit enfant. Il aurait voulu oublier, nier tout ce qui était arrivé, et se retrouver là-bas, à Trois-Chênes, dans sa petite demeure de bois, Myria à ses côtés.

Mais Myria n'était plus. La femme qui le tenait dans ses bras n'était pas son épouse. Callisto ne parlait pas. Seuls ses gestes disaient toute la tendresse qu'elle éprouvait pour lui.

Au cœur de la nuit, une idée nouvelle s'imposa dans l'esprit de Jehn. Il était bien un dieu. Il avait cru, ou voulu croire que Gwanea s'exprimait à travers lui. A présent, il lui fallait admettre que cette puissance émanait de lui, ou tout au moins qu'il possédait en lui-même la faculté de déclencher des phénomènes prodigieux par simple concentration mentale, contrôlée ou non.

Au matin, l'ouragan avait cessé. Un soleil pâle perçait l'épaisseur nébuleuse qui s'était installée sur la baie. En contrebas, des nuées d'oiseaux de mer tournoyaient en lançant de longs cris perçants que les vents emportaient. Comme par dérision, l'Océan avait retrouvé un calme total. A la place du marécage s'étendait à présent une mer d'huile.

Hagards, les survivants se levèrent et contemplèrent le désastre sans mot dire. Parmi eux se trouvait Phaeïdr, la petite servante, qui recherchait désespérément une trace de sa compagne, Scyaan.

Le roi Gordlonn s'approcha de Jehn. A ses côtés trottait le cheval noir, grâce auquel il était parvenu à rejoindre la rive. Il regarda Jehn, puis baissa les yeux.

– La prophétie s'est accomplie ! dit-il d'un ton lugubre. Ainsi le voulaient les dieux sans doute. Je ne peux t'en vouloir, Jehn. Tu as tenté de sauver mon peuple malgré la malédiction qui pesait sur lui depuis des générations. La mort de ma fille a racheté son terrible crime. Mais je sais qu'elle est responsable de ce qui s'est passé.

Il tourna les yeux vers l'Océan et ajouta :

– Désormais, la mort marquera à jamais cette baie.

Callisto prit le bras du vieux roi.

– La mort n'est qu'un passage, Gordlonn. Elle engendre aussi la renaissance et la vie.

Gordlonn eut un sourire pâle et flatta l'encolure de l'étalon noir.

– Tu as peut-être raison. Les dieux ont aussi voulu que je reste en vie. Alors que je tentais de fuir, j'ai vu surgir devant moi la Cavale de la Nuit, ce cheval maudit qui hantait mes nuits depuis si longtemps. Il m'a permis de monter sur son dos, et c'est grâce à lui que j'ai pu vaincre les flots. Puis ma fille est arrivée juste avant que la vague ne nous submerge, et elle s'est accrochée à la queue du cheval. Mais il ne voulait pas qu'elle vive. Comme s'il connaissait ses crimes.

Il regarda Jehn.

– Tu avais raison ! Il s'agit bien d'un cheval sacré.

– Lui aussi est un envoyé des dieux. Ils t'ont conservé la vie afin que tu puisses guider ton peuple vers son nouveau royaume.

– Mon peuple ? Tu veux dire ce qu'il en reste.

– Il est plus nombreux que tu ne le crois. Beaucoup sont déjà partis depuis hier. Ils ont échappé à la catastrophe. Je suis sûr qu'ils te suivront désormais.

Comme pour lui donner raison, une foule importante apparut sur la piste menant vers la frontière. Jehn y reconnut les membres de sa tribu, ceux de la tribu de Noïrah, ainsi que les Yshtiens qui avaient quitté la cité la veille. Un vieil homme s'avança vers eux.

– Nous sommes revenus pour porter secours aux survivants, dit-il.

Avec eux, ils ramenaient des couvertures et des vivres qu'ils avaient emportés. Bientôt, les deux groupes se mêlèrent l'un à l'autre, Yshtiens et esclaves, oubliant la haine qui les avait opposés depuis des générations. Avec les épreuves, les hommes s'étaient rapprochés. Peut-être était-ce le prix qu'il fallait parfois payer pour parvenir à se comprendre. Les dieux de l'Océan et de la terre avaient manifesté leur colère pour rappeler aux hommes qu'ils n'étaient rien face à la puissance des éléments. Et l'adversité les avait réunis.

Ce fut alors que Jehn prit conscience d'une autre absence. Le loup n'avait pas reparu. La mort dans l'âme, il comprit que son fidèle compagnon, auquel il avait été incapable de trouver un nom, avait lui aussi péri dans la catastrophe. Il n'était pas le seul. La petite Saadrah, qui avait tenu à demeurer à Yshtia jusqu'au départ de Jehn, était restée introuvable parmi les survivants.

En compagnie de Callisto et de quelques autres, il redescendit vers la baie, poussé par un espoir insensé. Peut-être y avait-il encore quelques rescapés. Mais la mer impitoyable n'avait rejeté dans la nuit que des cadavres, au-dessus desquels tournoyaient déjà des oiseaux charognards.

Soudain, un spectacle étonnant attira l'attention du jeune homme. De l'autre côté de la plage, perdue dans les brumes diaphanes, une silhouette se dessina, et courut vers lui à la vitesse du vent.

Il pensa être l'objet d'une hallucination en reconnaissant sa pouliche. Il poussa un cri de surprise et se précipita vers elle. L'animal lui fit fête. Mais lorsqu'il voulut la ramener avec lui vers les autres, le cheval renâcla, et l'invita à le suivre. Il se laissa guider. Il franchirent ainsi une barre de rochers, pour découvrir deux silhouettes allongées sur une petite crique de sable abritée des vents. Il reconnut alors le loup, qu'il avait cru mort, veillant sur le corps d'une adolescente.

– Saadrah! hurla Jehn.

Il se pencha sur la gamine. Elle n'était qu'évanouie. Le loup était resté près d'elle pour lui offrir sa chaleur. Jehn le prit par le cou et le serra contre lui affectueusement.

– Mon compagnon! Tu l'as sauvée!

Quelques instants plus tard, les autres les entouraient. Ils demeurèrent stupéfaits devant la scène. Jamais on n'avait ouï dire qu'un loup pouvait ainsi sauver un être humain. On s'empressa de remonter la fillette vers les hauteurs où l'on avait allumé des feux de camp. Elle ne fut pas longue à recouvrer ses esprits.

– Je ne sais pas ce qui s'est passé, raconta-t-elle. Il y a eu cette vague gigantesque. Et puis un choc terrible. Lorsque je me suis réveillée, j'étais dans l'eau, sur le dos du loup, qui nageait vers la côte. Il m'a traînée sur la plage, derrière un rocher, et puis... je ne sais plus.

Jehn s'expliquait à présent pourquoi le loup ne l'avait pas rejoint pendant la nuit.

Plus tard, lorsque chacun eut repris des forces, on se prépara au départ. Outre le cheval noir et la pouliche de Jehn, quelques chevaux avaient échappé à la mort. Mais ils étaient trop peu nombreux pour les Khress survivants. Seuls trois gardes avaient survécu. Les autres avaient été entraînés vers le fond par le poids de leurs armures. Les Yshtiens se trouvaient ainsi dépourvus de protection. Gordlonn déclara :

– Il ne sert à rien de nous lamenter. Il nous faut accepter la volonté des dieux. Yshtia était la dernière des grandes cités du monde oublié. Aujourd'hui, elle n'est plus. Avec elle ont disparu nombre des secrets que détenaient ses artisans. Nous ne saurions même plus fondre le fer.

Il s'adressa à Jehn.

– Si vous nous acceptez parmi vous, nous souhaiterions vous suivre jusqu'au territoire de la Petite Mer. Nous deviendrons l'une des tribus qui la composent. Nous apprendrons vos coutumes. Et nous vous enseignerons tout ce que nous n'avons pas oublié. Je sais qu'il existe un territoire vierge le long de la côte sud, une vallée bordée d'une forêt giboyeuse, à mi-chemin entre l'Océan de l'ouest et le golfe de la Petite Mer. C'est là que nous nous établirons.

Un hurlement d'enthousiasme jaillit de l'assemblée. Depuis la veille, les esclaves et les Yshtiens qui les accompagnaient avaient déjà noué des contacts. Unis par le malheur, ils avaient commencé à se comprendre.

– Nous acceptons ! répondit Jehn.

Gordlonn ajouta :

– De même, si Jehn est élu kheung de la nation, mon peuple sera heureux de dépendre d'un homme tel que lui.

Le jeune homme ne répondit pas tout de suite. Enfin, il déclara :

– Non ! Je ne deviendrai pas le kheung de la nation. Il me reste encore trop de choses à apprendre sur le monde... et sur moi-même. Les dieux m'ont fait naître à Trois-Chênes. Mais je sais que ma vie s'en écarte à présent.

Un murmure de déception parcourut la foule. Il leva les bras.

– Trop de souvenirs me rattachent à mon village. Mon épouse n'y sera plus. Sans sa présence, je ne serai pas un bon souverain. Je ne peux vous suivre.

Lentement, la longue colonne s'ébranla, Yshtiens et anciens esclaves mêlés. D'un commun accord, devant le refus de Jehn, on avait transmis le commandement à Gordlonn.

Vint le jour où la tribu des Goélands se sépara des autres. Callisto avait décidé de la suivre. La devineresse avait avoué son intention de retourner dans son île. Gordlonn prit la jeune femme contre lui avec émotion.

– Je ne t'oublierai jamais, Callisto. Puisque tu as pris ta décision, je ne peux plus aller contre. Je pense qu'il est normal que tu aies le désir de retrouver les tiens après si longtemps.

– Moi non plus, je ne t'oublierai jamais, Gordlonn. Puissent les dieux t'accorder la sagesse et la force.

– Je sais qu'ils me soutiendront à présent. Ce cheval noir est le symbole de leur pacte. Mais je voudrais te dire... tu vas me manquer. Je crois que j'aurais souhaité avoir une fille qui te ressemblât.

Il se racla la gorge et ajouta :

– Mais je pense que c'est mieux comme ça. J'ai voulu que tu restes près de moi pour connaître l'avenir. Je sais à présent qu'il vaut mieux que les hommes ignorent ce qui les attend.

Puis il s'écarta brusquement, monta sur l'étalon et rejoignit les autres, qui disparaissaient déjà à l'horizon.

Callisto se blottit contre Jehn.

– Que vas-tu faire à présent? demanda-t-elle.

– Je l'ignore. Je n'ai pas envie de retourner à Trois-Chênes. Myria avait raison. Je ne suis plus le chasseur qu'elle a connu. Et puis, j'ai peur. Peur de devenir dangereux pour eux. Tant que je ne saurai pas contrôler ces forces effrayantes qui sommeillent en moi, je serai à la merci d'une faiblesse, d'un accès de colère. Elles ont déjà coûté la vie à trop de personnes. Il faut que je reste seul.

– Tu n'es pas seul, Jehn! Je ne t'abandonnerai pas.

Jehn la repoussa avec douceur.

– Myria était encore vivante hier, Callisto. Laisse-moi un peu de temps.

– Je ne te demande rien. Je ne souhaite que t'apporter mon aide.

Elle lui prit les poignets et lui adressa un sourire triste.

– Moi aussi je t'aime, Jehn. Même si je sais que tu ne m'aimeras jamais.

Elle eut un sourire amer.

– Tu sais, il est souvent décevant de connaître l'avenir. Parfois, je me dis que j'aimerais perdre ces pouvoirs. Ils m'ont fait trop de mal. Je sais qu'ils disparaîtront le jour où un homme me prendra. Alors, je voudrais que ce soit toi qui m'arrache ce don terrible.

Il ne répondit pas. Myria avait raison. Cette fille lui ressemblait. Elle aussi possédait une puissance surnaturelle qui la condamnait à la solitude. Il s'avoua que sans le souvenir déchirant de son épouse, il eût peut-être aimé Callisto.

– Laisse-moi un peu de temps, répéta-t-il.

Il la hissa sur le dos de la pouliche et, tenant l'animal par la bride, rejoignit la vingtaine d'hommes et de femmes qui les attendaient à peu de distance. Bientôt, la petite troupe se mit en route, le loup sur les talons.

42

Deux jours plus tard, ils parvenaient sans encombre au village des Goélands. Les retrouvailles furent joyeuses. Même si certains des prisonniers avaient succombé sous le joug des Khress, on avait tellement cru ne jamais revoir ceux qui étaient revenus que l'on oublia très vite les absents.

Travyyn, le chef, ouvrit ses bras à Jehn.

– Seul un homme béni des dieux a pu accomplir un tel exploit ! Si tu le désires, mon offre tient toujours. Tu es le bienvenu dans notre tribu.

Il pensa un moment que Callisto était la compagne qu'il était parti chercher chez les Khress. Le jeune homme le détrompa. Mais il se contenta de dire que sa femme était morte à Yshtia, sans s'attarder sur les circonstances de sa disparition. Le vieux chef n'insista pas.

– Ce soir, vous dormirez dans ma demeure. Nous allons organiser une grande fête pour votre retour, et rendre un hommage à nos dieux, pour la joie qu'ils nous ont accordée.

Noïrah vint trouver Jehn. Elle n'avait pas oublié les quelques nuits passées en sa compagnie dans les forêts profondes. Mais elle comprit très vite qu'il n'était pas revenu pour elle. Elle ne lui en tint pas rigueur. Elle avait pensé ne jamais le revoir.

– Cette femme, c'est une Khress ? demanda-t-elle en désignant Callisto.

– Non ! Elle était aussi prisonnière. Elle vient d'un pays lointain.

La jeune fille observa un moment la fille blonde. Sa robe blanche n'était plus qu'un haillon, mais elle conservait cependant une allure noble qui impressionna Noïrah. Elle déclara :

– Je comprends que tu sois avec elle à présent. Vous vous ressemblez.

Jehn la regarda avec stupéfaction. Myria n'avait pas dit autre chose.

Le lendemain, Jehn et Callisto s'éloignèrent du village pour se rendre sur les rochers qui abritaient le petit port du village. Un seul coracle y dormait, bercé par les vagues molles sur lesquelles le soleil faisait jouer des ocelles de lumière scintillante. Les autres bateaux étaient déjà partis en mer pour la pêche de la journée.

– Comment comptes-tu regagner ton pays? demanda-t-il soudain.

Callisto lui prit la main et la porta à ses lèvres.

– Je vais appeler les miens!

– Les appeler? Comment ça?

– Par la pensée! En dehors de mes dons de divination, je possède aussi la faculté de communiquer avec les miens par l'esprit. C'est une chose très difficile. Il va falloir que tu me laisses seule.

Il allait s'éloigner. Elle le retint.

– Es-tu sûr de vouloir venir avec moi, Jehn?

– Oui! Je le désire.

Il se tut un moment, puis ajouta :

– Tu es la seule personne avec qui je ne me sente pas isolé.

– Je sais! Je ressens la même chose. C'est à cause de ces pouvoirs étranges que mon peuple m'a choisie pour reine.

Elle dégagea alors sa robe déchirée et dévoila sa poitrine. Juste au-dessus du sein droit, Jehn découvrit une marque identique à la sienne. Stupéfait, il la regarda.

– Même Gordlonn n'a jamais vu ce signe, dit-elle avec un sourire.

– Alors, tu connais sa signification?

– Non! Je sais seulement que ceux qui le portent sont doués de pouvoirs surnaturels.

Ils prirent place sur un rocher. Comme si elle avait voulu faire oublier sa fureur passée, la mer restait calme. Le vent lui-même était tombé. Jehn prit Callisto contre lui. Elle ajouta :

– Une très vieille légende raconte qu'autrefois, beaucoup d'hommes et de femmes possédaient cette marque. Leurs pouvoirs étaient plus ou moins puissants. Cette légende affirme aussi qu'ils étaient les descendants des dieux anciens qui régnaient jadis sur le monde. Mais rien ne prouve qu'ils furent réellement des dieux. Aujourd'hui, ils ont disparu, et, avec le temps, ces dons se sont évanouis. A part toi et moi, je ne connais personne d'autre qui porte ce signe. C'est pourquoi j'ai besoin de toi.

Elle le regarda.

– Mes pouvoirs sont très limités. Je ne peux pas deviner l'avenir consciemment. Il ne m'apparaît que sous forme de visions que je ne sais pas contrôler.

– Moi aussi, je suis incapable de rien contrôler.

– Tu peux apprendre. Tu es beaucoup plus puissant que moi, Jehn. Aucun homme n'a jamais disposé d'une telle force, même dans les légendes les plus anciennes. Seuls les dieux en étaient capables.

– Alors, toi aussi, tu penses que je suis un dieu?

– Je l'ignore.

Il hésita, puis lui raconta les circonstances insolites de sa conception.

– L'homme qui visita ma mère cette nuit-là avait pris le visage, la voix et le corps de mon père Aalthus. Lui aussi portait cette marque en forme de trident. C'est de lui que je la tiens.

– Alors, tu es le fils d'un dieu, Jehn. Cela veut dire qu'ils sont revenus.

– Mais pourquoi? Pourquoi sont-ils revenus? Après si longtemps? Et qui sont-ils?

– Je ne sais pas!

– Astyan! C'est le nom que tu m'as donné l'autre soir.

– Il m'est apparu spontanément, au cœur de cette sensation de douleur terrifiante. Je ne peux t'en dire plus.

– Tu n'es pas la première à m'avoir appelé ainsi.

Il lui conta les songes qu'il faisait depuis l'Arundha.

– Cette femme inconnue m'appelle à son secours. Mais je ne sais qui elle est, ni où la chercher. L'endroit où elle se trouve ne ressemble à rien. Comme si elle n'était qu'un esprit.

– Peut-être s'agit-il d'une déesse?

Nerveusement, elle prit un galet et le jeta dans les vagues. Jehn se leva. Il sentit qu'elle ne lui avait pas dit toute la vérité. Elle avait vu quelque chose qu'il ne percevait pas lui-même. Mais il savait qu'il était inutile d'insister.

– Je vais te quitter, Callisto. Tu dois être seule pour appeler les tiens.

Elle acquiesça en silence. Il s'éloigna. A distance, il s'arrêta et l'observa. Elle s'était assise en tailleur. Il la vit fermer les yeux, puis porter les mains sur ses tempes, les doigts légèrement écartés. Il regagna le village, où Travyyn l'accueillit.

– Dans combien de temps allez-vous partir? demanda-t-il.

– Je l'ignore. Callisto va faire venir les siens.

– Alors, en attendant, accepterais-tu de nous apprendre la chasse? C'est un art que nous ignorons.

– Avec plaisir.

Pendant les jours qui suivirent, Jehn entraîna ses hôtes dans la forêt qui bordait le territoire des Goélands à l'ouest. Callisto les accompagnait régulièrement. Elle avait troqué sa robe déchirée contre des vêtements de cuir que lui avaient fabriqués les femmes de la tribu.

Ce fut une période d'activité intense, qui permit à Jehn de ne pas trop s'attarder sur sa peine. Le matin, il se levait très tôt, préparait son arc et ses flèches, ainsi que la lance à lame d'yrhonn qu'il avait sauvée du désastre, puis se lançait avec ses compagnons sur la piste du gibier. Il s'aperçut que Callisto, malgré sa frêle apparence, suivait les chasseurs sans difficulté. De même, elle démontra à Jehn qu'elle savait se servir d'un arc presque aussi bien que lui, en abattant sans coup férir deux faisans et un lièvre.

– Nous pratiquons aussi la chasse sur mon île, expliqua-t-elle, rayonnante.

En quelques jours, elle avait changé. La tristesse qui marquait son visage lorsqu'il l'avait rencontrée à Yshtia s'était effacée. Elle débordait à présent d'une joie de vivre communicative, qui trouvait un écho chez les villageois. Le soir, on se réunissait dans la demeure de Travyyn pour l'écouter raconter de vieilles légendes. Même Noïrah, un peu jalouse au début, avait fini par se laisser prendre à son charme. Elle possédait une voix douce, envoûtante, qui captivait son auditoire.

Peu à peu, Jehn dut s'avouer qu'il s'attachait chaque jour un peu plus à elle. Avec la liberté, elle avait retrouvé l'envie de rire, et cela lui rappelait Myria, pour qui tout était matière à plaisanterie. Comme elle, elle faisait preuve de gentillesse et de serviabilité, n'hésitant pas à aider les femmes à préparer les repas, s'intéressant au travail des artisans.

Elle dormait aux côtés de Jehn dans une petite pièce que leur avait réservée Travyyn sous son propre toit. L'hospitalité n'était pas un vain mot chez les Goélands. Les autres membres de la famille avaient dû se serrer pour leur faire de la place.

Parfois, Jehn éprouvait l'envie de la prendre dans ses bras. Mais le souvenir de Myria était encore trop vif. La femme aux yeux verts était revenue hanter son sommeil. A chaque fois, elle lui apparaissait emprisonnée dans son univers d'angoisse et de douleur. Il lui sembla que chaque nuit les appels devenaient plus pressants. Pourtant, lorsqu'il voulait la rejoindre, les abysses insondables s'ouvraient sous ses pieds et il devait reculer.

Il s'éveillait en sueur, malgré la fraîcheur humide environnante. Quelquefois, il surprenait le visage de Callisto qui le surveillait avec inquiétude.

– Ce n'est qu'un cauchemar, disait-elle alors.

Puis elle s'éloignait et s'enveloppait dans sa couverture, loin de lui. Sans le toucher. Etait-ce à cause de cette distance qu'elle maintenait entre eux, il éprouvait chaque fois une envie plus violente de la prendre contre lui, pour l'aimer, pour oublier, pour se noyer en elle. Malgré l'aveu qu'elle lui avait fait le jour de leur arrivée, elle ne tentait pas de se rapprocher. Peut-être parce qu'elle redoutait de perdre ses dons mystérieux. Mais il comprit qu'il existait une autre raison. Callisto était très fine. Elle cherchait à le séduire en faisant mine de ne pas céder à ses sentiments. Il dut s'avouer que cette manœuvre adroite portait ses fruits. Chaque jour, il recherchait sa compagnie. Il aimait la sentir à ses côtés lorsqu'il traquait un gibier. Le soir, il aimait se retrouver seul avec elle, dans la petite chambre de terre battue.

Un matin, Callisto refusa de suivre les chasseurs et demanda à Jehn de rester au village.

– Les miens arrivent, dit-elle. Je sens leur présence toute proche.

Ils se rendirent sur le petit port naturel et scrutèrent l'horizon. Elle ne s'était pas trompée. Vers le milieu de la matinée, une voile apparut dans le soleil d'été. Eberlués, les villageois les rejoignirent. Jamais ils n'avaient contemplé un tel prodige, hormis ceux qui avaient été esclaves à Yshtia.

Cependant, le vaisseau qui approchait n'avait rien à voir avec les bateaux en ruine entrevus là-bas. C'était un magnifique voilier pourvu de deux mâts, gréé de voiles immenses gonflées par les vents.

Le visage de Callisto s'éclaira. Jehn la contempla à la dérobée. Jamais elle n'avait été aussi belle. Ses yeux d'un bleu étonnamment clair brillaient, tandis que deux larmes coulaient sur ses joues. Cette fois, il n'y tint plus. Il l'attira contre lui et l'embrassa sur les lèvres. Surprise, elle se laissa faire. Puis elle se toucha la bouche, inquiète. L'instant d'après, elle se jetait elle-même dans les bras du jeune homme.

Malgré les récifs qui gardaient l'entrée du petit havre, le navire profita de la marée haute pour se faufiler dans le passage étroit. Des silhouettes s'agitaient à bord. Bientôt, les voiles furent amenées, et le vaisseau s'immobilisa. Une barque fut mise à flot, où montèrent quelques hommes.

Ils accostèrent, s'agenouillèrent devant Callisto, puis s'adressèrent à elle avec des mots inconnus. Jehn comprit qu'il allait bientôt devoir apprendre un nouveau langage.

Le séparation d'avec la tribu des Goélands fut brève et difficile. Mais il fallait profiter de la marée haute sous peine de rester bloqué une demi-journée sur place. A l'aide d'une passerelle, on fit monter la pouliche, un peu nerveuse. Quant au loup, il suivit Jehn à bord sans manifester la moindre frayeur. Inquiets, les hommes d'équipage s'écartèrent, mais il ne leur accorda qu'une royale indifférence avant de s'installer à la proue.

– On dirait qu'il a navigué toute sa vie, s'étonna Callisto.

Jehn haussa les épaules.

– De sa part, plus rien ne me surprend. Il m'adresserait tout à coup la parole que je ne m'en étonnerais même pas.

Avec la pouliche, les choses s'avérèrent plus délicates. Mais elle trouva un abri confortable dans les cales du navire.

– Nous en possédons trois comme celui-ci, expliqua Callisto avec fierté.

– Alors, Gordlonn se trompait lorsqu'il affirmait qu'Yshtia était la dernière des grandes cités antiques.

– Oui. Mais il en existe tellement peu à présent qu'il serait impossible d'entretenir des relations commerciales avec elles. Elles sont trop éloignées les unes des autres. Malgré tout, nous pratiquons des échanges réguliers avec Leoness, une autre cité située non loin de la nôtre.

– Comment s'appelle la tienne?

– Thulea! Elle se trouve sur une île très éloignée vers le nord. Il nous faudra de nombreux jours pour la rejoindre. Tu verras, c'est un pays magnifique, même s'il te surprendra un peu au début.

– Pourquoi?

– On l'appelle aussi le Royaume de la glace et du feu.

43

Le navire s'éloigna rapidement du rivage. Bientôt, comme la côte s'effaçait derrière la ligne bleue de l'Océan, une angoisse informulée saisit le jeune chasseur. Pourtant, ni Callisto ni les marins ne paraissaient inquiets.

Jehn était la proie de deux émotions opposées. Une partie de lui-même tremblait de peur. Jamais il ne s'était aventuré aussi loin sur l'Océan, dont on disait qu'il se terminait au bord d'un gouffre sans fond menant vers le pays des dieux oubliés. Mais dans le même temps, il éprouvait une exaltation intense à sentir les embruns chargés de sel lui fouetter la peau. Il lui semblait redécouvrir des sensations oubliées, enfouis dans un passé lointain et inaccessible.

Callisto et lui avaient pris place à l'arrière, sous un dais tendu d'étoffes épaisses. Elle lui présenta un homme de forte stature, dont la barbe blonde et fournie lui mangeait le visage presque jusqu'aux yeux.

– Diekaard ! C'est lui qui commande ce navire.

– Comment fait-il pour retrouver sa route ? Il n'existe ici aucune terre pour se repérer. Ne risquons-nous pas de nous perdre ?

– Ne t'inquiète pas, répondit-elle, amusée. Ils ont réussi à nous retrouver. Cela devrait te rassurer.

– Bien sûr. Mais j'aime comprendre les choses.

– Alors viens, je vais te montrer.

Elle lui prit la main et l'entraîna sur le pont, où un timonier surveillait un étrange appareil. Au centre de celui-ci flottait une sphère mystérieuse gravée de signes incompréhensibles.

– Ceci est une boussole... commença la jeune femme.

Il lui posa la main sur le bras, envahi soudain par des sentiments nouveaux. Il connaissait déjà cet instrument.

– Je sais! Elle indique toujours la même direction, c'est-à-dire le nord.

Elle le regarda avec stupéfaction, puis sourit.

– C'est exact. En fonction de la course du navire, ces signes nous permettent de savoir si nous suivons la bonne route. De plus, nous nous fions aux étoiles et au soleil. Ce serait compliqué à expliquer, mais tu n'as aucune crainte à avoir. Nous parviendrons sans encombre à Thulea.

Il se tourna vers elle.

– Je n'avais vu de boussole auparavant. Et pourtant, tu ne sembles pas étonnée que je connaisse son fonctionnement.

– Non!

– C'est Astyan qui s'exprime à travers moi, n'est-ce pas?

– Je le crois.

– Alors, il était aussi navigateur.

– Il a certainement beaucoup voyagé.

Jehn repensa aux nombreux navires ancrés dans le port de la cité de lumière. Evidemment, le prince qui la gouvernait connaissait les secrets de l'Océan. Le jeune homme caressa la surface transparente de l'appareil.

A mesure que le navire remontait vers le septentrion, la température s'abaissait. Un matin, une couche de givre s'était déposée sur le pont. Les hommes le sablèrent avant de commencer leurs manœuvres. Malgré le froid, le soleil continuait de régner en maître. Jehn regretta d'avoir perdu sa peau d'ours à Yshtia. Mais Callisto lui offrit une magnifique veste de cuir doublée de fourrure, et décorée de broderies.

– Fait-il encore plus froid dans ton île? demanda-t-il, un peu inquiet.

– Oui et non! Tu verras quand nous y serons.

Pendant les dix longs jours que dura la traversée, elle se mit en devoir de lui apprendre sa langue, bien différente de la sienne. Pourtant, il l'assimila sans aucune difficulté. Plus étrange encore, il lui sembla découvrir une certaine familiarité avec les mots.

La nuit, ils dormaient tous deux l'un contre l'autre, bercés par le balancement du navire. Parfois, il s'étonnait de ne pas avoir vraiment envie de faire l'amour avec elle. Bien sûr, il avait envie de l'aimer, de caresser sa peau. Mais il avait surtout besoin de ressentir le corps d'une femme contre le sien. Il ne parvenait pas à oublier Myria. A travers Callisto, c'était elle qu'il recherchait. Et la jeune femme le savait bien. A aucun moment elle ne tenta de s'approcher de lui.

Chaque nuit, l'inconnue aux yeux verts le hantait. Au réveil, il avait la sensation qu'elle ne l'avait pas quitté pendant son sommeil. Jamais encore elle ne s'était montrée si présente en lui. Comme si, insidieusement, il se rapprochait d'elle.

Le jour, il errait sur le pont, observant les manœuvres des marins avec curiosité. Mais son esprit était occupé par les trois femmes; Myria, qu'il ne reverrait jamais; Callisto, bien présente à ses côtés, qu'il ne pouvait toucher sous peine de lui faire perdre ses dons mystérieux; et le fantôme aux yeux d'émeraude. Parfois, il se traitait de fou. Vers quel but incertain se dirigeait-il?

Mais la réponse était limpide. Myria n'était plus. Callisto l'attirait, mais il savait qu'il n'était pas amoureux d'elle. Seule restait l'inconnue, dont les appels devenaient plus pressants chaque nuit. Il n'avait accepté de suivre la devineresse que parce qu'elle pouvait l'aider à la découvrir, grâce à ses pouvoirs mystérieux. Chaque fois qu'il l'évoquait, une douleur sourde lui broyait le cœur.

Un jour enfin, une côte se dessina à l'horizon, surmontée d'un gigantesque panache de nuées blanches. Au début, Jehn crut qu'il s'agissait de nuages. Puis il comprit qu'elles s'échappaient de la terre elle-même. Callisto lui expliqua.

– Thulea est cernée par les volcans.

– Les volcans?

– Ce sont des montagnes très élevées qui crachent le feu contenu dans les entrailles de la terre. Mais elles nous fournissent aussi la chaleur, et un sol très fertile.

Bientôt, ils contournèrent une pointe rocheuse qui s'avançait très loin en mer. Un vent glacial soufflait du nord, contraignant les hommes à manœuvrer avec adresse pour maintenir le cap contre des courants violents. Au-delà de la pointe se dévoila un spectacle apocalyptique qui stupéfia le jeune homme. Depuis le sommet d'une montagne éloignée, un énorme fleuve de feu dévastait la terre, pour se jeter dans l'Océan avec un vacarme effrayant, donnant naissance à une immense colonne de vapeur.

Le navire passa bien au large de la coulée de lave, puis obliqua vers les terres. Il doubla ainsi plusieurs caps rocheux qui dominaient la mer de hauteurs impressionnantes. Jehn se demanda comment des hommes pouvaient survivre dans un pays aussi froid et aussi désertique. Nulle part il n'apercevait d'arbre. Seuls quelques mousses et lichens s'agrippaient désespérément à la roche dénudée, sur laquelle des colonies entières d'oiseaux marins avaient élu domicile.

Soudain, au détour d'un dernier cap, apparut une vallée magnifique, qui remontait vers des montagnes couvertes de glaces que le soleil inondait de lumière. Sur la côte s'élevait une petite cité cernée d'une végétation luxuriante, d'un vert clair et lumineux, qui contrastait avec l'environnement hostile. Jehn comprit alors pourquoi Thulea était surnommée le Royaume de la glace et du feu.

Callisto lui prit la main et la porta à ses lèvres.

– Thulea! Je croyais ne jamais la revoir.

Les yeux brillants, elle ajouta :

– Ici, c'est mon pays! Il n'en existe pas de plus beau.

Stupéfait, Jehn écarquilla les yeux, persuadé de vivre un rêve. Le froid infernal qui régnait depuis plusieurs jours ne l'avait pas préparé à un tel spectacle. La ville qui s'étendait sous ses yeux n'étais pas très grande. Mais ses demeures, à l'inverse d'Yshtia, n'étaient pas abritées derrière des murailles. Ici, nulle digue ne protégeait les bâtiments des fureurs de l'Océan. Construits en pierres blanches et grises, les palais de Thulea s'étageaient sur les rives d'un petit fleuve qui descendait des montagnes lointaines couronnées de neiges et de brumes.

A mesure que le navire s'approchait de la côte, la température augmentait.

– Thulea est alimentée par des sources chaudes, commenta Callisto. C'est ce qui explique cette végétation inhabituelle. Toute la population est concentrée ici. Le reste de l'île est désert.

Le navire pénétra dans un petit port protégé par deux rades le long desquelles s'alignaient quantité de petits navires effilés destinés à la pêche. Deux vaisseaux plus importants leur tenaient compagnie.

Une foule innombrable s'était massée sur la place principale de la cité pour accueillir les arrivants. Le navire accosta sans encombre. Lorsqu'elle mit le pied sur le sol, Callisto fut aussitôt entourée par les siens, venus lui souhaiter la bienvenue. A ses côtés, Jehn n'était guère rassuré. Il ne connaissait rien de ce peuple, même s'il en comprenait désormais la langue.

Un cortège se forma pour mener Callisto à son palais. Contrairement à Yshtia, la ville était vaste et claire. De larges avenues dallées s'éloignaient en étoile de la place du port, pour mener vers les différents quartiers. Les vêtements étaient riches et colorés. Dans les rues circulaient des chariots à roues, d'autres montés sur patins, tirés par des aurochs ou des chevaux immenses aux poils longs, ainsi que d'autres animaux, de plus petite taille, dont le front s'ornait de cornes aux multiples ramifications.

– Des rennes, lui dit Callisto.

Autre différence avec Yshtia, Thulea ne semblait pas compter de population d'esclaves.

– Ici, tous les hommes sont libres, expliqua la devineresse. Nous appliquons encore les principes des premiers dieux qui ont fondé la cité, il y a des centaines de générations.

Bien plus tard, après la fête organisée en l'honneur du retour de la souveraine, Jehn et Callisto se retrouvèrent seuls, dans les jardins en étage du petit palais. On leur avait servi une collation. En contrebas, le fleuve tumultueux roulait ses eaux tièdes depuis les sources chaudes des volcans. Avec le crépuscule, une lumière d'un rose doré baignait la vallée. Des servantes avaient allumé des lampes à huile et des cassolettes d'encens. Jehn avait l'impression de rêver. L'endroit, bien que différent, lui rappelait la cité entrevue dans ses songes.

Soudain, il y eut un remue-ménage dans le fond du jardin. Jehn frémit. Un ours énorme venait d'apparaître. Il se dressa sur ses pattes de derrière et avança en direction du couple.

Jehn dégaina son sabre, mais Callisto l'arrêta d'un geste. Le loup, toujours présent, n'avait pas bronché.

– Ne crains rien! Elle ne te fera aucun mal.

Elle se leva et se dirigea sans hésitation vers l'animal. Celui-ci émit un grondement de joie, retomba sur ses quatre pattes et vint se frotter avec affection contre la jeune femme, qui passa les bras autour de son cou énorme.

– Elle s'appelle Deïra, dit Callisto en se relevant, le visage radieux. Viens!

Jehn s'approcha prudemment, suivi par le loup qui ne perdait pas une miette de la scène.

– Je l'ai recueillie alors qu'elle venait de perdre sa mère, dans la montagne. Elle n'était pas plus grosse qu'un chiot. Je l'ai nourrie. Depuis, elle ne m'a plus quittée. Sauf lorsque j'ai été prisonnière des Khress.

Jehn caressa la tête de l'ourse, qui se laissa faire avec docilité.

– Elle est plus fidèle qu'un chien, ajouta la jeune femme. Mes compagnons m'ont dit qu'elle était repartie pour la forêt lorsque j'ai disparu, voici plus d'un an. Elle a dû sentir que j'étais revenue.

Ils revinrent s'asseoir, suivis par l'ourse et le loup, qui commençaient à sympathiser.

– Tu vois, ils s'entendent bien! dit Callisto, ravie.

– Il a l'air de trouver les lieux à son goût, répondit Jehn.

– Et toi, te plais-tu ici?

Il ne répondit pas immédiatement.

– Oui, j'aime cette ville. Mais...

– Mais?

– Les tiens m'ont accueilli avec chaleur, parce que je t'ai délivrée. Mais à quel titre puis-je demeurer? Je ne suis qu'un étranger.

– Tu seras un étranger partout où tu iras, depuis que tu as quitté ton peuple.

– C'est vrai.

Elle s'agenouilla aux pieds du jeune homme.

– Alors écoute-moi, Jehn. Je suis seule. Mes parents sont morts. Personne ici ne possède de pouvoirs identiques aux miens. Je les perdrai dès qu'un homme m'aura touchée. Et, à moins que leur père ne soit un être qui me ressemble, mes enfants n'en hériteront pas. Ils seront semblables aux autres. Et le sang des dieux se perdra pour toujours. C'est pourquoi j'ai souhaité que tu viennes. Je voudrais que tu sois le père de mes enfants.

– Le père de tes enfants? Tu me proposes de rester ici, à Thulea, et de vivre avec toi?

– C'est un beau pays. Tu peux en devenir le roi.

Elle insista.

– Je t'aime, Jehn. Je n'ai que toi. Nous sommes pareils, tous les deux. Tu ne peux pas m'abandonner.

Il hésita longtemps avant de répondre.

– Callisto, je voudrais pouvoir t'aimer moi aussi. Je sais que Myria ne reviendra pas. Mais tu m'as dit toi-même que j'en aimais une autre. Cette femme mystérieuse qui hante mes rêves.

Elle eut un bref sursaut de révolte, puis murmura :

– Il est trop cruel de connaître l'avenir, et de lire dans l'esprit des autres. Je n'ai même pas la force de me montrer jalouse. Au fond, Asdahyat ne connaissait pas la chance qu'elle avait. C'était une femme égoïste qui ne pensait qu'à elle. Elle aurait pu être heureuse. Et elle ne s'en rendait même pas compte.

Elle se releva.

– Je sais que tu ne m'aimeras pas, Jehn. Tu ne peux avoir que de l'affection pour moi. Mais...

Elle lui prit les mains.

– Mais même ça, je saurai m'en contenter. Parce que j'aurai à mes côtés un ami, quelqu'un qui me ressemble et me comprend. D'abord, où veux-tu aller?

– Dois-je me considérer comme ton prisonnier?

Elle secoua la tête.

– Mais non! Mes navires sont à ta disposition pour te conduire là où tu voudras, quand tu le souhaiteras. Ce n'est pas cela.

Elle s'agenouilla de nouveau. Il se dégageait d'elle un étrange sentiment d'impuissance. Il lui caressa tendrement les cheveux.

– Ta proposition est généreuse, Callisto.

Il réfléchit un moment puis ajouta :

– Je vais accepter. Mais en échange de quelque chose.

– Quoi?

– Tu peux m'aider à percer le secret de mes songes, découvrir qui je suis, qui est Astyan.

Elle se figea, puis déclara brusquement : .

– Non, je ne peux pas faire ça.

– Pourquoi? Tu ne m'as pas dit toute la vérité. Je sais que tu en as le pouvoir, toi qui connais le passé et l'avenir. Seul, je n'y parviendrai pas.

– Si, tu le pourras. Mais cela demandera du temps.

– Je ne peux attendre, Callisto.

Elle se tut. Lorsqu'elle leva les yeux vers lui, des larmes lourdes coulaient sur ses joues. Emu, il la prit contre lui.

– Pourquoi pleures-tu? Je t'ai dit que j'acceptais de rester avec toi si tu m'aidais.

– Tu ne comprends pas? Je t'aime, Jehn. Je veux porter un enfant de toi. Mais j'ai aussi envie que tu restes.

– Je t'ai dit que je resterai!

– Non! Si je te permets de retrouver la mémoire, tu partiras.

– Pourquoi?

– Lorsque tu sauras qui est Astyan, tu me quitteras.

– Donc, tu sais qui il est.

– Oui, je le sais!

– Dis-le moi!

Elle soupira, se releva, et le regarda avec tristesse.

– De toute façon, un jour ou l'autre, cette mémoire se révélera à toi. Et je n'aurais fait que reculer l'échéance.

Elle respira profondément et déclara :

– C'est d'accord. Je vais t'aider. Mais avant, je voudrais que tu me fasses cet enfant que je désire.

– Un enfant?

– Oui! Je veux qu'il me reste quelque chose de toi. Si je fais cet enfant avec un autre, il ne possédera pas ces dons étranges qui sont les miens. Je veux que tu me fasses un fils.

– Ce sont les dieux qui décident, Callisto.

– Je sais que ce sera un fils. Je l'appellerai Arkas.

Il la prit dans ses bras.

– C'est bien. Je te ferai cet enfant.

Elle se blottit contre lui. Elle l'avait toujours su. Il n'était pas destiné à demeurer près d'elle. Mais au moins, elle garderait de lui une trace tangible, prouvant qu'il n'avait pas été un rêve. Bien qu'aucun homme n'ait jamais pénétré son ventre, il lui semblait déjà sentir la petite vie qui bientôt le gonflerait, boirait son sang pour faire le sien. Une bouffée de chaleur la baigna.

Elle leva les yeux vers le ciel nocturne et désigna une constellation formée de sept étoiles, et une autre, plus petite, située juste au-dessus.

- Tu vois ces étoiles, Jehn. Elles forment un dessin toujours identique. Ces deux constellations ne se couchent jamais au-dessous de l'Océan. Ici, on dit qu'il s'agit de l'ourse céleste suivie de son petit. Lorsque tu les regarderas, tu penseras à moi, où que tu sois. Mon esprit se cachera dans la plus grande. La petite symbolisera notre fils.

Elle noua ses bras autour de son cou et lui tendit les lèvres. Il l'embrassa avec fièvre.

Le lendemain, ils prirent leurs chevaux et quittèrent la cité en direction de la montagne recouverte de neige. Dans la vallée où ils se trouvaient régnait une chaleur bienfaisante. Autour d'eux foisonnait une végétation magnifique, aux fleurs multicolores. D'innombrables animaux les contemplaient avec des yeux curieux, oiseaux et petits mammifères. Dans les airs planaient des aigles de mer immenses, les ailes étendues.

Ils arrivèrent sur un plateau où les arbres ne poussaient plus. Seule une herbe rase survivait sur un terrain constitué d'un sable durci, aux reflets irisés. Soudain, un grondement souterrain fit trembler le sol. Jehn mit pied à terre, affolé, tandis que Callisto éclatait de rire.

– N'aie pas peur! Nous ne risquons rien.

– Que se passe-t-il?

– Attends un peu. Tu vas assister à un spectacle comme tu n'en as jamais vu.

L'instant d'après, d'une bouche sombre située à distance jaillit un superbe jet d'eau et de vapeur. Jehn fit un bond en arrière. La jeune femme le rejoignit.

– Ceci est un geyser, expliqua-t-elle. Ils sont nombreux dans cette vallée. Ce sont eux qui réchauffent notre climat. Ils apportent la vie à Thulea.

Une pluie fine et tiède retomba sur eux. Alors, Callisto ôta ses vêtements et offrit son corps nu à la caresse de l'eau. Elle se tourna vers Jehn.

– Viens! Rejoins-moi!

Il se déshabilla à son tour et la prit dans ses bras. Elle ferma les yeux. Ses longs cheveux blonds tombaient sur son visage ruisselant de perles d'eau qui accrochaient la lumière du soleil. Elle s'ébroua et lui sourit.

– Je veux que tu m'aimes ici, dans cet endroit, sous l'eau chaude du geyser.

Il était difficile de lui résister. Une odeur étrange emplissait l'air. La peau mouillée était douce sous ses doigts. Le regard bleu se mit à briller d'une lueur insoutenable. Il la souleva et la porta sur un lit d'herbe courte. Puis il s'allongea sur elle.

Parce qu'elle n'avait jamais connu d'homme avant lui, il se montra délicat, malgré la fièvre qu'il sentait monter dans ses reins, dans son ventre. Peu à peu, ils perdirent conscience du monde autour d'eux, pour ne plus être que l'un à l'autre, l'un avec l'autre, intimement mêlés. Lorsqu'il entra en elle, elle ne poussa qu'un cri léger, un cri de douleur et de plaisir, de délivrance aussi. Plus jamais elle ne serait comme avant. Elle sentit les ondes qui la baignaient depuis qu'elle était enfant se retirer d'elle, tandis que les reins de l'homme la pénétraient toujours plus profondément. Elle ressentit l'explosion de son ivresse en elle, une jouissance qui l'imprégna tout entière. Elle savait déjà que la semence qu'elle portait dans ses entrailles donnerait un fruit superbe.

Les visions s'étaient évanouies dans le néant. Seule une plénitude extraordinaire les baignait tous deux. Haletant, il s'écroula sur elle. Jamais aucune femme ne lui avait procuré une émotion aussi intense et aussi forte.

Lorsque le monde recommença à prendre formes et couleurs autour d'eux, ils restèrent enlacés, goûtant la sérénité de l'instant. Depuis longtemps, le geyser s'était tu.

Callisto caressa l'épaisse chevelure d'un blond roux de son amant et sourit, les yeux brillants.

– Je sais que tu vas partir. Mais je sais aussi qu'il aura existé un moment, un seul, où tu m'auras aimée pleinement. Et cela restera mon plus beau souvenir.

– Je n'ai pas envie de te quitter.

– Lorsque je t'aurais dévoilé la vérité, tu changeras d'avis. Je le sais. Je l'ai vu. Alors...

Elle se redressa et s'agenouilla devant lui.

– Le plus tôt sera le mieux. Joins tes mains aux miennes.

Il obéit. Elle ferma les yeux. Utilisant les dernières forces mystérieuses qui sommeillaient encore en elle, elle les concentra sur l'esprit de Jehn. Soudain, il sentit un tourbillon formidable s'emparer de lui, de son esprit, de son âme. Une multitude d'images s'y bousculèrent, où dominait la vision de la cité lumineuse entrevue lors de l'Arundha. Inexorablement, la personnalité de Jehn se fondit à l'arrière-plan, pour laisser la place à l'autre, celle d'Astyan [1]. Et la vérité lui apparut.

Lorsqu'il ouvrit les yeux, il regarda autour de lui, comme s'il s'éveillait d'un long, d'un très long sommeil.

– Que m'est-il arrivé? murmura-t-il.

Callisto le regarda avec tendresse.

– J'ai réveillé tes souvenirs. Tu as retrouvé la vie dans le corps de Jehn le chasseur. Mais tu es en réalité Astyan, roi de Poséïdonia, l'un des dix grands princes de l'Atlantide, l'empire des dieux anciens.

Il la contempla avec un regard différent. Une puissance phénoménale s'engouffrait d'un coup en lui. Il se redressa, nu comme au premier jour du monde, fit quelques pas pour dénouer ses muscles engourdis. Des flots de souvenirs se déversaient en lui, tous plus hallucinants les uns que les autres.

Mais l'un d'eux dominait. Il savait à présent qui était la femme aux yeux verts dont il ne parvenait pas à se souvenir du nom.

Anéa!

Son amie, son épouse, sa compagne. La femme qu'il aimait plus que tout au monde. Une femme qu'il connaissait depuis des temps immémoriaux, avec laquelle il avait traversé d'innombrables vies.

Il s'agenouilla près de Callisto, qui le regardait avec un petit sourire triste.

– Tu avais raison, petite princesse. Je vais partir. Je dois retrouver l'Atlantide, et savoir ce qu'il est advenu de ma compagne, Anéa.

Elle acquiesça, tandis que ses yeux s'emplissaient de larmes. Elle avait réveillé un dieu. Il allait la quitter. Elle n'était pas de force à le retenir. Mais en elle demeurait incrusté le fruit de l'amour éphémère

1. Le nom du héros n'est pas le fruit du hasard. Il est une dérivation du nom d'Astyanax, fils d'Hector et d'Andromaque. Celui-ci fut tué par Odysseus (Ulysse), qui le précipita du haut des murailles de Troie. Selon une autre version, Pyrrhus le recueillit avec sa mère lorsque celle-ci lui fut offerte en partage après la chute de la cité. Astyanax est devenu le symbole du prince détrôné.

qui les avait unis. Même si cela n'avait été qu'un rêve fugace, il avait existé un moment où il l'avait aimée totalement, elle, la reine d'un petit royaume oublié au confins des glaces du Nord.

Assis sur un tertre rocheux, à quelque distance, le loup les observait. Ses yeux d'or brillaient d'une lueur mystérieuse.

Cet ouvrage a été réalisé par la
SOCIÉTÉ NOUVELLE FIRMIN-DIDOT
Mesnil-sur-l'Estrée
pour le compte des Éditions du Rocher
en janvier 2000

Éditions du Rocher
28, rue Comte-Félix-Gastaldi
Monaco

Imprimé en France
Dépôt légal : mai 1994
CNE section commerce et industrie Monaco : 19023
N° d'impression : 49590